Uwe Steffen · Drachenkampf

Uralt ist die »Kunde vom Drachen«.
Die Mythen, Sagen und Märchen aller Völker raunen davon.
In ihnen hat sich eine allgemein menschliche Erfahrung
vom Dasein einer Urmacht der Bedrohung niedergeschlagen.
Im »Drachen« ist eine Ursituation und, von ihr ausgelöst,
eine Urangst der Menschheit mythisches Bild geworden;
in ihm wird jener dunkle Grund des Seins beschworen,
an dessen Aufwallen die bedrohte Menschheit
erst die rettende und heilende Lichtkraft,
das Dasein eines Retters und Heilandes erfahren hat.
Alle Dramen der Menschheit haben ihr Ur- und Vorbild
im Urdrama des großen Drachenkampfes.

Alfons Rosenberg

Buchreihe Symbole

Uwe Steffen

Drachenkampf

Der Mythos vom Bösen

Kreuz Verlag

CIP-Kurztitelaufnahme der Deutschen Bibliothek

Steffen, Uwe:
Drachenkampf: d. Mythos vom Bösen / Uwe Steffen. – 1. Aufl. – Stuttgart: Kreuz-Verlag, 1984.
(Buchreihe Symbole)
ISBN 3-7831-0756-3

1. Auflage
Kreuz Verlag Stuttgart 1984
Umschlagbild: Georg der Siegträger. Ikone von Georgij Pobedonosica, Ende des 15. bis Anfang des 16. Jahrhunderts. Wahrscheinlich Pskower Schule. Sammlung Korin, Moskau. Deutsche Fotothek, Dresden.
»Das Bild zeigt Georg beim Erlegen des Drachens, der von der Königstochter an einem roten Faden durch das Stadttor geführt werden soll. Ein Engel eilt fliegend herbei, um Georg die Krone aufzusetzen, während eine Hand aus dem Himmel den Heiligen segnet.« (Konrad Onasch, Ikonen)
Gestaltung: Hans Hug
Gesamtherstellung: Wilhelm Röck, Weinsberg
ISBN 3 7831 0756 3

Inhalt

Zur Einführung

Während des Zweiten Weltkrieges, dem insgesamt 55 Millionen Menschen zum Opfer fielen, schrieb die amerikanische Psychologin Esther Harding ein Buch, in dem sie mit der Erfahrung einer fünfundzwanzigjährigen psychotherapeutischen Arbeit am Menschen der Frage nachgeht, wie es im Zeitalter der Vernunft zu einer solchen Katastrophe kommen konnte. Sie beginnt ihr Buch mit dem Satz: »Hinter der ehrbaren Fassade des Bewußtseins, mit seiner disziplinierten moralischen Ordnung und seinen guten Absichten, lauern die rohen Instinktkräfte des Lebens wie Ungeheuer der Tiefe – unaufhörlich verschlingend, zeugend und sich bekämpfend.«[1] Auf diesen verborgenen Naturkräften und ihrer Energie beruht das Leben selbst. Wenn sie jedoch nicht gebändigt werden, warten sie auf einen günstigen Augenblick, die Herrschaft an sich zu reißen und die Welt zu verwüsten.

Symbol dieser zerstörerischen Kräfte des Bösen in der menschlichen Seele sind die Drachen, von denen die alten Mythen und Märchen erzählen, die uns aber ebenso in Träumen und Phantasieprodukten heute lebender Menschen begegnen. Drachen sind keine Bewohner der menschlichen Außenwelt, sondern der menschlichen Innenwelt. Sie werden aber, da sie als solche nicht erkannt werden, auf Gestalten der Außenwelt projiziert. »Sie sind Personifikationen der nicht-persönlichen Kräfte in der Tiefe der menschlichen Psyche, die das schwache und schutzlose Bewußtsein des Menschen nähren und stützen oder es verschlingen und zerstören.«[2]

In der Gefahr, von den archaischen Kräften des dämonischen Unbewußten vernichtet zu werden, halten die Menschen Ausschau nach einem Helden oder Führer, der für sie die Drachen überwindet. Dabei geht es gerade nicht in erster Linie um einen Sieg über die politischen und militärischen Feinde, sondern um einen Sieg über die feindlichen und verheerenden Kräfte in der eigenen Seele. Der Drachenkampf ist das archetypische Bild für den lebensbedrohenden Konflikt zwischen dem Ich-Bewußtsein und den ungezähmten, verschlingenden Kräften des Unbewußten.

Die Zukunft der Menschheit hängt davon ab, ob es gelingt, diese zerstörerischen Kräfte im Menschen zu bändigen und wenigstens einen Teil ihrer Energie positiven Zwecken dienstbar zu machen. Der Kampf gegen den Drachen wird im Herzen einzelner Menschen ausgetragen, ehe er zwischen den Nationen entschieden werden kann. »Erst wenn überall in der Welt die Drachen überwunden sind, kann ein allgemeiner Friede begründet werden.«[3]

Es ist kein Zufall, daß nach dem Zweiten Weltkrieg eine Reihe von Filmen das mythische Motiv des Drachenkampfes in modernem Gewand variierte: Durch ein außergewöhnliches Ereignis, zum Beispiel durch ein wissenschaftliches Experiment, durch einen Eingriff in die Natur oder durch die Explosion einer Wasserstoffbombe, werden riesige Urzeit-Ungeheuer geweckt, die in der Tiefe der Erde schlummerten; sie brechen unter Donnergetöse durch die Erdoberfläche und vollführen wahre Orgien der Zerstörung. Stäbe von Wissenschaftlern und ganze Armeen mit modernsten Waffen kämpfen vergeblich gegen diese Ungeheuer, weder menschlicher Verstand noch Waffengewalt vermögen der entfesselten Urkräfte Herr zu werden.

Die Drachen der alten und neuen Mythen, von denen in diesem Buch die Rede ist, sind – soviel ist deutlich geworden – keine Ausgeburten einer krankhaften Phantasie, sondern sie sind Symbole für die archaischen Urkräfte, die in der Tiefe unserer unbewußten Seele schlummern und jederzeit geweckt werden können. Und also ist dies Buch kein »Bestiarium«, das einem sensationslüsternen Publikum allerlei Monstrositäten vorführt, um es das Gruseln zu lehren. Es möchte vielmehr dazu helfen, die Äußerungen des Unbewußten in Phantasien, Träumen und Wahnvorstellungen zu verstehen und der Ungeheuerlichkeiten in unserer eigenen Seele Herr zu werden.

Wird hier aber nicht zu einseitig das Gewicht auf die »Wirklichkeit der Seele« gelegt und darüber die »Wirklichkeit der Welt« außer acht gelassen? – Dorothee Sölle erzählt, sie habe sich einmal zur Vorbereitung von Vorträgen gleichzeitig mit Märchen und Mittelstreckenraketen beschäftigen müssen. Das habe sie in einen Konflikt gebracht. Immer, wenn sie sich auf die Seite der Märchenforschung zurückziehen wollte, sei ein Bote zu ihr gekommen und habe gesagt: »Du willst über die alten Drachen reden und nicht von den wirklichen Drachen, die heute unser Blut aussaugen und Menschen verhungern lassen?« Wenn sie dann die Grenze zwischen beiden Wirklichkeiten dicht machen wollte, habe sie schrecklich geträumt oder Dinge gelesen, die sie verwirrten. Beim Nachdenken darüber sei sie dann zu der Einsicht gekommen: »Alles, was wir tun, um die Grenzen durchlässig zu machen, um der Tiefe Eingang zu verschaffen in die Flächenhaftigkeit, hilft uns. Alles, was wir tun, um die Erfahrungen der Tiefe zu privatisieren und zu genießen, ist eine Art Geisteskrankheit. Beide Bereiche brauchen einander.«[4]

Im Symbol fallen äußere und innere Wirklichkeit zusammen. Darum ist es durchaus legitim, nach der konkreten Gestalt zu fragen, in der uns der Drache heute begegnet und zum Kampf herausfordert. Alfons Rosenberg hat, ausgehend von dem großen, brudermörderischen Krieg, Antwort darauf zu geben versucht. Als Zeichen für den periodisch sich erneuernden Aufstand des Drachen nennt er: »kosmische Katastrophen, geschichtliche und soziale Umstürze, leibliche und seelische Seuchen, ein Sinken des Pegelstandes des Göttlichen im Menschen und damit auch des Humanen, Perversion des Leiblichen und Seelischen und das Erkalten der Liebe in den Herzen der Menschen.«[5]

Wie eine Fortschreibung dieser Aufzählung für unser Jahrzehnt liest sich die Benennung der sieben Häupter des Tieres aus dem Abgrund durch Dorothee Sölle: »mehr Energie, mehr Fortschritt, mehr Overkill, mehr Profit, mehr Weltmarkt, mehr Folter, mehr Lebensstandard«[6].

Der Drachenkampf ist ein universales Motiv. Es ist nicht nur über die ganze Erde verbreitet, sondern es findet sich auch in allen literarischen Gattungen, die in den Kulturen und Religionen der Menschheit anzutreffen sind: im Mythos, im Märchen, in der Sage und in der Legende.

Mythen und Märchen haben gemeinsam, daß sie nicht an Zeit und Raum gebunden sind. Sie unterscheiden sich darin, daß Mythen meist Götter- oder Heroengeschichten sind, die in einer zeitlosen Urzeit oder Endzeit spielen und sich durch immer wiederholte Begehung in Wort und Ritual als unvergänglich erweisen, während Märchen von namenlosen und typischen Personen handeln, die im mikrokosmischen Bereich agieren. Auf das Drachenkampfmotiv bezogen: Im Mythos ist der Drachenkämpfer ein Gott (z. B. Marduk) oder Heros (z. B. Herakles), im Märchen der namenlose Königssohn oder Sohn des Besenbinders. Im Mythos findet der Drachenkampf im oder am Himmel statt, im Märchen im magischen Reich (Meer, Wald, Berg usw.).

Sagen und Legenden haben gemeinsam, daß sie an geschichtliche Personen, an bestimmte Orte und Zeiten gebunden sind. Sie unterscheiden sich darin, daß die Sage von profanen, die Legende von heiligen Personen handelt. In der Sage ist der Drachenkämpfer ein geschichtlicher Held (z. B. Siegfried), in der Legende ein Heiliger (z. B. St. Georg). Die Sage ist eine Vorform der Geschichtsschreibung, die Legende Gegenstand des Glaubens.

Der schwedische Religionsgeschichtler Geo Widengren ist der Frage nachgegangen, in welcher der literarischen Gattungen das Motiv des Drachenkampfes seinen ursprünglichen Platz hat. Er untersuchte das Vorkommen des Motivs im indo-iranischen Kulturkreis und zeigte, »wie das mythisch-rituelle Drachentötermotiv mehr und mehr in den Bereich des Märchens übergeht, um schließlich in Firdausis großem Epos Shāhnāmeh verwandelt zu werden in den Sieg des Königssohnes Färidun über den Usurpator Aždahā, dessen ursprüngliche dreiköpfige Drachennatur durch ein typisches Märchenmotiv angedeutet wird«[7].

Die Entwicklung vom Mythos zum Märchen läßt sich über das ganze indo-europäische Sprachgebiet hinweg verfolgen. Im Mythos sind heiliges Wort und heilige Handlung unlöslich miteinander verknüpft und legen sich gegenseitig aus. Die von der Handlung losgelösten Worte entwickeln sich entweder zum Märchen oder zur Legende, im weiteren Sinne zur Lehre und zum Dogma. Es soll damit nicht gesagt sein, daß alle Märchen oder Legenden ursprünglich Mythen gewesen sein müssen, doch – so meint Widengren – wenn dasselbe Motiv sowohl im Mythos als auch in Märchen, Sage und Legende auftritt, dann hat es im Mythos seinen ursprünglichen Kontext gehabt. Das schließt nicht aus, daß ein Märchen ein mythisches Motiv klarer wiedergeben kann als eine verblaßte Mythologie.

Wichtiger noch sind folgende Feststellungen:

– Mythos, Märchen, Sage und Legende schöpfen gleicherweise aus dem Arsenal der archetypischen Symbole,

- Mythos, Märchen, Sage und Legende bestehen nebeneinander und
- sie haben einen verschiedenen Sitz im Leben.

Der Mythos, der wesenhaft im Kult verankert ist, gehört in den Bereich der Religion. Das Märchen, das dem Bereich der im tiefsten Sinne des Wortes verstandenen »Unterhaltung« zugehört, spricht vom Allgemein-Menschlichen, das sich immer und überall ereignet. Die Sage gibt eine ganzheitliche Schau bestimmter geschichtlicher Ereignisse, die im Kostüm der Historie Gültiges, Bleibendes, Wahres aussagen will. Die Legende ist eine Geschichte des religiösen Glaubens, die ursprünglich an bestimmten Gedenktagen gelesen wurde (Legende = das zu Lesende). Gelegentlich wird sie auch dramatisch dargestellt – wie beispielsweise beim »Drachenstich von Furth im Wald«. Auf diesem ältesten Volksfest Deutschlands, das auf ein mittelalterliches Mysterienspiel um den Heiligen Georg zurückgeht, wird alljährlich die Besiegung des Drachen in Szene gesetzt.

Aus diesen Überlegungen ergibt sich die Gliederung des vorliegenden Buches. Nach einem kurzen Kapitel, das sich mit der Frage befaßt, wieso der Drache zu aller Zeit und in aller Welt übereinstimmend in der Gestalt eines vorzeitlichen Sauriers dargestellt ist, wird das Thema in drei Hauptteilen entfaltet: Der Drachenkampf im Mythos, im Märchen, in Sage und Legende. Hinter dem Kapitel über den Drachenkampf im Mythos sind zwei Hauptteile zwischengeschaltet, die von der Verwendung des Drachenkampfmotivs in nachmythischer Zeit handeln: der Drachenkampf in der Bibel und – eine Variante des biblischen Drachenkampfmotivs – der Kampf mit dem Leviathan.

Zu den Ausführungen in diesem Buch sei noch folgendes angemerkt:

Die Symbole »Drache« und »Schlange« sind weitgehend austauschbar (das Wort »Drache« – griechisch: drákon – bedeutet ursprünglich »Schlange«). Dennoch decken sie sich nicht völlig. Oft stellen sie zwei verschiedene Aspekte des gleichen Prinzips dar. Der Drache, zumeist dem verschlingenden Wasserchaos zugeordnet, verkörpert die rohe Gewalt; die Schlange, der Erde und den geheimen Erdkräften zugeordnet, zeichnet sich durch Klugheit und Arglist aus. Beide haben –

wie alle Ursymbole – einen positiven und einen negativen Aspekt. Während der positive Aspekt des Drachen im abendländischen Kulturkreis (im Gegensatz zum ostasiatischen) fast gänzlich verdrängt wurde, ist er beim Schlangensymbol noch durchaus gegenwärtig – wie die um den Äskulapstab geringelte Schlange als Zeichen der Heilkunst deutlich macht.

Da der Drache durchweg Symbol des Bösen ist und der Drachenkampf Symbol der Auseinandersetzung mit dem Bösen (auf sehr unterschiedlichen Ebenen), wird der Untertitel dieses Buches verständlich: Der Mythos vom Bösen. Der Drachenkampf steht am Beginn der Schöpfung beziehungsweise der Erneuerung der Schöpfung; er steht auch am Beginn des mythischen Heldenweges, der nichts anderes ist als der archetypische Weg der Selbstwerdung (Individuation). Die Begegnung mit dem Drachen und der Sieg über ihn sind unabdingbare Voraussetzung für die Gewinnung der unerreichbaren Kostbarkeit, die sich in der Gewalt des Drachen befindet.

Drachenkampf und Verschlingung sind zwei Varianten desselben Motivs: Der Drachenkampf ist Ausdruck der aktiven und freiwilligen, das Verschlungenwerden Ausdruck der passiven und unfreiwilligen Auseinandersetzung mit dem »Ungeheuerlichen«. Prototyp des Drachenkämpfers ist Sankt Georg, Prototyp des Verschlungenen der Prophet Jona – auf frühchristlichen Darstellungen ist der »große Fisch«, der ihn verschlingt, durchweg ein Meerdrache. Zur Ergänzung der Ausführungen in diesem Buch sei deshalb auf den Band »Jona und der Fisch« in dieser Reihe »Symbole« verwiesen.

Anmerkungen

1 Esther Harding, Das Geheimnis der Seele. Ursprung und Ziel der psychischen Energie, Zürich o.J., S. 15

2 Ebd., S. 253

3 Ebd., S. 262

4 Dorothee Sölle, Suchen und Gefundenwerden. Zur Bedeutung der Gnade im Märchen; in: Gott im Märchen (Vortragsreihe 1980 in der Ev. Akademie Hamburg), S. 34

5 Alfons Rosenberg, Michael und der Drache. Urgestalten von Licht und Finsternis, Olten/Freiburg i. Br. 1956, S. 197f.

6 Dorothee Sölle, Im Hause des Menschenfressers. Texte zum Frieden (rororo aktuell 4848), Reinbek b. Hamburg 1981, S. 22

7 Geo Widengren, Religionsphänomenologie, Berlin 1969, S. 177f.

Der Drache – Realität und Symbol

Der Drache ist nicht nur ein Symbol,
wie das 19. Jahrhundert stets gerne glauben wollte.
Und er ist auch keine phantastische Deutung
von aufgefundenen fossilen großen Knochen.
Der Mensch ist dem Drachen gegenübergestanden:
er kennt ihn aus Erfahrung.

Heimito von Doderer

Der Drache als Naturerscheinung

Der Kampf mit dem Drachen ist ein universales Motiv. Es kommt in den Mythen, Märchen, Sagen und Legenden fast aller Völker der Erde vor. Dabei ist auffallend, daß der Drache als Symbol des zu überwindenden Bösen seit ältester Zeit in einer ganz bestimmten Gestalt vorgestellt und dargestellt wird, nämlich in Gestalt der vorweltlichen Amphibien und Reptilien, die in der Kreidezeit (Beginn vor etwa 135 Millionen Jahren) mehr als hundert Millionen Jahre die Erde bevölkert haben: die Schreckenssaurier (Dinosaurier) auf dem Lande, die mit einer Länge bis zu 30 Metern die größten Landtiere waren, die je gelebt haben (Brontosaurus, Diplodocus, Brachiosaurus, Iguanodon, Stegosaurus, Ceratosaurus), die bis zu 12 Meter langen fisch-, eidechsen- oder schlangenartigen Meersaurier (Ichthyosaurus, Plesiosaurus, Mosasaurus) und die Riesenflugsaurier mit einer Spannweite von etwa 8 Metern (Pteranodontus)[1].

Abb. 1 Drei verschiedene Gestalten der Drachen. Holzschnitte aus einer wissenschaftlichen Naturgeschichte von Conrad Gesner, 1587.

Das Reptilische, Schlangenartige ist die Grundgestalt des Drachen, wie denn auch das Wort »Drache» (griechisch: drakon) ursprünglich »Schlange« bedeutet. Der Schlangendrache hat ein mächtiges krokodilähnliches Haupt mit zahnbewehrtem Rachen und einer Greifzunge, einen Schuppenpanzer und einen Zackenkamm über den Rücken, kurze bekrallte Beine, fledermausartige Flügel und einen kräftigen Schweif. Er lebt im Wasser oder auf dem Land (Höhle), kann aber auch durch die Luft fliegen (Flugdrache).

Zweifellos sind also die Saurier der Vorzeit das Modell des Drachen. Nur – sie waren schon viele Millionen Jahre ausgestorben, als die ersten Menschen auf der Erde erschienen. Es hat also niemals ein Mensch einem solchen Ungeheuer gegenübergestanden, geschweige denn gegen ein solches Ungeheuer gekämpft. Darum ist es verständlich, daß immer wieder die Frage gestellt worden ist, wie die Menschheit gerade auf dieses Bild des Drachen kam; denn auch symbolische Gestalten haben immer einen Bezug zur Realität.

Die Frage nach der realen Gestalt, die dem Symbol des Drachen zugrunde liegt, verband sich mit der Frage nach der Ursache für die auffallende Übereinstimmung der Mythen-, Märchen- und Sagenmotive bei den verschiedenen Völkern der Erde.

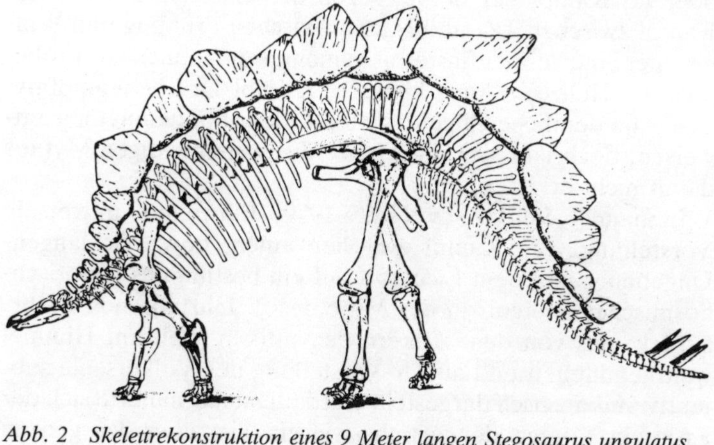

Abb. 2 Skelettrekonstruktion eines 9 Meter langen Stegosaurus ungulatus aus der unteren Kreidezeit Nordamerikas. Urbild des Drachen?

Zunächst begann man, nach der Urheimat und Urform eines Motivs oder eines Mythos oder Märchens zu forschen (Th. Benfey, Aarne, Krohn u. a.) und von dort seine Wanderung in der Völkerwelt zu verfolgen (Wanderhypothese)[2]. Doch diese Forschungen führten zu keinen eindeutigen Ergebnissen.

Als das weltweite Vorkommen des Drachenmotivs durch gegenseitige Entlehnung nicht überzeugend erklärt werden konnte, wurde der Versuch unternommen, die Bilder und Motive der Mythen und Märchen »auf eine überall und in allen Weltteilen dem Menschen sich aufdrängende Beobachtung von Vorgängen im Weltraum«[3], also auf kosmische Naturerscheinungen oder elementare Naturvorgänge zurückzuführen.

Zunächst sah man den Drachenkampf als mythische Schilderung eines Gewitters an, bei dem durch den Blitz die Regenwolken gespalten werden und der herabfallende Regen die Erde befruchtet (H. v. Wolzogen). Zweifellos gibt es, wie im folgenden gezeigt werden wird, Mythen vom Drachenkampf, die in diesem Sinne zu verstehen sind, doch lassen sie sich generell auf eine solche naturmythologische Erklärung nicht reduzieren.

Andere deuteten das Drachenkampfmotiv als »Kampf eines lichtschaffenden Gottes mit dem den Mond verdunkelnden Dämon« oder als Kampf zwischen dem hellen (weißen) und dem dunklen (schwarzen) Mond (E. Siecke, H. Lessmann) oder als Kampf der Sonne gegen die Finsternis, wobei der Kampf zwischen Tag und Nacht, zwischen Frühling und Winter oder eine Sonnenfinsternis gemeint sein können (L. Frobenius, C. Henze)[4]. Auch hier gilt: Es gibt Drachenkampfmythen, die deutliche Züge des Mond- oder Sonnenmythos aufweisen, doch läßt sich das Ganze des vielschichtigen Mythos damit nicht erklären.

Immanuel Velikovsky (1895–1979) führte die universale Vorstellung vom Kampf zwischen einem bösen Schlangen-Ungeheuer und dem Lichtgott auf ein bestimmtes historisch-kosmisches Ereignis in der Mitte des 2. Jahrtausends v. Chr. zurück, das von den Völkern der antiken Welt am Himmel wahrgenommen und als Ur-Vorstellung der Völkerseele subjektiv und magisch dargestellt wurde: Damals näherte sich der Erde ein Komet, der aussah »wie ein Tier über den ganzen Himmel ausgestreckt, mit einem geflügelten Körper, vielen

Köpfen und flammensprühenden Rachen«[5]. Dabei sei es zu heftigen elektrischen Entladungen zwischen der Atmosphäre des Schweifes und der der Erde sowie zwischen der hellglänzenden Kometenkugel und dem schlangenähnlichen Kometenschweif gekommen. Die Erinnerung an dieses kosmische Ereignis, das auf der Erde verheerende Katastrophen zur Folge hatte, sei kollektiv aus dem Bewußtsein ins Unbewußte verdrängt worden und aus ihm in Form von Phantasieprodukten wieder aufgetaucht, nämlich in Mythen, Märchen und Sagen der Völker. So sei es zu erklären, daß bei zahlreichen Völkern, die völlig verschiedenen Kulturkreisen angehören und durch Ozeane voneinander getrennt sind, das Motiv des Drachenkampfes in Kunst, Literatur und Religion eine überragende Rolle spiele.

Erich von Däniken, der Schlangen und Drachen in großer Zahl auf den Goldplatten aus den Höhlen von Ecuador, vorwiegend in Verbindung mit Gestirnen, dargestellt fand, sieht in diesen Tieren »nahezu unzweifelhaft Symbole für die Weltraumfahrt«[6]. Weil dem prähistorischen Menschen jeglicher technische Wortschatz fehlte, beschrieb er die Erscheinungen aus dem Kosmos – Däniken meint: Weltraumfahrzeuge, die auf unserem Planeten landeten – als Drachen oder als »gefiederte feuerspeiende Schlangen«. Er hält die Mythen und Legenden von den Kämpfen der Götter im Himmel für Berichte von gigantischen Schlachten im Weltall zwischen menschenähnlichen Intelligenzen.

Wilhelm Bölsche (1861–1939) ist ebenfalls von dem »ewigen Ineinanderspielen von scheinbar freier Menschenphantasie und gesetzlichem Naturgestalten«[7] überzeugt. Er selbst sucht die Erklärung in folgender Richtung: Viele in unserer Zeit lebende Tierarten sind Miniaturausgaben der Saurier aus der Vorzeit, vor allem die Echsen: die nachurweltlichen Eidechsen, Chamäleons und Kragenechsen, die australischen Molochs und südamerikanischen Tejus, die fliegenden Sunda-Eidechsen (Draco volans), die drachenhaften Agamen, die bis zu 2 Meter langen Leguane und die 3 bis 4 Meter langen Warane. Von letztgenannter Art sind Fossilreste aus dem Tertiär auch in Nordamerika und Europa gefunden worden. In der Diluvialzeit, also parallel zur nordischen Eiszeit, gab es in Australien noch Warane von Dinosauriermaßen.

Abb. 3 Der berühmte Drache von der Insel Rhodos.
Aus einem Werk des gelehrten Jesuiten Athanasius Kircher, 1665.

»Wäre es wirklich ein so sehr kühner Gedanke«, fragt Bölsche, »solche Riesenwarane hätten sich selber noch in geschichtlichen Zeiten auch in unsern engern Kulturgegenden herumgetrieben und dort in die Drachensagen hineingewirkt? – Vielleicht waren es, wie öfter gerade bei aussterbenden Überbleibselformen, zuletzt nur noch einzelne, ungeheuer alte und besonders große, böse Individuen, die noch eine Weile so in die Zeit hineinragten und ihr verhängnisvolles Wesen trieben, bis auch sie der wachsenden Menschenkultur erlagen. Die ewig wiederkehrenden Erzählungen von der Höhle, aus der der Drache nächtlich hervorbricht, von seiner unfaßbaren Schnelligkeit trotz der Leibesschwere, seinem wilden Blick und rasenden Mut, auch von dem immer wieder täuschend schlangenhaften Wesen, das doch die vier bekrallten Füße Lügen zu strafen scheint, der Streit über seine Giftigkeit, der scheinbare Widerspruch, daß er an andern Orten auch aus dem Wasser aufsteigt – nichts könnte besser als zu solchem Waran passen.«[8]

Bölsche zitiert zur Veranschaulichung die Schilderung eines Wüstenwarans durch Zander: »Nähert man sich einem ungezähmten Waranen, so beginnt er meist mit Erheben des Kopfes und unruhigem Aufblähen und Zusammenziehen der sehr ausdehnbaren Kehle, atmet dann tief ein, bis er tonnenartig aufgebläht ist, wobei es mir scheint, als erhöhe sich die Nakkenhaut, und bläst dann die Luft unter lautem Zischen aus.

Darauf erhebt er die Rippen, so daß er ungemein breit, aber ganz platt wird, hebt die dem Angreifer zugekehrte Seite und legt den Schwanz, ihn nach Möglichkeit krümmend, auf die abgewandte Seite, den Kopf schief legend und dabei einziehend, so daß der Hals eine S-förmige Biegung macht. Darauf erfolgt der Schlag, der merkwürdig gut gezielt zu sein pflegt ... Das Tier läuft mit gesenktem Kopf, ziemlich hochbeinig und steif, sehr geraden Weges, wenig schaukelnd, den Schwanz (im leichten Bogen nach oben) waagerecht tragend ...«[9]

In die gleiche Richtung wie die Bölsches gehen die Überlegungen des österreichischen Dichters Heimito von Doderer, der seit 1927 Ausschnitte und Exzerpte über phantastische Tierkunde aus Quellen recht unterschiedlicher Art sammelte. In seinem Essay »Die Wiederkehr der Drachen« (1959) breitet er davon einiges aus. Insbesondere beschäftigt ihn die Tatsache, »daß uralte Tierformen aus Weltaltern, da noch keineswegs Säuger lebten, geschweige denn der Mensch, heute noch vorhanden sind«[10]. Ein Beispiel von vielen: der »Drache von Komodo« (Varanus Komodoensis), ein über 3 Meter langer Großwaran, wie es solche im Alttertiär bis nach Europa hinein gab, der 1927 auf der Insel Komodo im Malaiischen Archipel entdeckt wurde.

Doderer kommt zu der Überzeugung: »Der Mensch ist dem Drachen gegenüber gestanden: er kennt ihn aus Erfahrung. Der Drache ist nicht nur ein Symbol, wie das 19. Jahrhundert stets gerne glauben wollte. Und er ist auch keine phantastische Deutung von aufgefundenen fossilen großen Knochen. So entsteht keine derart spezifische Gestalt. Schon lange vor Dacqué, im 19. Jahrhundert, hat Le Roux de Lincy (1836) dargetan, daß alle Sagen von konkreten, lebendigen Gestalten ausgehen, nicht von totem Material. Den Drachen hat die Menschheit aus der Erfahrung.«[11]

Der Drache, so führt Doderer näher aus, ist zwar keine bestimmbare, in vielen Exemplaren vorhandene Tierart, er ist vielmehr ein Einzelfall: die Wiederkehr einer uralten, überlebten Form, die sich nicht einordnen läßt und darum als »ungeheuer« und »monströs« erlebt wurde. Es ist ein verborgenes Lebensgesetz, das sich im Überleben und Wiederkehren uralter Formen andeutet, ohne dessen Wirken seiner Ansicht nach weder die eigene Biographie noch die geschichtlichen Abläufe, noch auch die Erdgeschichte von uns überhaupt aufgefaßt werden könnten: das Gesetz von der »Symbiose der Zeiten« (A. P. Gütersloh), »daß nämlich nichts, was war, durch nichts, was inzwischen geschehen ist, sich abhalten läßt, zu sein. Anders, und sozusagen massiv, formuliert: Jede einmal ausgespielte Karte bleibt auf irgendeine Weise im Spiel. So in der Erdgeschichte, so im geschichtlichen, so in unserem persönlichen Leben: auch hier staut sich das Volk des Gewesenen in dichtem und buntem Gedränge hinter den Kulissen der jetzt eben gespielten Szene und in den Gängen zwischen jenen, bereit, hervorzubrechen und die Bühne zu überschwemmen, alle Handlung an sich zu reißen. Und im Lichte dieses heutigen Tags wimmeln plötzlich alle spiegelnden Lachen des eben gefallenen Regens von urtümlichem Getier aus einer ganz anderen Zeit.«[12]

Diese Grundwahrheit des Daseins hat Ivar Ivask als »Schlüssel« zu Doderers gesammeltem Roman- und Erzählwerk bezeichnet, in dem immer wieder Drachen oder andere urweltliche Lebewesen (Molche, Salamander, Krebse, Polypen, Kraken, Schlangen) dem Menschen begegnen, insbeson-

Abb. 4 Drache nach Paré

dere dort, wo eine Figur in der Aufarbeitung der eigenen Vergangenheit das eigene Lebensgesetz sucht oder vor einer Dodererschen »Menschwerdung« steht. Ob der Dichter vom Schicksal einer Romanfigur, der Geschichte Österreichs oder vom »totalen Roman« spricht, immer handelt es sich um denselben »großen Versuch, die Einheit des Lebens möglichst unbegrenzt zu apperzipieren, sie ja in kein abstraktes System zu zwängen, und selbst das ursprünglich Chaotische, Dämonische als einen unerklärlich integren Teil dieser Totalität gelten zu lassen«[13]. Dämonisch-zerstörerisch wird das Urtümliche erst dann, wenn wir uns vor seiner Lebensweisheit zu fürchten beginnen und sie verleugnen, wenn wir nicht mehr auffassen wollen, was war und noch immer weiter ist, und statt dessen die gegebene regenbogenfarbige Wirklichkeit systematisch verfälschen, ideologisch zurechtbiegen.

So münden die von naturwissenschaftlichen Phänomenen ausgehenden Gedanken Doderers ein in geisteswissenschaftliche Überlegungen, wie sie von dem Naturphilosophen Edgar Dacqué und dem Tiefenpsychologen C. G. Jung entfaltet wurden.

Der Drache als Seelenbild

Edgar Dacqué (1878–1945) erforschte als Paläontologe die Fossilien aus vergangenen Erdzeitaltern und versuchte als Naturphilosoph, »in jener anderen Schicht der Lebenswirklichkeit Umschau zu halten, die im gewöhnlichen wissenschaftlichen Verfahren nicht betreten wird«. Seine Absicht war nicht nur darauf gerichtet, das Intellektuell-Geistige, sondern auch das Naturseelenhafte zu erforschen.

Auch er ist dem Zusammenhang von Wirklichkeit und Mythos im Bilde des Drachen nachgegangen. Er erwägt die Möglichkeit, daß die Gestaltenbilder eines sagenhaften Wissens durchaus »urweltliche Naturwahrheit« enthalten können, »weil sie unbewußt aus Zeittiefen stammen, die von den Ureltern einmal lebendig durchwandert wurden«. Denn: »Der Mensch steht trotz aller Entwicklung nicht wurzellos über den Tagen der Vorwelt da. Er ist ein Abkömmling und als solcher von Urzeiten her mit lebendiger Erbschaft an Körper und Geist begabt.«[14]

Dacqué ist der Ansicht, daß die Hauptsäugetierstämme, also auch die mit dem Menschen zusammengehörigen Primaten, in das Reptilzeitalter zurückreichen. Deshalb sind für ihn Drachen nicht bloß Phantasiegebilde, sondern »wirkliche Tierformen einer ganz bestimmten erdgeschichtlichen Zeit«[15]. Die Menschheit besitzt nach seiner Überzeugung »aus dunkler Urzeit ein gemeinsames, wenn auch vielfach entstelltes, regional sehr abgeändertes und vielfach von den Überlieferern selbst unverstandenes Wissen, und hegt in diesem Urwissen (über sich selbst, über ihren Anfang und über die Natur) ein Erinnerungsgut, das vermutlich weit vor jene Epochen zurückreicht, aus denen man bisher fossile Menschenreste gefunden hat«[16]. Es gibt also ein »Gattungsgedächtnis«, in dem das Wissen der Vorzeit festgehalten ist und das sich weiter vererbt und so in tiefen Hirnschichten der späteren Menschheit fortlebt (Langzeitgedächtnis).

Aber Dacqué führt die Urmotive der Mythen und Sagen nicht einfach auf naturhistorische Tatsachen der Welt des Frühmenschen zurück, sondern für ihn sind die naturhistorischen Bilder zugleich Bilder innerer Natur- und Seelenzustände des Frühmenschen, die sich dem Menschheitsgedächtnis unverlierbar eingeprägt haben. »So ist das Bild des Drachen ebensosehr ein innerlich-mythisches, wie ein natur-historisch gegebenes Bild.«[17] Dacqué nennt diese Innenbilder und Innenerlebnisse »Archetypen der Naturseele im Menschen schlechthin«, die »bei der urgründigen Naturverwobenheit der Menschenseele zugleich ihre wirklichen Untergründe in der schaffenden Natur selbst wieder haben«[18].

Der Schweizer Psychologe und Psychiater C. G. Jung (1875–1961) kritisiert von seinem tiefenpsychologischen Ansatz her, daß man sich in der Mythenforschung bis dahin mit solaren, lunaren, meteorologischen, Vegetations- und anderen Hilfsvorstellungen begnügt habe. Für ihn sind die Mythen »in erster Linie psychische Manifestationen, welche das Wesen der Seele darstellen«. Die unbewußte Seele des primitiven, das heißt ursprünglichen Menschen habe einen »unüberwindlichen Drang, alle äußere Sinneserfahrung an seelisches Geschehen zu assimilieren«, das heißt, die mythisierten Naturvorgänge sind »symbolische Ausdrücke für das innere und unbewußte Drama der Seele«, das – widergespiegelt in den Naturereignissen – dem Bewußtsein faßbar wird. Die Naturerkenntnis des primitiven Menschen ist also »wesentlich Sprache und äußere Bekleidung des unbewußten Seelenvorganges«[19].

Die Seele enthält alle jene Bilder, aus denen die Mythen und Märchen entstanden sind. Jung nennt sie urtümliche oder archetypische Bilder des allgemein-menschlichen (kollektiven) Unbewußten. In ihnen berühren sich die äußere (objektive) und die innere (subjektive) Wirklichkeit. In ihnen kommt zum Ausdruck, wie der Mensch ein äußeres Ereignis in seiner Seele erlebt. Sie sind ein verinnerlichtes Bild eines objektiven Geschehens.

Das archetypische Bild des Drachenkampfes ist demnach Ausdruck eines typischen Grunderlebnisses, das sich dem kollektiven Unbewußten des Menschen eingeprägt hat, nämlich: die Begegnung mit dem »Ungeheuren«, verstanden in seiner ganzen Bedeutungsfülle, die Rudolf Otto entfaltet hat als das Unheimliche, das zugleich abstößt und anzieht, furchterregend und bewunderungswürdig, dämonisch und göttlich ist[20]. C. G. Jung sagt von solchen typischen Situationen: »Endlose Wiederholung hat diese Erfahrungen in die psychische Konstitution eingeprägt, nicht in Form von Bildern, die von einem Inhalt erfüllt wären, sondern zunächst beinahe nur als *Formen ohne Inhalt,* welche bloß die Möglichkeit eines bestimmten Typus der Auffassung und des Handelns darstellen. Wenn sich im Leben etwas ereignet, was einem Archetypus entspricht, wird dieser aktiviert, und es tritt eine Zwanghaftigkeit auf, die, wie eine Instinktreaktion, sich wider Vernunft und Willen durchsetzt oder einen Konflikt hervorruft, der bis zum Pathologischen, das heißt zur Neurose, anwächst.«[21]

Nach C. G. Jung ist der Held des Mythos das archetypische Bild des bewußten Ich, seine Abenteuerfahrt der Weg der Selbstwerdung (Individuation). Das Wasser ist Symbol für das kollektive Unbewußte, der Drache, der aus dem Wasser aufsteigt, der im kollektiven Unbewußten enthaltene Archetyp der Großen Mutter, der in seinem negativen Aspekt ins Bewußtsein tritt. »Die Bedrohung der Selbsteigenheit durch Drachen und Schlangen weist auf die Gefahr hin, daß die Bewußtseinserwerbung von der Instinktseele, dem Unbewußten, wieder verschluckt wird.«[22] Genauer noch: »Der Drache drückt als negatives Mutterbild den Widerstand gegen den Inzest, beziehungsweise die Angst davor aus. Drache und Schlange sind die Symbolrepräsentanten der Angst vor den Folgen der Tabuverletzung, das heißt der Regression zum Inzest.«[23] Der Inzest stellt symbolisch das Versinken der seelischen Energie (Libido) ins Unbewußte dar. Dadurch werden nicht nur persönliche infantile Reaktionen hervorgerufen, sondern auch »Kollektivbilder (Archetypen) belebt, welchen kompensierende und heilende Bedeutung, die der Mythus von jeher hatte, zukommt«[24].

Der Drache als Symbol der Todesgöttin

Nach der Psychologie gewann die Soziologie zunehmend Einfluß auch in der Deutung von Mythen und Märchen. Heide Göttner-Abendroth (geb. 1941), Dozentin für Philosophie und Ästhetik, lehnt die tiefenpsychologische Deutung von Mythen, Märchen und Epen im Sinne der (nicht nachprüfbaren) Archetypenlehre ebenso strikt ab wie romantisierende, idealistisch-geistesgeschichtliche oder ästhetisierend-formalistische Deutungen und läßt allein die kultur- und sozialhistorische Deutung gelten, weil sie den sozialen und ökonomischen Hintergrund der Gesellschaft, in der sie entstanden sind, einbezieht. Dies ist für sie die einzige wissenschaftlich fundierte Methode, zu deuten und bleibende Erkenntnis zu gewinnen. Demnach sind Mythen, Märchen und Epen weder bloßer Abklatsch unerklärlicher Naturerscheinungen und Ausdruck romantisch unterstellter »Volksseelen« oder »Ur-Ideen« der Menschheit, noch Ausdruck neurotischer Komplexe oder ungreifbarer seelischer Archetypen, sondern »Abbilder der komplexen Praxis archaischer Gesellschaften«, und zwar in erster Linie matriarchaler Gesellschaften[25].

Die auffallenden Übereinstimmungen in der Symbolik und im Aufbau von Mythen, Märchen, Sagen und Legenden führt sie zurück auf dieselbe Grundstruktur archaischer Gesellschaften: Das Strukturschema der matriarchalen Mythologie entspricht der Struktur der matriarchalen Gesellschaft. Typische Transformationen der Symbolik spiegeln typische Wandlungen der Gesellschaftsstruktur wider, insbesondere die des

Übergangs vom Matriarchat zum Patriarchat. Das Strukturschema matriarchaler Mythologie ist »das Muster aller analogen Vorstellungswelten um den Erdball«[26].

Das Strukturschema matriarchaler Mythologie ist gekennzeichnet durch die Dreifaltige Göttin (Mädchen, Frau, Greisin) und ihren Heros (männliche Götter gab es nicht). Die Göttin-Heros-Struktur spiegelt das Verhältnis von Frau und Mann in matriarchalen Gesellschaften wider. Die drei Stadien des klassischen matriarchalen Herosmusters, die den Jahreszeitenfesten entsprechen, sind: Initiation, Heilige Hochzeit, Tod und Wiederkehr. Die Göttin ist es, die den Heros im Frühling als Jungfrau initiiert und ihm die Würde des sakralen Königs verleiht, die im Sommer als Weib mit ihm die Heilige Hochzeit begeht und die ihn zu Beginn des Winters als Greisin opfert und in die Unterwelt führt, aus der er Anfang des nächsten Jahres wieder aufersteht. Im Mythos ist es die Mondgöttin und ihr Fruchtbarkeitsheros, im Märchen sind es die Prinzessin und ihre Brüder, in der mittelalterlichen Epik die Herrin und ihr Held.

Die älteste Form der Initiation besteht nach Göttner-Abendroth darin, daß die Göttin den Heros durch Überreichung eines Gnadengeschenks (z. B. eines goldenen Apfels) erwählt. Eine spätere Form der Initiation besteht darin, daß die Göttin ihm Heiratsaufgaben stellt: Geschicklichkeits-, Wissens- und Mut-Tests oder Kampf mit den drei mythischen Tieren der Göttin (Löwe, Hindin, Drache), wobei vor allem das furchtbarste der drei, der schlangenartige Drache oder die drachenartige Schlange, den Heros zu verschlingen droht (Todessymbol). Dies ist ein Kampf gegen die Todesgöttin selbst in ihrer Tiergestalt. Nachdem der Heros den finsteren Aspekt der Göttin, den Tod, überwunden hat, erscheint sie ihm huldvoll im hellen Aspekt der wunderschönen Göttin (im Märchen: der Prinzessin) und begeht mit ihm die Heilige Hochzeit.

Zusammenfassung: Für alle angeführten Deutungen des Drachenkampfmotivs gibt es Belege, keine kann den Anspruch erheben, die einzig richtige zu sein. Sie schließen sich nicht gegenseitig aus, sondern ergänzen sich. Das macht die Vielschichtigkeit des Symbols deutlich und die Notwendigkeit, es unter verschiedenen Aspekten zu betrachten, um es in seiner Bedeutungsfülle zu erschließen. Dennoch ist es niemals ganz in rationale Begrifflichkeit zu überführen, denn es ist seinem Wesen nach die bildhafte Umschreibung eines Geschehens, das unser rationales Erfassungsvermögen übersteigt.

Negative und positive Wertung des Drachen

Der Drache, so war deutlich geworden, ist der Inbegriff des Ungeheuren und Unheimlichen, des Bedrohlichen und Bösen. Diese Feststellung muß eingeschränkt werden: Sie gilt nur für den westlichen (europäischen) Kulturkreis. Im östlichen (ostasiatischen) Kulturkreis dagegen hat der Drache eine überwiegend positive Bedeutung. Er ist Symbol der Fruchtbarkeit der Erde, der kaiserlichen Macht und des Schöpferischen oder Hüter verborgener Schätze (Weisheit, Glück, langes Leben)[27].

Als ein Schweizer Künstler für die römisch-katholische Kathedrale in Kyoto/Japan ein Glasfenster mit dem Drachentöter St. Georg entworfen hatte, stieß er auf völliges Unverständnis der japanischen Christen. Sie konnten nicht begreifen, daß der Drache getötet wurde, denn für sie ist der Drache ein positives Symbol.

In China ist der Drache ältestes Symbol und Wappentier. Überraschenderweise ist er aber nicht dem Yin-Prinzip zugeordnet, das alles Dunkle, Kalte, Feuchte, das Weibliche und die Erde, den Mond und die unteren Wasser umfaßt, sondern dem Yang-Prinzip, das alles Helle, Warme, Trockene, das Männliche und den Himmel, die Sonne und die oberen Wasser, den Regen umfaßt. (Weil der Kaiser ein »Sohn des Himmels« ist, steht der Drache für die kaiserliche Macht.) Diese beiden entgegengesetzten und sich gegenseitig ergänzenden Ur-Prinzipien bilden nach chinesischer Anschauung ein Ganzes und stehen im Gleichgewicht miteinander. Das eine enthält in sich den Keim des andern.

Innerhalb dieses Systems ist der Drache also nicht das zu überwindende Dunkle und Böse, sondern ein wohlwollender Geist positiver Kraft: Als Himmelsdrache bewacht er die

Abb. 5 Tai Gi, chinesisches Symbol der sich ergänzenden und bedingenden Urkräfte Yin (weiblich) und Yang (männlich).

Götterwohnungen, als Drachengeist regiert er Regen und Winde und sorgt für fruchtbare Überschwemmungen, als Erddrache reinigt er die Flüsse und vertieft die Meere. Zwar weiß auch die ostasiatische Mythologie von Kämpfen gegen Drachen zu berichten, aber dabei handelt es sich um einzelne, bestimmte Drachen, die dem Leben feindlich sind und deshalb besiegt werden müssen. Aber der Drache an und für sich ist nicht lebensfeindlich. Seine positive Wertung bleibt dennoch ungebrochen bestehen.

Die verschiedene Wertung des Drachen ist zweifellos Ausdruck der unterschiedlichen westlichen und östlichen Denkweise. Max Burkolter-Trachsel, der in seiner Dissertation der Frage der unterschiedlichen Wertung des Drachensymbols in Ost und West nachgegangen ist, kennzeichnet das westliche Denken als dualistisch, das östliche Denken als umfassend. Dem dualistischen Denken entspricht das einseitige negative Symbolverständnis, dem umfassenden Denken ein umfassendes negatives und positives Symbolverständnis. Burkolter-Trachsel schreibt:

»In Kulturen, die ein umfassendes Drachenbild aufweisen, ist grundlegendes Ziel, die kosmische und gesellschaftliche Ordnung aufrechtzuerhalten. Diesem Ziel dienen u. a. in verschiedenen Gebieten die Drachenkampfmythen oder -riten. Dort, wo das Ungeordnete das Bedrohliche darstellt, ist es zugleich ein notwendiger Teil der Gesamtwirklichkeit. Es ist potentielles Leben. Es muß, damit die Ordnung, die Harmonie, aufrechterhalten bleibt, immer wieder in Schranken gewiesen werden. Es gehört aber zum Ganzen, es kann nicht beseitigt werden, ohne daß das gesamte Welt- und Sozialgefüge gestört und zerstört wird. –

Betrachtet eine Kultur aber das Ungeordnete, das Chaotische, als das ›Böse‹ schlechthin, so ergeben sich ganz andere Konsequenzen. Alles, was zur Welt des Bösen gehört, ist nicht notwendig, es ist nur Störung des eigentlichen Kosmos. Es wird verachtet, angefeindet... In letzter Konsequenz muß das ›Böse‹ schließlich völlig ausgemerzt werden, es ist ja nur so etwas wie ein Krebsgeschwür am gesunden Körper der guten Welt. Oder anders ausgedrückt, entfernt man den Teufel oder den Drachen aus der Welt, hat man die eigentliche, die wirkliche Welt. In der Sprache des Bildes heißt dies, der

Drache kann nur noch als Repräsentant des Bösen auftreten.«[28]

Die Identifizierung des Drachen nicht nur mit dem Lebensfeindlichen, sondern mit dem absoluten Bösen findet sich zuerst in der zoroastrischen Religion Persiens und – von daher beeinflußt – in der spätjüdischen und christlichen Apokalyptik (Offenbarung des Johannes). Sie hat die abendländische Geschichtsauffassung wesentlich mitgeprägt. (Das wird in den folgenden Kapiteln näher ausgeführt und die damit gegebene Problematik am Ende dieses Buches aufgezeigt werden.)

Daß der Drache nicht an sich böse ist, aber in einer bestimmten Konstellation dem Menschen böse werden kann, entspricht dem, was Konrad Lorenz über die Aggression als das »sogenannte Böse« gesagt hat: daß die (intraspezifische) Aggression durchaus nicht als Teufel, als das vernichtende Prinzip, ja nicht einmal als »Teil von jener Kraft, die stets das Böse will und stets das Gute schafft« erscheint, sondern »ganz eindeutig als Teil der system- und lebenserhaltenden Organisation aller Wesen, der zwar, wie alles Irdische, in Fehlfunktionen verfallen und Leben vernichten kann, der aber doch vom großen Geschehen des organischen Werdens zum Guten bestimmt ist«[29].

Theologisch aber ist zu unterscheiden zwischen dem negativen Aspekt der Schöpfung (lebensfeindlich) und dem Nichtigen (gottfeindlich). Die Verwechslung beider hat sich – wie Karl Barth in seiner Kirchlichen Dogmatik ausgeführt hat – in der Geschichte der Theologie als folgenschwerer Irrtum herausgestellt[30]. Dieser besteht darin, daß man die Schattenseite der Schöpfung für das Nichtige hält und das Nichtige damit als zum Dasein gehöriges, wesentlich notwendiges Element ansieht, es an seinem Ort gelten läßt, es rechtfertigt. Unbestritten: Die Schöpfung in ihren beiden Aspekten und also auch in ihrem negativen Aspekt ist Gottes gute Schöpfung. Man kann auch sagen, daß die negative Seite der Geschöpfwelt dem Nichtigen benachbart und zugewendet ist, aber sie darf nicht mit dem Nichtigen gleichgesetzt werden. Erst von der Erkenntnis Jesu Christi her, in dem die Güte der Schöpfung Gottes in ihrer doppelten Gestalt offenbar ist, wird auch die Erkenntnis des Nichtigen in seiner ganzen Tiefe offenbar. Das wirklich Nichtige ist: »der Feind, mit dem es keinen Frieden geben darf, das Negative, das nicht nur das Komplement zu einem ihm gegenüberstehenden Positiven ist, die Linke, der durch keine Rechte die Waage gehalten wird, der Gegensatz, der nun gerade kein bloß innerweltlicher und also kein bloß dialektischer Gegensatz ist, der Gegensatz nämlich, der sich darum gegen die Totalität der geschaffenen Welt richtet, weil er zuerst und vor allem Gott selbst angeht, Gegensatz gegen *ihn* ist«[31].

Von diesen Überlegungen her wird zweierlei deutlich: erstens, daß der Unterschied zwischen der westlichen und östlichen Wertung des Drachen in der unterschiedlichen religiösen Denkweise begründet ist, und zweitens, daß der Unterschied nicht von einer gegensätzlichen Deutung des Bösen herrührt, sondern von einer Deutung des Bösen auf unterschiedlichen Ebenen.

Wie immer der Drache verstanden wird, negativ oder positiv, er ist Teilaspekt eines Ganzen, das Licht und Finsternis, Gut und Böse umfaßt.

Nach tiefenpsychologischem Symbolverständnis ist der Drache der negative Aspekt des Archetyps der Großen Mutter[32]. Der Archetyp der Großen Mutter ist das Symbol des Unbewußten. Dieses ist der Urgrund, aus dem das Ich-Bewußtsein hervorgeht, das es immer wieder zurückzuschlingen droht.

Sowohl in Mythen und Märchen als auch in Sagen und Legenden wird häufig erzählt, daß sich eine Jungfrau in der Gewalt des furchtbaren Drachen befindet. Tiefenpsychologisch gedeutet: Das Ich muß den negativen Aspekt des Unbewußten überwinden und den positiven Aspekt aus dessen Umklammerung befreien. Die Jungfrau ist ein Bild des Archetyps der Anima, der in der männlichen Psyche zunächst stets mit dem Archetyp der Großen Mutter vermischt ist. Die Befreiung der jungfräulichen Anima aus der Gewalt des drachenhaften Unbewußten ist symbolischer Ausdruck für den archetypischen Vorgang, daß es dem Ich-Bewußtsein gelingt, das Seelische den rein triebhaften Schichten des Unbewußten zu entreißen. Die Schätze, die der Drache hütet, sind Synonyme der Anima: »Symbole höchster Werte und freier überlegener Meisterung des Unbewußten«[33].

An die Stelle des Drachen als negativen Aspekts des Mutterarchetyps kann auch ein Berggeist als negativer Aspekt des

Vaterarchetyps treten – so in dem deutschen Märchen »Die verwünschte Prinzessin«[34]. Die »liebe, gute Prinzessin« ist von dem Berggeist verzaubert, das heißt, das Weibliche steht unter der Macht einer dominierenden Vaterfigur; manchmal ist sie still und in sich gekehrt, aber manchmal wird sie so böse, daß sie alles zerschlägt und umbringt, was ihr in den Weg kommt. Hier sind der verschlingende Drache (in der Gestalt des Berggeistes) und die gute Prinzessin offensichtlich ein und dieselbe Person. Als schließlich der Held kommt, dem es gelingt, den Berggeist zu überwinden, wird die Prinzessin zurückverwandelt in ihre »vorige Engelsschönheit und Frömmigkeit«.

Nicht selten erscheint die zu erlösende Jungfrau selbst als Drache oder sonstiges Untier, das in dieser Gestalt geliebt werden muß. Dadurch verwandelt es sich dann in ein schönes Weib.

C. G. Jung hat darauf aufmerksam gemacht, daß auch der den Drachen bekämpfende Held vieles mit dem Drachen gemeinsam hat oder Eigentümlichkeiten von ihm übernimmt, wie zum Beispiel die Unverwundbarkeit, die Schlangenaugen und anderes[35]. Wenn er mit dem Drachenblut seine Zunge berührt, kann er die Sprache der Vögel verstehen, und das rettet ihm das Leben.

In diesen Zusammenhang gehört auch die Vorstellung, daß nur das Drachenhafte den Drachen bezwingen kann. Wenn die Wikinger das wilde, verschlingende Meer befuhren, gaben sie ihren Booten durch die Drachenköpfe am Steven Drachengestalt. Sie selbst nannten ihre Boote »Orm«, das heißt Schlange, oder »Draken« und »Drakkare«, das heißt Drachen. Indem die Wikinger ihre Schiffe dem Urbild des Drachenelements nachformten, wollten sie es mit seinem eigenen Bilde bannen, um so vor seiner verschlingenden Macht bewahrt zu bleiben. Im Zeichen des Drachen bezwangen sie den Drachen[36].

Außerdem sollten die Drachenköpfe am Steven der Wikingerschiffe – dem Gorgonenhaupte gleich – die bösen Geister und Feinde schrecken. Das geht aus der Anweisung einer isländischen Handschrift eindeutig hervor, die es untersagte, »mit maulaufsperrenden Ungeheuern oder klaffenden Dra-

Abb. 6
Langschiff der Wikinger

chenschlünden« am Steven das Heimatland anzusegeln, damit nicht die heimischen guten Land- und Ackergeister dadurch erschreckt würden[37]. Auf dem berühmten Teppich von Bayeux, auf dem die Eroberung Englands durch die Normannen dargestellt ist, sind deutlich die Keile zu erkennen, mit denen die Drachenköpfe am Steven befestigt sind. Zum Teil sind die Drachenköpfe schon abgenommen.

Entsprechendes gilt beispielsweise von den ostiranischen Kriegern, die einen Drachenhelm trugen, Drachenfahnen führten, ja ihre Hauptstreitmacht »Drachen« nannten. »Drachengleich« wollten sie gegen ihre Feinde kämpfen, in denen sie den Chaosdrachen verkörpert sahen, der ihre Ordnung bedrohte[38].

Wie die Steven der Schiffe, so versahen die Wikinger auch die Giebel der »Kirchenschiffe« ihrer Stabkirchen (vornehmlich im 12. Jahrhundert) mit Drachenköpfen[39]. Auch sie haben apotropäischen Charakter, das heißt, sie dienen dem Abwehrzauber gegen feindliche Naturgeister. Die Stabkirchen waren nie Mittelpunkt einer Ansiedlung, sondern standen einsam in einer wilden Natur. Sie mußten sich gegen Wetter und Stürme, Schnee und Eis, Felsen und Bergriesen behaupten. In den Stabkirchen vermischen sich Heidnisches und Christliches. So stehen am First nebeneinander Drachenköpfe und Kreuze. Beide sollten dem gleichen Zweck dienen: die Dämonen zu bannen.

Es scheint, daß sich mit der Zeit das Kreuz gegenüber dem Drachen durchgesetzt hat. An der Stabkirche zu Heddal, die Mitte des 13. Jahrhunderts errichtet wurde, sind die Drachenköpfe an den Giebeln zu kleinen hundeartigen Köpfen geschrumpft, während wuchtige Kreuze auf den drei Türmen und über den Eingangsgiebeln das Bild beherrschen. An den vier Giebelenden des viereckigen Turmes ragen an Stelle der Drachenköpfe vier Kreuze waagerecht hervor. – Kann man daran ablesen, daß an die Stelle des natürlichen Grundsatzes, dem Bösen mit Bösem zu begegnen (»Auge um Auge, Zahn um Zahn«), der christliche Grundsatz, das Böse mit Gutem zu überwinden, getreten ist? Wenn man sich vergegenwärtigt, daß für den vorchristlichen Menschen in den nordischen Ländern die Blutrache höchste, ja heilige Pflicht war, daß die altnordischen Sagas fast alle Rachegeschichten sind, in denen das Böse fortzeugend Böses gebar und so zum Untergang der Helden und schließlich zur Götterdämmerung führt[40], dann kann man ermessen, wie revolutionär die christliche Botschaft war. Denn sie kündet, daß die Drachenmacht des Bösen durch die leidende Liebe Christi am Kreuz überwunden ist und uns von dem furchtbaren Gesetz von Schuld und Vergeltung erlöst hat.

Anmerkungen

1 B. Kurtén, Die Welt der Saurier (Kindlers Universitäts-Bibliothek), München 1968
2 A. Aarne, Vergleichende Märchenforschungen (Akadem. Abhandlungen), Helsingfors 1907
3 E. Siecke, Drachenkämpfe. Untersuchungen zur indogermanischen Sagenkunde; in: Mythologische Bibliothek, hrsg, v. d. Ges. f. vgl. Mythenforschung, Bd. I, Leipzig 1908; H. Lessmann, Aufgaben und Ziele der vergleichenden Mythenforschung; in: Mythologische Bibliothek, a.a.O., S. 42f.
4 L. Frobenius, Das Zeitalter des Sonnengottes, Bd. 1, Berlin 1904
5 I. Velikovsky, Welten im Zusammenstoß. Als die Sonne still stand, Stuttgart 1952, S. 323
6 E. von Däniken, Aussaat und Kosmos. Spuren und Pläne außerirdischer Intelligenzen, Düsseldorf/Wien 1972, S. 36f.
7 W. Bölsche, Drachen. Sage und Naturwissenschaft. Eine volkstümliche Darstellung (Kosmos-Bändchen), Stuttgart 1929, S. 78
8 Ebd., S. 77
9 Ebd., S. 71
10 H. von Doderer, Die Wiederkehr der Drachen. Aufsätze, Traktate, Reden, München 1970, S. 20; Ders., Die alten Drachen leben!; in: Der neue Pflug 3, 1928, S. 35ff.
11 Ebd., S. 23

12 Ebd., S. 22
13 I. Ivask, Psychologie und Geschichte in Doderers Romanwerk; in: Literatur und Kritik 3, Salzburg 1968, S. 217
14 E. Dacqué, Urwelt, Sage und Menschheit. Eine naturhistorisch-metaphysische Studie. München/Berlin 1938[8], S. 123
15 E. Dacqué, Das verlorene Paradies. Zur Seelengeschichte des Menschen, München 1953[4], S. 33
16 Ebd., S. 39
17 Ebd., S. 40
18 Ebd., S. 40
19 C. G. Jung, Über die Archetypen des kollektiven Unbewußten; in: Gesammelte Werke Bd. IX/1, Olten/Freiburg i. Br. 1983[5], S. 15f.
20 R. Otto, Das Heilige. Über das Irrationale in der Idee des Göttlichen und sein Verhältnis zum Rationalen, Sonderausgabe 1963, S. 53ff.
21 C. G. Jung, Der Begriff des kollektiven Unbewußten; in: Ges. Werke Bd. IX, a.a.O. (Anm. 19), S. 61
22 C. G. Jung, ebd., S. 180
23 C. G. Jung, Symbole der Wandlung. Analyse des Vorspiels zu einer Schizophrenie. Gesammelte Werke Bd. V, Olten/Freiburg i. Br. 1977[2], S. 334
24 Ebd., S. 532
25 H. Göttner-Abendroth, Die Göttin und ihr Heros. Die matriarchalen Religionen in Mythos, Märchen und Dichtung, München 1980
26 Ebd., S. 17
27 A. Eliot, Mythen der Welt, Luzern/Frankfurt a. M. 1976; A. Christie, Chinesische Mythologie, Wiesbaden 1968
28 Max Burkolter-Trachsel, Der Drache. Das Symbol und der Mensch (Dissertation), Bern 1981, S. 161f.
29 K. Lorenz, Das sogenannte Böse. Zur Naturgeschichte der Aggression, Wien 1963, S. 73
30 K. Barth, Die Kirchliche Dogmatik Bd. III/3, Zürich 1950, S. 327ff.
31 Ebd., S. 342
32 C. G. Jung, Die psychologischen Aspekte des Mutterarchetypus; in: Gesammelte Werke Bd. IX/1, Olten/Freiburg i. Br. 1983[5], S. 89ff.; E. Neumann, Die Große Mutter. Der Archetyp des Großen Weiblichen, Darmstadt 1957
33 H. von Beit, Symbolik des Märchens. Versuch einer Deutung, Bern 1967[3], S. 366
34 s. V. Kast, in: Das Böse im Märchen (psychologisch gesehen 33), Stuttgart 1978, S. 67ff.
35 C. G. Jung, Symbole der Wandlung, a.a.O. (Anm. 23), S. 468
36 R. Pörtner, Die Wikinger-Saga, Düsseldorf/Wien 1971, S. 263ff.; Die Wikinger, Essen 1974, S. 247ff.
37 E. Burger, Norwegische Stabkirchen. Bauweise. Geschichte. Schmuck, Köln 1978, S. 33ff.
38 G. Widengren, in: Das Böse. Zürich/Stuttgart 1961, S. 35f.
39 D. Lindholm / W. Roggenkamp, Stabkirchen in Norwegen. Drachenmythos und Christentum in der altnorwegischen Baukunst, Stuttgart 1968
40 H. Kuhn, Das alte Island (Thule. Isländische Sagas 4), Düsseldorf/Köln 1971, S. 185ff.

Der Drachenkampf im Mythos

Der Drache verkörpert im Mythos das kosmische Böse:
die Macht, die die befruchtenden
oberen und unteren Wasser zurückhält,
die sich der Sonne feindlich in den Weg stellt,
die das Leben der Menschen
durch kosmische Katastrophen gefährdet
oder auch die politische Macht,
die die Ordnung des Staates bedroht.

Der mythische Drachenkampf
wird vom Menschen im Kult wiederholt,
um die Schöpfung zu erneuern
und den Bestand der Welt zu sichern.

Der urzeitliche Kampf gegen den Chaosdrachen

Das Drachenkampfmotiv taucht besonders häufig in Schöpfungsmythen auf. Diese handeln nicht im Sinne des historischen Denkens von einem »zeitlichen Anfang«, sondern von einem »zeitlosen Ursprung«, der alles zu jeder Zeit aus sich hervorgehen läßt. Sie fragen nicht im naturwissenschaftlichen Sinne nach den »Ursachen« (aitia) einer kausalen Entwicklung (warum?), sondern nach dem »Urgrund« (archai), auf dem alles beruht (woher?). Sie »erklären« nicht die raumzeitliche Entstehung der Welt, sondern sie »begründen« die bestehende Welt. »Wo der Philosoph sich durch die ihn umgebende Erscheinungswelt bohren würde, um zu sagen, was ›eigentlich ist‹, da tritt der ›Mythensager‹ in die Urzeit zurück, um zu erzählen, was ›ursprünglich war‹. Urzeitlichkeit gilt ihm für Eigentlichkeit.«[1]

Dieses zeitlose Urgeschehen erweist sich in ewigen Wiederholungen als unvergänglich: Die Schöpfung erneuert sich von Tag zu Tag, wenn die Sonne am Morgen siegreich aus der finsteren Unterwelt emporsteigt; sie erneuert sich von Jahr zu Jahr, wenn die Sonne im Frühling nach harten Gewitterstürmen über die Mächte des Winters den Sieg davonträgt. Diese kosmische Erfahrung der Zweiheit und des Kampfes zwischen Licht und Finsternis, Sommer und Winter, Leben und Tod hat die Mythen vom Urkampf geprägt.

Neben dem Welteltернmyhos (»Heilige Hochzeit«) und dem Gottesopfer für menschliches Gedeihen gehört der »Heilige Streit« zu den drei Grundtypen der Schöpfungsmythen (Ulrich Mann)[2]. Entweder stehen sich von Anfang an zwei Gottheiten (Prinzipien) unversöhnlich gegenüber (Dualismus), und aus diesem Streit (Chaos) entstehen Mensch und Welt, oder am Anfang besteht die Einheit der Schöpfung (Monismus) und wird erst durch das Auftreten eines Widersachers in Zwiespalt gebracht. Der Sieg über den Widersacher stellt die ursprüngliche Harmonie wieder her.

Wir finden das Motiv des Heiligen Streites in den primitiven Religionen, in den mythologischen Religionen der Hochkulturen und in den Hochreligionen.

Die primitive Religion »kennt die Gottheit nicht anders als selbst kämpfend, tötend, opfernd, Frevel rächend, Leben erzeugend, aber auch leidend, sterbend, wiederauferstehend oder auch im Totenreich bleibend. Der vom Mythos begleitete Kult aber ist es, der diese Beziehung des Menschen zur Gottheit herstellt.«[3]

Die mythologischen Religionen der Hochkultur sollen hier hinsichtlich des Drachenkampfmotivs näher ins Auge gefaßt werden.

Die Religion Mesopotamiens berichtet vom Drachenkampf in drei geschichtlich gestuften Versionen: sumerisch, babylonisch, assyrisch.

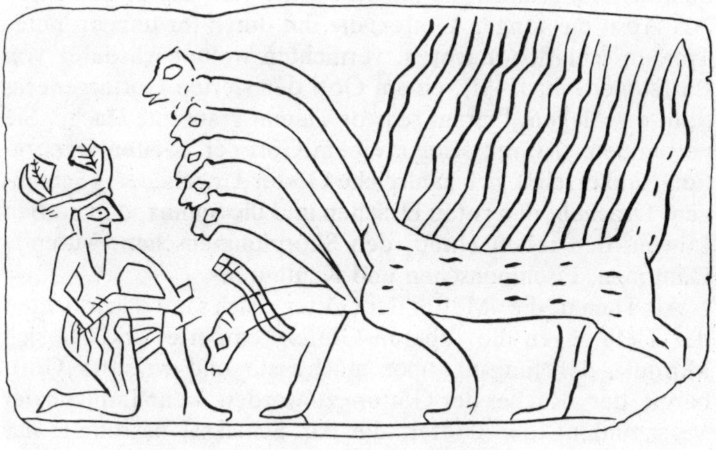

Abb. 7 Der siebenköpfige mesopotamische Urdrache, halb Schlange, halb Panther, von dessen Rücken Flammen emporsteigen. Muscheltäfelchen (Höhe 4 cm), Herkunft unbekannt, wahrscheinlcih akkadisch (2350–2150 v. Chr.).

Sumer

Die ältesten Texte auf Tontafeln stammen aus der Zeit zwischen 2500 und 2000 v. Chr.[4]. Im sumerischen Mythos findet der Heilige Streit nach der Schöpfung statt. Enki, Herr des in der Erdtiefe gedachten Süßwasserozeans, des lebenbringenden Grundwassers also, besiegt bei seiner Ankunft aus dem Süden das Ungeheuer Kur. Ein zweiter sumerischer Kämpfergott ist Ninurta, der das Meerungeheuer Asag, den Herrn der Unterwelt und Dämon des Siechtums und der Seuchen, besiegt; ein dritter ist Tishpak, der den gewaltigen

Meerdrachen Labbu, der die Ebene und die Städte verwüstete, bezwingt. Die Sieger im Drachenkampf werden zu Königen gemacht.

Babylon

Das babylonische Schöpfungsepos Enuma elis (so genannt nach seinen Anfangsworten) berichtet[5]:

Apsu (männlich) und Tiamat (weiblich) waren das erste Götterpaar, Verkörperungen des Süßwasserozeans und des Salzwasserabgrunds. Sie hatten die Gestalt von Ungeheuern. Als Apsu die jungen Götter, die ihn durch ihr ungeordnetes Treiben schlaflos machten, vernichten wollte, wurde er von Ea (sumerisch: Enki), einem Gott der vierten Göttergeneration, erschlagen. Darauf schwor Tiamat grausame Rache. Sie verbündete sich mit Kingu, einem Gott der zweiten Generation, und erschuf sich zahlreiche Götter-Ungeheuer: »Schlangen, Drachen, den roten Drachen und die Sphinx, den großen Löwen, den tollen Hund, den Skorpionmenschen, wütende Dämonen, Fischmenschen und Kentauren«.

Als Tiamat, die »Mutter der Götter«, sich samt den Mächten der Tiefe gegen die »oberen Götter« empörte, erklärte sich Marduk, der jüngste, aber mächtigste und weiseste Gott, bereit, der »Rächer der Götter« zu werden, wenn ihm von der Versammlung der Götter, die das Schicksal bestimmt, das gleiche Herrschaftsrecht, das sie selber hatten, zuerkannt würde. So wurde er mit Macht und Herrschaft ohnegleichen über das gesamte All ausgestattet.

Bewaffnet mit Bogen und Köcher, Sichelschwert und Donnerkeil und begleitet von allerlei Winden, fuhr Marduk auf seinem von furchterregenden Wesen gezogenen Wagen Tiamat entgegen und forderte sie zum Kampf heraus: »Nun rüst' dich zum Zweikampf, wir wollen uns messen: Du oder ich, wer bleibt wohl Sieger?« Dann fing er die Göttermutter im Netz, ließ in ihren geöffneten Rachen den Orkan hineinfahren, fuhr mit dem Sichelschwert nach und tötete sie. Als Sieger stellte er sich auf sie. Dann spaltete er ihr den Schädel und zerteilte ihren Leichnam in zwei Hälften »wie einen getrockneten Fisch«: Aus der oberen Hälfte machte er das Himmelsgewölbe und aus der unteren Hälfte die Erdscheibe. So schuf er

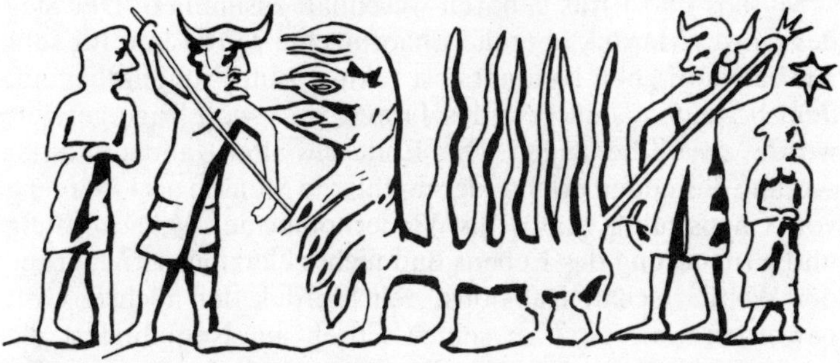

Abb. 8 Drachenkampf. Zwei Götter mit Hörnerkrone und Lanze kämpfen gegen einen siebenköpfigen Drachen. Rollsiegel, grauer Stein (Höhe 3,2 cm), Tell Asmar, akkadisch (2350–2150 v. Chr.).

aus dem überwundenen Chaos den geordneten Kosmos. Nachdem Marduk auch die elf Helfer der Tiamat besiegt hatte, schloß er sie samt den rebellischen Göttern in die Unterwelt ein. Dem göttlichen Kingu aber öffnete er die Adern, und aus seinem Blut schuf Ea auf Marduks Rat die Menschen. Das bedeutet: In den Adern der Menschen fließt das verdorbene, mit Sünde und Tod belastete Blut eines schuldigen und verurteilten Gottes. Die Menschen sühnen die Sünde, die von den Göttern her in die Welt kam, um diese von der Last des Urfrevels zu befreien.

Marduk wurde König über alle Götter und über das ganze Universum. Die Götter bauten ihm in Babylon einen Palast, und er veranstaltete zu ihren Ehren ein riesiges Bankett.

Marduk (ursprünglich: Amar-Utuk = Stiersohn des Sonnengottes) ist nicht nur ein »Himmelsgott vom solaren Typus« (Widengren), ein Fruchtbarkeitsgott, ein Gewittergott wie Zeus, worauf seine Waffe, der Donnerkeil, hinweist. Er ist zugleich der Hauptgott der Stadt Babylon (ursprünglich: Bab-Illu = »Gottes Tor«, das bezieht sich auf das berühmte Ischtartor). Der Marduk-Mythos »begründet«, warum Babylon, eine verhältnismäßig junge Stadt, erst spät (nach dem Ende Sumers) die Vormachtstellung errang. Sein Aufstieg zum Weltengott symbolisiert zugleich den Aufstieg Babylons zur Weltmacht. Darum zierte das Emblem-Tier des Marduk, der »Rote Schlangendrache« (Mushussu), das Stadttor Babylons.

Mythos und Ritus gehören wesenhaft zusammen. Der Sieg des Gottes Marduk über die Chaosmächte wurde Jahr für Jahr am babylonischen Neujahrsfest (akitu) zum Frühlingsbeginn, dem bedeutendsten Fest des Jahres, das zwölf Tage gefeiert wurde, rituell begangen. Das Ende des alten Jahres und der Anfang des neuen erlebte der mythische Mensch als Übergang vom Chaos zum Kosmos, als Wiederholung der Weltschöpfung und Erneuerung des Lebens und nicht zuletzt als Erneuerung der Weltherrschaft Babylons. Seit Marduk der höchste Gott geworden war, fand zu seinen Ehren am Neujahrsfest die große Wallfahrt zum Zentralheiligtum in Babylon statt. Da der Marduk-Tempel die Menge der Feiernden nicht fassen konnte, wurde ihm später ein besonderer Tempel für die Neujahrsfeier an der Ringmauer der Stadt errichtet.

Am Ende des vierten Tages des zwölftägigen Neujahrsfestes trug der Priester des Tempels Ekua dem Gott Marduk mit erhobener Hand das Schöpfungsepos Enuma elis von Anfang bis Ende vor. Es wurde nicht nur rezitiert, sondern auch als Kultdrama symbolisch-pantomimisch dargestellt. »Im Mittelpunkt dieses Jahresfestes steht der Kampf des Hochgottes gegen die bösen Mächte des Daseins, sein Leiden, Tod, seine Auferstehung, sein Sieg, seine Einsetzung als König der Götterversammlung und schließlich seine heilige Ehe und die Erschaffung der Welt.«[6]

Es gliederte sich in zwei stimmungsmäßig gegensätzliche Akte. Der erste stellt den Kampf des Gottes gegen die Chaosmächte, seine Leiden (Gefangennahme und Marter) und seinen Tod (Verweilen in der Unterwelt) dar, der zweite seine Auferstehung, seinen Sieg über die bösen Mächte des Daseins, seine Inthronisation zum Götter- und Weltkönig und seine Heilige Hochzeit, die die Fruchtbarkeit des kommenden Jahres gewährleistete. Der erste Akt wurde mit Trauer und Klage, der zweite mit Freude und Jubel begleitet. Beide Akte stellen die entgegengesetzten Wesensaspekte des Hochgottes dar und entsprechen dem Schema des sterbenden und auferstehenden

Tafel I: Der König, Vertreter des Lichtgottes Ahura-Mazda, stößt einem Stier, der hier die finstere Chaosmacht repräsentiert, das Schwert in den Leib. Relief am Toreingang des Palastes von Persepolis, erbaut unter Darius dem Großen und Xerxes, 521–465 v. Chr.

Vegetations- und Fruchtbarkeitsgottes vom Typ des Tammuz (sumerisch und akkadisch: Dumuzi).

Assur

Nach der Niederwerfung Babyloniens ersetzte der assyrische König Sanherib Marduk durch den Gott Assur. Er erbaute ihm als Weltgott in der Hauptstadt Assur ein Neujahrsfesthaus an der Außenmauer der Stadt und richtete das Fest für ihn ein mit Götterprozession, Opfer und Opfermahlzeit[7].

Das babylonisch-assyrische Neujahrsfest gibt im ganzen Vorderen Orient das Muster und die Grundlage für alle Jahresfeste ab. Dabei wird der Kampf zwischen Gott und dem Drachen meist von zwei Schauspielergruppen aufgeführt. Der im Kult wiederholte Drachenkampf begründet die gegenwärtige Ordnung, sei es die Ordnung der Welt (Schöpfung), sei es die Ordnung des Staates, der Gesellschaft oder einer Dynastie[8].

Abb. 9 Chaosungeheuer und Sonnengott (Assyrien). Alabasterwandplatte aus dem Palast des assyrischen Königs Ashur-nasirapal II. (885–860 v. Chr.) zu Kalhu, dem heutigen Nimrud. Der Gott ist vielleicht die nationale Gottheit Assur in der Rolle, die früher, bei den Babyloniern, Marduk innehatte und noch früher Enlil, der sumerische Sturmgott.

Abb. 10 Der hethitische Sturm-, Wetter- und Fruchtbarkeitsgott kämpft gegen den geringelten, flammenden Drachen Illuyanka. Kalksteinrelief (Höhe 43 cm), 8. Jh. v. Chr. oder früher.

Hethiter

Die Hethiter, ein altes, kriegerisches Wandervolk, waren um rund 1800 v. Chr. aus Kaukasien ins nördliche und mittlere Anatolien eingedrungen. Sie waren West-Indogermanen mit der ältesten bekannten indogermanischen Kultur und Religion[9].

Tesup, der dem Himmel zugeordnete Wettergott, war der höchste Gott der Hethiter, Illuyanka, ein großer Drache oder eine große Schlange, der mächtigste Gott unter den übrigen Göttern. Im Kampf Tesups gegen Illuyanka wiederholt sich auf hethitisch der Kampf Marduks gegen Tiamat. Es gelang Tesup aber nur mit Hilfe himmlischer Regengötter und durch eine List, den Drachen zu besiegen. Nach der ausführlicheren Version eröffnet Tesup den Kampf mit dem Drachen, doch dieser raubt ihm Herz und Augen. Der blinde Wettergott heiratet die Tochter eines Armen. Sie schenkt ihm einen Sohn, der ihn später rächt. Zu diesem Zweck heiratet dieser die Tochter des Drachen und verlangt als Hochzeitsgeschenk Herz und Augen des Wettergottes. Er gibt sie seinem Vater zurück, und dieser, wieder im Vollbesitz seiner Kräfte, greift den Drachen erneut an und besiegt ihn.

Dieser Drachenkampfmythos fand alljährlich beim Neujahrsfest seine rituelle Wiederholung.

Griechenland

Die griechische Typhongeschichte ist ein deutlicher Ableger der Hethitererzählung von Illuyanka – darauf deutet Kilikien als Ort des Geschehens.

Typhon, ein riesiges Monster, von den Hüften aufwärts ein Mensch, von den Hüften abwärts ein Knäuel sich windender Schlangen, war die Ausgeburt der Verbindung von Mutter Erde (Gaia) mit ihrem Sohn Tartaros (= Abgrund der Unterwelt). Er, der an Größe und Stärke alle Kinder der Gaia übertraf, wollte Herr über den Himmel werden und griff ihn an, indem er zischend und brüllend feurige Steine gegen ihn warf und Feuer aus seinem Maul spie. Die Götter fürchteten um ihre Herrschaft im Himmel und flohen. Zeus jedoch, der Herr des Himmels, stellte sich Typhon mit dem Donnerkeil entgegen. Blitze schleudernd, stieg er nieder auf die Erde und kämpfte mit einer stählernen Sichel gegen ihn. Verwundet, floh Typhon zuerst nach Thrakien, dann nach Sizilien. Dort stürzte Zeus den Ätna über ihn und schloß ihn für immer ein. Die Beziehung zum Vulkanischen ist unmittelbar deutlich.

Nach einer anderen Version wurde Zeus zunächst – wie Tesup – von dem Ungeheuer besiegt: Typhon umschlang ihn mit seinen Schlangententakeln, machte ihn kampfunfähig und schnitt ihm mit dessen Sichel die Sehnen heraus. Durch eine List brachten Hermes und Pan die in eine Bärenhaut gewickelten Sehnen des Zeus an sich und setzten sie ihm wieder ein. So konnte Zeus schließlich doch noch den Sieg über Typhon erringen.

In einigen Versionen dieses Mythos ist dem männlichen Drachen Typhon ein weiblicher Drache als Gattin zugeordnet. Bei Hesiod heißt sie Echidna, »die Schlange«, eine Tochter Phorkys', des »Alten des Meeres«, und der Keto (ketos = Meerungeheuer). Echidna war zur Hälfte eine schönwangige junge Frau und zur Hälfte eine schreckliche Riesenschlange, schnell beweglich und alles roh verschlingend in den Höhlungen der göttlichen Erde.

Von Typhon und Echidna stammt eine Reihe von Ungeheuern ab, unter anderen: Kerberos, der drei- oder fünfköpfige Höllenhund; Hydra, die neunköpfige Wasserschlange von Lerna; die feuerspeiende Chimäre, eine Mischgestalt aus

Löwe, Ziege und Drache; und Ladon, die vielköpfige Schlange, die den Baum mit den goldenen Äpfeln des Lebens im Garten der Hesperiden hütet.

Auch von dem Sohn des Zeus, dem Lichtgott Apoll, wird erzählt, daß er gegen den Drachen der Finsternis gekämpft habe: Nach der Schöpfung der sieben Weltherrscher öffnet sich die Erde, und es geht daraus hervor: der Drache Python. Die Erde tanzt und hebt sich hoch empor, der Himmel droht zusammengedrückt zu werden. Endlich bringt der jüngste und doch größte Gott Rettung und schafft wieder Ordnung im Weltall. Es ist der Kampf des Lichtgottes gegen den Sohn der Erde, der sich gegen ihn auflehnt und den geschaffenen Kosmos in Empörung und Aufruhr versetzt.

Erwähnenswert ist eine Version dieses Mythos, die das 12. Kapitel der Johannesapokalypse mitgeprägt hat: Dem großen Drachen Python war geweissagt worden, daß der Sohn der Titanentochter Leto ihn töten werde. Leto war von Zeus schwanger. Hera, die Gemahlin des Zeus, bewirkt aber, daß sie nur da, wohin die Sonne nicht scheint, gebären kann. Als Python merkt, daß Leto gebären wird, fängt er an, sie zu verfolgen, um sie zu töten. Boreas jedoch, der stürmische Nordwind, trägt Leto zu Poseidon, dem Gott des Meeres. Dieser bringt sie nach Delos und bedeckt die Insel mit den Wogen des Meeres. So kann Python Leto nicht finden und kehrt zum Parnaß zurück. Auf der von Poseidon wieder erhobenen Insel gebiert Leto nach neun Tage und neun Nächte währenden Qualen einen Knaben: Apoll. Am vierten Tag nach seiner Geburt nimmt Apoll Rache. Er eilt zum Parnaß und tötet mit seinen Pfeilen Python, der in einer Höhle in Delphi haust. Der Leichnam des Drachen wird durch die heilige Kraft der Sonne aufgelöst. Nach seiner »Verfaulung« (pythein) heißt der Ort Pytho und Apoll: Apollon Pythios.

Wahrscheinlich ist in dieser Erzählung der männliche Drache Python – mit Typhon, dem Gegner des Zeus, vermengt – an die Stelle eines weiblichen Drachen namens Delphyne getreten (der männliche und der weibliche Drache treten auch nebeneinander auf); denn die apollinische Schlange Python, nach der die Priesterin, die in Delphi die Orakel empfing, Pythia hieß, erscheint auch als weissagender göttlicher Erdgeist. Auf manchen Darstellungen lebt Python freundschaftlich neben Apoll und hütet den Omphalos, den heiligen Nabelstein und Mittelpunkt der Erde, der sich im Tempel des Gottes befand.

Das Grunddogma der pythischen Religion ist aber die Besiegung des Erddrachen Python durch Apoll. Dieser Mythos wurde im Kult vergegenwärtigt. Er wurde nicht nur in kunstreichen Liedern, sondern auch in Tanz, Mimik und Spiel dramatisch dargestellt. Die Feier der Pythien in Griechenland und Kleinasien – seit 582 v. Chr. alle vier Jahre begangen – stellt Apolls Kampf und Sieg über den Drachen dar. Cyprian, der Bischof von Antiochia, schreibt in seiner Confessio: »Ich bin Cyprian, der aus sanften Klauen dem Apoll als Weihegeschenk dargebracht ist, eingeweiht als noch Unmündiger in das kultisch begangene Drama (dramaturgia) des Drachen.«

Parallelen zum Drachenkampf Apolls sind:

- der Kampf des phönizischen Königssohns Kadmos gegen den Drachen des Ares (Gott des wilden Tobens des Kampfes),
- der Kampf des thessalischen Königssohns Iason gegen die Riesenschlange, die das Goldene Vlies bewacht,
- der Kampf des Zeussohnes Herakles gegen Hydra, die neunköpfige lernäische (Wasser-)Schlange, der für jeden abgeschlagenen Kopf zwei neue wachsen, gegen den Nemeischen Löwen, gegen Kerberus, den Höllenhund, und gegen andere Ungeheuer,
- der Kampf des Zeussohnes Perseus gegen das Meerungeheuer, dem Andromeda geopfert werden soll, und
- der Kampf des Poseidonsohnes Bellerophon gegen die Chimäre.

Bemerkenswert ist, daß nicht nur Apoll, sondern auch Kadmos, Herakles und Bellerophon nach der Tötung des Drachen ein Großes Jahr, das sind acht gewöhnliche Jahre, büßen, sühnen und sich reinigen müssen[10].

Ugarit

Ugarit ist der Name einer an der syrischen Mittelmeerküste gelegenen Handelsstadt, die im 2. Jahrtausend v. Chr. Umschlagplatz für den ägyptisch-mesopotamischen Handel war. Sie bildete mit einem etwa hundert Städte und Dörfer umfassenden Gebiet ein Stadtkönigtum, dessen Blüte in die

Zeit des ägyptischen Neuen Reiches (1580–1085 v. Chr.) fiel. Die Bevölkerung setzte sich aus Kanaanäern und Churritern zusammen. Der heutige Name der Stadt ist Ras Shamra[11].

Bei Ausgrabungen zwischen 1929 und 1939 wurden in der Bibliothek des Königspalastes Tontafeln mit Texten in einer Keilschrift gefunden, die starke Verwandtschaft zum Hebräischen aufweist. Sie stammen aus dem 15. oder 14. Jahrhundert v. Chr. Diesen Texten verdanken wir eine unmittelbare Kenntnis der kanaanäischen Religion, einer dem bäuerlichen Leben angepaßten Fruchtbarkeitsreligion. »Bereits im 2. vorchristlichen Jahrtausend verfügte eine sprachlich den Kanaanäern mindest verwandte Gruppe über ein ausgebildetes Pantheon. Sie wußte den Wechsel der Jahreszeiten mit den Kämpfen ihrer Götter in Beziehung zu setzen und unterschied dabei die einzelnen Götter scharf voneinander.«[12]

Im Mittelpunkt der ugaritischen Epen, die ägyptische und ägäische, churritische und sumerische Einflüsse aufweisen, steht das Schicksal des Gottes Baal, eine Abspaltung des früheren Himmels- und Schöpfergottes El. Er ist der »Gott der aufgewühlten Atmosphäre, Donner-, Blitz- und Regengott und daher Spender der Fruchtbarkeit«[13]. Er repräsentiert das Gute und das Leben.

Eine Reihe von Texten berichtet von einem urzeitlichen Kampf zwischen Baal und Jam. Jam ist eine Wassergottheit, die sowohl das offene Meer als auch Binnenseen und Flüsse repräsentiert. Sie wird als »Hoheit See«, als »Fürst des Wassers« bezeichnet und hat die Gestalt eines gewaltigen schlangenförmigen Seeungeheuers. Sie wird auch zweischwänziger Tannin (= Drache) genannt. Ob Jam mit der siebenköpfigen Schlange Lotan (= Leviathan) identisch ist, ist nicht ganz deutlich. Sie kann auch zu Jams Gefolge gehören, das den Helfern der Tiamat entspricht.

Am Anfang des Epos steht eine Götterversammlung auf dem Berge Lala wegen eines Streites zwischen Baal und Jam. Jam fordert von Baal wie von allen Göttern Tribut. Baal ist der einzige der Götter, der sich dazu nicht bereit findet, wodurch seine Sonderstellung deutlich wird. Nach vergeblichen Versuchen, den Konflikt zu lösen, kommt es zum Kampf zwischen Baal und Jam, in dessen Verlauf Jam mit Hilfe einer List getötet wird: »See, fürwahr, ist tot! Baal soll König sein!« Baal zerstückelt den Leichnam Jams und zerstreut die Teile (die Bauteile der heutigen Welt?).

Der Mythos vom Kampf Baals gegen Jam stellt ein Naturgeschehen dar: Der Gewittergott läßt in einem von Stürmen begleiteten Gewitter Blitze wie Zauberkeulen auf das erregt kochende Meer niedersausen und bricht seine Gewalt. Nach den Winterstürmen wird die See ruhig – und das sah man damals als das Ergebnis eines mythischen Kampfes der Götter um die Herrschaft über die Erde an.

Der Unterschied zwischen dem babylonischen und dem ugaritischen Mythos besteht lediglich darin, daß der Kampf Marduks gegen Tiamat *vor* der Schöpfung der Welt stattfand, während der Kampf Baals gegen Jam die Welt offensichtlich voraussetzt. »Der Sieg begründet das Königtum Baals über die Erde, aber er schafft diese Erde nicht.«[14]

Die Texte von Ras Shamra wurden auf dem westsemitischen Neujahrsfest im Stadtstaat Ugarit nicht nur rezitiert, sondern auch dramatisch dargestellt (wie in Babylon). Der Zusammenhang von Mythos und Ritus ist hier ganz deutlich.

Ägypten

Der ugaritische Mythos vom Kampf Baals gegen Jam hat die ägyptische Vorstellung vom Kampf des Wettergottes Seth gegen die landbedrohende, lebensfeindliche Macht des offenen Meeres beeinflußt[15]. Sie entstand nach der Beendigung der Hyksosherrschaft, als sich das Schwergewicht des Reiches in das Nildelta verlagerte und das Ostmittelmeer ganz anders als vorher politische Bedeutung für Ägypten gewann.

In der Zeit davor war die alljährliche Nilüberschwemmung Vorbild für die Vorstellung vom Auftauchen der Erde aus dem Urmeer Nun, dem »Vater der Götter«. Aus ihm erhebt sich – wie im Anfang so an jedem Tag – die Sonne als der eigentliche Schöpfergott, besteigt die Sonnenbarke und fährt mit ihr über die oberen Wasser des Himmels dahin. Abends kehrt der Sonnengott vom Himmel zur Unterwelt zurück – »seine Mutter Nut« übergibt ihn an »seinen Vater Nun« – und fährt auf den unteren Wassern durch die nächtliche Unterwelt. Dort wohnt die Schlange Apophis – sie verkörpert den verschlingenden Aspekt des Urmeeres, alle jene Mächte der Finsternis, die der Sonne bei ihrem Untergang (wie bei ihrem Aufgang) gefährlich werden. Apophis ist als Herrin der Unterwelt der Feind des Sonnengottes Rê, des Herrn des Himmels.

Wenn die Sonnenbarke abends im Westen in die Unterwelt hinabfährt, kommt es zum Kampf mit Apophis, der die ganze Nacht andauert. Allen voran steht Seth am Bug der Sonnenbarke und kämpft. Nach dem ägyptischen Totenbuch gehört es zu seinen Aufgaben, die der Sonnenbarke den Weg verlegende Schlange abzuwehren. Nach einer Überlieferung bricht er ihre Macht durch einen Zauberspruch, nach einer anderen durch Waffengewalt. Auf einem Relief des Tempels von Medinet Habu ersticht er die Schlange mit einer Lanze. Entsprechend heißt es in der Erzählung vom Streit des Horus mit Seth: »... ich bin Seth, der größte an Kraft unter der Götterneunheit. Denn ich töte den Feind des Rê täglich, indem ich am Bug der Barke der Millionen stehe, während kein anderer Gott es zu tun vermag.«[16]

Die zwölfte Provinz der Unterwelt hat die Form einer Riesenschlange, durch deren Körper der Sonnengott hindurch muß, um aus dem weit geöffneten Rachen für den kommenden Tag neu geboren zu werden.

Abb. 11 Seth, der Helfer des Sonnengottes Rê, kämpft am Bug der Sonnenbarke gegen die Riesenschlange Apophis. Sie verkörpert die dunklen Mächte, die der Sonne bei ihrem Auf- und Untergang gefährlich werden. Papyrus der Heruben (Höhe ca. 18 cm), 21. Dynastie (1085–950 v. Chr.).

Indien

Die vedische Religion, das ist die im Veda niedergelegte Religion der im 2. Jahrtausend v. Chr. in Nordindien eingewanderten Arier, erzählt den Mythos von Indra, dem »König der Götter«[17]. Er trägt den kultischen Beinamen Vritrahan, das heißt »der den Vritra Schlagende«. Vritra ist der kosmische Wolken- und Regendrache, auch Ahi, die Schlange, genannt, die Erstgeborene der Schlangen, die beim Weltbeginn die Weltenwasser umschlang und sie vor dem Davonfließen zurückhielt. Vom Göttertrank beflügelt, tötete Indra Vritra, indem er den Blitz gegen ihn schleuderte und den Wolkendrachen spaltete, so daß der befruchtende Regen zur Erde fiel. Der drachentötende Indra ist also Gewitter- und Fruchtbarkeitsgott, sein Sieg über den Drachen »die große Heldentat, durch die alles Gute in der Schöpfung die Oberhand bekommt«[18].

Der Drachenkampf spiegelt hier ein kosmisches Geschehen der Urzeit, das im uralten indischen Neujahrsfest alljährlich rituell wiederholt wurde. »Den Hintergrund des Festes bildet die Annahme, daß ein Drache Herr über das Dasein ist und daß Dürre im Lande waltet. Ein göttlicher Held tritt auf, nimmt die vom Drachen beherrschte Festung ein und besiegt das Ungeheuer. Dadurch kommen die in der Festung festgehaltenen Wasser frei, und die Gefangenschaft der von dem Drachen in seinem Harem in der Burg zurückgehaltenen Frauen findet ein Ende. Nun strömt der Regen wieder und befruchtet die Erde, gleichwie der junge Gott-Held mit den befreiten Frauen die Heilige Hochzeit feiert.«[19] Drachentötung und Fruchtbarmachung sind Inhalte dieses Festes.

In nachvedischer Zeit trat Vishnu als jüngster unter den Göttern an die Stelle von Indra[20]. Er ist die Hauptgestalt der hinduistischen Trias: Brahma – Vishnu – Shiva, die die göttlichen Aspekte des Schaffens, Erhaltens und Zerstörens darstellen. Vishnu kämpfte in Gestalt des Kuhhirten Krishna gegen den Schlangenfürsten Kāliya. Dieser war aus dem Meer in einen Teich an den Ufern des Jumna gestiegen und machte das Leben der Menschen unsicher. Krishna, ein Knabe noch, kletterte auf einen Baum und warf sich von dort mitten in den Teich. Da tauchte der erzürnte Schlangenkönig aus den Wassern, hob seine fünf Köpfe in die Höhe und spie Feuer aus seinen fünf Mäulern. Von allen Seiten erschienen Schlangen – die Söhne, Frauen und Diener Kāliyas – und spieen giftiges Feuer. Im Nu war Krishna von ihren Leibern umwunden und erstarrte; doch dann streckte er seine Arme aus und riß die Schlangen auseinander. Mit beiden Füßen sprang er auf den mittleren Kopf des Schlangenkönigs und begann darauf zu tanzen. Der gab sich, von Krishna überwältigt, in seine Gewalt und gelobte, alles zu tun, was dieser ihm gebot. Krishna befahl ihm, samt seinen Söhnen und Frauen wieder in den Ozean zurückzukehren und sich nie mehr blicken zu lassen. Und so geschah es.

Iran

Der altiranische Drachenkampfmythos entspricht genau dem altindischen[21]. Verethraghna, der Name einer der bedeutendsten Gottheiten Altirans, ist eine Parallelbildung zu Vritrahan: »der den Verethra Schlagende«. Verethra (altindisch = Vritra) ist der Name eines Drachen, der ebenfalls die Regenwolke repräsentiert. An die Stelle des Gottes Verethraghna können auch göttliche Heroen treten, vor allem Keresaspa und Thraetaona, die im Kult der kriegerischen Männerbünde verehrt wurden. Ersterer ist der Held eines ganzen Mythenzyklus, letzterer spielt im mythisch-rituellen Schema des Neujahrsfestes eine bedeutsame Rolle als Drachenkämpfer. An die Stelle des Drachennamens Verethra tritt häufig Azi (altindisch Ahi) oder Azi Dahāka, das heißt »die dahische Schlange«. »Dahisch« bezieht sich wahrscheinlich auf den ostiranischen Stamm der Daher. Hier zeigt sich die Tendenz, den Naturmythos zu historisieren: Der Drache, die Schlange wird zum Symbol für den fremden Usurpator.

Unter den iranischen Stämmen war die Verehrung Verethraghnas sehr verbreitet, wie die Dialektformen des Gottesnamens zeigen. Besonders wichtig ist der armenische Vahagn, »denn in den Mythen, die sich in dem von parthischer Kultur geprägten Armenien um seine Gestalt gerankt haben, finden wir die alten iranischen Vorstellungen von Verethraghna als Drachentöter wieder«[22]. Diese Mythen haben sich in der armenischen Götter- und Heldensage erhalten.

Viele Kriegerfunktionen des Vritrahan/Verethraghna hat der iranische Hochgott Mithra übernommen, der selbst gewisse Züge des Drachentöters zeigt. Die Verknüpfung des Mithra-Festes (Mihragan) mit der Tötung des Drachen Azi Dahāka »zeugt unzweideutig von der zentralen Stellung, die Mithra beim Neujahrsfest eingenommen hat«[23].

Das altiranische Neujahrsfest, in dessen Mittelpunkt die rituelle Drachentötung steht, entspricht bis in die Einzelheiten hinein dem altindischen Neujahrsfest. Es läßt aber eine »starke Tendenz zur Historisierung« erkennen, indem der Drachenkampf auf die Besiegung eines fremden Usurpators (bei Al-Birini: die Türken) bezogen wird.

Die rituelle Tötung des Drachen lebt ferner fort in dem wichtigsten Kultakt der parthischen Kriegerorganisationen, in dem Mysterium der Drachentötung durch den Herrscher Färidun, sowie in den Mithrasmysterien, in denen der Großmeister mit einer Keule (Blitzwaffe) und mit Pfeilen ein Drachenungeheuer in rituellem Scheinkampf tötet[24].

China

Auch in China läßt sich ein heiliger Streit am Anfang erschließen: Durch die Weltordnungstat des mythischen Kaisers Shun wird der Urflutdämon Kung Kung, der die erste Schöpfung in Unordnung gebracht hatte, in die Finsternis weggespült[25].

In China ist der Drache sowohl Beherrscher der unteren Wasser auf der Erde (Meere, Seen, Teiche, Flüsse) als auch der oberen Wasser im Himmel, die als Regen auf die Erde fallen, der Wolken und Winde, der Blitze und Donner. Im Frühling steigen die Drachen aus den unteren Wassern auf zum Himmel und kämpfen miteinander in den Wolken, daß es donnert und blitzt. Ihr Atem verwandelt sich in Wolken und Feuer. Brausende Winde bringen ergiebigen Regen. Im Herbst kommen die Drachen wieder aus den Wolken auf die Erde und tauchen in die Tiefe der unteren Gewässer hinab. Während des Winters schlafen die Drachen – der Regen bleibt aus[26].

Als Regenspender haben die Drachen in China vorwiegend positive Bedeutung. Sie brauchen nicht bekämpft und besiegt zu werden, damit Regen kommt. Wohl aber gibt es zahlreiche rituelle Handlungen, die die Drachen nötigen sollen, aus den unteren Wassern in die Höhe zu fliegen und Regen zu bringen. Vierzehn Tage nach dem chinesischen Neujahrsfest, mit dem der Frühling beginnt, wurde das Drachenfest gefeiert. »Am Drachenfest sollten die Drachen beeinflußt werden, Regen für die neue Saat zu spenden. Papierdrachen von riesiger Größe werden an diesen Tagen auch heute noch von einem guten Dutzend Männer im Zickzack durch die Straßen getragen.«[27] Am 5. Mai, zu Beginn der Sommerzeit, wird auf den großen Flüssen Chinas das Drachenbootfest begangen. Die Boote sind mit Drachenbildern geschmückt, und ihre Mannschaften tragen Wettkämpfe aus, die den Kampf zwischen den Drachen darstellen. Auch dieses Fest soll Regen für die reifende Saat herbeibringen. Am 13. Tag des sechsten Monats, im Hochsommer, wird der Geburtstag des Drachenkönigs Lung Wang gefeiert. Am 1. und 15. Tag jedes Monats werden die regenspendenden Drachen verehrt.

Es gab auch verschiedene Rituale, in denen – ähnlich wie in den iranischen Kultfeiern – der Blitz durch den Abschuß brennender Pfeile auf eine Ziegenlederflasche – vermutlich ein Symbol des Drachen, der den Regen festhält – versinnbildlicht wurde[28].

Zusammenfassung

Alle angeführten Beispiele von Drachenkämpfen in Mythen haben einen deutlichen kosmischen Bezug.

Die meisten Mythologien erzählen von einem Chaosdrachen oder einer Urschlange, die »im Anfang« vom Lichtgott bekämpft und besiegt wird. Entweder tötet er sie und schafft aus ihrem zerteilten Leichnam Himmel und Erde; oder er bändigt sie und weist sie in ihre Grenzen.

Die Urschlange, die die bewohnte Welt umschlingt (Midgardschlange), oder die Schlange, die sich selbst in den Schwanz beißt und in sich selbst zeugt (Uroboros), ist Symbol der Urflut, aus der die Schöpfung erstand und die sie ständig zurückzuschlingen droht. Sie ist Urgrund und Abgrund, Mutterschoß und Todesrachen – sie ist die »totale, ambivalente Gottheit« (Hans Schärer). Sie gebiert und verschlingt und

Abb. 12 Chinesischer Drache zwischen stilisierten Wolken, dem »Wunschjuwel« nachjagend. Marke der Qianlong-Ära, 1736–1795. Porzellanteller mit cobaltblauem Unterglasur-Dekor für den kaiserlichen Hof, Durchmesser 17,5 cm.

gebiert wieder – sie ist Symbol des ewigen Kreislaufs der Natur.

Der urzeitliche Kampf des Schöpfergottes gegen das Chaos wiederholt sich ständig: im Kampf zwischen Tag und Nacht, im Kampf zwischen Frühling (bzw. Sommer) und Winter und im Kampf zwischen Licht und Finsternis (Sonnen- und Mondfinsternisse). Der urzeitliche Drachenkampf wird vom Menschen im Kult wiederholt, um die Schöpfung zu erneuern und den Bestand der Welt zu sichern.

Der Schlangendrache verkörpert das kosmische Böse: die Macht, die die befruchtenden oberen und unteren Wasser zurückhält, die Macht, die sich der Sonne feindlich in den Weg stellt und das Leben durch kosmische Katastrophen bedroht, wie Dürre und Hunger, Sturmfluten, Erdbeben und Vulkanausbrüche. Es heißt dann: Das Chaosungeheuer bewegt sich im Wasser oder in der Erde und reißt an seinen Ketten.

Vereinzelt wird das Bild des Chaosdrachen auch auf politische Feinde übertragen, die die Ordnung des Staates bedrohen. Hier vollzieht sich eine Verlagerung vom Kosmischen ins Historische. Der Heilige Streit wird zum »Heiligen Krieg«, der mythische Drachenkampf zum Völkerkampfmythos. Das kosmische Böse wird zum menschlich-politischen Bösen.

In den Hochreligionen ist eine zunehmende Vergeistigung und Verinnerlichung des Heiligen Streites festzustellen. Im Buddhismus wird er zur Bekämpfung der Finsternis durch das Bodhi-Licht symbolisiert in schwertführenden, kämpferischen Schutzgöttern. Im Hinduismus stellt er innere Kämpfe und Siege dar. Mit der Vergeistigung und Verinnerlichung des Mythos geht die Vergeistigung und Verinnerlichung des Ritus einher. An die Stelle von Rezitation und dramatischer Darstellung des Mythos tritt die Meditation, an die Stelle des leiblichen Vollzuges ein Erkenntnisweg[29].

Als Beispiel solcher Vergeistigung sei das gnostische »Lied von der Perle« genannt, das in die christlichen Thomasakten aufgenommen wurde. Es erzählt von einem Königssohn, der vom Iran nach Ägypten auszieht, um eine Perle zu gewinnen, die von einem furchterregenden Drachen bewacht wird. Als der Königssohn nach einer Reihe von Einweihungsprüfungen in Gefahr gerät, seinen Auftrag und seine Heimat zu vergessen, wird er von seinen Ahnen daran erinnert. Er sammelt sich, schläfert den Drachen ein, holt die Perle und zieht mit dem Schatz wieder heimwärts.

Hinter diesem Lied, das ursprünglich ein parthisches Dokument ist, steht deutlich der iranische Erlösungsmythos, der zum zentralen Thema des Manichäismus wurde: der Mythos vom erlösten Erlöser[30]. Die Perle, die hier an die Stelle der sich in der Gewalt des Drachen befindenden Jungfrau tritt, ist Symbol der in der Welt der Finsternis und der Materie gefangenen großen Seele, sowohl der einzelnen Seele als auch des Seelenkollektivs. An die Stelle des Drachenkampfes tritt die Einschläferung des Drachen durch eine magische Formel.

Dasselbe Motiv von der Rettung der menschlichen Seele liegt auch einem der berühmtesten Märchen der Antike »Amor und Psyche« (Apuleius) zugrunde. Psyche ist auch hier sowohl die einzelne als auch die kollektive Seele.

Der psychologische Aspekt des Schöpfungsmythos

Mythisierte Naturvorgänge sind nach C. G. Jung »symbolische Ausdrücke für das innere und unbewußte Drama der Seele, welches, gespiegelt in den Naturereignissen, dem menschlichen Bewußtsein faßbar wird«[31]. Sie sind »mythologische Projektionen des Psychischen ins Kosmische«[32].

Erich Neumann hat, von der Analytischen Psychologie C. G. Jungs ausgehend, in den Mythen archetypische Entwicklungsstadien des Bewußtseins nachgewiesen, die sowohl die phylogenetische Entwicklung des Bewußtseins der Menschheit als auch die ontogenetische Entwicklung des Ich-Bewußtseins des einzelnen prägen[33].

Das erste Stadium der Bewußtseinsentwicklung spiegelt sich im Schöpfungsmythos wider. Die Ursprungssituation entzieht sich naturgemäß einer Darstellung, die anders als mythisch ist, weil noch kein reflektierendes, selbstbewußtes Ich vorhanden ist, das etwas auf sich beziehen kann. Das Psychische erkennt sich als Welt und erfährt sein eigenes Werden als Weltwerden. Die primitiven Kosmogonien (Erzählungen von der Entstehung der Welt) sind eigentlich psychische Kosmogonien, Abbilder der Entstehung und Festigung des Bewußtseins.

Neumann unterscheidet drei Phasen innerhalb des Schöpfungsmythos:

Die erste Phase ist durch die Uroboros-Schlange gekennzeichnet. Sie ist das Symbol für das völlige Enthaltensein des Ich im Unbewußten, für das Umschlossensein von der Welt, in der sich der Mensch nur hin und wieder und nur momentweise als sich selbst erfährt. Ich und Unbewußtes, einzelner und Gruppe, Mensch und Welt sind noch ununterscheidbar miteinander verbunden. Individualpsychologisch entspricht dem die genital-onanistische und orale Phase.

Die zweite Phase ist beherrscht von dem Bild der Muttergöttin mit dem göttlichen Kind. An die Stelle des Uroboros ist die Gestalt der Großen Mutter getreten, der gegenüber sich das Ich als Kind erfährt. Religionsgeschichtlich gesehen handelt es sich um das Zeitalter des Matriarchats, der Kulturen der Muttergottheiten und der mit ihnen verbundenen Dominanz der Erde (Ackerbau) und des Wachstums (Zeit der großen

Erd- und Naturabhängigkeit), psychologisch gesehen um die Herrschaft des Unbewußten, demgegenüber sich das Bewußtsein als klein und ohnmächtig empfindet. – In der Entwicklung des einzelnen ist diese Phase geprägt durch das Abhängigkeitsverhältnis des Kleinkindes von seiner Mutter, die es ernährt und schützt.

In einem fortgeschrittenen Stadium der zweiten Phase stellt sich das erstarkende Ich mythologisch als Jüngling dar; Beginn der Abhebung des Ichbewußtseins vom Unbewußten. Lust- und Unlustgefühle spalten das Bild der Großen Mutter in eine gute, spendende und in eine böse, verschlingende Mutter. Diese Entwicklungsstufe – sie ist geprägt von dem Bild der Großen Mutter mit ihrem Jünglingsgeliebten – ist in der Menschheitsentwicklung gekennzeichnet von den orgiastischen Kulten der Großen Mutter und deren sexueller Symbolik (Phallus, Schoß). In der Entwicklung des einzelnen entspricht sie der Pubertätszeit und ihrer Problematik. Dabei geht der Zustand des Überwältigtseins von der Großen Mutter allmählich über in den Zustand des Widerstrebens. Die zunehmende Ichzentrierung äußert sich aber noch vorwiegend negativ als Angst, Flucht und Trotz.

Die dritte Phase der Bewußtseinsentwicklung ist geprägt von dem Bild der Zerteilung des Urdrachen beziehungsweise der Trennung der Welteltern. Das Auseinandertreten der Gegensätze aus der Einheit, die Entstehung von Himmel und Erde, oben und unten, Tag und Nacht, Licht und Dunkel bedeutet Spaltung in die beiden Systeme Bewußtsein und Unbewußtes. Erst mit dieser Scheidung, dem Grundsymbol aller anderen Gegensätze, beginnt die Welt. Das Ich identifiziert sich prinzipiell mit einer Seite des Gegensatzes und läßt die andere im Unbewußten. Die Tat des Ich, die die Welteltern trennt, wird einerseits als Schicksal und andererseits als Schuld erfahren. Diesem Stadium entspricht mythologisch auch das Motiv des Zwillings, das uns in dem Kapitel über den Drachenkampf im Märchen noch beschäftigen wird.

Auf originelle Weise hat Esther Harding die zahlreichen Mythen von Drachen zusammengefaßt und in ihren Grundzügen tiefenpsychologisch gedeutet[34]: Vor sehr langer Zeit, als die Welt noch jung war, beherrschten Drachen die Erde. Was vor »sehr langer Zeit« geschah, schildert einen archaischen

Seelenzustand. Die Drachen, die die Szene beherrschten, stellen »die instinktiven Lebensimpulse dar, welche, durch eine schwere Trägheit, ähnlich jener der Natur, gebunden, die meiste Zeit schlummern. Der Naturmensch wird nur durch Not aus dieser lähmenden Faulheit aufgerüttelt.« Das Bewußtsein hatte sich noch nicht herausgebildet.

Doch nach Jahrtausenden tauchte ein kleines nacktes Geschöpf auf, das einen Funken Bewußtsein besaß und darum allen anderen Geschöpfen überlegen war. Es entriß den Drachen ein Stück ihrer Macht und entzog sich immer mehr ihrer Herrschaft. Trägheit und Instinkt hatten nicht länger die höchste Gewalt. Darauf zogen sich die Drachen zurück und schliefen, wie Drachen eben tun. Und auch der Mensch ruhte sich, zufrieden mit dem Erreichten, aus. Doch von Zeit zu Zeit eroberte sich der Mensch ein weiteres Stück der äußeren und inneren Welt. Das der äußeren Welt abgewonnene Land zäunte er ein und bearbeitete es. Die der inneren Welt abgewonnenen Schätze schützte er durch Tabus vor den Einfällen der Drachen, die zu Zeiten, da es am wenigsten zu erwarten war, aus ihrer Lethargie erwachten und räuberisch die Menschen überfielen. Solange die Menschen diese Einfälle noch in lebhafter Erinnerung hatten, waren sie auf der Hut. Sie bauten ihre Mauern und befolgten die Gesetze der weisen Männer und Priester. Eine junge Generation aber, die sich nicht mehr der Einfälle der Drachen erinnerte, empörte sich gegen die Herrschaft der weisen Männer. Esther Harding legt ihnen folgende Worte in den Mund:

»Das sind nur alte Märchen. Weshalb sollten wir uns über so etwas aufregen? Laßt uns essen und fröhlich sein. Jene törichten alten Männer wollten die Welt für Cäsar sichern – oder für die Demokratie – nun! nur eben, um der Welt Sicherheit zu geben, und jetzt hat die Welt Sicherheit, die Drachen werden nie wieder erwachen, und wir glauben überhaupt nicht, daß es jemals Drachen gegeben hat. Wir haben alles, was wir brauchen, wenn nur unser Nachbar uns erlauben würde, es in Frieden zu genießen. Der Kampf gegen die Drachen war nichts als Imperialismus, und das Sittengesetz war die Folge eines überlebten und muffigen Puritanertums. Dies ließ die alten Leute so kriegerisch und streng sein. Wir sind zivilisierter und differenzierter.«[35]

Und so ließen die jungen Leute die Mauern verfallen und vernachlässigten die Vorschriften und Tabus, die sie gelehrt worden waren. Noch später wuchs dann eine Generation heran, die nicht einmal vom Gesetz etwas wußte. Sie führte ein bequemes und lockeres Leben, und als die Drachen, kühn geworden in der geistigen Nacht, die sich allmählich auf die Welt herabsenkte, kamen und sie angriff, räumte sie nur die Grenzdörfer und legte sich wieder schlafen.

Durch ihre Nachlässigkeit gegenüber den Gesetzen und durch ihre Liebe zum Wohlleben wurden die Menschen verweichlicht und faul, und viele dachten, es sei das Beste, die Drachen durch Gaben oder durch das Opfer schöner Jungfrauen zu besänftigen. Aber solche Zugeständnisse machten die Drachen nur noch kühner, bis die Menschen es nicht länger aushielten und beschlossen, eine Schar junger Männer, handfeste Raufbolde mit viel Muskelkraft, aber wenig Verstand, in den Kampf gegen die Drachen zu schicken. Doch sie vermochten nichts gegen sie und fielen ihrem Gifthauch zum Opfer. Das ist ein Hinweis darauf, daß diese kollektive Tätigkeit nicht Ausdruck einer bewußten persönlichen Entscheidung war, sondern die Folge des Eindringens kollektiver Impulse und Energien in die persönliche Psyche. »Diese Begeisterung ist deshalb ihrer Natur nach der Kraft des Drachen verwandt, so als wäre der eine Drache geweckt worden, um den andern zu bekämpfen.«[36]

So ging es jahrhundertelang weiter. Einige Gemeinwesen fielen den Angriffen der Drachen vollständig zum Opfer, in anderen erschien ein einzelner, dem es gelang, die Drachen zu überwinden und ihnen sogar ihre Opfer zu entreißen. Durch eine individuelle Heldentat kann der Weg gebahnt werden, den eine ganze Gruppe geht. Aber diese Nachfolger haben nicht selber jenen Entwicklungsgrad erreicht und jene Einsicht gewonnen, die für das Individuum die einzige Sicherheit gegen späteres Eindringen des Drachen bilden.

Wir sind, was die subjektive Seite des Lebens betrifft, in einer ähnlichen Lage wie die Menschen, die die Errungenschaften von Wissenschaft und Technik genießen, ohne ein entsprechendes Wissen und Können zu besitzen. Harding sagt: »Wir sind in einer Zivilisation aufgewachsen, deren Grundlage die geistige und kulturelle Bildung unserer Vorfahren ist, die eine tiefe Erfahrung innerer Wahrheit durch den christlichen Glauben besaßen. Die meisten Menschen des zwanzigsten Jahrhunderts haben aber nicht die gleiche innere Erfahrung gehabt. Wenn die Tage der Prüfung kommen, sind sie daher den allgemeinen sittlichen Problemen gegenüber hilfloser als anscheinend viel weniger zivilisierte Menschen. Es ist deshalb ganz richtig, was die Sagen berichten, daß der Drache durch die Tat eines einzelnen Helden überwunden werden muß.«[37]

Der König als Drachenkämpfer

Der Übergang des kosmischen Dramas in die Geschichte der Menschen vollzieht sich durch die Vermittlung des Königs, von dem ein assyrisches Sprichwort sagt, er sei der Schatten des Gottes, die Menschen aber seien der Schatten des Königs. Dieser ist das Bindeglied zwischen Gott und Menschen, das Band, das die Welt der Sterblichen mit dem erhabenen Reich der Götter verbindet. Er ist einerseits von dem Gott durch Investitur und Adoption zum König erwählt. Andererseits ist im Königtum das Menschentum der Menschen zusammengefaßt: Er ist der eigentliche Mensch, das einzigartige Wesen, in dem sich alle lebendigen Kräfte des Landes verdichten. Daß der König Mittler zwischen Gottheit und Menschheit ist, bedeutet auch: Seine Investitur ist jederzeit widerruflich, wenn das Einvernehmen zwischen Himmel und Erde gestört ist[38].

Die Herrschaft des Königs ist Abbild des Gottes, der als König über den staatähnlichen Kosmos herrscht. Sein Kampf gegen die Feinde ist Abbild des Kampfes, den der Gott im Schöpfungsdrama gegen das Urchaos geführt hat und unaufhörlich führt. Sein Sieg über die Feinde ist Abbild des Sieges, durch den der Gott die Schöpfung gegründet und die Ordnung errichtet hat.

In der Identifizierung des Königs mit dem Gott und der des Feindes mit der Chaosmacht gründet die Theologie des »Heiligen Krieges«: Es ist die Aufgabe des Königs, »die Bösen und das Böse zu vernichten« (Codex Hammurapi) und die Ordnung wiederherzustellen. So hat der Mythos einer ganzen Kultur zum Verständnis ihrer politischen Existenz verholfen:

Jeder Kampf in der Geschichte ist eine Wiederholung des Schöpfungsdramas, der Bändigung des Chaos und der Weltgründung. »Durch die Vermittlung des Königs wird das Schöpfungsdrama sinngebend für die ganze Geschichte des Menschen und zwar vor allem für diesen ganzen Aspekt des menschlichen Lebens, der es als Kampf erscheinen läßt.«[39]

Der Königsmythologie entspricht das Königsritual. Alle vorderorientalischen Königsrituale sind von der Mythologie der Weltentstehung (Kosmogonie) geprägt. Jeder König im Vorde-

Abb. 13 Der assyrische König Tukulti-Ninurta II. (888–884 v. Chr.) tötet in der Rolle des Wettergottes die Chaosschlange, die nach der Inschrift über ihrem Kopf die Aramäerstadt Laqé symbolisiert. Sie drohte, das assyrische Reich zu vernichten. Basaltstele (Höhe 90 cm), bei Tell Aschara (Terqa).

ren Orient wurde als irdische Entsprechung zum Schöpfer des Kosmos gefeiert: »Wie der kosmogonische Götterkönig dem ganzen Naturkosmos vorstand, ihn gegen das von ihm bezwungene Chaos bzw. gegen dessen neuerliches Hereinbrechen schützte, so stand in der Erdenwelt der König dem Staatskosmos vor und schützte diesen gegen das zwar grundsätzlich besiegte, aber doch immer neu in Schranken zu haltende Chaos von Unrecht im Innern und feindlichen Aggressionen von außen.«[40]

Nicht nur der Staat, sondern auch die Stadt ist ein Abbild des Kosmos, und so wird konsequenterweise ihre Gründung als Kosmogonie aufgefaßt, bei der die Überwindung des Chaosdrachen dargestellt oder in Gründungssagen erzählt wird (zum Beispiel die Sage von der Gründung Thebens durch Kadmos)[40a].

An erster Stelle unter den wichtigsten Zeremonien der Königskrönung steht ein (Schein-)Kampf, aus dem der König als Sieger über die Chaosmächte hervorgeht[41]. Diese können als Anhänger eines Gottes (Ägypten), als wilde Tiere (Äthiopien) oder als um den Thron konkurrierende Prinzen oder eine dem König den Zutritt zum Krönungsplatz verwehrende Gruppe (Afrika) dargestellt werden. Nach siegreichem Kampf wird dann der König zum Herrn der Welt proklamiert. Ihm wird der blaue, sternenübersäte Weltenmantel umgelegt, und er erhält die Herrscherinsignien (Krone oder Diadem und Zepter und anderes). Die Krönungszeremonie endet mit der Heiligen Hochzeit.

Aus diesem Gedankenzusammenhang ergibt sich folgerichtig, daß der König beim Neujahrsfest die Rolle des Gottes übernimmt, denn er ist ja die Inkarnation des höchsten Gottes auf Erden.

In Babylon stellte am 8. bis 10. Tag des Neujahrsfestes der König den mythischen Kampf des Gottes Marduk gegen die Chaosmacht Tiamat pantomimisch dar. Drei Tage verweilte er in einem unterirdischen Gemach, ehe er im Triumph wieder daraus hervorging und die Zeremonie der Thronbesteigung, der Heiligen Hochzeit und der Schicksalsbestimmung vollzogen wurde[42].

In Griechenland wurde in historischer Zeit oft vor und regelmäßig nach einem errungenen Sieg der Paian gesungen, jenes Lied, das zuerst nach dem Sieg Apolls über den Drachen Python angestimmt wurde. Die Wiederholung des Paian ist also eine magisch-kultische Vergegenwärtigung des mythischen Sieges.

In Ägypten unterstützt der König als Priester den Gott Horus in seinem Kampf gegen die Chaosmächte, die im Nilpferd und im Krokodil symbolisiert sind, indem er kleine Figuren dieser Repräsentanten des Bösen magisch-rituell tötet. Die rituelle Nilpferd- und Krokodilsjagd gehörte in Ägypten »zu den das Königtum konstituierenden Akten«[43]. Es gibt ägyptische Darstellungen, in denen der König als Sieger über seine Feinde in der Pose des Gottes Horus als Sieger über die Chaosmächte dargestellt ist. – Der Sieg des Pharao über seine Feinde konnte auch unter dem Bild des Triumphes des Gottes Rê über das mythische Ungeheuer Apop gefeiert, magisch repräsentiert und zugleich ins Mythische erhoben werden. In dem Ritus, in dem Apop durch Zertrampeln mit dem linken Fuß vernichtet wurde, sollten zugleich auch die Feinde des Pharao vernichtet werden. Dabei wurde viermal der Satz wiederholt: »(Wie) Rê über Apophis triumphiert, (so) triumphiere Pharao über seine Feinde!«

Auch in Indien und im Iran spielt der König als Repräsentant der Gottheit die Hauptrolle im rituellen Drama. Er ist Regenspender, der den Regendrachen spaltet (Drachenkampf), und Förderer der Fruchtbarkeit (Heilige Hochzeit). Regen und Fruchtbarkeit sind die zwei Aspekte desselben rituellen Geschehens[44].

Auch im Iran ist die Herrschaft des Drachen historisiert worden: Der rechtmäßige König Faridun erstürmt die Festung des Feindes, überwindet den fremden Usurpator (Drachentötung) und heiratet dessen Lieblingsfrauen (Heilige Hochzeit). Von Artaxser I., dem Gründer des Sassanidenreiches (226 n. Chr.), wird in dem »Tatenbuch des Papaksohnes Artaxser« der geschichtliche Verlauf seiner Machtergreifung verhältnismäßig kurz, dagegen sein Kampf gegen den Drachen Kirm und dessen Diener Haftanboxt breit und anschaulich geschildert: In der Verkleidung eines Kaufmanns verschafft er sich Einlaß in die Burg, in der sich das Ungeheuer befindet, erhält die Erlaubnis, es zu füttern, gießt ihm dann heimlich geschmolzenes Metall in den Rachen, so daß es unter furchtbarem Getöse

Abb. 14
Der ägyptische König sticht eine Nilpferd- und Krokodilfigur nieder. Magisch-rituelle Tötung der Repräsentanten des Bösen.

birst. In der allgemeinen Verwirrung gelingt es dem außerhalb der Burg im Hinterhalt liegenden Heer des Artaxsers, die Festung zu erobern. Wenn der iranische König Mithridates (um 90 v. Chr.) dem von ihm besiegten römischen Feldherrn Manius Aquilius geschmolzenes Gold in den Mund gießen ließ, so war dies ein ritueller Akt, dem die Identifizierung des Feindes mit dem mythischen Ungeheuer zugrunde lag. – »In der späteren epischen Überlieferung wird fast jeder bedeutende Herrscher zum Drachentöter; das gehört zur Königsideologie.«[45]

Auch der erste christliche Kaiser, Konstantin, ließ – wie wir durch seinen Biographen Eusebius wissen – zur Erinnerung an seinen Sieg über Maxentius an der Milvischen Brücke im Vestibül seines Palastes zu Konstantinopel ein Tafelgemälde anbringen, das ihn selbst als Drachenbezwinger zeigte, der mit der untersten Spitze der (mit dem Christus-Monogramm bezeichneten) Kaiserstandarte seinen als Drachen dargestellten Gegner durchbohrt. Ähnliche Bilder dieses Kaisers finden sich in ägyptischen Elfenbeinschnitzereien, in den Elfenbeinreliefs am Ambo des Aachener Domes und in Trierer Skulpturen. In allen diesen Darstellungen wird Kaiser Konstantin als christlicher Sieger über das Heidentum, insbesondere als Sieger über Mithras gefeiert[46].

Noch im Mittelalter ließen sich zahlreiche Herrscher im Bilde des Drachenkämpfers darstellen, die »modernen« in der Gestalt des Herkules, der mit der siebenköpfigen Hydra kämpft, die »christlichen« in der Gestalt des Drachenkämpfers St. Georg[47]. Zum Beispiel ist Kaiser Maximilian mehrfach als Heiliger Georg abgebildet worden. Der Landgraf Georg III. von Leuchtenberg ließ sich – auf einem Drachen stehend – in Münzen prägen. Der Bildhauer Hans Brüggemann gab seinem Georg für St. Jürgen in Husum die Züge Kaiser Karls V., der ihm in den Religionskriegen der Zeit als ein unbeirrbarer Glaubensstreiter erschien. Peter Paul Rubens hat nach dem Friedensschluß zwischen Frankreich und England den englischen König Charles I. und seine Gemahlin als St. Georg und Prinzessin gemalt. Der Große Kurfürst Friedrich Wilhelm von Brandenburg ließ durch seinen Hofbildhauer den englischen König Charles II., dessen Leben dem Kampf gegen Cromwell gewidmet war, als Kämpfer gegen ein siebenköpfiges Ungeheuer darstellen, das rückwärts den Kopf Cromwells ausscheidet.

Auch wurden Siegesdenkmäler mit Vorliebe mit dem Motiv des Drachenkampfes geschmückt. Zum Beispiel zeigt die Siegessäule auf dem Palastplatz in Leningrad, die 1834 zur 25. Wiederkehr des Sieges über Napoleon errichtet wurde, einen Engel, der eine Schlange tötet; und das Siegesdenkmal, das der schwedische Nationalheld Sten Sture in Stockholm errichten ließ, verherrlicht unter dem Bild des Drachenkämpfers St. Georg seinen Sieg über die Dänen.

Der endzeitliche Kampf gegen den Chaosdrachen

Der Mythos erzählt nicht nur von einem Kampf gegen den Chaosdrachen in der Urzeit, sondern auch von einem solchen in der Endzeit; denn nach mythischer Anschauung entsprechen sich Urzeit und Endzeit[48]: Das in der Urzeit überwundene, gefesselte und in den Abgrund geworfene Chaosungeheuer wird in der Endzeit aus der Tiefe aufsteigen, wiederum das Chaos entfesseln und großes Unheil über die Menschen bringen. Der neuen Schöpfung wird ein neues Chaos vorangehen. Dann wird es abermals, nun aber endgültig, überwunden und vernichtet werden.

Besonders ausgeprägt ist die Vorstellung vom endzeitlichen Drachenkampf in der iranischen Apokalyptik. Sie ist eine Mischung aus historischen Reminiszenzen und mythischen Motiven aus den allgemein verbreiteten Weltuntergangsmythen. Zu letzteren gehört die Vorstellung von dem Drachen Azi Dahāka. »Dieses Ungeheuer wird auf dem Berge Demavend gefangen gehalten, kommt aber am Ende der Zeiten frei, fällt über die Schöpfung Ahura Mazdas (höchste Gottheit) her, verschlingt ein Drittel der Menschheit, schadet dem Wasser, dem Feuer und der Vegetation und begeht furchtbare Sünden. Das Ungeheuer wird jedoch von dem Helden Garsasp (avestisch Keresaspa) getötet.«[49]

Der Gedanke des endzeitlichen Kampfes der göttlichen Macht gegen das Böse konnte nur in der streng dualistischen Religion Zarathustras entstehen. Im Zoroastrismus (einer Verbindung der Lehre Zarathustras mit der iranischen Volksreligion) wurde der älteste Gottesglaube an einen Gott, der sowohl Gut als Böse in sich schließt, immer mehr abgelöst durch die Vorstellung, daß sich das Gute in Gestalt geistiger Wesen und das Böse in Gestalt von Ungeheuern und Unholden in unversöhnlicher Feindschaft gegenüberstehen und in einem unaufhörlichen Streit miteinander liegen. Der Drache Azi Dahāka, ein Geschöpf Ahrimans, des bösen Geistes, ist der »allerstärkste, teuflische Unhold«, den »der Böse Geist gegen die körperliche Welt zum Verderben der Welt der Wahrheit erschaffen« hat (H. Lommel)[50]. Der Drache ist hier ein Vertreter des radikal Bösen, nicht aber der Führer der bösen Mächte (das ist Ahriman). Der Kampf gegen den Drachen wird zum Kampf gegen das radikale Böse. Die radikal bösen Mächte werden in einem gewaltigen Endkampf vernichtet und die, die der Welt des Bösen angehören, getötet werden. Trotz dieser dualistisch-dramatischen Zuspitzung endet der Weltenlauf für alle Menschen positiv. Die Toten stehen auf, alle Menschen, auch die Sünder, werden vom Bösen gereinigt (»Verklärung«) und führen ein seliges Dasein in einer erneuerten Welt. Das Ziel, dem nach zoroastrischer Auffassung die

Geschichte entgegengeht, ist also die endgültige Erlösung der Menschheit und die Wiederherstellung des glücklichen Zustandes der Welt.

Wie der Mythos, so hat auch der Kultus eine endzeitliche Komponente: Der Sieg, den der König beim Neujahrsfest über den bösen Drachen Azi Dahāka erringt, ist nicht nur eine Wiederholung des urzeitlichen Sieges des Gottes über den Chaosdrachen, sondern auch eine Vorwegnahme des endgültigen Sieges über ihn[51]. So werden im kultischen Geschehen Urzeit und Endzeit, Ursprung und Vollendung der Weltgeschichte heilige Gegenwart (Tafel I).

Von der iranischen Apokalyptik stark beeinflußt ist die jüdische Apokalyptik. Das ist die Bezeichnung für eine Literaturgattung, die sich mit der Enthüllung (Apokalypse = Enthüllung, Offenbarung) von Geheimnissen über den Weltlauf und vor allem über die letzte Zeit und das Weltende befaßt[52]. Eröffnet wurde die lange Reihe apokalyptischer Schriften mit dem Buch Daniel, das in der Zeit unter Antiochus IV. Epiphanes (das heißt »der erschienene Gott«) um 165 v. Chr. entstand, um den Glaubensmut der Frommen zu stärken. Die nach dem Buch Daniel fast ausschließlich auf palästinensischem Boden entstandenen apokalyptischen Schriften sind nicht in den Kanon der biblischen Schriften aufgenommen worden.

Im Unterschied zur indo-iranischen Einteilung des Weltlaufs in vier Weltperioden kennt die jüdische Apokalyptik nur zwei Weltperioden: diese Weltzeit und die kommende Weltzeit. Darin kommt eine stark dualistische Anschauung zum Ausdruck: Gott und das Böse, Licht und Finsternis liegen miteinander im Widerstreit. Das gegenwärtige Zeitalter steht unter der Herrschaft des Bösen und der Sünde und kulminiert in einem gewaltigen Angriff der bösen Mächte auf die Frommen und Gottesfürchtigen. »Die endliche Entscheidung wird oft als ein Drachenkampf gedacht.«[53] Der Drache ist auch hier Symbol des radikalen Bösen. In den Apokalypsen wird er meist nicht auf bestimmte geschichtliche Größen bezogen, sondern ins Mythische gesteigert, als gottfeindliche Macht schlechthin.

In den Bilderreden des äthiopischen Henochbuches (es ist nur in einer äthiopischen Übersetzung erhalten) fragt Henoch nach der Macht der beiden Ungeheuer Leviathan und Behemot, die in den letzten Tagen auftreten sollen, und zeigt damit, daß er tiefes geheimes Wissen besitzt. Er erhält zur Antwort: Nachdem die Ungeheuer Söhne samt Müttern und Töchter samt Vätern ermordet haben, wird das Strafgericht Gottes über sie ergehen. Sie werden endgültig vernichtet werden. Danach wird Gott sein Heil vollenden (Henoch 60,9–25).

Im 4.Buch Esra ist ebenfalls von den beiden Ungeheuern Behemot und Leviathan die Rede: »Du behieltest sie dir vor, daß sie verzehrt werden sollten, von wem und wann du willst« (4. Esra 6,52).

In der syrischen Baruchapokalypse wird die messianische Zeit mit folgenden Worten geschildert: »Ist das vollendet, was in den Zeitabschnitten soll geschehen (die Drangsale, die der messianischen Zeit vorangehen), alsdann beginnt mit seiner Offenbarung der Messias. Es offenbart sich auch der Behemot aus seinem Land; es steigt der Leviathan aus dem Meer empor; die zwei gewaltig großen Meeresungeheuer, die ich am fünften Schöpfungstage schuf und sie auf jene Zeiten aufbewahre; sie dienen alsdann allen Übrigbleibenden zur Speise« (Kapitel 29).

Am Ende des bösen Zeitalters offenbart sich der »Menschensohn«, eine phänomenologische Entsprechung zu der iranischen Erlösergestalt Gayōmart, in dem sich die Vorstellungen von einem kosmischen Urmenschen, von einem himmlischen Erlöser und von einem sakralen König miteinander verbinden[54]. Er besiegt die Macht des Bösen, verkörpert in einem Drachenungeheuer, und führt die kommende Weltzeit, das ewige Friedensreich, herauf.

Die jüdische Apokalyptik geht bruchlos und unmerklich in die christliche Apokalyptik über[55]. Die Christen nehmen Ende des 1. und Anfang des 2. Jahrhunderts in der hochgespannten Erwartung des nahe geglaubten Weltendes das jüdische apokalyptische Schrifttum auf und formen es – allerdings ohne überzeugende prophetische Kraft – von ihrem Glauben her um. Christlich bearbeitete jüdische Apokalypsen sind: Himmelfahrt des Mose und andere. Eigenständige christliche Apokalypsen sind: 5. und 6.Esrabuch, Petrus-Apokalypse, Johannes-Apokalypse, Hirt des Hermas usw. Die Offenbarung des Johannes wurde als einzige in den Kanon der neutestamentlichen Schriften aufgenommen. Zu den apokalyptischen Stükken im Neuen Testament gehören außerdem: die Rede Jesu über die Endzeit (Markus 13; Matthäus 24; Lukas 21; Lukas 17,20–32) und die endzeitlichen Abschnitte in den apostolischen Briefen. Gemeinsam ist ihnen die Vorstellung von einem Endkampf zwischen Gott bzw. Christus und den gottfeindlichen Mächten bzw. dem Antichristen: Zuerst steigert das Böse seine Macht weltweit, indem es Haß und Verfolgung, Naturkatastrophen und Kriege hervorruft (die »Wehen der Endzeit«), ehe Gott durch sein Eingreifen das Böse überwindet und seine ewige Herrschaft aufrichtet. Wir kommen darauf im nächsten Kapitel ausführlich zu sprechen.

Die nordisch-germanischen Weltuntergangsmythen (Völuspa = »der Seherin Weissagung«, Eröffnungsgedicht der Edda) weisen – vor allem in der Vorstellung eines Endkampfes zwischen guten und bösen Mächten – sowohl indo-iranische als auch christliche Einflüsse auf.

Ragnarök, die »Götterdämmerung«, wörtlich das »Götterschicksal«, wird dadurch eingeleitet, daß der gute Gott Baldr, der schönste, edelste und geliebteste unter den Göttern, durch den listigen Anschlag des bösen Loki getötet wird, indem ein unschuldiges Spiel der Götter zu einer schicksalsschweren Katastrophe wird. Es gelingt den Göttern mit Mühe, Loki, den Gott des Feuers, zu fangen. Zur Strafe fesseln sie ihn an drei scharfkantige Felsen der Unterwelt. Wenn er sich in seinen Qualen windet, erbebt die Erde. Aber am Ende der Tage, das durch allerlei böse Vorzeichen in der Natur (Sonnenfinsternis) und in der Menschenwelt (Entartungen) eingeleitet wird, kommt Loki wieder frei (wie Azi Dahāka, der am Berge Demavend gefesselt war) und mit ihm alle bösen Mächte und Ungeheuer. Götter und Helden sammeln sich zum letzten Kampf. Es kommt zu einer Reihe von Zweikämpfen.

Der Fenriswolf, das grausige Geschöpf des bösen Loki und der Riesin Angurboda, der Angstbringerin, kämpft gegen Odin, den Schöpfer der Welt und der Menschen, den König der Asen, den gewaltigsten unter den Göttergeschlechtern. Dieser Kampf ist eine Variante des Drachenkampfes, denn Wolf und Drache sind in verschiedenen Völkern austauschbar, zudem ist die Beziehung zum Chaoswasser deutlich, denn Fen heißt ursprünglich »Meer«[56]. Lange kämpfen Fenrir und Odin miteinander; am Ende verschlingt der Rachen des Weltenwolfes den Walvater.

Die Midgardschlange, die Schwester des Fenriswolfes, die Ozeanschlange, die die Wohnstätte der Menschen umschlingt, erhebt aus dem aufbrausenden Meer ihr furchtbares Haupt und kämpft gegen den Gewittergott Thor, den ältesten Sohn Odins. Dieser zerschmettert ihr mit seinem Hammer das Haupt, aber nach neun Schritten bricht er, vom Gifthauch der Schlange getroffen, tot zusammen. »Der Streit zwischen dem Wettergott und dem Reptil ist symbolischer Ausdruck für den Kampf zwischen den Naturgewalten, zwischen den uranischen Mächten des Oben und den chthonischen Mächten des Unten.«[57]

Abb. 15 Thor angelt die Midgardschlange, Uppland.

Zuletzt kämpfen Heimdallr, der Gott des Anfangs, und Loki, man könnte fast sagen: der Gott des Endes, gegeneinander. Sie durchbohren sich gegenseitig.

Hel, die Herrin der Hölle, klafft auf und verschlingt die Toten. Sutur, der König der Feuerriesen, wirft Feuer über die Erde, und in seiner Lohe verbrennt die Himmelsburg. Das Weltall vergeht in Feuer und Rauch, die Erde sinkt ins Meer zurück.

Doch nach dieser Katastrophe wird die Welt erneuert. Nach dem dramatischen Endkampf gewinnen die guten Mächte doch den Sieg. Kein Wolf bedroht mehr die Schöpfung, denn Widar, Odins schweigsamer Sohn, hat mit einem Tritt seines eisernen Schuhs Fenrir getötet und den Vater gerächt[58].

Anmerkungen

1 K. Kerényi, Mythologie und Gnosis (Albae Vigiliae XVI), 1942, S. 20
2 U. Mann, Schöpfungsmythen. Vom Ursprung und Sinn der Welt, Stuttgart/Berlin 1982
3 Ebd., S. 89f.
4 H. Egli, Das Schlangensymbol. Geschichte – Märchen – Mythos, Olten/Freiburg i. Br. 1982, S. 194ff.
5 Ebd., S. 195ff.; H. Gunkel, Schöpfung und Chaos in Urzeit und Endzeit, Göttingen 1895; J. Campbell, Der Heros in tausend Gestalten, Frankfurt a. M. 1953; U. Mann, a.a.O. (Anm. 2)
6 G. Widengren, Religionsphänomenologie, Berlin 1969, S. 244
7 P. Volz, Das Neujahrsfest Jahwes (Laubhüttenfest), Tübingen 1912, S. 12f.
8 M. Eliade, Drache, in: Die Religion in Geschichte und Gegenwart Bd. 2, Tübingen 1958³, S. 259
9 H. Egli, a.a.O. (Anm. 4), S. 200f.; U. Mann, a.a.O. (Anm. 2), S. 132ff.
10 K. Kerény, Die Mythologie der Griechen, Bd. I: Die Götter- und Menschheitsgeschichte; Bd. II: Die Heroengeschichte (dtv 1345/6), München 1966; A. Dietrich, Abraxas. Studien zur Religionsgeschichte des späteren Altertums, Leipzig 1905, Neudruck Aalen 1973; H. Egli, a.a.O. (Anm. 4), S. 201ff.
11 O. Kaiser, Die mythische Bedeutung des Meeres in Ägypten, Ugarit und Israel, Berlin 1959, S. 40ff.
12 Ebd., S. 43
13 G. Widengren, a.a.O. (Anm. 6), S. 81
14 O. Kaiser, a.a.O. (Anm. 11), S. 76; H. Egli, a.a.O. (Anm. 4), S. 204; O. Keel, Die Welt der altorientalischen Bildsymbolik und das Alte Testament, Zürich/Neukirchen 1972, S. 46

15 O. Kaiser, a.a.O. (Anm. 11), S. 4ff.
16 Ebd., S. 87
17 U. Mann, a.a.O. (Anm. 2), S. 147ff.
18 G. Widengren, Das Prinzip des Bösen in den östlichen Religionen; in: Das Böse. Studien aus dem C. G.-Jung-Institut Zürich XIII, Zürich/Stuttgart 1961, S. 29
19 G. Widengren, Die Religionen des Iran, Stuttgart 1965, S. 41
20 H. Egli, a.a.O. (Anm. 4), S. 214f.
21 G. Widengren, Die Religionen des Iran, a.a.O. (Anm. 19), S. 42ff.
22 Ebd., S. 42
23 Ebd., S. 42 (Anm. 6)
24 Ebd., S. 229
25 U. Mann, a.a.O. (Anm. 2), S. 155
26 H. Egli, a.a.O. (Anm. 4), S. 122ff.
27 Ebd., S. 124
28 A. Christie, Chinesische Mythologie, Wiesbaden 1968, S. 44
29 U. Mann, a.a.O. (Anm. 2), S. 221ff.
30 G. Widengren, Religionsphänomenologie, a.a.O. (Anm. 6), S. 180f.; M. Eliade, Ewige Bilder und Sinnbilder. Vom unvergänglichen menschlichen Seelenraum, Olten/Freiburg i. Br. 1953, S. 187f.
31 C. G. Jung, Von den Wurzeln des Bewußtseins. Studien zum Archetypus, 1954, S. 6f.
32 E. Neumann, Ursprungsgeschichte des Bewußtseins, Zürich 1949, S. 13
33 Ebd.
34 E. Harding, Das Geheimnis der Seele. Ursprung und Ziel der psychischen Energie, Zürich o. J., S. 254ff.
35 Ebd., S. 255
36 Ebd., S. 259
37 Ebd., S. 260
38 P. Ricoeur, Symbolik des Bösen. Phänomenologie der Schuld II, Freiburg i. Br./München 1971, S. 218ff.
39 Ebd., S. 225
40 V. Maag, Der Antichrist als Symbol des Bösen; in: Das Böse, a.a.O. (Anm. 18), S. 74f.
40a J. Trumpf, Stadtgründung und Drachenkampf (Exkurse zu Pindar, Pythien I), in: Hermes, Wiesbaden 1958, S. 129ff.
41 G. Widengren, Religionsphänomenologie, a.a.O. (Anm. 6), S. 377ff.
42 Ebd., S. 245
43 O. Keel, Jahwes Entgegnung an Ijob. Eine Deutung von Ijob 38–41 vor dem Hintergrund der zeitgenössischen Bildkunst, Göttingen 1978, S. 132
44 G. Widengren, Religionsphänomenologie, a.a.O. (Anm. 6), S. 378
45 G. Widengren, Die Religionen des Iran, a.a.O. (Anm. 19), S. 313
46 O. Höfler, Siegfried, Arminius und die Symbolik, 1961, S. 173; J. B. Aufhauser, Das Drachenwunder des Heiligen Georg in der griechischen und lateinischen Überlieferung; in: Byzantinisches Archiv, H. 5, Leipzig 1911, S. 328
47 S. Braunfels-Esche, Sankt Georg. Legende – Verehrung – Symbol, München 1976, S. 117ff.

48 H. Gunkel, Schöpfung und Chaos, a.a.O. (Anm. 5)
49 G. Widengren, Religionsphänomenologie, a.a.O. (Anm. 6), S. 464
50 H. Lommel, Die Yäst des Awesta, 1927, S. 188
51 G. Widengren, Die Religionen des Iran, a.a.O. (Anm. 19), S. 48f.
52 H. Ringgren, in: Die Religion in Geschichte und Gegenwart Bd. I; Tübingen 1957[3], S. 463ff.
53 Ebd., S. 466
54 G. Widengren, Religionsphänomenologie, a.a.O. (Anm. 6), S. 474f.
55 Ebd., S. 466ff.
56 M. Lurker, Adler und Schlange. Tiersymbolik im Glauben und Weltbild der Völker, Tübingen 1983, S. 185; H. Egli, Das Schlangensymbol, a.a.O. (Anm. 4), S. 252
57 M. Lurker, a.a.O. (Anm. 56), S. 59
58 E. Peterich, Götter und Helden der Germanen. Kleine Mythologie, Olten/Freiburg i. Br. 1955[5]

Der Drachenkampf in der Bibel

Es kann kein Zweifel daran sein,
daß die Darstellung der Schöpfung
als Folge oder Auswirkung des Sieges eines Gottes
über ein Chaosungeheuer
einen besonders deutlichen Widerhall
im Alten Testament gefunden hat.
Die vielen ganz verschiedenartigen Anspielungen
in mancherlei Zusammenhängen zeigen,
daß eine vielgestaltige Tradition
von einem solchen Chaoskampf in Israel bekannt war;
sie ist aber dadurch grundlegend gewandelt,
daß der Sieger in diesem Kampf,
Jahwe, der *eine* Gott ist
und damit der Bereich
des mythischen Geschehens verlassen wird.

Claus Westermann

Der Drachenkampf in der Urgeschichte

Wenn wir uns nun von den Aussagen der Mythen den Aussagen der Bibel zuwenden, so betreten wir eine andere geistige Ebene: die nachmythische Geisteslage. Die Bibel benutzt wohl die Mythen der Völker, um die Grundwirklichkeit des menschlichen Daseins und der menschlichen Geschichte auszudrücken, aber sie versteht die Welt und das Leben nicht mythisch, sondern geschichtlich. Insofern kann man hier von einem »gebrochenen Mythos« (P. Tillich)[1] oder gar von einer »antimythischen Tendenz« der biblischen Aussagen (Weiser, Drewermann)[2] sprechen. Die Bibel bedient sich der mythischen Bildersprache, weil es ihr niemals und nirgends um eine »objektive« gegenständliche Welt und einen aus dem Weltganzen isolierten Menschen, sondern immer um das Ganze der Welt – um ihre sinnlichen Erscheinungen *und* um deren Bedeutsamkeit im Weltganzen – und um das Ganze des Menschen geht; aber sie ist sich dessen bewußt, daß die Bilder mit der Wirklichkeit selbst nicht identisch sind[3]. Waren sie ursprünglich Ausdruck des Naturhaften, so werden sie nun auf die Offenbarung Gottes in der Geschichte bezogen, auf ein Geschehen, in dem dem Menschen das »Ganz Andere« begegnet, die unbedingte Transzendenz des Göttlichen.

Der Mythos vom Drachenkampf ist der Bibel, wie aus zahlreichen Stellen hervorgeht, in allen seinen Varianten bekannt; aber er ist an keiner Stelle einfach übernommen worden, denn: »Der Mythos als solcher ist abgewiesen« (C. Westermann). Meist wird nur auf den Mythos angespielt, immer aber werden seine Aussagen vom exklusiv monotheistischen Gottesglauben her in charakteristischer Weise umgeformt. Deshalb geht es in diesem Kapitel um Interpretation der biblisch-theologischen Aussagen, nicht um die Interpretation der hinter ihnen stehenden mythischen Aussagen oder der sich darin aussprechenden seelischen Situation.

Wie im mythischen Denken, so wird auch in der biblischen Urgeschichte (1.Mose 1–11) die bestehende Wirklichkeit auf die ihr zugrundeliegende Wirklichkeit zurückgeführt. Hier werden Aussagen von prinzipieller Bedeutung über die Welt, über den Menschen und seine Stellung zu Gott gemacht: »Im

Anfang...« = lateinisch: »In principio...« Es geht nicht um einen zeitlichen Anfang, sondern um das, was allem, was geschieht, zugrunde liegt. Inhaltlich aber ist die Aussage der Urgeschichte von der Erfahrung geprägt, die das Volk Israel in seiner Geschichte mit Gott gemacht hat. Von daher wurden die Linien theologisch bis zur Schöpfung ausgezogen, wurde die Geschichte Gottes mit seinem Volk in die Menschheitsgeschichte hineingestellt, die Erfahrung Israels zu den Grunderfahrungen der Menschheit in Beziehung gesetzt. (Die Urgeschichte ist erst verhältnismäßig spät dem eigentlichen Geschichtsbuch vorangestellt worden.)

Schon der Schöpfungsbericht der Priesterschrift (1.Mose 1,1–2,4a) macht deutlich: 1. Der altorientalische Mythos vom Kampf mit dem Chaosdrachen ist bekannt. 2. Er ist vom monotheistischen Gottesglauben, der keinen Raum für ein zweites Prinzip neben Gott läßt, entscheidend umgeformt worden.

Es heißt in diesem Schöpfungsbericht: »Die Erde war wüst (tohu) und leer (bohu), und Finsternis lag über dem Urmeer (tehom), und ein Gottessturm bewegte sich unruhig über den Wassern« (1,2). In diesen Worten ist eine wenn auch »sehr ferne und blasse Erinnerung an einen Chaoskampf« festzustellen[4]. Die Urflut = tehom »steht in unbestreitbarem Zusammenhang mit der babylonischen Tiamat, dem urweltlichen Chaosdrachen« (v. Rad)[5]. Möglicherweise ist bohu verwandt mit Baau, der nächtlichen Muttergöttin in der phönikischen Mythologie.

Auf den Chaos-Kampf-Mythos weisen ferner die Vorstellung, daß vor der Schöpfung nur Wüste und Finsternis existierten, und die Vorstellung von der Scheidung von Licht und Finsternis: Nur von dem Licht wird gesagt, daß Gott es geschaffen habe und daß es gut sei. Die Scheidung des gestaltlosen Urmeeres in die unteren und oberen Wasser erinnert an die Trennung von Himmel und Erde als das eigentliche Werk der Weltschöpfung im sumerischen Schöpfungsmythos. In seiner babylonischen Ausformung (Enuma elis) ist die Scheidung mit dem Motiv des Drachenkampfes verbunden: Marduk spaltet den Leichnam der besiegten Tiamat und schafft aus dem einen Teil den Himmel, aus dem anderen die Erde. »Die lichte Schöpfung wächst aus dem Drachengrunde« (A. Rosenberg)[6]. Aus der Gleichung Tiamat = tehom (Urmeer) ergibt sich der Gedanke, daß ein Zusammenfließen der durch die Himmelsfeste (rakia) getrennten oberen und unteren Wasser die Rückkehr der Schöpfung ins Chaos bedeutet. In der Priesterschrift ist »Sintflut« spezielle Bezeichnung für den Himmelsozean, also für die oberen Wasser, die sich mit den unteren Wassern vereinen und die Schöpfung wieder zunichte machen.

Es sind aber nicht nur deutliche Anklänge an den altorientalischen Mythos vom Chaoskampf, sondern auch deutliche Unterschiede zu ihm festzustellen: Urmeer und Finsternis sind keine selbstmächtigen Größen und spielen keine aktive Rolle; sie sind lediglich Material in des Schöpfers Hand. Jahwe, der *eine* Gott, kämpft nicht mit einer feindlichen Gegenmacht, sondern er schafft durch sein souveränes Wort aus dem Nichts. Es gibt keine Theogonie (Abstammung der Götter) und keine besiegten Götter. Nicht die Schöpfung, sondern die Geschichte ist das Drama. Die aus dem Wort hervorgegangene Schöpfung ist gut. An die Stelle der Schuld der Götter tritt der Sündenfall des Menschen. Ein rein anthropologischer Mythos löst den alten kosmischen Mythos ab. Ein rein geschichtlicher Kampf nimmt die Stelle des theogonischen Kampfes ein[7].

Unmittelbar an die Erschaffung der Welt und des Menschen schließt sich die Geschichte vom Sündenfall an (1.Mose 3). Es ist das »Hauptanliegen« der (jahwistischen) Urgeschichte, zu schildern, wie das »Böse« vom Menschen Besitz ergreift und ihn zu einem Wesen macht, das von Gott abgefallen und ganz und gar dem Bösen verfallen ist[8]. Woher das Böse kommt, wird nicht gesagt; es liegt als Möglichkeit in der Schöpfung. Die Schlange, der allgemein-menschlichen Symbolsprache entsprechend Personifikation und Symbol des Bösen, wird hier ausdrücklich als eines der Tiere bezeichnet, »die Jahwe der Gott gemacht hatte«. Sie ist also keine selbständige, persönliche Macht im Sinne der späteren Teufelsvorstellung. In aller Verhaltenheit finden wir hier so etwas wie eine Theologie des Bösen: »Das Wesen, von dem Unheil ausgeht, ist und bleibt ein Geschöpf Gottes; alles, was sich jetzt ereignet, so furchtbar es auch sein mag, wird in den Händen Gottes bleiben. Es gibt kein Böses, das sich Gottes Machtbereich entzöge. Das steht am Anfang« (Drewermann)[9].

Anstatt das Böse irgendwo herzuleiten und zu begründen, wird der Prozeß beschrieben, durch den der Mensch dazu kommt, Böses zu tun. Die Schlange, die als »listig«, das heißt hier »zwielichtig« und »doppelsinnig« gekennzeichnet ist, weckt durch ihre scheinbar harmlose Frage (»Sollte Gott gesagt haben . . .?«) im Menschen Zweifel an der Güte Gottes und damit Angst und Mißtrauen gegenüber Gott. Der Mensch fühlt sich von Gott tödlich bedroht: »Am Tage, an dem du von ihm (dem Baum der Erkenntnis des Guten und Bösen) ißt, mußt du sterben!« Indem die Schlange diese Todesdrohung beseitigt: »Sterben, sterben werdet ihr nicht!«, präsentiert sie sich als Heilsbringerin. Aus der Abwehr eines Gefühls tödlicher Bedrohung durch Gott entstehen Auflehnung und Übertretung und letztlich der Wille, sich solchem Gott gegenüber zu behaupten; kurz: zu »sein wie Gott«. Die Wurzel der Sünde liegt also primär nicht in der Auflehnung und dem Willen zur Macht (Titanismus), sondern in der Angst vor dem als bedrohlich empfundenen Gott, die das ursprüngliche Vertrauen zu Gott verdrängt hat. »Der Ursprung alles Bösen ist das Verkennen, das Mißverstehen Gottes, jenes Ur-Mißtrauen, das den Gott für kleinlich und gefährlich hält, das von ihm eine un-zumutbare Realität erwartet« (A. Görres)[10].

Jahwes Fluch über die Schlange besagt über die vordergründige ätiologische Deutung hinaus (Bewegungsart der Schlange und ihre Gefährlichkeit für den Menschen) zweierlei: Erstens ist das Wesen, durch welches das Böse über den Menschen kam, letztlich vor Gott ohnmächtig (das Auf-dem-Boden-Kriechen und das Staub-Fressen sind Symbole für das Zu-Boden-geworfen-Sein und für Ohnmacht). Zweitens wird der Kampf des Menschen mit dem Bösen weitergehen, und zwar ohne daß eine der beiden Parteien den Sieg davonträgt. Der Mensch »stößt« die Schlange aufs Haupt, die Schlange »stößt« den Menschen hinterlistig in die Ferse – das zweimalige »stoßen« macht die Wechselseitigkeit dieses aussichtslosen Ringens, den dauernden Kreislauf dieses Kampfes deutlich. »Das Böse wird dem Menschen gerade in dem Augenblick zur tödlichen Gefahr werden, wo der Mensch es vernichtend zu treffen meint. – Der Mensch hofft des Bösen Herr zu werden, aber gerade so setzt er sich erneut dem Bösen aus. – Er wird immer wieder vergeblich und in letzter ›Hoffnungslosigkeit‹

dagegen ankämpfen und gerade dann vom Bösen gebissen werden, wenn er meint, es zerstoßen zu können.«[11]

So richtig es ist, daß dem ursprünglichen Wortsinne nach an dieser Stelle eine Verfluchung und keine Verheißung eines künftigen Erlösers ausgesprochen ist, so verständlich ist es, daß sich an diese Worte das archetypische Bild vom Drachenkampf assoziiert hat, und zwar von Irenäus (seit 177/78 Bischof von Lyon) an bis ins 20. Jahrhundert hinein, sowohl in der katholischen als auch in der evangelischen Kirche, in Theologie, bildender Kunst und Lieddichtung. Dabei wird der »Weibessame«, der die Nachkommen Evas meint, auf den einen Nachkommen, nämlich Christus, Mariens Sohn, gedeutet und der Same der Schlange ebenso individuell auf den Teufel. So wurde aus dem Fluch eines andauernden, hoffnungslosen Kampfes von Geschlecht zu Geschlecht, in dem sich beide Seiten aufreiben, eine Verheißung des endlichen Sieges des Menschen über das Böse. Das ist von der Mitte des christlichen Glaubens her gedacht: Durch Tod und Auferstehung Christi ist die Macht des Bösen überwunden. (Siehe Seite 233.)

In den Gemeindeliedern klingt dieses Motiv wiederholt an. Zum Beispiel heißt es in einem Weihnachtslied: »Jakobs Stern ist aufgegangen, stillt das sehnliche Verlangen, bricht den Kopf der alten Schlangen und zerstört der Höllen Reich« (EKG 29,5); und in einem Osterlied: »Wie sträubte sich die alte Schlang, da Christus mit ihr kämpfte! Mit List und Macht sie auf ihn drang, jedennoch er sie dämpfte. Ob sie ihn in die Ferse sticht, so sieget sie doch darum nicht; der Kopf ist ihr zertreten« (EKG 87,2).

Der Gedanke ist zum Symbol verdichtet in dem auf dem Kopf der Schlange stehenden Kreuz.

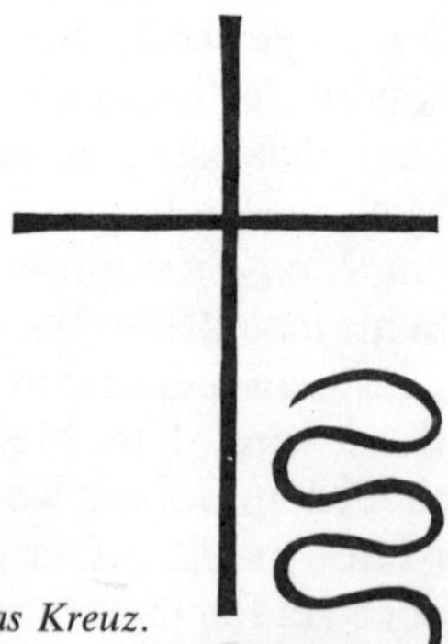

Abb. 16 Die Überwindung der Schlange durch das Kreuz. Symbol von Rudolf Koch.

Vergleicht man die biblische Sündenfallgeschichte mit den zahllosen Mythen und Märchen, die von der Begegnung des Heros (z. B. Herakles) mit der Schlange berichten, die in der Nähe eines Baumes mit besonders gehüteten Früchten (z. B. die goldenen Äpfel der Hesperiden) auftritt und eine Frau zur Seite hat, so erkennt man, daß auch hier die Abweichung größer ist als die Übereinstimmung. Die biblische Sündenfallgeschichte erzählt nicht von einem Heros, der einen Schlangendrachen tötet, um die schwer erreichbare Kostbarkeit zu gewinnen. Dem biblischen Urmenschen fehlt alles Heldische und Reckenhafte, er kämpft nicht einmal mit der Schlange. Sein Handeln gegen das Gebot Gottes entspringt ursprünglich nicht einem prometheischen Aufbegehren, einer luziferischen Empörung, sondern der Angst vor Gott. Er handelt letztlich gegen seinen Willen. Und während die Drachentöter der Mythen durch ihre mutige Tat zu reichen Königen, zu Lebensrettern, Erlösern und göttlichen Ehegemahlen werden, werden die Urmenschen durch ihr angstbesetztes Tun zu heimatlosen Vertriebenen und Habenichtsen, zu Todverfallenen und Gefangenen einer unglückseligen Gottesfeindschaft.

Dies ist das Ergebnis des Vergleichs: »In allen wesentlichen Aussagen läuft die biblische Erzählung also auf das genaue Gegenteil der antiken Drachentötung hinaus.«[12] Sie brandmarkt das Versprechen der Schlange (»Ihr werdet sein wie Gott«) und die Verheißung der Mythen (daß der Mensch die Schlange besiegen kann) als einen Ur-Irrtum der Menschheit. Im Gegensatz zu den Mythen der Völker erzählt die biblische Sündenfallgeschichte »nicht, wie ein Mensch die Schlange besiegt, sondern warum der Mensch sich zeit seines Lebens mit der Schlange herumschlagen muß und sie nie besiegen wird: er hat den Kampf von vornherein verloren, wenn nicht die Angst vor Gott besiegt wird; die Angst vor Gott aber wird nur von Gott besiegt.«[13] Die biblische Aussage verkehrt das mythische Drachenkampfmotiv zu einem Bild des Unheils und entlarvt die Hoffnung der Völker als Fluch betrügerischer Illusionen. »Erst dem Christentum blieb es vorbehalten, das Symbol von Schlange und Baum in ein Gegenbild realisierter Erlösung umzuwandeln und damit das Drachenkampfmotiv der Mythen in seiner relativen Wahrheit zu bestätigen.«[14]

Die biblisch-theologische Aussage der Sündenfallgeschichte

steht auch im Gegensatz zu ihrer tiefenpsychologischen Deutung durch C. G. Jung, die stark vom Drachenkampfmotiv her bestimmt ist[15]. Jung deutet das »In-Sünde-Fallen« positiv als naturgegebenen Vorgang der Selbstfindung und Bewußtwerdung, der letztlich auf Gott selber zurückgeht. Aber: »Was die Bibel mit Gott meint, ist eine Wirklichkeit, deren Erfahrung psychologisch zwar mit dem Prozeß der Selbstfindung zusammenhängt, die aber weder darin aufgeht noch damit identisch ist« (Drewermann)[16].

Die Tragödie der Angst des Menschen vor Gott setzt sich in der weiteren Urgeschichte fort, auch wenn nicht mehr von der Schlange die Rede ist. Das Thema des Erkennens von Gut und Böse in der Sünde des Menschen zieht sich untergründig durch die ganze (jahwistische) Urgeschichte.

Die Sünde wächst lawinenartig an (nicht nur quantitativ, sondern auch qualitativ) und reißt den Menschen mit sich fort. Auf den Zerfall der Gemeinschaft mit Gott (religiöse Dimension der Sünde) folgt der Zerfall der Gemeinschaft der Menschen untereinander (soziale Dimension der Sünde). Die erste Folge des Abfalls von Gott ist die Scham und Angst voreinander (Adam und Eva), die zweite, daß ein Bruder den andern aus Neid und Konkurrenzdenken umbringt (Kain und Abel) und des Überlebenden Dasein »jenseits von Eden« unstet und flüchtig wird, das heißt voller Angst und Hast, getrieben und unsicher, heimatlos, bodenlos und wurzellos. Die dritte Folge ist, daß die Menschen in Furcht und Schrecken voreinander leben und in ungehemmter Aggression und gegenseitiger Abschreckung ihr Leben gegeneinander zu behaupten trachten (Lamech). Diese Entwicklung führt zur Vernichtung der Menschen in der Sintflut.

Aber auch der aus der Katastrophe gerettete Mensch (Noah) ist und bleibt von Grund auf böse. Dennoch vernichtet Gott ihn nicht, sondern erbarmt sich über ihn. Das ist die Antwort der Urgeschichte auf die Kernfrage aller Theodizee (»Rechtfertigung Gottes«): »Mit allen Menschen und mit allem, was der Mensch tut, muß Gott Erbarmen haben; denn wäre es nicht so, so bliebe nur die totale Vernichtung.«[17] Kurzum: Gott erbarmt sich des Sünders, indem er nicht tut, was dieser verdient.

Nach der Sintflut geht die Menschheit – parallel der Entwicklung zur Sintflut hin – erneut dem Untergang entgegen (Turmbau). War bis zur Sintflut das Thema der Urgeschichte der Mensch und das Menschliche schlechthin (Grundstruktur des Menschseins), so ist es nun der in Völkern verkörperte und von Völkereigenschaften geprägte Mensch (Grundstruktur der Menschheit und ihrer Stämme). Die Selbstvergöttlichung des Menschen durch Gewalttat, die sich in Lamech auf der individuellen Ebene zeigte, zeigt sich auf politischer Ebene im Turmbau zu Babel. Er ist der Versuch, sich des Göttlichen mit Gewalt zu bemächtigen, wenn es sich nicht freiwillig hingibt. Dieser Versuch der Menschen, ihre Einheit ohne und gegen Gott schaffen zu wollen, endet in der weltweiten Verwirrung der Geschichte. Was die Menschen hindert, einander zu verstehen, hat seinen Grund in dem Scheitern des gemeinsamen Bestrebens, eine einheitliche Menschheit an die Stelle Gottes zu setzen und gegen Gott aufzubieten, also letztlich in der verkehrten Einstellung aller Menschen zu Gott. Dadurch wird alles, was von der Schöpfungsordnung her gut ist, für den Menschen böse. So wird die menschliche Entfaltung und Differenzierung, die ursprünglich Gewinn und Bereicherung bedeutete, durch die Habsucht und Streitsucht der Menschen zu einem Gegeneinander und zu einem Sich-gegenseitig-beherrschen-Wollen. Die Zerstreuung der Menschen und ihre Sprachvielfalt gehen mit Streit und Krieg einher, und Gott übergibt die Menschheit dem Chaos – nicht dem Chaos der Natur (wie in der Sintflut), sondern dem Chaos der Geschichte (Verwirrung der Sprachen).

Der Drachenkampf in den Psalmen

Daß der Mythos im Ritus vollzogen wird, ist ein Kennzeichen für die Echtheit und Lebendigkeit des Mythos. Das gilt auch für den Schöpfungsmythos der Bibel.

Häufiger und deutlicher als in der Urgeschichte und dem übrigen Alten Testament sind die Anspielungen auf den Mythos vom Drachenkampf in den Psalmen, die in enger Beziehung zum Kult stehen[18].

In der Umwelt Israels, so hatten wir gesehen, wurde die Schöpfung am Neujahrstag erneuert und die Herrschaft des siegreichen Gottes neu begründet. Das babylonische Neujahrsfest zum Beispiel war eine Wiederholung des Drachenkampfes und der Schöpfung und der darauf begründeten Thronbesteigung Marduks.

Eine ganze Reihe von Forschern (Volz, Mowinckel, H. Schmidt u. a.)[19] hat die Ansicht vertreten, daß es auch in Israel ein Fest gab, an dem die Schöpfung im Kult alljährlich wiederholt und die Thronbesteigung Jahwes rituell begangen wurde, nämlich – so postulierten sie – das Thronbesteigungsfest Jahwes am Neujahrstag, der im Herbst nach Abschluß der Ernte und zu Beginn der Regenzeit gefeiert wurde: »Jeden Neujahrstag kommt Jahwe wieder und besteigt seinen Thron. Dieser Tag ist sein Tag, der Tag Jahwes.«[20]

Da jedoch im Alten Testament nirgends von einem besonderen Thronbesteigungsfest Jahwes die Rede ist, wurde diese These im Verlauf der Forschungsarbeiten dahin abgewandelt, »daß die Thronbesteigung Jahwes nicht der Inhalt eines besonderen Festes, sondern ein Teilstück der Liturgie des Bundeserneuerungsfestes Jahwes gewesen ist, sozusagen eine Szene im gesamten Kultdrama, der nicht die alles überragende Bedeutung zukommt und die nicht in dem Maße von dem altorientalischen Königsritual und der Neujahrsfesttradition beeinflußt ist, wie Mowinckel u. a. annehmen«[21]. Auch hier zeigt sich, daß der Kult gegenüber dem altorientalischen Neujahrsfest und Königsritual eine eigene Ausformung und Deutung erfahren hat, durch die auch einzelne von dort her entlehnte Elemente bestimmt sind.

Die Thronbesteigungspsalmen (Psalm 47; 93; 96–99) sind Kultlieder, die in der Festliturgie an diesem Fest gesungen wurden. Sie nehmen Bezug auf den Schöpfungs- und Thronbesteigungsmythos, der in vielen Varianten existierte. Die Variante, die am häufigsten in den Thronbesteigungspsalmen anklingt, ist der Drachenkampf-Schöpfungsmythos: Jahwe ist der König der Welt, weil er den Chaosdrachen besiegt und die Welt geschaffen hat[22]. »Ruft aus unter den Völkern: Der Herr ward König! Er machte den Erdkreis fest, daß er nicht wankt« (Psalm 96,10).

Die Besiegung des Meeres und die des Drachen stehen in Parallele: »Du, Jahwe, bist doch mein König von jeher, der Heilstaten tut mitten auf Erden! Du hast gespalten machtvoll das Meer; hast zerbrochen die Häupter der Drachen im Wasser. Du hast zerschlagen die Häupter Leviathans; gabst ihn zum Fraß, zur Speise den Schakalen« (Psalm 74,12–14). Oder: »Du (Jahwe) beherrschst das übermütige Meer, das Tosen seiner Brandung bringst du zur Ruh. Wie einen Erschlagenen hast du Rahab zerschmettert, mit starkem Arm deine Feinde zerstreut« (Psalm 89,10f.).

Die Zurückführung dieser Anspielungen auf einen bestimmten Mythos ist nicht gelungen, weder die auf den babylonischen Mythos vom Kampf Marduks gegen Tiamat (Gunkel) noch die auf den ägyptischen Mythos (A. H. Sayer), noch die auf den ugaritischen Mythos (Eißfeldt, O. Kaiser). Mit Sicherheit läßt sich nur sagen, »daß es viele verschiedene Einflüsse verschiedener Herkunft waren, die in den alttestamentlichen Chaos-Texten wirksam wurden, neben babylonischen und kanaanäischen bleiben auch ägyptische Einflüsse möglich«[23].

In den poetischen und prophetischen Texten des Alten Testaments werden die Chaosungeheuer mit verschiedenen Eigennamen bezeichnet[24]:

Rahab – das entsprechende Verb bedeutet: sich erheben, aufbrausen, auffahren, aufbegehren – ist die Personifizierung des unersättlichen und aufbegehrenden Urmeeres, des Chaos. Als es sich vor der Schöpfung gegen Jahwe empörte, ist es von ihm zerschmettert und »wie ein Aas geschändet« worden. Nach anderen Aussagen ist Rahab nicht getötet, sondern »geschweigt« worden, das heißt, es ist auch heute noch gegenwärtig, aber gebändigt und in seine Grenzen gewiesen. Es versucht zuweilen, die ihm von Jahwe gesetzte Grenze zu überschreiten, aber es ist fest in Jahwes Gewalt. Rahab wurde hauptsächlich zum Bildwort für Ägypten und den Pharao (Psalm 87,4; Jesaja 30,7).

Neben Rahab wird gelegentlich der »Drache« oder die »gewundene Schlange« genannt, dazu ihre »Helfer«, »Feinde Jahwes«, Personifizierungen der Wellen, die in der Urzeit gebändigt und in ihre Grenzen verwiesen wurden (Jesaja 51,9f.; Psalm 89,10ff.; Hiob 26,12f.; 9,13; Jesaja 30,7; Psalm 87,4; 40,5).

Behemot und *Leviathan* werden wiederholt zusammen genannt. Der Name Behemot wird gewöhnlich als »gewaltiges Tier«, »Riesentier« gedeutet, der Name Leviathan auf »sich winden«, »wenden«, »ringeln« zurückgeführt. Behemot trägt die Züge eines Nilpferds, Leviathan die eines Krokodils. Beide sind mythische Wesen, Chaosungeheuer der Urzeit und zugleich der Gegenwart. Behemot, das Erstlingswerk Gottes (Hiob 40,19), ist der Beherrscher der Wüste, Leviathan der Beherrscher der Wassertiefe, wo die Quellen des Meeres sind. Wüste und Wasser existierten nach mythischer Anschauung vor der Weltschöpfung. Alle Tiere des Landes verehren in Behemot, alle Tiere des Wassers in Leviathan ihren Gebieter. Behemot ist männlich, Leviathan weiblich (Henoch 60,7ff.). Vom Leviathan wird im folgenden Kapitel ausführlich die Rede sein.

Außer Rahab, Behemot und Leviathan werden im Alten Testament *Jam* = Urmeer, *Tannin* = Meeresdrache (in Psalm 91,13 neben Löwen und Schlangen erwähnt) und *Nachasch* = Meeresschlange wie Eigennamen ohne Artikel gebraucht. Sie sind untergeordnete Wesen. Auch aus dem Vorkommen dieser verschiedenen Eigennamen ist zu schließen, »daß in den alttestamentlichen Stellen eine Fülle verschiedener Mythen verschiedener Herkunft anklingt«[25].

Nach den vorangegangenen Ausführungen wird verständlich, daß das mythische Bild des Chaoskampfes vom israelitischen Glauben her weitgehend aus seinem naturhaften Zusammenhang gelöst und zu dem geschichtlichen Heilshandeln Jahwes in Beziehung gesetzt worden ist. Die Schöpfungstat Gottes »im Anfang« steht parallel zu der geschichtlichen Tat Jahwes, durch die die Existenz des Volkes Israel begründet wurde: der Auszug aus Ägypten und der Durchzug durch das Rote Meer[26]. Beides wird mit den Farben des Drachenkampfmythos geschildert. Rahab (= Ägypten, die finstere Macht) wurde durch Jahwe überwunden und das Volk Israel aus seiner Gewalt befreit. Mose reckte die Hand aus, und das Meer »spaltete« sich, »daß die Wasser wie ein Damm zur Rechten und Linken standen« (2.Mose 14,21f.). Im 78. Psalm wird dieses Ereignis mit den Worten beschrieben: »Er (Jahwe) spaltete das Meer (tehom) und ließ sie (die Väter) hindurchziehen und türmte die Wasser auf wie einen Damm« (V. 13). Als jedoch auch die Ägypter hindurchzogen, schlugen die gespaltenen Wasser über ihnen zusammen, und das Chaos verschlang sie.

Von dieser Urtat Jahwes leitet das Volk Israel die Zuversicht her, daß Er, der am Anfang der Geschichte den großen Drachen Ägypten besiegte, im Laufe der Geschichte immer wieder die Feinde seines Volkes besiegen wird. Wiederholt finden sich deshalb Anspielungen auf den Chaoskampf innerhalb der Volksklagen, in denen Gott an sein früheres Heilshandeln erinnert wird, um ihn in der gegenwärtigen Notlage zu machtvollem Eingreifen zu bewegen; etwa auf folgende Weise: Der Du in der Urzeit den Chaosdrachen besiegt hast, der Du Pharao, den großen Drachen, überwunden und Dein Volk aus seinem Elend befreit hast, erweise Deine Macht auch in der Gegenwart, indem Du die feindlichen Mächte, die Dein Volk bedrohen, niederwirfst und zerschmetterst. (Vgl. Psalm 74,12ff.; 89,10ff.; Jesaja 51,9f.) Psalm 142 und 144 zeigen, daß für das assoziative Denken des Orientalen Landesfeinde und Chaosmacht zumindest verwandt sind[27].

In diesem Zusammenhang ist noch auf einen anderen Aspekt der Aktualisierung des Drachenkampfmythos hinzuweisen: In das Fest der Bundeserneuerung mit der Thronbesteigung Jahwes ist auch das Thronbesteigungsfest des irdischen Königs eingebaut worden. Dabei hat der dem altorientalischen Königsritual entlehnte Hofstil auf die Ausformung der Festliturgie am Tempel zu Jerusalem abgefärbt und die Stellung des Königs im Kult (zum Teil unter Übernahme fremder Vorstellungen) verankert und gestärkt[28]. Die Königspsalmen (2; 18; 20; 21; 72; 89; 101; 110; 132; 144) sind teilweise unverkennbar von dem altkanaanäischen Weltentstehungsmythos geprägt. Hier erscheint der König als irdischer Exponent Jahwes: »Mein Sohn bist du, heute habe ich dich gezeugt« (Psalm 2,7). Als Stellvertreter Gottes auf Erden übernimmt er auch die Funktion des Drachentöters und Chaosüberwinders. Der Drachenkampf wurde vom kanaanäischen Gott Baal auf den israelitischen Gott Jahwe übertragen und parallel dazu auch von den kanaanäischen Zionskönigen der alten Jebusiter auf die israelitisch-davidischen Könige. Ihre Feinde sind die gegenwärtigen Erscheinungsformen des Chaos. Der inthronisierte König wird sie mit »eisernem Stabe« schlagen (Psalm 2,9). Dieser Ausdruck »verrät so unzweideutig wie kein anderer seine Herkunft aus der kanaanäischen Verbindung zwischen dem kosmogonischen Baal und dem König als seiner irdischen Entsprechung. Denn nach der Baalsmythologie von

Ugarit hat Baal mit einer vom göttlichen Hofwerkmeister hergestellten ehernen Keule das Urwasser, das Ungeheuer Ymmu, den Leviathan erschlagen« – während die Könige im palästinensischen und mesopotamischen Raum einen hölzernen Stab mit einer knaufförmigen Verdickung am oberen Ende als Szepter führten[29].

Aber auch der fundamentale Unterschied zwischen den alttestamentlichen Königspsalmen und der Stellung des Königs im vorderorientalischen Königsritual ist deutlich: Wo der vorderorientalische Gott-König den Kultmythos des siegreichen Drachenkämpfers oder des sterbenden und wiederauferstehenden Gottes im Sakralakt stellvertretend erleidet und darstellt, da steht der alttestamentliche König dauernd in der Gehorsamsverpflichtung gegen die Bundesordnung Jahwes und hat sich dafür vor Gott zu verantworten. Er bleibt auch in seiner sakralen Stellung Glied der Gemeinde, die er im Kult vor Jahwe repräsentiert und verkörpert[30].

Die hochgespannten Erwartungen, die sich sowohl mit der Thronbesteigung des irdischen Königs als auch mit der alljährlich im Kult begangenen Thronbesteigung Jahwes verbanden, bleiben weit hinter der kläglichen Wirklichkeit des Alltags zurück. Darum schob man ihre Erfüllung in eine unbestimmte Zukunft hinaus, und je kläglicher die Gegenwart war, um so glühender die Zukunftserwartung. Im Blick auf die Thronbesteigung des irdischen Königs heißt es: Einmal wird ein König kommen, der Messiaskönig, in dem sich alle Verheißungen erfüllen werden (messianische Deutung der Königspsalmen). Im Blick auf die Thronbesteigung Jahwes heißt es: Einmal wird Jahwe seinen Thron zum letzten Mal besteigen, seine Feinde endgültig besiegen, das letzte Gericht halten, das Böse aus der Mitte seines Volkes verbannen, das ewige Friedensreich aufrichten und selber als Licht- und Lebensquelle immer bei seinem Volk sein.

So wird der »Tag Jahwes«, ursprünglich der Tag seiner Thronbesteigung, immer mehr zum letzten Tag. So entsteht die Eschatologie, die Lehre vom Ende, von den letzten Dingen (eschatos = das Ende, das Letzte). Wie die Urzeit nicht den zeitlichen Anfang, sondern den Ursprung aller Geschichte meint, so die Endzeit nicht das zeitliche Ende, sondern das Ziel und die Erfüllung aller Geschichte. Man könnte auch sagen: Urzeit und Endzeit bezeichnen das Woher und Wohin alles Seins und aller Geschichte. Dabei entsprechen sich Urzeit und Endzeit. Der Weg führt von der Einheit des Menschen mit Gott durch die Gottesferne wieder zur Einheit mit Gott. Es ist dies kein Weg zurück zur ursprünglichen Einheit, sondern ein Weg voraus, auf dem die verlorene Einheit auf einer höheren Ebene wiedergewonnen wird (am Anfang das Paradies, am Ende die Stadt Gottes).

Der Punkt, in dem Vergangenheit, Gegenwart und Zukunft zusammenfallen, ist die Kultfeier; in Israel: das Bundeserneuerungsfest mit der Thronbesteigung Jahwes. Im Kult wird das Geschehen der Urzeit, der Sieg Jahwes über die Chaosmächte, durch immer wiederholte Begehung in Wort und Ritual lebendige und wirkungskräftige Gegenwart. Das gegenwärtige Leben verbindet sich mit dem, was »im Anfang« war, und wird so auf seinen Ursprung zurückgeführt. Die kultische Begehung ist also keine bloße Gedächtnisfeier – »gedenken«, »erinnern« heißt in der Bibel nie nur: an etwas Vergangenes zurückdenken, sondern in erster Linie: etwas wieder erleben, lebendig machen. Zugleich wird im Kult das Zukünftige, der endgültige Sieg Jahwes über die Chaosmächte, vorweggenommen. Das gegenwärtige Leben verbindet sich im Kult mit dem, was »am Ende« sein wird, und wird so auf sein Ziel und seine Erfüllung ausgerichtet. Aus dem gegenwärtigen Erleben erwächst das gewisse Vertrauen, daß Gott das gute Werk, das er im Gläubigen angefangen hat, auch vollenden wird. Der Bezugspunkt ist der Gott, »der ist und der war und der kommt« (Offenbarung 1,4.8), »das A und das O, der Erste und der Letzte, der Ursprung (arché) und das Ziel (télos)« (Offenbarung 22,13).

Der Satan – vom »Gottwesen« zum »Teufel«

Das hebräische Wort »Satan« ist von einem Verb abgeleitet, das »hindern«, »entgegenstehen«, »vereiteln« (einer bestimmten Absicht) bedeutet. Die Bezeichnung »satan« ist ursprünglich im profanen Bereich zu Hause und bezeichnet den »Widersacher«. So auch in der Bileam-Geschichte: Der »Engel des Herrn« tritt dem Volksverderber Bileam mit gezücktem Schwert in der Hand »als Widersacher« (hier steht im Hebräischen satan) hindernd in den Weg (4.Mose 22,22). Im profanen Sprachgebrauch ist der Widersacher konkret der Kriegsfeind, der den Zustand der Ruhe, der Sicherheit und des Wohllebens stört. So heißt es im 1.Königsbuch, daß Gott dem König Salomo im Edomiter Hadad oder in Reson, dem König von Damaskus, einen »Widersacher« (satan) erstehen ließ (11,14.23). Hinter diesen konkreten Personen (sie können auch für innere Anfechtungen stehen) steht aber Gott selbst, der sie schickt.

Unter der bedrängenden, übermächtigen Erfahrung des Bösen in nachexilischer Zeit entstand eine bestimmte Vorstellung vom Satan, die uns im Hiobbuch, beim Propheten Sacharja und im 1. Chronikbuch begegnet.

In der Rahmenerzählung des Hiobbuches (Volksbuch) ist der Satan einer der »Gottessöhne«, das heißt der göttlichen Wesen, die Gott als »himmlische Versammlung« umgeben. Er ist weder ein von Jahwe ausgesandter Spitzel noch ein in seinen Diensten stehender »himmlischer Staatsanwalt« (v. Rad), sondern eine negative Macht, die als »Hemmer«, »Hinderer« oder »Quertreiber« in die Geschichte hineinwirkt (V. Maag)[31]. Ihr wurde das Unverständliche im nachexilischen Schicksal, das nicht als Strafe angesehen werden konnte, zugeschrieben. Natürlich widersprach es dem Jahwe-Glauben, neben Jahwe als dem Geber von Glück und Gedeihen einen mit eigener Macht ausgestatteten, gleich ursprünglichen Gegenspieler anzunehmen; darum wurde dieser dem himmlischen Hofstaat der »Gottessöhne« eingegliedert, der ein »Symbol der grandiosen Einheit aller in Jahwe wirksamen numinosen Kräfte« ist. Der Satan darf nur mit ausdrücklicher Beauftragung Jahwes und innerhalb der von ihm festgesetzten Grenzen handeln: »Wohlan, alles, was er (Hiob) hat, ist in deiner Hand! Nur nach ihm selbst recke deine Hand nicht aus!« (1,12). Das Böse existiert also nicht losgelöst von Gott, ist nicht das absolute Böse, sondern steht in Beziehung zu Gott, ist das relative Böse, das heißt »etwas von Gott Gegebenes, von ihm Geschicktes, das den Menschen belastet und beugt. Es ist eine schmerzliche, mehr noch, in Hiobs Fall eine grauenhafte, unfaßliche Schickung. Aber es bleibt *Gottes Führung.*«[32] So widersinnig sie scheinen mag, sie ist doch nicht sinnlos, weil Gott sie schickt. Sie ist keine teuflisch-höllische, sondern letztlich göttliche Wirklichkeit; darum nimmt Hiob sie an und verflucht sie nicht. Sie ist, wenn auch nicht rational verstehbar, so doch existentiell annehmbar. »Die Würde, die das ›Böse‹ empfängt, indem es als göttliche Schickung anerkannt wird, und die Würde, die der Mensch empfängt, wenn er sich im Elend als Vertrauender voll verwirklicht, können voneinander nicht gelöst werden. Wo der vom Schicksal Betroffene das Dunkel als göttliches Dunkel bejaht, beginnt dieses, mit dem Heile schwanger zu gehen. Und es gebiert ihm eine Würde, wie sie sonst nie und nirgends geboten wird.«[33]

Der Prophet Sacharja sieht in einer Vision (Sacharja 3,1–7) den Hohenpriester Josua als Repräsentanten des ganzen sündigen Gottesvolkes vor dem »Engel des Herrn« stehen. Zur Rechten Josuas steht der Satan als öffentlicher Ankläger im himmlischen Gefolge. Er erhebt Einspruch gegen die Kandidatur Josuas unter Hinweis auf die Unwürdigkeit des Kandidaten und fordert seine gerechte Bestrafung. Aber der Engel des Herrn fordert Gnade, Liebe. Die Gerechtigkeit, sonst eine positive Eigenschaft Gottes, will die Gnade und Liebe Gottes hindern, sich an ihre Stelle setzen – und wird so negativ. Gott aber läßt Gnade vor Recht ergehen, setzt Josua zum Hohenpriester ein und gewährt ihm direkten Zutritt zu ihm[34].

Während in den beiden zuvor genannten Stellen der Satan im himmlischen Hofstaat das Amt des Verklägers vor Gott ausübt, tritt er in der letzten und jüngsten Stelle, an der der Satan im Alten Testament genannt wird, als eine von Gott losgelöste dämonische Macht auf, die den König Israels zur Sünde, das heißt zum Handeln gegen den Willen Gottes reizt. Im 1. Buch der Chronik heißt es: »Der Satan trat gegen Israel auf und reizte David, Israel zählen zu lassen« (21,1). An der entsprechenden Stelle im 2. Buch Samuel heißt es: »Der Zorn Jahwes entbrannte gegen Israel, und er reizte David gegen das Volk auf und sagte: ›Geh, zähl Israel und Juda‹« (24,1). – Ist hier nun an die Stelle des Zornes Gottes der Satan als selbständige, von Gott losgelöste dämonische Macht getreten (Satan ist hier Eigenname), oder ist er mit dem Zorn Gottes identisch und als Funktion Gottes zu verstehen?

Riwkah Schärf hat in einer interessanten Studie die These vertreten, daß der Satan im Alten Testament eine Wesensseite Gottes verkörpert, eines Gottes, in dem die Gegensätze Hell und Dunkel, Gut und Böse zu einer Einheit verschmolzen sind[35]. Wie der »Engel des Herrn«, so ist auch der Satan – beide gehören zur himmlischen Versammlung der »Söhne Gottes« – eine »personifizierte Funktion Gottes«. Die himmlische Versammlung ist mythischer Ausdruck der göttlichen Wesensseiten, die in ihrer Vielfalt die ursprüngliche Pluralität des Gottesbegriffes (elohim) ausdrücken, Aspekte der schöpferischen und zerstörerischen Natur Gottes. Das Gespräch im göttlichen Hofstaat ist demnach als inneres Selbstgespräch Gottes, als Konflikt zwischen seinen hellen und dunklen Wesensseiten zu verstehen. Satan ist – unter tiefenpsychologischem Gesichtspunkt – »eine selbst agierende Wesensseite Gottes, die mit seiner Gesamtpersönlichkeit in Konflikt steht und durch deren Willensstrebung Gott in Unruhe versetzt wird. Gott nimmt diese Wesensseite in sich an, er läßt sie sich auswirken, und doch steht er ihr kritisch, ja unsicher gegenüber. Er gibt ihr nach und beschränkt sie zugleich.«[36] Daß Gott Hiob dem Satan ausliefert, bedeutet, daß er seinem Zweifel erliegt. Der Satan ist der zerstörerische Zweifel in der Gottespersönlichkeit, der aber eine geheimnisvolle existentielle Notwendigkeit hat für Gott und den Menschen und ihre Beziehung zueinander. Denn: »Er bringt dem Menschen das Wissen um Gott, aber – durch Leiden, die er ihm zufügt.«[37]

Der Konflikt zwischen Gott und Satan »im Himmel« spiegelt sich im menschlichen Bereich in der Spaltung des Gottesbildes in Hiob wider. In äußerster Zuspitzung erlebt dieser die Zweiheit Gottes in der Einheit: »*Zu* Gott blickt tränend auf mein Auge, daß er Recht schaffe dem Manne *gegen* Gott« (16,20f.). Die dunkle Wesensseite Gottes, die Not der Welt, treibt Hiob über sich selbst als bloßes Naturwesen hinaus und führt ihn zu einer tieferen Frömmigkeit, die fähig ist, Gott in seiner hell-dunklen Gewalt zu ertragen und sich ihm hinzugeben. Darin besteht das Erlösende für ihn.

Die Sacharja-Stelle deutet Schärf so: Der »Engel des Herrn« und der Satan verkörpern die helle und dunkle Wesensseite Gottes, die um den Menschen ringen. Indem Gott Gnade vor Recht ergehen läßt, wird er über seine dunkle, zerstörerische Seite Herr. Der liebende Gott beschützt den Menschen vor dem zürnenden Gott.

Die Stelle aus dem 1. Chronikbuch zeigt den Beginn eines

Prozesses, bei dem sich die dunkle Wesensseite aus der Gottpersönlichkeit herauslöst und schließlich vollständig von ihr abspaltet. Erst nachdem sich dieser Differenzierungsprozeß vollzogen hatte, war der Boden für eine weitgehende iranische Beeinflussung gegeben und die Voraussetzung geschaffen für die Entwicklung des Satans zur Gegenpersönlichkeit Gottes.

Das Besondere der »durchaus analogielosen Gestalt« des alttestamentlichen Satan als Verkläger und Feind des Menschen ist, daß sie ganz und gar undualistisch in den himmlischen Hofstaat eingegliedert und der göttlichen Regierung untergeordnet ist. (Auch 1.Chronik 21,1 weiß noch nichts von einem metaphysischen Dualismus.) In der nachkanonischen Literatur aber erfuhr die Vorstellung vom Satan eine entscheidende Wandlung: »Es setzt nunmehr ein Prozeß ein, der auf eine nahezu vollständige Verabsolutierung Satans gegenüber Gott hinläuft. Satan ist das Oberhaupt eines widergöttlichen Reiches, das böse Prinzip schlechthin.«[38] Unter persischem Einfluß vollzieht sich eine starke Dualisierung des apokalyptischen Weltbildes. Uralte Mythen wie die vom Drachenkampf, von der Paradiesschlange und von Engelehen leben wieder auf. Die Satangestalt verbindet sich mit fremden Vorstellungen wie der vom bösen Trieb, vom Engelsturz (»Satanael«), vom Todesengel oder Dämonenfürsten (»Asasel«).

Deutlich aber ist das Bestreben, einen absoluten metaphysischen Dualismus, wie ihn die iranische Religion kennt, zu vermeiden. In den Qumran-Schriften geschieht das dadurch, daß die »zwei Geister«, die um die Herrschaft über den Menschen ringen, ausdrücklich als von Gott geschaffen bezeichnet werden: Belial, der »Geist des Frevels«, der »Engel der Finsternis« ebenso wie der »Fürst der Lichter«[39]. Im rabbinischen Schrifttum finden wir die Vorstellung, daß der Satan ein gefallener Engel sei, also eine Macht, die ursprünglich von Gott zum Guten erschaffen wurde, die aber von Gott abfiel und sich gegen Gott richtete[40]. Bei aller Unterschiedlichkeit im einzelnen ist sich das gesamte Judentum darin einig, daß in der Endzeit die – wie auch immer aufgefaßte – Macht des Bösen vernichtet werden wird.

Die griechische Übersetzung des Alten Testaments (Septuaginta) gibt das hebräische satan mit diabolos = Teufel wieder;

denn als Ankläger und Widersacher ist es sein Ziel, Gott und die Menschen auseinanderzubringen (diaballein = auseinanderbringen).

Im Neuen Testament werden »Satan« und »Teufel« wechselweise gebraucht, ohne daß ein Bedeutungsunterschied festzustellen ist. Außerdem finden sich folgende Bezeichnungen: der »Ankläger«, der »Böse«, der »Feind«, der »Versucher«, der »Herrscher des Luftreiches« (das heißt des Raumes zwischen Himmel und Erde), der »Herrscher der Dämonen«, der »Herrscher dieser Welt« und der »Gott dieser Weltzeit«. Als Eigennamen kommen im Neuen Testament vor: »Beelzubul« (Name eines Dämonenfürsten) und »Beliar« (Name eines Unterweltgottes). Er wird ferner »Lügner« und »Mörder von Anfang an« (weil er durch Verführung Adams den Tod in die Welt brachte) genannt. Aufs ganze gesehen wird der Satan/Teufel im Neuen Testament nur selten erwähnt.

Die vorherrschende Anschauung des Neuen Testaments ist durch den unversöhnlichen Gegensatz zwischen Gott und Satan gekennzeichnet. Dem in Christus gegenwärtigen Reich Gottes steht das einheitliche Reich des Bösen unter dem einen Haupt Satan entgegen. Christi Leben und Leiden ist ein Kampf gegen den Teufel. Dieser verkörpert eine zielstrebig handelnde Macht, die verhindern will, daß das Reich Gottes durch den Lebens- und Leidensweg Jesu kommt und die Menschen durch ihn vom Verderben errettet werden. Christus hat den Teufel besiegt, aber noch gilt es zu kämpfen. Darum mahnen und stärken die Apostel in ihren Briefen die Gemeinde im Kampf gegen den Teufel, der »wie ein brüllender Löwe« umhergeht und sucht, wen er verschlingen kann: Römer 16,20; 1.Korinther 7,5; 2.Korinther 2,11; 11,14; 1.Thessalonicher 2,18; Epheser 4,27; 6,11.16; 1.Timotheus 3,6f.; 5,15; 2.Timotheus 2,26; Jakobus 4,7; 1.Petrus 5,8. In der Endzeit wird das Wirken des Satans in dem von ihm mit Macht ausgestatteten Antichrist seinen weltweiten Höhepunkt erreichen.

Die originale Verkündigung Jesu und die ältesten Schichten christlicher Gemeindeüberlieferung kennen die Vorstellung vom Antichrist nicht. Jesus versteht sein Leiden und Sterben nicht als Werk einer antigöttlichen Macht, sondern er nimmt es – darin dem Alten Testament nah verwandt – als den väterlichen Willen hin: »Dein Wille geschehe!« Sein Vertrauensverhältnis zu Gott ist durch kein Dazwischentreten des Satans gestört. Auch die unbestritten von Paulus stammenden Briefe wissen nichts vom Antichrist, wohl aber von der Wirksamkeit der Sünde, die wider Gott streitet.

Die Vorstellung vom Antichrist taucht erst in nachpaulinischen Schriften und Abschnitten des Neuen Testaments auf. In der Vorstellung vom Antichrist verbinden sich im wesentlichen zwei Traditionsstränge: einmal die Vorstellung vom Kampf zwischen Heilskönig und widergöttlichem König, die sich im innerjüdisch-israelitischen Raum bis in die vorexilische Zeit zurückverfolgen läßt, und zum andern die jüdisch-apokalyptische Vorstellung vom Kampf gegen das endzeitliche Ungeheuer in der Person des endzeitlichen bösen Tyrannen (Daniel 7,25f.), die ihrerseits die altorientalische mythische Vorstellung vom Kampf der Gottheit gegen das Chaosungeheuer aufnimmt.

Der Antichrist erscheint im Neuen Testament einerseits als zeitlose Macht (mythische Gestalt), andererseits als konkrete geschichtliche Erscheinung (personale Gestalt). Es handelt sich dabei um zwei sich ergänzende und sich wechselseitig durchdringende Betrachtungsweisen; denn nach biblischem Welt- und Geschichtsverständnis manifestieren sich hintergründige Geistesmächte heilsamer oder zerstörerischer Art in konkreten geschichtlichen Erscheinungen. Doch während Gott auf Erden in einer einzigen bestimmten Gestalt erscheint, erscheint der Widersacher in wechselnden Gestalten unter verschiedenen Namen. Sein Ziel aber ist immer dasselbe: radikale Verweigerung des Gehorsams, grundsätzliche Auflehnung gegen jede Ordnung, Anspruch auf göttliche Verehrung (das »anti« bedeutet nicht nur »gegen«, sondern auch »an Stelle von«). Daraus ergibt sich, daß der Widersacher den Christen nicht nur als Schreckensgestalt in offener Feindschaft mit allen Mitteln der gewalttätigen Herrschaft entgegentreten kann, sondern auch als scheinchristlicher Verführer mit frommen Worten und imponierenden Taten zum scheinbaren Erweis seiner göttlichen Vollmacht und zur Verwirrung der Gewissen der Menschen[41].

Die Vorstellung vom Antichrist steht hinter folgenden Abschnitten des Neuen Testaments[42]:

Der in nachpaulinischer Zeit entstandene 2. Thessalonicherbrief spricht vom »Menschen der Gesetzlosigkeit«, das heißt der Sünde und Ungerechtigkeit, vom »Sohn des Verderbens«, das heißt dem Verderben Verfallenen, vom »Widersacher«, »der sich gegen alles erhebt, was Gott und Gottesverehrung heißt, und zuletzt gar im Tempel Gottes Platz nimmt und sich als Gott selbst ausgibt« (2,3f.). Er wird »in der Kraft Satans« auftreten und die Menschen durch »machtvolle Taten, Zeichen und Wunder« zum Abfall von Gott verführen. Noch wird er durch eine Macht »zurückgehalten« (2,7). Einige Ausleger sehen darin keine irdisch-menschliche Macht wie etwa die Ordnungsmacht des Römischen Reiches, sondern eine überirdisch-mythische Größe: etwa einen Engel, der dem in der Urzeit von Gott besiegten und gefesselten Chaosungeheuer in der Endzeit auf Gottes Geheiß noch einmal die Fesseln löst, bis es der endgültigen Vernichtung verfällt.

In dem Abschnitt 2.Korinther 6,14–7,1, der wahrscheinlich eine eingeschobene jüdische Ermahnung darstellt (Bultmann), ist von »Beliar« die Rede. Der Name kommt von »Belial« (= unnütz, nichts wert) und bezeichnet hier den Antichrist, der als Werkzeug Satans am Ende der Tage erscheinen soll. Er wird Christus gegenübergestellt wie die Finsternis dem Licht, wie die Gesetzlosigkeit der Gerechtigkeit, wie die Götzen dem Tempel Gottes. Von Beliar wird in einer jüdisch-apokalyptischen Schrift (3. Buch der Sibyllinen) dasselbe gesagt wie von dem »Menschen der Gesetzlosigkeit«, nämlich daß er große Zeichen und Wunder tut und viele Menschen verführt.

In Markus 13 ist mit dem aus Daniel 12,1 stammenden Ausdruck »Greuel der Verwüstung« (wo er die Entweihung des Tempels durch ein Götterbild oder einen Götzenaltar bezeichnet) der Antichrist gemeint – wie der Vergleich mit 2.Thessalonicher 2,3f. zeigt.

Während bei Markus von »Pseudochristussen« die Rede ist, spricht der 1. Johannesbrief von »Gegenchristussen« (Antichristoi). Hier wird die ausdrücklich als bekannt vorausgesetzte apokalyptische Vorstellung von dem in der Endzeit (in der »letzten Stunde«) herrschenden Antichrist in der Weise aktualisiert, daß er in denen am Werke ist, die leugnen, daß Jesus der Christus (= Messias) ist (2,22), und die Christen verführen wollen (2.Johannes 7).

In der Apokalypse des Johannes schließlich wird vom endzeitlichen Auftreten des Antichrist unter zwei verschiedenen Bildern gesprochen: einmal unter dem Bild von den beiden Tieren: dem Tier aus dem Meer (Antichrist), das Krieg gegen die Heiligen führt und sie besiegt, und dem Tier aus der Erde (Lügenprophet), das alle Gewalt des ersten Tieres ausübt (Kap. 13); zum anderen unter dem Bild von Gog und Magog, die – entsprechend den zwei Tieren – zwei Könige darstellen, die die Heere einer feindlich-heidnischen Völkerwelt zum Endkampf gegen die Christen führen (Kap. 20). Sowohl die beiden Tiere als auch die beiden Könige werden ausdrücklich als Werkzeuge Satans bezeichnet.

Der Drachenkampf in der Apokalypse des Johannes

In der Apokalypse des Johannes, dem letzten Buch der Bibel, steht an zentraler Stelle eine Vision vom Drachenkampf (Kap. 12). Es ist die einzige Stelle der Bibel, in der ausführlich vom Drachenkampf die Rede ist. Auch hier ist der Zusammenhang, in dem diese Vision steht, für die Deutung entscheidend. Johannes schaut »im Geist« große Zeichen am Himmel. Vielleicht könnte man diese großen Zeichen in dem Sinne verstehen, in dem C. G. Jung von »großen Träumen« gesprochen hat. Durch diese Vision wird ihm etwas, was nicht ohne weiteres einsichtig ist, enthüllt: der verborgene Sinn des Geschehens auf Erden (apokalypsis = Enthüllung, Offenbarung).

Der Drache und der Messias

Am Himmel erscheint ein Weib, mit der Sonne bekleidet, den Mond unter seinen Füßen und eine Krone von zwölf Sternen auf seinem Haupt. Es windet sich in Geburtswehen und schreit in großer Qual. Da tritt ein großer, feuerroter Drache mit sieben diademgeschmückten Häuptern und zehn Hörnern vor das Weib hin, um ihr Kind, sobald es geboren ist, zu verschlingen. Doch nachdem das Weib einen Knaben geboren hat, wird dieser zu Gott und seinem Thron entrückt. Das Weib aber flieht an einen von Gott bereiteten Ort in der Wüste (Offenbarung 12,1–6).

Abb. 17 Das Sonnenweib und der siebenköpfige Drache. Blatt 9 von Albrecht Dürers Holzschnittfolge zur Apokalypse, 1498.

Möglicherweise liegt dieser Szene eine jüdisch-apokalyptische Bearbeitung eines heidnischen Mythos (Himmelsgöttin, Geburt des Sonnenkindes) mit astralen Zügen (Tierkreis, Sonne, Mond, Sternbilder der Jungfrau und der Hydra)

Abb. 18 Michaels Kampf gegen den Drachen.
Blatt 10 von Albrecht Dürers Holzschnittfolge zur Apokalypse, 1498.

zugrunde[43]. Hier ist das Weib das im Himmel präexistente Urbild des Gottesvolkes, aus dem der Messias hervorgehen soll. Das Kind, das von ihm geboren wird, ist durch das Zitat aus dem messianisch gedeuteten Königspsalm »der alle Völker mit eisernem Stabe weiden soll« (Psalm 2,9) deutlich als der Messias gekennzeichnet.

Die Bedrohung des Helden gleich nach seiner Geburt gehört in allen Mythen zum Heldenweg; zum Beispiel wird Herakles in der Wiege von riesigen Schlangen bedroht, die die ihm feindlich gesonnene Göttin Hera geschickt hat. Dem eben geborenen Jesus trachtet König Herodes nach dem Leben (Matthäus 2).

Der Drache ist hier der Widersacher Gottes und seines Volkes auf Erden. Seine rote Farbe deutet auf Aufruhr, Feuer und Blut[44]. In seiner roten Wut reißt er mit seinem mächtigen Schweif ein Drittel der Sterne vom Himmel. Die Sterne sind die Wächter an der Himmelsschranke (rakia), die die oberen und unteren Wasser voneinander scheidet. Darum richtet sich sein Angriff gegen sie, denn er will die Schöpfung wieder ins Chaos stürzen[45]. Die sieben Häupter weisen ihn als Chaosdrachen aus – wie im babylonischen und ugaritischen Mythos. Die zehn Hörner sind Zeichen seiner ungeheuren Macht.

Der Kampf Michaels gegen den Drachen

»Da entbrannte ein Kampf im Himmel: Michael und seine Engel kämpften gegen den Drachen. Auch der Drache und seine Engel kämpften, doch konnten sie sich nicht behaupten und verloren ihren Platz im Himmel. Gestürzt wurde der große Drache, die alte Schlange, genannt ›Teufel‹ und ›Satan‹, der die ganze Welt verführt – hinabgestürzt auf die Erde, und seine Engel wurden mit ihm hinabgestoßen.

Und ich hörte eine große Stimme im Himmel, die rief: ›Jetzt ist das Heil angebrochen, die Macht und Herrschaft unseres Gottes und die Gewalt seines Messias! Denn gestürzt ist der Ankläger unserer Brüder, der sie anklagte vor unserem Gott Tag und Nacht. Sie haben den Sieg über ihn errungen durch das Blut des Lammes und durch das Wort, das sie bezeugten. Und sie haben ihr Leben nicht geliebt bis in den Tod. Darum: Jauchzet ihr Himmel und alle, die darin wohnen! Weh aber über die Erde und das Meer; denn der Teufel ist hinabgestürzt zu euch. Er hat eine große Wut, weil er weiß, daß er nur noch wenig Zeit hat‹« (Offenbarung 12,7–12).

In dem Bild des großen Drachen sind alle Aspekte des

Bösen vereint: Er ist der Chaosdrache der Urzeit, der in der Endzeit wiederkehrt. Er ist die alte Schlange, die den Menschen zur Sünde verführt. Er ist »Satan«, der Widersacher, und »Teufel«, der Auseinanderbringer. Er ist der Ankläger der Menschen vor Gott. Kurz: Er ist die widergöttliche Macht schlechthin, der Anti-Gott. Doch tritt Gott nicht selbst zum Kampf gegen ihn an, sondern der Fürst der Engel, die Gott dienen, kämpft gegen den Fürsten der von Gott abgefallenen Engel, der Dämonen. Der Erzengel Michael ist nach jüdisch-apokalyptischer Überlieferung der Schutzengel des Gottesvolkes (Daniel 12,1). Der Kampf endet damit, daß der Drache und seine Engel aus dem Himmel auf die Erde gestürzt werden. Die Scheidung von Gut und Böse wird vollzogen: Der Himmel ist frei vom Bösen, die Erde wird nun sein Herrschaftsbereich (Tafel II).

Hinter dem Bild vom Sturz des Drachen aus dem Himmel steht der jüdische Mythos vom Engelsturz vor der Erschaffung der materiellen Welt[46]: Die sieben ersterschaffenen, obersten Geistwesen der himmlischen Welt – die Erzengel, gestalthafte Verkörperungen der Urbilder und Urkräfte der ganzen Schöpfung – waren ursprünglich unter einem Führer zusammengefaßt, der sie an Schönheit, Macht und Herrlichkeit übertraf: Satanael oder Luzifer. Er war als »Fürst dieser Welt« zum Stellvertreter Gottes und zum Sachwalter der ganzen Schöpfung berufen.

Eines Tages tat Gott der himmlischen Welt seinen Ratschluß kund, daß der Mensch nicht nach dem Urbild der Engel, sondern unmittelbar nach seinem eigenen Bild geschaffen werden solle und daß sein geliebter Sohn dereinst ins Menschenreich eingehen, in eines Weibes Schoß fleischliche Menschengestalt annehmen solle. Da empörte sich Satanael dagegen, zweifelte an der Weisheit Gottes und wurde von einem unstillbaren Haß gegen das zukünftige Menschengeschlecht und gegen sein Urbild, den Menschensohn, erfüllt. Er verweigerte Gott den Gehorsam, rief die Engelscharen zum Abfall von Gott auf und setzte sich selbst zum Herrn. Ein Drittel der Engel ließ sich durch ihn verführen (die Parallele zu dem Drittel der Sterne, die der Drache mit seinem Schwanz vom Himmel fegt, ist deutlich).

Da beschloß Gott, Satanael und die aufrührerischen Engel

aus dem Himmel zu stoßen. Dazu erwählte er sich aus der Schar der ihm treu gebliebenen Engel Micha, verlieh ihm Anteil an seiner Lichtherrlichkeit und erhob ihn zum höchsten Rang über alle Engel. Zum Zeichen dafür, daß Gott ihn in den Rang Satanaels eingesetzt hatte, verlieh er ihm den Namen Micha-el (el = Gott). Satanael aber hieß fortan nur noch Satan.

Drei Tage währte der Kampf zwischen Michael und seinen Engeln gegen den Satan und dessen Engel, dann waren sie aus dem Himmel hinausgestoßen. Da versammelten sich die treuen Engel mit großem Jubel im Himmel; die darauf erschaffene Erde und die Luft aber waren vom Satan und dessen Engeln erfüllt (daher die Bezeichnung »Herrscher des Luftreiches« und »Herrscher dieser Welt«).

Dieser jüdische Mythos vom Engelsturz gehört zu den zahlreichen Mythen von einer geistigen Ur-Katastrophe im Himmel und im Kosmos, vom Drachenkampf, vom Kampf des Lichtes gegen die Finsternis, von der Besiegung eines chaotischen dunklen Urweiblichen und vom Eingreifen einer rettenden Macht, die das Chaos überwindet.

Vom christlichen Glauben her ist der jüdische Mythos vom Engelsturz umgeformt worden: Als Christus Mensch wurde und die Kraft Gottes in ihm die widergöttlichen Mächte besiegte, wurde es ihm und den Seinen offenbar, was schon vor aller Zeit geschehen war: daß der Satan aus dem Himmel gestürzt ist und keinen Zugang mehr zu Gott hat, um die Menschen vor ihm zu verklagen.

An drei Stellen wird im Neuen Testament darauf Bezug genommen. Als die zweiundsiebzig Ausgesandten bei ihrer Rückkehr Jesus berichten, daß ihnen in der Kraft seines Namens die Dämonen untertan sind, sagt er: »Ich sah den Satan wie einen Blitz vom Himmel herabfallen« (Lukas 10,18). Der Satan hat also nicht mehr die Möglichkeit, sie vor Gott anzuklagen. Wo Jesu Macht in ihnen wirksam ist, hat der Satan die Macht über sie verloren. Entsprechend heißt es im Johannes-Evangelium: »Jetzt wird der Herrscher dieser Welt hinausgeworfen werden (aus seinem bisherigen Herrschaftsgebiet)« (12,31) und »Der Fürst dieser Welt ist gerichtet« (16,11). – Wenn Jesus zu Petrus sagt: »Simon, Simon, siehe, der Satan hat sich ausbedungen, euch zu sichten wie den

Weizen, aber ich habe für dich gebetet, daß dein Glaube nicht erlischt« (Lukas 22,31), so liegt hier dieselbe Situation zugrunde wie am Anfang des Hiobbuches, wo Satan sich Hiob von Gott erbittet, um ihn verklagen zu können[47]. Jesus tritt der Anklage des Satans mit seiner Fürbitte entgegen, so daß für ihn »kein Platz« mehr ist.

Der Kampf des Drachen gegen das Weib

Der auf die Erde geworfene Drache verfolgt das Weib, doch diesem wachsen Adlerflügel, die es zu dem von Gott bereiteten Zufluchtsort tragen. Dort ernährt und verbirgt Gott es eine Zeitlang. Als der Drache sieht, daß er das Weib nicht überwältigen kann, läßt er aus seinem Rachen Wasser hinter ihm herströmen, um es zu ertränken. Doch die Erde tut sich auf und schlingt die Wasser ein. Da ergrimmt der Drache gegen das Weib und geht fort, um gegen seine übrigen Nachkommen zu kämpfen (Offenbarung 12, 13–17).

Daß dem Weib »zwei Flügel des großen Adlers« gegeben werden, entspricht dem, was von dem vor dem ägyptischen Drachen fliehenden Gottesvolk gesagt wird: »Ihr habt gesehen, was ich in Ägypten getan habe und wie ich euch auf Adlersflügeln trug und euch zu mir brachte« (2.Mose 19,4). Durch das Speien der Wassermassen erweist sich der Drache als Chaosungeheuer, das versucht, die Welt wieder in das Wasserchaos zurückzuschwemmen. Die neben dem entrückten Messias genannten »übrigen Nachkommen« des Weibes sind durch die Worte »die Gottes Gebote bewahren und das Zeugnis Jesu (= den Heiligen Geist) haben« als die Christen gekennzeichnet.

Die satanische Dreieinigkeit

Darauf tritt der Drache an das Ufer des Meeres. Daraus steigt ein Tier empor, das teils einem Panther, teils einem Bären und teils einem Löwen ähnlich ist. Es hat sieben Köpfe, auf denen gotteslästerliche Namen stehen, und zehn Hörner, die mit Diademen geschmückt sind. Einer dieser Köpfe ist zu Tode getroffen, doch die tödliche Wunde heilt wieder.

Diesem Tier überträgt der Drache seine Macht, seinen Thron und seine Gewalt. Die Menschen auf Erden, die nicht im Buch des Lebens geschrieben stehen, beten den Drachen an, und sie beten das Tier an und sagen: »Wer ist dem Tier gleich? Wer hat die Macht, mit ihm den Kampf aufzunehmen?« Das Tier lästert Gott und bekämpft die Heiligen und besiegt sie.

Sodann steigt ein zweites Tier aus der Erde auf. Es sieht aus wie ein Lamm, aber redet wie ein Drache. Vom ersten Tier bevollmächtigt, übt es seine Macht aus: Es bringt die Menschen auf der Erde dazu, das erste Tier anzubeten, und verführt sie durch große Zeichen und Wunder. Es läßt dem ersten Tier ein Bild errichten, dem es Leben einhaucht. Wer es nicht anbetet, wird getötet. Das Tier aus der Erde befiehlt allen, sich auf die rechte Hand oder auf die Stirn ein Malzeichen zu machen. Nur wer es trägt, kann kaufen und verkaufen (Offenbarung 13, 1–18).

Das Tier aus dem Meer beziehungsweise aus dem Abgrund vereinigt in sich die vier Tiere, die in der Vision des Buches Daniel (Kap. 7) nacheinander als Symbole der aufeinanderfolgenden Weltreiche (Babylonien, Medien, Persien und Makedonien) aus dem Meer aufsteigen. Dadurch ist dieses Tier als Zusammenfassung aller gottfeindlichen Weltmächte gekennzeichnet. Es hat hier die Züge des römischen Weltreiches; denn es ist identisch mit dem Reittier der Hure Babylon, die die Stadt Rom symbolisiert (Kapitel 17). Wie der Drache hat es sieben Häupter und zehn diademgeschmückte Hörner. Die Häupter symbolisieren römische Kaiser (vgl. 17,9), die gotteslästerliche Hoheitstitel führen wie »Der Anbetungswürdige«, »Heiland der Welt« (Oktavian), »Gottes Sohn«, »Herr und Gott« (Domitian). Die diademgeschmückten Hörner sind Zeichen der Herrschergewalt und -würde.

Das Tier aus dem Meer ist deutlich als Gegenbild zu Christus gezeichnet, als Antichrist. Wie Christus das »Ebenbild Gottes«, so ist das Tier aus dem Abgrund das Ebenbild des Drachen. Wie Gott Christus seine Macht übertragen hat, so der Drache dem Tier. Wie Christus in dem Bild des »Lammes wie geschlachtet« erscheint (5,6), so das Tier mit einem »tödlich verwundeten« Haupt (beide Kennzeichen werden im Urtext mit demselben Wort wiedergegeben). Christus ist die Inkarnation Gottes auf Erden, das Tier aus dem Meer die Inkarnation des teuflischen Drachen.

Der Hymnus, den die von seiner Macht faszinierte Welt dem Tier darbringt, ist die dämonische Verkehrung des Hymnus, mit dem das aus Ägypten gerettete Gottesvolk seinen Gott als den Herrn der Geschichte pries: »Wer ist dir gleich unter den Göttern, Herr? Wer ist wie du gewaltig und heilig, gepriesen als furchtbar, Wunder vollbringend?« (2.Mose 15,11).

Das zweite Tier, das aus dem Lande aufsteigt, wird später in der Apokalypse durchweg als »falscher Prophet« bezeichnet. Seine Schilderung entspricht dem Wort Jesu, daß die falschen Propheten in Schafskleidern kommen werden, inwendig aber reißende Wölfe sind (Matthäus 7,15). Der Lügenprophet, Priester und Propagandaminister fordert von allen Menschen die religiöse Verehrung des ersten Tieres. Er verkörpert die kaiserliche Priesterschaft, die in Kleinasien den Kaiserkult zelebrierte. Nur wer vor dem Kaiserbild ein Weihrauchopfer darbrachte und das Malzeichen (Brandzeichen, Stempel, Parteiabzeichen) des ersten Tieres trägt, darf am wirtschaftlichen Leben und damit am Wohlstand teilnehmen. Das Malzeichen des Tieres entspricht dem Siegel Christi an den Stirnen der Knechte Gottes (Offenbarung 7,1–8).

Hinter dem Bild der beiden Tiere, die aus dem Meer und aus dem Land aufsteigen, steht die jüdisch-apokalyptische Vorstellung von den Urzeit-Ungeheuern Behemot und Leviathan, die in der Endzeit wiederkehren sollen. Sie bilden zusammen mit dem Drachen, der sie autorisiert, eine Einheit: Der Drache überträgt dem ersten Tier seine Macht, und das zweite Tier übt alle Macht des ersten Tieres aus (vgl. 16,13). Der Satan, der Antichrist und der Pseudoprophet stellen die Anti-Trinität dar: »Gegen Gott wirkt Satan, gegen Christus der Antichrist und gegen den Heiligen Geist der Pseudoprophet.«[48] Oder in bezug auf die Dimension ihrer Wirklichkeit ausgedrückt: »Was der Satan in der metaphysischen Ordnung war, das ist der Antichrist in der politischen Ordnung und der Prophet des Antichristen in der intellektuellen Ordnung.«[49]

Das Endgericht

Der Seher Johannes sieht aus dem Rachen des Drachen, des ersten und des zweiten Tieres drei unreine, dämonische

Geister wie Frösche hervorkommen. Diese Dämonengeister – Gegenbild zu den drei Engeln (Kapitel 14,6-9) – versammeln die Könige der ganzen Welt »zum Krieg des großen (Gerichts-) Tages des allmächtigen Gottes« (16,14). Als der Himmel sich öffnet und ein Reiter auf weißem Pferd, gefolgt von den himmlischen Heerscharen, erscheint, erheben sich das Tier und die Könige der Erde mit ihrem versammelten Heer, um Krieg zu führen gegen den, der auf dem Pferd sitzt, und gegen sein Heer. »Aber das Tier wurde ergriffen und mit ihm der falsche Prophet, der – von jenem bevollmächtigt – Zeichen getan und dadurch die Menschen verführt hatte, die das Malzeichen des Tieres angenommen und sein Bild angebetet hatten. Bei lebendigem Leibe wurden die beiden in den Feuersee geworfen, der mit Schwefel brennt.« Die übrigen wurden mit dem scharfen Schwert, das aus dem Munde des göttlichen Reiters hervorging, getötet (19,11–21).

Der Reiter ist durch die Benennung »Treu« und »Wahrhaftig«, »Wort Gottes«, »König der Könige« und »Herr der Herren« als der zum Endgericht erscheinende Christus gekennzeichnet. Das Zitat aus Psalm 2 »er wird die Völker mit eisernem Stabe weiden« läßt in ihm den erkennen, der von dem Weibe geboren und von Gott zum Himmel entrückt wurde. Das Schwert aus seinem Munde symbolisiert geistliche Macht und Gericht durch das Wort Gottes (Hebräer 4,12). »In Gerechtigkeit richtet er und führt er Krieg« (19,11). Ein Kampf wird nicht geschildert: »Der Kampf ist entschieden, ehe er angehoben hat.«[50] Feuer und Schwefel sind Bild des Gerichts (vgl. 1.Mose 19,24), der Feuersee ist der Ort endgültiger Verdammung und Vernichtung.

Tafel II: Der Kampf Michaels gegen den großen roten Drachen.
Miniatur zum Apokalypsen-Kommentar des spanischen Mönchs Beatus (Ende des 8. Jahrhunderts) aus der Handschrift,
die der Miniator Facundus 1047 im Auftrag
des spanischen Königs Fernando I. angefertigt hat.
Die Facundus-Handschrift ist die prachtvollste und mit 98 Miniaturen die vollständigste aller erhaltenen 32 Handschriften zum Beatus-Kommentar, ein letztes, großartiges Feuerwerk der westgotisch-mozarabischen Kunst in Spanien.

Nach dem Gericht über die beiden Tiere kommt vom Himmel ein Engel mit dem Schlüssel zum Abgrund, nimmt den Drachen gefangen, bindet ihn mit einer großen Kette und verschließt ihn für tausend Jahre im Abgrund.

Nach Ablauf von tausend Jahren wird der Drache noch einmal »für kurze Zeit« freigelassen. Er zieht sogleich aus, um die Völker an den vier Enden der Erde zum Endkampf zu sammeln. Diese, zahlreich wie der Sand am Meer, schließen die Stadt der Heiligen ein – da fällt Feuer vom Himmel und vernichtet sie. Der Drache wird in den See von Feuer und Schwefel geworfen, wo auch das Tier aus dem Meer und der falsche Prophet sind. Dort leiden sie Qual in alle Ewigkeiten (20,1–10).

Was nach dem Ende des Tausendjährigen Reiches geschieht, ist der notwendige Abschluß der Entscheidung, die im Himmel bereits vollzogen war: Der Scheidung der guten und bösen Geister im Himmel folgt die Scheidung durch ewige Vernichtung der bösen Geister auf der Erde. Dem Sturz des Drachen aus dem Himmel folgt sein Sturz von der Erde in den Feuersee. Dem Krieg im Himmel, der dem Sturz auf die Erde vorausging, entspricht der Krieg auf der Erde, der dem Sturz in die Hölle vorausgeht. Aber hier kommt es eigentlich nicht zum Kampf: Ehe der Drache zum letzten Schlag ausholen kann, erfolgt vom Himmel her der letzte Schlag gegen ihn und damit gegen den Krieg überhaupt. Wie vom Antichrist und vom Lügenprophet heißt es auch hier vom Drachen: Er wurde in den Feuer- und Schwefelsee geworfen.

Nachdem auch der Tod endgültig vernichtet worden ist (Offenbarung 20,14), gewinnt das Reich Gottes ewige Herrschaft über eine neugeschaffene Welt. Darauf zielt die Geschichte Gottes mit den Menschen: auf eine Welt ohne das Böse und ohne den Tod, ohne Wehklage, Angstgeschrei und Mühsal (Offenbarung 21,4).

Zusammenschau

Die mythisch-jüdisch-apokalyptischen Bilder der Offenbarung des Johannes haben vom christlichen Glauben her eine neue Sinndeutung erfahren, indem sie auf das Christusgeschehen bezogen worden sind und dieses deuten. Christi Erscheinen auf der Erde hat die Macht des Bösen auf den Plan gerufen. Das Zeichen am Himmel – Geburt des Messias, seine Bedrohung durch den Drachen, seine Entrückung zu Gottes Thron – ist das himmlische Gegenbild irdischer Ereignisse: der Geburt Jesu, seiner Bedrohung durch widergöttliche Mächte, seines Kreuzestodes, seiner Auferstehung und Himmelfahrt.

Mit dem Kommen Christi in die Welt ist die Endzeit und damit der endzeitliche Kampf zwischen dem Reich Gottes und dem Reich Satans angebrochen. Der Kreuzestod Jesu ist nach christlicher Anschauung das Ende der Welt; darum wird er von den Zeichen des Endes (Sonnenfinsternis, Erdbeben, Auferstehung der Toten – Matthäus 27,45 ff.) begleitet. Es geht dabei nicht um ein zeitliches Ende, sondern um das Am-Ende-Sein der Welt, die Christus, der die Liebe ist, gekreuzigt hat. Weil sie das Heil, das in ihm erschienen ist, nicht annahm, ist sie dem Unheil verfallen. Weil sie den Retter abwies, ist sie nicht mehr zu retten. In diesem Sinne leben die Menschen seit Christi Tod in der Endzeit.

Zugleich aber hat Christus durch seinen Opfertod am Kreuz denen, die an ihn glauben, eine neue Möglichkeit des Lebens eröffnet: »Wer an den glaubt, der mich gesandt hat, der hat das ewige Leben und ist vom Tode zum Leben hindurchgedrungen« (Johannes 5,24). Mitten in diesem vergehenden Äon ist er des ewigen Lebens, des von Christus heraufgeführten zukünftigen Äons, gewiß. Er versteht sein Leben als ein Mitsterben mit Christus in der Gewißheit, daß er auch teilhaben wird an dem Leben, das Gott an Christus offenbar gemacht hat. Von der Spannung zwischen dem »schon jetzt« (Gewißheit) und dem »noch nicht« (Vollendung) sind die Aussagen des Neuen Testaments bestimmt.

Unter dem Bild des Drachenkampfes ist in der Apokalypse des Johannes der Kampf dargestellt, durch den Christus liebend, leidend und sterbend das Böse überwand. Der Kampf im Himmel ist das »himmlische Gegenbild des Kampfes, den Christus auf Erden durchgefochten hat«[51]. Daß der Drache aus dem Himmel hinausgeworfen ist, entspricht der Gewißheit, daß wir durch den Glauben an Christus gerechtfertigt sind vor Gott. Daß der Drache auf die Erde herabgeworfen ist, entspricht der Erfahrung, daß der Christ in dieser Welt angefochten ist und leiden muß. Daß die Zeit des Drachen auf Erden befristet ist, entspricht der Hoffnung, daß einmal das Reich Satans ein Ende und das Reich Gottes seine Vollendung finden wird.

Auch die Beziehung zur Urgeschichte ist deutlich. War im Alten Testament die mythische Schöpfungstat Gottes durch die geschichtliche Tat der Herausführung des Volkes Gottes aus Ägypten interpretiert, so wird sie im Neuen Testament durch die Auferweckung des gekreuzigten Christus aus dem Tode interpretiert. An die Stelle des jüdischen Passahfestes tritt das christliche Osterfest. Wie der Auszug aus der Knechtschaft Ägyptens die Existenz des Volkes Israel begründete, so begründet die Erlösung von der Knechtschaft der Sünde und des Todes die Existenz der christlichen Gemeinde. Christi Heilshandeln ist Neuschöpfung: »Ist jemand in Christus, so ist er eine ›neue Schöpfung‹: Das Alte ist vergangen, siehe, Neues ist geworden« (2.Korinther 5,17). Die Auferstehung Christi wird als Sieg üder den Drachen gefeiert (s. Seite 235ff.).

Zum andern ist Christus das Gegenbild zu Adam (vgl. Römer 5,14; 1. Korinther 15,45). Adam erlag der Einflüsterung der Schlange, wurde Gott ungehorsam, erhob sich gegen ihn, indem er sein wollte »wie Gott«. Christus überwand die »alte Schlange«, wurde gehorsam bis zum Tod am Kreuz, erniedrigte sich selbst, indem er – obwohl er Gott gleich war – den Menschen gleich wurde (Philipper 2,6ff.). So ist das Christusgeschehen der Schnittpunkt von Urzeit (Woher) und Endzeit (Wohin), die Mitte der Zeit.

Aus dieser Sicht ist die Frage, ob die Apokalypse des Johannes zeitgeschichtlich zu deuten sei, eine falsche Alternative. Die zeitgeschichtlichen Bezüge der beiden Tiere sind unbestreitbar. Aber die zeitgeschichtlichen Erscheinungen liefern nur das Material für die Visionen der »Endzeit« (in dem oben gekennzeichneten Sinne), so wie sich ein Traum alltäglicher Figuren und Vorgänge als Material für ganz andersartige Aussagen bedient. Überall, wo in der Geschichte die Grundzüge der Endzeit sichtbar werden, wo zum Beispiel Diktatoren auftreten, die letzte Autorität und absoluten Gehorsam beanspruchen, da manifestiert sich »Endgeschichte«. Sowohl in den römischen Kaisern als auch in Napoleon und Hitler erfüllte sich, was der Seher in dem Tier aus dem Abgrund schaute. Es ist also nur folgerichtig, wenn der Dichter Stefan Andres unter dem Titel »Das Tier aus der Tiefe« den Aufstieg Hitlers als »Normer« beschrieb; denn in der Geschichte des Dritten Reiches erfüllten sich Zug um Zug in verblüffender Weise die apokalyptischen Visionen der Endzeit: Hitler und sein Propagandaminister als Antichrist und Lügenprophet – die großen Wunder und Zeichen, die alle Welt verführten – die Verfolgung von Juden und Christen – wer den Hitlerkult verweigert, wird umgebracht – nur wer das Parteiabzeichen trägt, kann etwas werden usw. So kann mit Fug und Recht gesagt werden: Das Bild vom Tier aus dem Abgrund hat »durchaus aktuelle Bedeutung für jede christliche Generation. Der Antichrist ist jeder Generation ›gleichzeitig‹.«[52] Jede Zeit ist »gleichzeitig« zur Urzeit wie zur Endzeit.

Der biblisch-theologische Aspekt, unter dem wir das Drachenkampf-Motiv in der Apokalypse des Johannes betrachtet haben, schließt den tiefenpsychologischen Aspekt nicht aus, sondern ergänzt ihn. Dabei werden die Bilder des endzeitlichen Geschehens als Bilder eines inneren Seelendramas verstanden, das sich immer neu in jedem einzelnen wie auch hundertfältig als schweres kollektives Schicksal vollzieht. Dazu sei auf die tiefenpsychologischen Textdeutungen von Christa Meves verwiesen, in denen sie die »Endzeit als existentielle Erfahrung« interpretiert hat[53]. Sie trägt gerade den Abweichungen vom Mythos Rechnung, die Aufschluß geben über einen zukünftigen Aspekt unserer Menschwerdung.

Die Wirkungsgeschichte des Heiligen Michael

In der Vision vom Kampf Michaels mit dem Drachen schaut der Seher Johannes »die Ur- und Grundsituation der Heilsgeschichte – das Urdrama der Welt, das bewußt oder unbewußt allen Dramen der Völker, insbesondere aber denen der abendländischen, zum Vorbild gedient hat«[54].

Die Wirkungsgeschichte des Erzengels Michael im Abendland ist ungewöhnlich groß[55]. Dabei ist sein Sieg über den Drachen nur ein (und nicht einmal der älteste) Aspekt unter vielen anderen. Als Schutzherr der Christenheit gegen die Nachstellungen des Teufels, Besieger chthonischer Götter und

Todesmächte, Hüter des Reiches und der göttlichen Ordnung in der Völkerwelt ist er auch Arzt und »Heiler des Geistes«, Geleiter der Seelen im Tod und ihr Wäger im Gericht, Paradiesvogt und himmlischer Thronwächter, ja nicht selten ist er der Repräsentant Christi. In der Darstellung der bildenden Kunst und der Dichtung gehen die Gestalten Michaels und Christi zuweilen ineinander über – wie in Nicolaus Hermanns Lied, in dem es heißt: »Michael, unser Herre Christ...«

Aus der Wirkunsgeschichte St. Michaels sei in Kürze nur folgendes erwähnt: Vom 3. bis ins 8. Jahrhundert gab es eine Reihe von Erscheinungen des Erzengels, die zur Gründung von Michaelsheiligtümern von Kleinasien (Chonae) bis Irland (Skellig Michael), von Ägypten (Alexandrien) bis Norwegen (St. Mikaelshule/Telemarken) führten. Die Erscheinungen waren häufig mit Wundern verbunden: mit der Rettung vor drohenden Fluten oder der Öffnung einer Heilquelle. Die geschichtlich bedeutendsten Michaelsheiligtümer der christlichen Welt waren die

– in Chonae, einem Felsennest im Innern Kleinasiens, das älteste Michaelsheiligtum (3. Jahrhundert)
– in Konstantinopel, der Reichshauptstadt Kaiser Konstantins, von ihm auf Grund einer Erscheinung des Erzengels im 4. Jahrhundert gegründet
– auf dem Monte Gargano, Vorgebirge des südlichen Italiens (Ende des 5. Jahrhunderts)
– auf dem Mont St. Michel, einer der Normandie vorgelagerten Insel (Anfang des 8. Jahrhunderts).

Zu letzterem wallfahrteten von 1455 ab Hunderte von Kindern zwischen acht und achtzehn Jahren, von einer religiösen Erregung erfaßt, um den Erzengel Michael zu verehren. Fahnen mit dem Bildnis St. Michaels wurden ihnen vorangetragen, und in ihrem Pilgerlied riefen sie den »lieben Herrn Sanct Michael« an.

Die Michaelsheiligtümer befinden sich an exponierter Stelle, meist auf einem Berg über dem Meer, in einer Höhle. Michael selbst bezeichnet sich in seinen Erscheinungen als »Herr der Höhle«. Die Höhlen waren meist ehemalige heidnische Kult- und Heilstätten und als solche die ältesten Tempel der Menschheit. Michael besiegte die dort verehrten chthonischen Gottheiten und überführte die in der Erde wirkenden

Kräfte in den Dienst des einen Weltenherrn. Wie Apoll durch seinen Sieg über den Erddrachen Python zum Herrn des Ortes Delphi wurde, so Michael zum Herrn und Schutzheiligen dieser Orte. An die Stelle der Bergheiligtümer des Michael traten später die dem Michael geweihten Turmkapellen am Westwerk der Kirchen, an die Stelle der Grotten und Höhlen die Krypten unter den Kirchen.

Wie schon das erste christliche Reich im Osten Europas, gegründet von Kaiser Konstantin, so stand auch das erste christliche Reich im Abendland, das Kaiser Karl der Große schuf, unter dem Patronat des Erzengels Michael. Bereits in der Schlacht Karl Martells gegen die Araber bei Tours und Poitiers (732), die darüber entschied, daß Europa christlich und nicht mohammedanisch werden sollte, war dem siegreichen Heer der Franken und Westgoten die Fahne mit dem Bild Michaels vorangetragen worden, und viele Kämpfer hatten auf ihren Schilden Michaels Zeichen. Karl der Große ließ im Jahre 813 auf der Mainzer Synode das bis dahin unbedeutende und nur lokal gefeierte Michaelsfest am 29. September vom Papst zum allgemeinen Feiertag und damit zugleich zum Reichsfest erheben. An diesem Tag wurde des ewigen und oberen Reiches gedacht, des Vorbildes für alle Reichsgemeinschaft auf Erden. Michael wurde zum Schutzheiligen und Bannerherrn, zum Hüter der Einheit und Mehrer des Reiches »im Himmel und auf Erden«. Von Alkuin, dem Sänger und Ratgeber Karls des Großen, stammt der Michaelshymnus, in dem es am Ende heißt:

»Als du vor Zeiten den Drachen geworfen,
Sieger im Kampfe, rissest du Scharen
ringender Geister aus seinem Schlund.

Da ward im Himmel schweigendes Warten,
bis alle sangen, tausendmal tausend:
Heil unserm König, Heil unserm Herrn.

Höre uns, Michael, Heerfürst der Engel,
Steige auch heute, Himmelsherr, nieder,
Freiheit uns bringend und lösende Huld.«

Im ganzen Reich Karls des Großen entstanden Taufkapellen und Kirchen zu Ehren Michaels, des Drachentöters.

Kaiser Heinrich I. sammelte 933 ein kleines Heer gegen den volkreichen und kriegerischen Stamm der Magyaren, der fast ein Jahrhundert lang sengend und plündernd in das Reich eingefallen war. An der Unstrut kam es zur Schlacht. Das Königsbanner führte den Erzengel Michael, wie er in strahlender Rüstung den Drachen besiegt. Durch ein »Gotteswunder«, wie es in einer alten Chronik heißt, erstritt Heinrich den Sieg über die Übermacht der Feinde. Eine Miniatur des Missale Heinrichs I. zeigt, wie Michael ihm die Krone des Reiches darreicht und ihn damit zum Kaiser weiht.

Wenige Jahre später (955) kam es auf dem Lechfeld bei Augsburg noch einmal zur Schlacht gegen die Magyaren. Wieder wurde dem Reichsheer unter Führung Kaiser Ottos I. das Michaelsbanner vorangetragen, und wieder siegte das Reichsheer nach zuerst aussichtslos scheinendem Kampf. Der Ansturm der heidnischen Ungarn war damit endgültig abgewehrt. Die Geschlagenen berichteten den Ihren, daß ein »Gott mit goldenen Flügeln« (das Bild Michaels auf den Fahnen des Reichsheeres) geholfen habe, den Sieg zu erringen. Otto I. stiftete zur Erinnerung an seinen Sieg das Bistum Merseburg, dessen Residenz mit Bildern Michaels geschmückt wurde. Otto selbst führte, wie Heinrich I., das Bild Michaels in seinem Königssiegel und ließ es in Münzen prägen. In der darauf folgenden fast dreihundertjährigen Blütezeit des Reiches entstanden viele dem Erzengel geweihte Kirchen (z. B. St. Michael zu Hildesheim) und Klöster (z. B. das große Michaelskloster in Bamberg). An den Stätten seiner Verehrung wurden auch zahlreiche Michaelsbruderschaften gegründet, wie es sie bis heute für bestimmte Stände oder Gruppierungen innerhalb und außerhalb der Kirche gibt. Wie schon Otto I., so pilgerte auch Heinrich II. zum Hochsitz Michaels auf dem Monte Gargano, »als irdischer Schutzherr der Christenheit sich dem himmlischen unterwerfend, von ihm Kraft und Rat zur Führung des Reiches erbittend«.

Zu Ehren Michaels, des meistgeliebten Schutzpatrons der Deutschen, erhielten unzählige Deutsche den Vornamen »Michael«, der für die Deutschen so charakteristisch wurde, daß man noch heute vom »deutschen Michel« spricht.

Noch einmal sammelten im Jahre 1241 Herzog Heinrich der Fromme und König Wenzel, der Nationalheilige des tschechischen Volkes, unter der Michaelsfahne ein Heer gegen die aus dem Osten einfallenden Mongolenhorden des Dschingis-Khan. Dieses letzte Ritterheer des Mittelalters, bestehend aus fast 50000 Rittern, wurde bei Liegnitz von der Übermacht der mongolischen Reiter vernichtet. Jedoch verhinderte der Tod Dschingis-Khans ein weiteres Vordringen.

Bei der Einführung des Christentums in den nordischen Ländern hat das Drachenkampfmotiv bei der Gewinnung des norwegischen Bauernkriegertums eine überaus wichtige Rolle gespielt[56]. Weil die Bibel vom Drachenkampf des Erzengels Michael erzählt, duldete man auch die Darstellung der im Norden beliebten Sigurd-Sage in christlichen Kirchen. Auf alten Taufsteinen finden wir das Kampfmotiv besonders häufig.

Die angeführten Beispiele zeigen, welche bedeutende Rolle die Gestalt des Erzengels Michael in der geistig-politischen Entwicklung des Abendlandes gespielt hat.

Das Problem des Bösen

Gerade von der Wirkungsgeschichte des Bösen her stellt sich das Problem des Bösen. Es besteht darin, daß der Gläubige sich selbst mit dem Guten identifiziert und das Böse in seinen Feinden bekämpft und daß sein Kampf gegen das Böse nicht auf die Eingliederung in die Gottesordnung, sondern auf dessen Vernichtung zielt.

Den psychologischen Mechanismus dieser Ethik hat Erich Neumann folgendermaßen dargestellt[57]: Das Ich-Bewußtsein identifziert sich mit den absolut gesetzten ethischen Werten und verneint die ihnen widersprechenden Werte. Die nicht akzeptierten, negativen Persönlichkeitsanteile werden nach außen auf fremde Personen oder Personengruppen (meist religiöse, rassische oder soziale Minderheiten) projiziert und so das »Eigene drinnen« als »Fremdes draußen« bekämpft, bestraft und ausgerottet. Das »Feindbild« ist die Projektion der eigenen verdrängten Schattenseite. Jeder Partei- und Klassenkampf, jeder Krieg und Religionskrieg ist sichtbarer Ausdruck des Durchbrechens der unbewußten kollektiven Schattenseite. Er gibt dem einzelnen und dem Volk die Möglichkeit, die aufgestauten aggressiven Kräfte auf legale Weise und mit gutem Gewissen abzureagieren, ja dafür vielleicht noch ausgezeichnet zu werden. Je rigoroser die Verdrängung des Negativen, desto rigoroser das Vorgehen gegen die »Feinde« (z. B. in der Inquisition).

Diese Ethik hat sich als unfähig erwiesen, die zerstörerischen Kräfte im Menschen zu bändigen und mit dem Bösen fertig zu werden. Darum muß sie durch eine neue Ethik ersetzt werden. Diese muß dadurch bestimmt sein, daß der Mensch das Böse – sowohl die dunkle Schattenseite seiner persönlichen bewußten Einstellung als auch den allgemein-menschlichen Aggressions- und Destruktionstrieb – als Teil seiner eigenen Persönlichkeit erkennt und annimmt. Erst wo das geschieht, hört die Projektion des Bösen nach außen und der ethisch getarnte Ausrottungskampf gegen das Böse im andern auf, erst da besteht die »Voraussetzung für eine wirklich tolerante Haltung gegenüber dem anderen Menschen, anderen Menschengruppen und anderen seelischen Kulturformen und Kulturschichten«[58]. Erst wo der Mensch sich selber als dunkel erfährt, gelingt es ihm, das dunkle Ich des anderen anzunehmen und sich ihm zugehörig zu fühlen. Diese Solidarität ist nicht in der Übereinstimmung der bewußten Einstellung begründet, sondern wurzelt in einer einheitlichen seelischen Grundstruktur, dem kollektiven Unbewußten.

Während die alte Ethik darauf hinauslief, daß der einzelne sein Böses auf einen Sündenbock übertrug und es in ihm bekämpfte, geht es in der neuen Ethik umgekehrt darum, daß der einzelne einen Teil der Last der Menschheit, gleichsam die Schattenseite der Menschheit in ihm selber, in die eigene Verantwortung hineinnimmt und das Böse in sich verarbeitet. Also statt stellvertretender Bestrafung: stellvertretendes Leiden, um dadurch die menschliche Gemeinschaft – wenigstens teilweise – von diesem Bösen zu erlösen.

Die Grundgedanken dieser neuen Ethik werden heute von den verschiedensten Seiten her bestätigt und modifiziert. Sie setzen sich bis in die Kinderliteratur hinein durch[59]. Der Drache bekommt darin eine neue, durchweg positive Rolle. Zum Beispiel wird in Michael Endes zweibändiger Erzählung um Jim Knopf dem ursprünglich bösen Drachen dadurch, daß er gefangengenommen und nicht getötet wird, die Möglichkeit gegeben, sich in den »Drachen der Weisheit« zu verwandeln.

In dieser verwandelten Gestalt wird er zum Helfer Jim Knopfs.

Theologisch hat die entsprechende Einsicht Victor Maag so formuliert: »Wo ich in mir selbst Kosmos und Chaos finde, da erwächst in mir zwar die Permanenz der Bedrohung durch das Chaos, aber auch die Permanenz der Möglichkeit zur Begegnung mit dem schöpferischen und überwindenden Gott und damit die Gegenwärtigkeit der Möglichkeit zur Überwindung des Drachen und zur Heraufführung des Friedens. Solche Polarität in existentialem und zeitlichem Welt- und Selbsterleben entreißt uns einerseits dem historisierten Mythus und stellt uns völlig unmythologisch in die geschichtliche Zeit und ihre Notwendigkeiten hinein. Und zugleich gibt sie uns den unhistorisierten Mythus zurück, indem wir gleichzeitig, wie wir in der Zeit leben, am Zeitlosen teilhaben, das nur im Symbol zu erfassen ist.«[60]

Ist nun der jüdisch-christliche Dualismus das Grundübel, das es zu beseitigen gilt? – Gerhard Zacharias zum Beispiel führt darauf wesentliche Probleme unserer Zeit zurück[61]:

– die dualistische Moral (Sündenbockpsychologie)

– den Satanismus, in dem die zentrale Nachtseite des Christentums in Erscheinung tritt

– die ökologische Krise als Folge der Diabolisierung des Erdhaft-Vegetativen

– die Ost-West- und die Nord-Süd-Spannung als Folge gegensätzlicher Grundeinstellungen zur Welt, zur menschlichen Natur und zum Göttlichen.

Zacharias sieht in der dualistischen Tradition nicht einfach eine Fehlentwicklung, sondern einen historisch wie psychologisch notwendigen Differenzierungsprozeß. Es stellt sich ihm aber die Frage nach einer »Synthese auf einer höheren, also nicht vor-dualistischen Ebene«[62]. Er fordert die Überwindung jenes fast zweitausendjährigen Spaltungsprozesses, der den heutigen Menschen und seine Welt zu zerstören droht, die »bewußte Wiederherstellung der Einheit des guten und des bösen Prinzips sowohl in der Beziehung zum Göttlichen wie zur Welt«[63].

Indem Zacharias die religiösen Erscheinungen tiefenpsychologisch interpretiert, stellt er mit C. G. Jung die Frage, wie es möglich sei, die Gegensätze (den hellen Jesus und den dunklen

Judas in uns) zu vereinigen, das heißt »den dunklen Gott, der auch Mensch werden will, aufzunehmen und zugleich auszuhalten, ohne zugrunde zu gehen«[64].

Demgegenüber ist zunächst festzustellen, daß die offizielle kirchliche Lehre von der Frühzeit an bis in unser Jahrhundert hinein mit großer Entschiedenheit unter Berufung auf die ursprünglich gute Schöpfung, wie sie in der Bibel bezeugt wird, alle Versuche einer dualistischen Interpretation des Bösen in der Welt zurückgewiesen hat[65].

Das Provinzialkonzil von Braga (561) verwarf die Thesen der Manichäer und Priszillianisten, wonach der Teufel ursprünglich kein guter Engel gewesen, sondern unerschaffen aus dem Chaos und der Finsternis aufgestiegen sei. Es wird daran festgehalten, daß der Satan, wie Augustinus sagte, »durch Ungehorsam und Stolz als Engel gefallen und zum Teufel geworden« sei. Das IV. Lateran-Konzil (1215) unterstrich gegen die aufkeimenden Bewegungen der Katharer und Albingenser, daß neben dem Satan auch die Dämonen als von Gott geschaffene Wesen zu gelten hätten und erst später in den Abfall hineingezogen wurden: »Denn der Teufel und die anderen bösen Geister sind von Gott ihrer Natur nach gut erschaffen, aber sie sind durch sich selbst schlecht geworden.«[66] Damit wurde nicht nur die Allmacht Gottes gewahrt, sondern auch gegenüber der Lehre, die Materie stamme nicht von Gott, sondern von einem bösen Dämon, die Würde der materiellen Schöpfung verteidigt.

An der Verurteilung der dualistischen Lehre wurde in den lehramtlichen Aussagen der katholischen Kirche auf den Konzilien von Florenz (15. Jahrhundert) und Trient (16. Jahrhundert) bis zum Zweiten Vatikanischen Konzil festgehalten. Papst Paul VI. stellte in einer Ansprache am 15. November 1972 fest: »Wer sich weigert, diese Realität (der bösen Mächte) anzuerkennen, verläßt den Boden der biblischen und kirchlichen Lehre; ebenso auch der, der sie als ein in sich stehendes Prinzip betrachtet, das im Unterschied zu allen Geschöpfen nicht in Gott seinen Ursprung hätte, oder der sogar erklärt, sie sei eine Pseudo-Realität, eine begriffliche und eingebildete Personifizierung der unbekannten Ursachen unseres ganzen Elends.«[67]

Gegenüber dieser offiziellen kirchlichen Lehre hat sich aber die apokalyptisch-dualistische Auffassung des Bösen, die im Neuen Testament nur am Rande vorkommt, im allgemeinen christlichen Bewußtsein weitgehend durchgesetzt. So konnte es zu einer zunehmenden Personalisierung und Individualisierung des Teufels kommen, die außerbiblische Motive und Vorstellungen aufnahm. Der Teufel, in der Bibel nur »benannt« oder in visionärer Gestalt »geschaut«, wurde in der mittelalterlichen Volksfrömmigkeit zu einer leibhaftigen Spukgestalt und damit zu einem Gegenstand des Aberglaubens. Dadurch wurde die Personalität des Teufels zu einem theologischen Problem. Nach traditioneller kirchlicher Lehre ist der Teufel »keine individuelle personale Gestalt«. Die Kategorie »Person« hat lediglich die Funktion, das Moment der Erkenntnis und der Freiheit auszudrücken, das in der biblischen Tradition für die Deutung des Bösen unverzichtbar ist. Aber er ist »Person« nur in der Weise der Auflösung und Zerstörung des Personalen, also in der Weise der Unperson (J. Ratzinger).

Zweifellos hat die Personifizierung des Bösen die Projektion nach außen und damit die Verteufelung anderer Personen begünstigt. Darum neigen viele Theologen dazu, die Projektion des Teufels ganz in das Innere des Menschen, auf die Sündhaftigkeit der menschlichen Existenz, zurückzunehmen und so das Böse ausschließlich in den Menschen hineinzuverlegen. Doch dem wird entgegengehalten, daß durch solche einseitig anthropologische Deutung die universalkosmische Dimension des Bösen außer acht gelassen werde. Diese besteht darin, daß sich die bösen Mächte »der Welt im ganzen und im einzelnen, der Menschen, der Elemente, der politischen und gesellschaftlichen Institutionen, der geschichtlichen Verhältnisse und Situationen, der geistigen und religiösen Strömungen bemächtigen« (H. Schlier). Aber ist das Böse in den Strukturen nicht nur begreifbar als Wirkung der menschlichen Sünde? Wie dem auch sei, die Kirche hat immer daran festgehalten, daß die Sünde zugleich eine personale und eine überpersonale Macht ist, die den Menschen vor allem zu seiner eigenen Entscheidung herausfordert. Aber wie ist die überpersonale Macht der Sünde, die im Anschluß an Augustin als Lehre von der Erbsünde entfaltet wurde, zu verstehen? Kann sie mit Hilfe der Tiefenpsychologie als das kollektive Böse gedeutet werden? Oder werden hier die psychologische und die theologische Ebene miteinander verwechselt?

Drei Modelle zur Deutung des Ursprungs des Bösen haben sich herausgebildet:

– Das monistische Modell verlegt das Böse in Gott: »Das Gute nehmen wir an von Gott, und das Böse sollten wir nicht hinnehmen?« (Hiob 2,10).

– Das dualistische Modell verlegt das Böse in eine Gegenmacht gegen Gott: den Teufel. Im absoluten Dualismus ist der Teufel eine gleichursprüngliche Macht neben Gott. Im relativen Dualismus ist der Teufel ein ursprünglich von Gott gut erschaffener Engel, der seine Macht gegen Gott richtet. Hierher gehört die Definition des Bösen als »Beraubung des Guten« (privatio boni).

– Das personale Modell verlegt das Böse in den Menschen hinein: »Das Böse ist die Sünde des Menschen und sonst nichts.«[68]

Keines dieser drei Modelle erfaßt die ganze Wahrheit. Jedes enthält ein Stück Wahrheit, bedarf aber der Ergänzung durch die anderen. Die Symbole des Bösen lassen sich nicht in eindeutige rationale Begriffe überführen. »Auch der beste Erklärungsversuch«, sagt C. G. Jung, »ist nichts anderes als eine mehr oder weniger geglückte Übersetzung in eine andere Bildsprache (Sprache ist ja nichts anderes als Bild!). Wir schieben die Symbole nur etwas weiter zurück ... ohne aber dem Irrtum zu verfallen, wir hätten damit mehr geschaffen, als bloß ein neues Symbol für dasselbe Rätsel, das allen Zeiten vor uns schon Rätsel war.«[69]

Was den unversöhnlichen Gegensatz von Gut und Böse betrifft, so sind die Aussagen der Bibel und der kirchlichen Lehrmeinung eindeutig. Wie das Schöpfungshandeln, so ist auch das Heilshandeln Gottes auf »Scheidung« angelegt: »Das ist das Gericht (griechisch: krisis = Scheidung), daß das Licht in die Welt gekommen ist, und die Menschen liebten die Finsternis mehr als das Licht, denn ihre Taten waren böse« (Johannes 3,19). Von daher ist die Offenbarung als Krisis beschrieben worden (R. Bultmann)[70]. Der wiederkommende Christus wird im Endgericht die endgültige Scheidung unter den Menschen vollziehen. Davon ist in Bildworten wiederholt die Rede: Er wird sie voneinander scheiden, wie der Hirte die

Schafe von den Böcken scheidet, wie der Landmann das Unkraut vom Weizen oder die Spreu vom Weizen scheidet. Den einen wird »ewige Bestrafung«, den anderen »ewiges Leben« zuteil (Matthäus 25,46).

Das Konzil von Konstantinopel (553) hat die Allversöhnungslehre des Origenes von der »Wiederbringung aller« (apokatastasis panton) als Irrlehre verworfen. Diese besagt, daß der Antichrist letzten Endes nicht vernichtet, sondern erlöst, das heißt wieder in die Herrschaft Gottes eingegliedert werden wird. Die Ablehnung dieser Lehre ist bis heute offizielle kirchliche Lehrmeinung geblieben.

C. G. Jung hat aus dem Auftauchen viergegliederter (quaternitärer) Selbst-Symbole aus dem Unbewußten in der Gegenwart gefolgert, daß die Zeit gekommen sei, in der die Trinität zur Quaternität, zur vollen Versöhnung der Gegensätze dränge; und zwar derart, daß das Böse beziehungsweise das Weibliche – analog zur Selbst-Symbolik – in das Gottesbild integriert wird[71]. Demgegenüber ist mit Recht eingewendet worden: Gott ist »nicht Symbol für die ambivalente Wirklichkeit, sondern er ist die dieser vorausliegende Wirklichkeit selbst«[72]. Diese Wirklichkeit sollte nicht als metaphysische Konstruktion mißverstanden, sondern als tröstliche Wirklichkeit geglaubt werden.

Anmerkungen

1 Paul Tillich, Mythos und Mythologie; in: Gesammelte Werke Bd. V: Die Frage nach dem Unbedingten, Stuttgart 1964, S. 187ff.

2 A. Weiser, Die Psalmen (ATD 14/15), Göttingen 1955, S. 40; Eugen Drewermann, Strukturen des Bösen. Die jahwistische Urgeschichte in exegetischer, psychoanalytischer und philosophischer Sicht. Teil II, Paderborn/München/Wien 1983[4], S. 146

3 W. Stählin, Mythisches Denken in der Heiligen Schrift; in: Symbolon. Vom gleichnishaften Denken, Stuttgart 1958, S. 40ff.

4 C. Westermann, Genesis (Kap. 1–11), Neukirchen-Vluyn 1976[2], S. 41

5 G. von Rad, Das erste Buch Mose (Kap. 1–12,9), (ATD 2), Göttingen 1950[2], S. 38

6 A. Rosenberg, Michael und der Drache. Urgestalten von Licht und Finsternis, Olten/Freiburg i. Br. 1956, S. 197

7 P. Ricoeur, Symbolik des Bösen. Phänomenologie der Schuld II, Freiburg/München 1971, S. 231ff.

8 E. Drewermann, Strukturen, a.a.O. (Anm. 2), Teil I, Paderborn/München/Wien, 1982[4]

9 Ebd., S. 55
10 A. Görres/K. Rahner, Das Böse. Wege zu seiner Bewältigung in Psychotherapie und Christentum, Freiburg/Basel/Wien 1982, S. 38
11 E. Drewermann, Strukturen, a.a.O. (Anm. 2), S. 88f.
12 E. Drewermann, Strukturen, a.a.O. (Anm. 2), Teil II, München/Paderborn/Wien 1983[4], S. 144
13 Ebd., S. 146
14 Ebd., S. 146
15 C. G. Jung, Mysterium Conjunctionis, Gesammelte Werke Bd. XIV/1, Olten/Freiburg i. Br. 1968, S. 182ff.
16 E. Drewermann, Strukturen (Anm. 2), Teil II, S. 148
17 E. Drewermann, Strukturen, a.a.O. (Anm. 2), Teil I, S. 206
18 O. Keel, Die Welt der altorientalischen Bildsymbolik und das Alte Testament. Am Beispiel der Psalmen, Zürich/Einsiedeln/Köln/Neukirchen-Vluyn 1972, S. 182 u. 41
19 P. Volz, Das Neujahrsfest Jahwes (Laubhüttenfest), Tübingen 1912; S. Mowinckel, Psalmenstudien II. Das Thronbesteigungsfest Jahwäs und der Ursprung der Eschatologie, Kristiania 1922; Ders., Zum israelitischen Neujahr und zur Deutung der Thronbesteigungspsalmen, Oslo 1952; H. Schmidt, Die Thronfahrt Jahwes am Fest der Jahreswende im Alten Israel (Sammlung gemeinverständlicher Vorträge und Schriften aus dem Gebiet der Theologie und Religionsgeschichte, 122), Tübingen 1927
20 S. Mowinckel, Psalmenstudien II, a.a.O. (Anm. 19), S. 213
21 A. Weiser, Die Psalmen, a.a.O. (Anm. 2), S. 41
22 S. Mowinckel, Psalmenstudien II, a.a.O. (Anm. 19), S. 214
23 C. Westermann, Genesis, a.a.O. (Anm. 4), S. 45
24 H. Gunkel, Schöpfung und Chaos in Urzeit und Endzeit. Eine religionsgeschichtliche Untersuchung über Gen. 1 und Ap Joh 12, Göttingen 1895
25 C. Westermann, Genesis, a.a.O. (Anm. 4), S. 45
26 A. Jeremias, Das Alte Testament im Lichte des Alten Orients, Leipzig 1930[4]
27 O. Keel, Die Welt der altorientalischen Bildsymbolik, a.a.O. (Anm. 18), S. 275
28 A. Weiser, Die Psalmen, a.a.O. (Anm. 2), S. 42
29 V. Maag, Der Antichrist als Symbol des Bösen; in: Das Böse, Zürich/Stuttgart 1961, S. 75f.
30 A. Weiser, Die Psalmen, a.a.O. (Anm. 2), S. 42
31 V. Maag, Hiob. Wandlung und Verarbeitung des Problems in Novelle, Dialogdichtung und Spätfassungen, Göttingen 1982, S. 63ff.
32 Ebd., S. 78
33 Ebd., S. 80
34 K. Elliger, Die Propheten: Nahum, Habakuk, Zephania, Haggai, Sacharja, Maleachi (ATD 25), Göttingen 1952[2], S. 112ff.
35 R. Schärf, Die Gestalt des Satans im Alten Testament; in: C. G. Jung, Symbolik des Geistes, Zürich 1951, S. 151ff.
36 Ebd., S. 276
37 Ebd., S. 291
38 G. von Rad, in: Theologisches Wörterbuch zum Neuen Testament Bd. II, Stuttgart 1935, S. 74

39 W. Foerster, in: Theologisches Wörterbuch zum Neuen Testament Bd. VII, Stuttgart 1964, S. 152ff.
40 W. Foerster, in: Theologisches Wörterbuch zum Neuen Testament Bd. II, Stuttgart 1935, S. 78
41 W. Stählin, Die Gestalt des Antichristen und das Katechon; in: Symbolon. Vom gleichnishaften Denken, Stuttgart 1958, S. 105ff.
42 V. Maag, Der Antichrist, a.a.O. (Anm. 29), S. 63ff.
43 F. Boll, Aus der Offenbarung Johannis. Hellenistische Studien zum Weltbild der Apokalypse, Leipzig/Berlin 1914
44 A. Rosenberg, Michael und der Drache, a.a.O. (Anm. 6), S. 207ff.
45 Ebd., S. 194ff.
46 Ebd., S. 38ff.
47 W. Foerster, a.a.O. (Anm. 39), S. 156f.
48 J. Sickenberger, Erklärung der Johannesapokalypse, Bonn 1942[2], S. 136; O. Böcher, Die Johannesapokalypse, Darmstadt 1975
49 H. Lilje, Das letzte Buch der Bibel. Eine Einführung in die Offenbarung Johannes, Hamburg 1958[5], S. 179
50 Ebd., S. 222
51 W. Stählin, Predigthilfen Bd. II, Kassel 1959, S. 564
52 H. Lilje, Das letzte Buch, a.a.O. (Anm. 49), S. 174
53 C. Meves, Die Bibel antwortet uns in Bildern. Tiefenpsychologische Textdeutungen im Hinblick auf Lebensfragen heute, Freiburg i. Br. 1973, S. 108ff.
54 A. Rosenberg, Michael und der Drache, a.a.O. (Anm. 6), S. 208
55 Ebd.
56 E. Burger, Norwegische Stabkirchen, Köln 1978, S. 42
57 E. Neumann, Tiefenpsychologie und neue Ethik, Zürich 1949
58 Ebd., S. 89
59 Max Burkolter-Trachsel, Der Drache. Das Symbol und der Mensch (Dissertation), Bern 1981, S. 168
60 V. Maag, Der Antichrist, a.a.O. (Anm. 29), S. 88
61 G. Zacharias, Der dunkle Gott. Die Überwindung der Spaltung von Gut und Böse. Satanskult und Schwarze Messe, Wiesbaden/München 1982[3]
62 Ebd., S. 241 63 Ebd., S. 141
64 C. G. Jung, zit. ebd., S. 109
65 R. Schnackenburg (Hrsg.), Die Macht des Bösen und der Glaube der Kirche (Schriften der kath. Akademie in Bayern, hrsg. von F. Henrich, Bd. 89), Düsseldorf 1979
66 Ebd., S. 77 67 Ebd., S. 77
68 W. Mostert, Gott und das Böse. Bemerkungen zu einer vielschichtigen Frage; in: Zeitschr. für Theologie und Kirche, 77. Jg., Tübingen 1980, S. 475
69 C. G. Jung, zit. bei M. Battke, Das Böse bei Sigmund Freud und C. G. Jung, Düsseldorf 1978, S. 157
70 R. Bultmann, Das Evangelium des Johannes. Krit.-exeget. Kommentar über das Neue Testament, Göttingen 1953[13]
71 C. G. Jung, Versuch einer psychologischen Deutung des Trinitätsdogmas; in: Symbolik des Geistes, a.a.O. (Anm. 35), S. 323ff.
72 W. Mostert, Gott und das Böse, a.a.O. (Anm. 68), S. 474

Der Kampf gegen den Leviathan

Die Kräfte der Zerstörung
in der Welt und im Menschen vermählen sich,
und geboren wird der Leviathan.
Er begegnet an vielen Orten,
und er hat viele Gesichter, man weiß nicht wieviel.

Franz Vonessen

Der biblische Leviathan

»Leviathan«, abgeleitet von dem hebräischen Wort »gewunden«, ist eine Schlange, die mit anderen Seeungeheuern im Meer haust. Sie wird ausdrücklich als »gekrümmte«, als »gewundene Schlange« bezeichnet (Jesaja 27,1), die die Tiefe des Meeres aufwallen läßt (Hiob 41,23). Die sprachliche Verwandtschaft von »Leviathan« und »Lotan« deutet auf den ugaritischen Mythos von dem Urungeheuer Lotan, das ebenfalls als »gewundene Schlange« bezeichnet wird und eine Wassergottheit darstellt[1]. Vielleicht verkörpert es – wie auch sonst in der Mythologie – den Ozean, der sich um die ganze Erde herumwindet. Buber übersetzt Leviathan mit »Lindwurm«: lind = Schlange, urverwandt mit dem lateinischen lentus = biegsam, geschmeidig. Die griechische Übersetzung des Alten Testaments, die Septuaginta, gibt Leviathan mit drakon wieder, das ursprünglich Schlange, Riesenschlange, Seeschlange bedeutet und in die Vorstellung des »Drachen« hinüberspielt[2].

Die Gestalt Leviathans ist nicht einheitlich beschrieben. Nach Hiob 40,31 hat sie nur einen Kopf, nach Psalm 74,14 mehrere Köpfe, vielleicht sieben wie die Lotan-Schlange. Die einzige ausführliche Beschreibung Leviathans findet sich im Hiobbuch (Kapitel 40 und 41). Da ist die Rede von dem Doppeltor seines Rachens mit furchterregenden Zähnen und daraus hervorgehendem feurigen Atem:

»Aus seinem Maule schießen Fackeln,
feurige Funken sprühn hervor.

Aus seinen Nüstern qualmt der Dampf
wie aus geheiztem Kessel auf...

Sein Hauch entflammet Kohlenglut,
und Flammen fahr'n aus seinem Rachen.« (Hiob 41,11–13)

Er besitzt einen festgefügten Schuppenpanzer, der ihn unverwundbar macht. Seine Unterseite ist mit spitzen Scherben bewehrt:

»Trifft man ihn, hält das Schwert nicht stand,
nicht Lanze, noch Geschoß und Pfeil.

Das Eisen achtet er für Stroh,
das Erz für wurmstichiges Holz.

Kein Bogenpfeil bringt ihn zum Fliehen;
wie Häcksel sind ihm Schleudersteine.

Die Keule dünkt ihm wie ein Strohhalm;
und prallt der Speer an, lacht er nur.« (Hiob 41,18–21)

Sein Herz ist so fest wie ein Stein und so unbeweglich wie der untere Mühlstein.

Alles in allem: Auf Erden ist nicht seinesgleichen; darum ist er im Unterschied zu aller übrigen Kreatur »ohne Furcht« (41,25). Er ist der König der »Übermütigen«, der »Stolzen« (41,26), das sind nach Gunkel Bezeichnungen untergeordneter Chaosmächte. Erhebt er sich, erzittern selbst die Götter (41,17). Sein bloßer Anblick bringt zu Fall (41,1). Keiner ist so tollkühn, ihn zu reizen, denn: »Wer hätte ihn bekämpft und wäre davongekommen? Unter dem ganzen Himmel nicht Einer« (41,2f.).

Der Leviathan ist auf sehr verschiedene Weise gedeutet worden. Die *naturalistische Deutung,* die seit S. Bochartus (1663) bis in die Kommentare unserer Zeit hinein vertreten wird, sieht in der Schilderung von Behemot und Leviathan (Hiob 40 und 41) die Fortsetzung und letzte Steigerung der Tierbeispiele, die von Hiob 38,39 an aufgeführt werden. Nach dieser Deutung sind Behemot und Leviathan poetisch überhöhte Schilderungen von einem Nilpferd und von einem Krokodil. Diese beiden sind nach Plutarch die »grausamsten« der wilden Tiere. Das Krokodil, das als einziger Zeuge der Saurierzeit in unsere Zeit hineinragt, ist das »Urbild zerstörerischer tierischer Naturkraft« (J. Illies). Als fleischfressende Raubechse wird es häufig dem Menschen gefährlich. Darum fürchtet sich der Mensch vor ihm, ja empfindet Haß gegen es, was zum Beispiel darin zum Ausdruck kommt, daß man in Ägypten Krokodile nicht nur tötete, sondern als Gottesfeinde zu Tode marterte. Unversehens wird hier das zoologisch bestimmbare Tier zu einem mythischen Wesen, wie überhaupt im Alten Orient jedes konkrete Phänomen mythisiert wurde. Das Krokodil wurde zum Symbol des Bösen.

Die *mythologische Deutung,* zuerst von Hermann Gunkel

vertreten, sieht in Behemot und Leviathan »mythologische Wesen«, genauer: urzeitliche Chaosungeheuer, die zwar von Gott in der Urzeit gebändigt wurden, die sich aber immer wieder gegen die Herrschaft Gottes empören, bis sie in der Endzeit vernichtet werden[3]. Leviathan verkörpert die Tiefe der Urflut (tehom), die Chaoswasser, die einst die ganze Erde bedeckten, den Abgrund (abyssos), die Unterwelt (scheol). Er ist das »personifizierte Chaos« (H. Gunkel). Der im Alten Orient verbreitete Mythos vom urzeitlichen Chaoskampf steht deutlich hinter einigen Aussagen des Hiobbuches.

Die *metaphysische Deutung* des Leviathan geht auf die jüdisch-christliche Apokalyptik zurück und setzt den Leviathan mit dem Teufel, dem absoluten Bösen, gleich. In der jüdischen Apokalyptik ist er der Gegen-Messias, in der christlichen Apokalyptik der Anti-Christ, die gegen Christus gerichtete Macht.

Von dieser Gleichsetzung des Leviathan mit dem Teufel wird eine Auslegung von Hiob 40,25ff. verständlich, auf die wir weiter unten ausführlich zu sprechen kommen: Gottvater angelt mit dem Kreuz Christi als Köder den Leviathan aus den Wassern des Menschengeschlechts (s. Abb. 30 Seite 241).

Die *tiefenpsychologische Deutung* des Leviathan geht im Anschluß an C. G. Jung in eine doppelte Richtung: Einerseits werden die mythischen Ungeheuer als Symbole der »wilden Naturseite Jahwes« (R. Schärf), andererseits als bildhafter Ausdruck innerseelischer Vorgänge (Chr. Meves) verstanden.

Nach der ersten Deutung ist die Überwindung Behemots und Leviathans durch Jahwe Ausdruck dafür, daß dieser die dunkle Naturseite in sich selber überwunden hat. Hier wird eine eminent psychologische Wahrheit als Mythologem an der Gottespersönlichkeit erlebt[4]. Nach der zweiten Deutung ist Behemot, der »Gras frißt wie ein Ochse« und »seine Kraft in seinen Lenden« hat, das »Sinnbild des Nahrungstriebes und der Sexualität« und Leviathan ein »Symbol für die noch von der Materie beherrschte Natur in all ihrer erbarmungslosen Gewalt in uns und um uns«. Sein Schuppenpanzer symbolisiert die strenge Gesetzmäßigkeit der Natur, sein steinernes Herz ihre grausame, unerbittliche Härte und sein Feueratem sowie die scharfen Scherben an seinen Flanken die »Schrekken der Natur als leidenschaftliche, zerstörerische Aktionen wie Naturkatastrophen, wie Zorn, Haß, Rache, Mord«. Kurzum: Leviathan ist »der verschlingende, der zerstörerische Aspekt der Natur, das Symbol der Aggression, des Bösen, der Todesmacht«, die Überwindung Leviathans »Symbol für das schöpferische Werk: der Materie durch Formung, Gestaltung und Ordnung ihre Übermacht zu nehmen«[5].

Die *allegorische Deutung* ist zwar keine wissenschaftliche Methode, aber durchaus legitim; besonders wenn sie so geistreich gehandhabt wird wie von dem französischen Dichter Paul Claudel in seinem Hiob-Kommentar. Nach seiner Auslegung führt Gott in den beiden Ungeheuern Behemot und Leviathan dem Hiob das Böse in seiner unmittelbaren, den Sinnen zugänglichen Wirklichkeit vor, und zwar in seiner »doppelten Gestalt, deren eine passiv und deren andere aktiv ist, deren eine Verneinung und deren andere Empörung heißt«. Sie sind der gemeinsame Feind Gottes und des Menschen, dem dieser nur in der Verbindung mit jenem widerstehen kann[6].

An fünf Stellen ist im Alten Testament, vornehmlich in seinen poetischen Teilen, vom Leviathan die Rede, jedesmal in einem anderen Zusammenhang und mit einem anderen theologischen Akzent.

Psalm 74,13–14: Leviathan als Symbol der Feinde Gottes und seines Volkes. Mitten in dem Volksklagelied über die Zerstörung des Tempels und aller Gottesstätten im Lande steht ein Hymnus auf Gott, den Schöpfer und Herrn der Welt. Wenn er darin »König von Urzeit her« genannt wird, so hängt das wahrscheinlich mit der Vorstellung vom Sieg über den Drachen zusammen[7]:

»Du hast mit deiner Macht das Meer gespalten,
die Häupter der Drachen im Wasser zertrümmert.
Du hast zerschmettert die Häupter Leviathans,
hast ihn den Wüstentieren zum Fraß gegeben.«

Deutlich scheint durch das mythische Sprachgewand der Kampf des Weltenschöpfers mit dem Chaosdrachen hindurch, genauer: der ugaritische Mythos vom Kampf Baals gegen Jam (= Meer) und dessen Helfer, zu denen die siebenköpfige Schlange Lotan gehört. Das Volk sieht in dem Wüten der Feinde, die sich frevelhaft gegen Gott und sein Volk erheben, eine Wiederholung des uralten Chaos und ruft dagegen seinen Gott an, »der im Kampf mit dem Chaosdrachen den Kosmos geschaffen hat und sich in seinen Ordnungen als der Herr der Welt erweist« (A. Weiser)[8]. Es vertraut darauf, daß der, der »im Anfang«, vor Schöpfung der Welt, die gegen seinen Schöpferwillen aufbegehrenden Chaosmächte bezwang, auch in der Gegenwart »mitten auf Erden« die Feinde, die sich gegen ihn erheben, bezwingen wird. Es erwartet, daß er sie nicht nur in ihre Grenzen verweisen, sondern vernichten wird. Die Spaltung des Chaosdrachen, die der Spaltung des Meeres in die Wasser oben und unten entspricht, ist hier (wie auch Jesaja 51,9ff.) eine Anspielung auf die Spaltung des Roten Meeres, die bewirkte, daß das Volk Gottes trockenen Fußes hindurchziehen konnte.

Hier wird auf eine für das Alte Testament charakteristische Weise Schöpfungs- und Heilsgeschichte miteinander verknüpft und so der Mythos heilsgeschichtlich aktualisiert.

Psalm 104,25–26: Leviathan, der Feind der Götter – ein Geschöpf Gottes. Der Psalm ist ein ausgesprochener Naturhymnus, eines der ganz wenigen Stücke im Alten Testament, in denen von der Welt als Schöpfung ohne Bezug auf das heilsgeschichtliche Handeln Gottes gesprochen wird. Er besingt die Größe und Herrlichkeit, die Weisheit und Macht des Schöpfers, der den Himmel mit Mond und Sonne, die Erde mit allem, was darauf ist, und das Meer mit allem, was darin ist, geschaffen hat:

»Da ist das Meer, so groß und so weit,
drin wimmelt es ohne Zahl,
das kleine Getier und das große,
Seeungeheuer schwimmen darin,
Leviathan, den du erschufst dir zum Spielzeug.«

Der monotheistische Schöpfungsglaube hat hier aus dem feindlichen Chaosdrachen ein gefügiges Geschöpf Gottes gemacht, das ihm zum Spielzeug dient. Zu Recht ist dieser Vers »das letzte Restchen eines schon halb verklungenen Mythus« genannt worden (H. Gunkel). Leviathan ist hier ganz in den Kosmos eingeordnet, und er stimmt mit allen Bewohnern des Meeres in das Lob Gottes ein (Psalm 148,7). Dennoch bleibt ihm etwas Monströses anhaften. Im Buch

Jesus Sirach heißt es: »Dort (im Meer) gibt es Wunderdinge, die staunenswertesten seiner (Gottes) Werke, alle Arten von Lebewesen, die Riesen der großen (Flut)« (43,24f.). Von daher wird auch verständlich, daß aus dem Leviathan des Alten Testaments in der lateinischen Übersetzung das größte aller Lebewesen, nämlich der »Walfisch« (balena) wurde, wie auch Luther übersetzt.

Leviathan ist hier das Symbol für den Aspekt der Schöpfung, der »nicht geheuer«, also »ungeheuer« ist. Dabei wird das Ungeheure sowohl mit seiner unheimlichen und furchterregenden als auch mit seiner majestätischen und faszinierenden Seite empfunden. Das hat der amerikanische Dichter W. S. Merwin (geb. 1926) in seinem Gedicht »Leviathan« gut zum Ausdruck gebracht:

»Dies ist das schwarze Seetier, das sich durch die Brecher
  wälzt,
Alt wie die treibenden Berge des Ozeans, durchfurcht es
Das schlingernde Meer, massig durchpflügt es
Die salzigen Äcker im Rauhreif des Gischtes,
Seine Schultern sprühen, die mächtige Faust seiner Stirn
Zertrümmert die graugrüne Wüste, an den röhrenden Halden,
An zerwrackten Schiffen und Trümmern der Brandung vorbei,
An verloren auftauchenden Leibern, die keiner mehr sucht,
An Inseln aus schimmerndem Eis, verschlingt es,
Herr über die dunkel flutenden Weiden der See,
Die üppigen Wasser, Herrscher über die Wellen,
Findet es heim und hält Ernte. Seine Gestalt war von je
Schwer zu beschreiben, denn die Waghalsigsten erschraken
  vor ihm:
Sein Leib gleicht dunkel sich hebenden Bergen,
Die aber umragt sind von Schroffen aus Treibeis,
  von Donner umdröhnten Kronen,
Wie vor dem Land selbst, wenn es nachts schwärzlich aufragt,
Klafft vor ihm die Brandung, und er spürt,
Schwärme von Fischen um seinen Rachen verheißend,
Am strudelnden Schaum seiner Küsten hin;
  und wer ihm auf der Spur bliebe
Und ihm nachginge, käme an Tore zu keinen Gärten,
Sondern zum Schoß in der Tiefe ertauchter Hügel,

Und über ihm schlössen sie sich, die kalte Tiefe und das
Ertrinken.
Leviathan ist sein Name, er heißt so, weil er sich wälzt,
Von allen Geschöpfen wurde er als erstes erschaffen,
Drei Tage und Nächte beherbergte er Jonah in sich,
Er ist jene Schlange, die sich im Ozean windet,
Er ist der Schrecken der See und der Schatten unter der Erde.
Doch gibt es Tage, an denen er wie ein Engel,
Wie ein verlorener Engel in der unruhigen Weite liegt,
Keines Menschen sich regendes Auge, überschwebt von Vögeln,
Von Fischen umglitzert, von all jenen Kreaturen,
Die nach ihm kamen, um die Leere der Erde zu erben.
Schaum an den Flanken, gestillt, das Gären hat sich gelegt,
Und er wartet; mit einem Auge beobachtet er
Die Nacht, die sich am Ende senkt, mit einem Auge
Den Aufgang des Tages wie zu Anbeginn
über schäumenden Wassern.
Er stößt keinen Schrei aus, ist das Licht auch sein Atem.
Die See kraust sich von Winden gekämmt unter Sternen,
Mit sich selber bebürdet wie es zu Anbeginn war,
als noch die Hand
Des Schöpfers nicht ruhte. Und er wartet auf den Beginn der
Welt.«[9]

Jesaja 27,1: Das Chaosungeheuer der Urzeit wird in der Endzeit vernichtet werden. Im Anschluß an die Worte über die Völkerwelt (Kapitel 13–23) ist in das Buch des Propheten Jesaja die Apokalypse eines unbekannten Verfassers aus späterer Zeit eingefügt. Sie umfaßt die Kapitel 24–27. Das letzte Kapitel beginnt mit dem Satz:

»An jenem Tage
wird Jahwe heimsuchen mit seinem harten, großen und
starken Schwert
Leviathan, die gewundene Schlange,
und Leviathan, die gekrümmte Schlange,
und den Drachen töten, der im Meer ist.«

»An jenem Tage« – diese Worte weisen auf die Endzeit, mit der sich die apokalyptischen Schriften befassen. Dem mythischen Schema gemäß entspricht das Geschehen der Endzeit dem der Urzeit und wird deshalb mit denselben Farben gemalt.

Von drei Ungeheuern ist hier die Rede: von zwei Leviathanen und von dem Drachen im Meer (ihnen entsprechen die drei Prädikate des Schwertes, mit dem Jahwe sie töten wird). Die Bezeichnungen der Leviathane als »gewundene Schlange« und »gekrümmte Schlange« kommen so wörtlich und in gleicher Reihenfolge im ugaritischen Mythos vom Tode des Baal vor. Die Aufteilung in zwei Leviathane geschah wahrscheinlich aus Gründen »historisierender Aktualisierung« (O. Kaiser): Die drei Ungeheuer sind nämlich Chiffren für konkrete historische Mächte der damaligen Zeit, wie denn in der apokalyptischen Tradition häufig gottfeindliche Weltreiche unter dem Bilde mythischer Ungeheuer dargestellt wurden (vgl. Jesaja 30,6f.; Daniel 7; Offenbarung 13). Vielleicht waren die Verfasser zu solchen Chiffrierungen genötigt, um sich nicht »staatsfeindlicher Äußerungen« verdächtig zu machen. Welche konkreten Reiche der Verfasser von Jesaja 27,1 meinte, kann nicht mehr mit Sicherheit ausgemacht werden. Ihre Bestimmung ist je nach der zeitlichen Ansetzung der Apokalypse verschieden. Entweder sind die das Gottesvolk bedrohenden Großmächte Assyrien, Babylonien und Ägypten gemeint (W. Pangritz) oder die drei Diadochenreiche Ägypten, Syrien und Mazedonien, die »am Meer« liegen (W. Hertzberg).

Eine solche chiffrierende Darstellungsweise ist uns heute durchaus nicht fremd. Stefan Andres hat dem ersten Band seiner Romantrilogie »Die Sintflut«, in der er sich mit dem Hitlerreich auseinandersetzt, den Titel »Das Tier aus der Tiefe« (1949) gegeben. Ihm schien eine mythische Darstellung angemessen, um die Dämonie auszudrücken, die diese Zeit beherrschte[10].

Hiob 3,8: Das Chaosungeheuer ist zwar in der Urzeit gebändigt, kann aber immer wieder heraufbeschworen werden. Zu Beginn seiner herzbewegenden Klage verflucht Hiob den Tag, an dem er geboren, und die Nacht, in der er empfangen wurde. Da heißt es:

»Die das Meer bezaubert halten,
mögen sie (die Nacht seiner Empfängnis) verfluchen,
die Macht haben, Leviathan zu erwecken.«

Nach Gunkel stehen in diesem dunklen Satz »Meer« und »Leviathan« in Parallele. »Bezaubern« und »erwecken« verhalten sich wie Zauber und Gegenzauber. Das »bezaubern« bannt die Macht des Meeres, des Leviathans, das »erwecken« löst den Zauber und setzt die Macht des Meeres, des Leviathans, wieder frei. Die Mächte, die bezaubern und erwecken, sind von Gott dazu beauftragte Engel[11].

Die Mehrzahl der Ausleger liest statt »Meer« (jam): »Tag« (jom), also: »die den Tag verfluchen«, wobei sie an zwielichtige Gestalten denken, Praktiker der Schwarzen Magie, Schwarzkünstler, Tagverflucher, die durch ihren Zauber die Nacht seiner Empfängnis verhexen. Zwar können sie sie nicht austilgen, aber sie können den Leviathan wecken, das Chaos entfesseln, Unheil heraufbeschwören, so daß jeder diese Nacht verabscheut und ihm beim Gedanken an sie graust, weil sie eine Nacht war, in der – wie wir heute sagen würden – »der Teufel los war«[12]. Die eingangs (S. 8) erwähnten Filme, die nach dem Zweiten Weltkrieg entstanden, lassen sich unter dem Stichwort »den Leviathan wecken« zusammenfassen.

Hiob 40,25ff.: Kein Mensch, Gott allein vermag den Leviathan zu bezwingen. Die Worte stehen im größeren Zusammenhang des Rechtsstreites zwischen Hiob und Gott. Mit kühnen Fragen hatte Hiob Gott zur Antwort herausgefordert: »Der Allmächtige antworte mir!« (31,35). Darauf erscheint ihm Gott im Wettersturm und fordert ihn seinerseits zur Antwort auf seine Fragen, etwa siebzig an der Zahl, heraus: »Der Gott anklagt, antworte!« (40,2).

Das Buch Hiob enthält zwei Gottesreden und zwei Antworten Hiobs. In der ersten Gottesrede hält Gott Hiob Beispiele aus der Wunderwelt der Schöpfung vor Augen, die menschliches Begreifen übersteigen. Es ist da die Rede von der Erschaffung der Erde, vom Meer, vom Licht, von der Weite der Welt, von Naturerscheinungen, von der Himmelswelt und von dem Leben der Tiere (38,1–40,2). In der zweiten Gottesrede folgen nach einer kurzen Einleitung die Worte über die beiden Ungeheuer Behemot und Leviathan.

Mit beißender Ironie fragt Gott Hiob, ob es dem Menschen möglich sei, den Leviathan zu fangen und zu bändigen, ihn für seine Arbeit nützlich zu machen oder mit ihm zu spielen oder ihn stückweise als Handelsware zu verkaufen:

Abb. 19 Gottvater angelt den Leviathan.

»Ziehst du den Leviathan an der Angel herauf,
hältst mit der Schnur seine Zunge fest?
Legst du Haken in sein Maul,
durchbohrst mit dem Ring seine Backe?
Wird er dich viel um Gnade bitten
oder dir gute Worte geben?
Wird er einen Bund mit dir schließen,
daß du ihn für immer zum Knecht bekommst?

Wirst du mit ihm spielen wie mit einem Sperling,
ihn anbinden für deine Mädchen?
Treiben die Zunftgenossen mit ihm Handel;
teilen ihn stückweis unter Händlern aus?
Spickst du ihm seine Haut mit Spießen
und mit Fischharpunen seinen Kopf?«

Am Ende aller dieser Fragen fordert Gott Hiob lakonisch auf:

»Lege deine Hand an ihn!
An den Kampf wirst du denken – und es nicht wieder tun!«

Kein Mensch kann den Kampf mit dem Leviathan aufnehmen und bestehen. Gott allein vermag es. So wird Hiob vor die unbegreifliche Größe und Macht Gottes gestellt und erkennt, wie vermessen es ist, mit Gott zu rechten.

Sieht man im Leviathan nur ein mythisch überhöhtes Krokodil, ein monströses Naturwesen, so sind die zitierten Aussagen lächerlich, und man gerät bei der Deutung der Antwort Gottes an Hiob in arge Verlegenheit. Dann muß man zugeben, daß das »schöne Naturgedicht« ein verwundetes Herz nicht heilen kann (P. Volz) und daß Hiobs notvolle Fragen nicht mit »drei Stunden Naturkunde« zu beantworten sind (L. Steiger). Dann muß man Ausflüchte suchen und sagen, der Inhalt der Gottesrede sei nicht von Bedeutung, wesentlich sei allein die Tatsache, *daß* Gott dem Hiob in einer Theophanie begegnet sei. Es gehe nicht um die Beantwortung seiner Fragen, sondern um Erlösung von seinen Fragen, nicht um Einsicht in Gottes Wege, sondern um blindes und bedingungsloses Vertrauen in den unbegreiflichen Gott. Aber die Folge eines bloßen Verweises auf die Unbegreiflichkeit Gottes wäre doch nur »eine resignierte Unterwerfung, ein totaler theologischer Agnostizismus und überhaupt das Ende eines positiven Bezogenseins des Menschen auf Gott«[13].

Von solcher Exegese her werden die sarkastischen Äußerungen verständlich, die von Philosophen, Psychologen und Schriftstellern über den Gott des Hiobbuches gemacht worden sind. Der Philosoph Ernst Bloch hat kritisch bemerkt, daß der Rede Gottes aus dem Gewittersturm der »faire Anschluß«

fehle: »Jachwe antwortet auf moralische Fragen mit physikalischen, mit einem Schlag aus unermeßlich finster-weisem Kosmos gegen beschränkten Untertanenverstand.« Dies sei die Antwort eines »Naturdämons«, die von ihm angeführten Naturwunder trügen einen »unverkennbaren Hauch von sozusagen dämonischem Pantheismus«. Er trete als »Großherr«, als »Pharao vom Himmel« gegen Hiob auf und führe zum Erweis seiner Majestät »sinnlose oder blutig-rohe oder monströse Beispiele aus der Tierwelt« an. Die Behemot- und Leviathan-Hymnen seien Ausdruck für den »Geist dieser Un-Menschlichkeit«. Es fehle jeder menschliche Bezug, jede Verheißung auf menschliches Heil, jedes messianische Wort. So werde Hiob durch diese Art Gottesbelehrung »nochmals geschlagen, geistig erschlagen«, aus dem Wettersturm »niedergeschmettert und zum Bruchteil der Welt herabgesetzt«. Bloch kann nicht verstehen, daß Hiob, der doch als Rebell, als »biblischer Prometheus« angelegt ist, sich von dieser Rede überführt oder gar überzeugt gibt. Seine Ergebung könne jedenfalls keine »frohbotschaftliche« sein, sie erzwinge pure Resignation und gebe keinen Trost, sie versperre die Zukunft. Für Bloch bestätigt diese der Bibel im Grunde fremdartige Theophanie geradezu Hiobs Unglauben an die göttliche Gerechtigkeit. Sie bezeugt nur eine grausame, gegen Menschen gleichgültige, fühllose Natur, ein »gorgonisch-kosmisches Un-Mensch-Sein an sich«[14].

Nicht weniger hart fällt das Urteil des Tiefenpsychologen C. G. Jung aus. Die Analyse des Gottes aus dem Hiobbuch bietet ihm einen durch nichts verschleierten »Anblick göttlicher Wildheit und Ruchlosigkeit«, der ihn tief erschüttert. Dieser Gott zeigt sich ihm als ein unbewußtes, amoralisches Naturwesen, bei dem Einsicht neben Einsichtslosigkeit, Güte neben Grausamkeit und Schöpferkraft neben Zerstörungswillen steht, und er fragt sich, wie ein christlich erzogener und gebildeter Mensch unserer Tage sich mit den göttlichen Finsternissen, die sich im Hiobbuch enthüllen, abfinden könne. Ohne Scheu und ohne Rücksicht gibt er seinen Affekten Ausdruck:

Dieser Gott »fährt mit seiner Allmacht im Gewitter daher und donnert den halbzertretenen Menschenwurm mit Vorwürfen an. – Jahwe selber ist's, der seinen eigenen Ratschluß verdunkelt und keine Einsicht hat. – Einundsiebzig Verse lang verkündet er die Macht des Weltschöpfers seinem elenden Opfer, das in der Asche sitzt und seine Geschwüre kratzt, längst und zutiefst überzeugt, übermenschlicher Gewalttätigkeit ausgeliefert zu sein. – Hiobs Antwort läßt keinen Zweifel obwalten darüber, daß er restlos und selbstverständlich dem gewaltigen Eindruck der göttlichen Demonstration erlegen ist. Mit diesem Erfolg hätte sich auch der anspruchsvollste Tyrann zufrieden geben und sicher sein können, daß sein Knecht schon allein aus Angst (ganz abgesehen von seiner unzweifelhaften Loyalität) es auf die längste Zeit hinaus nicht mehr wagen würde, auch nur einen schiefen Gedanken zu hegen. – Einerseits benimmt sich Jahwe unvernünftig nach dem Vorbild von Naturkatastrophen und ähnlichen Unabsehbarkeiten, andererseits will er geliebt, geehrt, angebetet und als gerecht gepriesen werden. Er reagiert empfindlich auf jedes Wörtchen, das auch nur im entferntesten Kritik vermuten läßt, während er sich um seinen eigenen Moralkodex nicht kümmert, wenn sein Handeln mit dessen Paragraphen kollidiert. Einem derartigen Gotte kann sich der Mensch nur mit Furcht und Zittern unterwerfen und indirekt versuchen, mit massiven Lobpreisungen und ostentativem Gehorsam den absoluten Herrscher zu propitiieren. Ein Vertrauensverhältnis aber erscheint dem modernen Empfinden als völlig ausgeschlossen.«

Fazit: »Aus unserem modernen Empfinden heraus will es uns keineswegs scheinen, als ob mit der profunden Verbeugung Hiobs vor der Allmacht göttlicher Präsenz und mit seinem weisen Schweigen eine wirkliche Antwort auf die durch den Satansstreich der göttlichen Wette aufgeworfene Frage gegeben worden wäre. Hiob hat weniger geantwortet, als angepaßt reagiert . . .«[15]

Auch der katholische Schriftsteller Carl Amery sieht in der Antwort Gottes eine Verhöhnung Hiobs: »Du hast ihn gefragt, ob er vielleicht dabei war, als Du . . . alles das Bunte und Gräßliche schufst, das wir als Dein Werk kennen – und doch nicht kennen, so unendlich groß und verwickelt ist das alles. Und zuletzt hast Du ihm die großen stinkenden Majestäten gewiesen, den Behemot und den Leviathan, die Monstren des Landes und der Meerestiefe. Du hast ihm Dein Spielzeug gezeigt und ihn gefragt, ob er, Hiob, etwas dagegen habe:

gegen Deine Welt, die durch unermeßliche Gleichgültigkeiten von seinem Leid getrennt war. Du hast ihm dann gesagt, er solle gefälligst den Mund halten. Das ist alles.« Hiob hat sich beschieden und in Demut vor Gott geneigt. Aber wir sind keine Hiobs. Wir haben in Gottes Auftrag und mit seiner Genehmigung die Erde erfüllt und sie uns untertan gemacht. Wir haben uns ferngehalten von Behemot und Leviathan, aber indem wir die Gesetze seiner Welt erforschten, haben wir Waffen geschmiedet und uns gerüstet für die Abrechnung mit seinem Spielzeug, »das unserer Würde und unserem Auftrag widerstreitet«. Jetzt gibt es Gottes Welt nicht mehr, in der die bunten, stinkenden, grotesken Monstren uns zum Hohn herumlaufen dürfen. Behemot und Leviathan sind besiegt. Sie leben noch in einigen Exemplaren in Reservaten von unserer Gnade, solange wir sie nicht zurücknehmen, so wie Gott seinen Segen von Hiob genommen hat. Hiob hat Gott nicht verstanden, denn er hat nicht nachmessen können, wo er vorgemessen hat. Aber wir, wir haben nachgemessen. »Deine höhnische Frage beantworten wir mit Ja: Ja, wir waren so frei. Wir haben exzerpiert, was wir brauchen konnten, wir haben die Schwerkraft erfunden und die Ballistik, wir berechnen Mündungsgeschwindigkeit, wir haben uns im Besitz des Bewußtseins, Deine Söhne zu sein, die einzigen nach Deinem Bild und Gleichnis, Deiner Donnerschläge bemächtigt.«

Die Sätze dieser Anklage stehen in Amerys Buch »Das Ende der Vorsehung« mit dem provokanten Untertitel »Die gnadenlosen Folgen des Christentums« (1972). Amery sieht in dem biblischen Herrschaftsauftrag an den Menschen (Dominium terrae) und in den von Gott dem Menschen gegebenen »Bündnissen und Garantien« das geistige Fundament – sowohl für den totalen Sieg der jüdisch-christlich orientierten Menschheit über die Natur als auch für die totale planetarische Krise, die dadurch heraufbeschworen wurde. »Hiobs Urenkel haben gesiegt, haben den großen Leviathan und Behemot umgebracht und die Brunnen der Tiefe ausgetrunken. Allein, als scheinbare Sieger, stehen sie auf dem biosphärischen Schlachtfeld. Und sie erleben, daß der Gott, gegen den sie sich prometheisch erheben, in seiner Abwesenheit am mächtigsten ist. Im totalen Sieg erlebt Hiob erst seine tiefste Ohnmacht, seine unheilbaren Schwären: erfährt aus der Evidenz des Weltzustandes, daß ihm nichts gehört, nichts, nichts, nicht einmal das Hemd am Leibe, daß er kein Eigentum besitzt, das er nicht teilen muß – und zwar nicht nur mit seinen menschlichen Gefährten, sondern mit allem, was lebt, ist, sich verändert und schwindet.«[16]

Gegen solche pointiert formulierten Fehlurteile über die Gottesreden des Hiobbuches hat der Schweizer Alttestamentler Othmar Keel auf dem IX. Internationalen Alttestamentler-Kongreß in Göttingen Front gemacht. Mit Hilfe von bisher kaum oder gar nicht beachtetem zeitgenössischem Vergleichsmaterial zum Hiobbuch trug er eine neue Gesamtinterpretation der Gottesreden vor. »Es ist nicht zu übersehen«, so stellt er fest, »daß Leviathan im Alten Testament wie schon in Ugarit ein Chaosungeheuer bezeichnet, das zwar zu Beginn der Schöpfung grundsätzlich überwunden worden ist, aber immer wieder neu zu überwinden bleibt.«[17] Dafür führt er über das babylonische und ugaritische Material hinaus Darstellungen in den ptolemäischen Tempeln Ägyptens ins Feld.

Für die zweite Gottesrede nennt er als Parallele die Vorstellung von dem ägyptischen Königs-, Himmels- und Lichtgott Horus, der gegen seinen diabolischen Gegenspieler Seth, der in Gestalt von Nilpferd und Krokodil erscheint, kämpft und sie besiegt (Abb. 14). Nilpferd und Krokodil treten häufig gemeinsam als Chaosmächte und Götterfeinde, als »Repräsentanten des Bösen« auf. So heißt es in dem ägyptischen Begleittext zu elf Bildern, die den Triumph des Horus von Edfu darstellen: »Ich (Horus) stoße den Stier des Sumpfes (= Nilpferd), und ich verwunde das Krokodil mit schrecklichem Gesicht.« Horus als Nilpferd- und Krokodiltöter ist in der ägyptischen Spätzeit, in der die Gottesreden entstanden, ein beliebtes und verbreitetes Andachtsbild.

Im Kult vor Horus ersticht der ägyptische König als Priester das Bild eines männlichen Nilpferdes beziehungsweise eines Krokodils und unterstützt so magisch den Gott bei seinem immer neu zu erringenden Sieg über das Böse, über den Bösen. Einmal tritt auf einer Darstellung an die Stelle des Nilpferdes oder des Krokodils das Bild seiner menschlichen Feinde.

Keel kommt zu folgendem Ergebnis: Während die erste Gottesrede auf den Vorwurf Hiobs antwortet, die Welt sei von chaotischen Elementen dermaßen durchsetzt, daß sie besser ins Chaos zurückkehren würde, antwortet die zweite Gottesrede auf den aggressiven Vorwurf, den Hiob gegen Gott erhoben hat, er sei böse, ein Sadist, ja ein Verbrecher: »Die Erde ist in die Gewalt eines Verbrechers gegeben« (9,24). Gott entgegnet ihm: »Willst du wirklich mein Recht brechen und mich zum Verbrecher machen, damit du Recht behältst?« (40,8). Dem Vorwurf Hiobs wird das Bild des Gottes entgegengesetzt, der unablässig das Böse (Behemot und Leviathan) überwindet und vernichtet. Die Gottesrede unternimmt also den Versuch einer »Rechtfertigung Gottes« (Theodizee) angesichts unschuldigen Leidens und der Macht des Bösen in der Welt. Sie wendet sich gegen das von Hiob vertretene alte israelitische Denkmodell, das voraussetzt, daß Gutes und Böses direkt von Gott kommen (2. Samuel 16,11; Hiob 2,10). Sie wendet sich ebenso gegen das von den Freunden Hiobs vertretene Denkmodell, das alles Gute auf Gott und alles Böse auf den sündigen Menschen zurückführt. Sie setzt dagegen ein drittes Denkmodell, mit dem ein Ausweg aus den unlösbaren Schwierigkeiten der beiden anderen gesucht wird: Das Böse wird von einer dritten Macht neben Gott und dem Menschen abgeleitet: »Neben Gott, dem Ijob die ganze Schuld zuschiebt, und neben dem Menschen, dem die Freunde Ijobs die ganze Verantwortung für jegliches Unheil anlasten, bringen die Gottesreden Unheilsmächte außerhalb Gottes und des Menschen ins Spiel.«[18] Behemot und Leviathan sind – wie der Satan der Rahmenerzählung – Bilder für diese Unheilsmächte, die das Volk Gottes in nachexilischer Zeit als übermächtig erfuhr.

Alle drei Denkmodelle können als umfassende und systematische Lösungsversuche nicht voll befriedigen, aber jedes von ihnen kann einer Teilerfahrung gültigen Ausdruck verleihen. Das Böse bleibt ein Mysterium, das in rationalen Begriffen nicht faßbar ist, sondern nur in verschiedenen und einander widersprechenden Bildern umschrieben werden kann.

Dennoch ist damit das Problem des Bösen nicht gelöst. Erst die Christusoffenbarung vermag gültig Antwort auf Hiobs Frage zu geben.

Der Leviathan in der Literatur

Der Kampf mit dem Leviathan ist zu einem Symbol geworden, das durch die Jahrhunderte hindurch bis heute lebendig geblieben ist. Dabei ist dieses Symbol auf sehr verschiedenen Ebenen und in einem vielfältigen Sinne gedeutet worden, wie die folgenden Beispiele zeigen.

Leviathan – der Antichrist

In der christlichen apokalyptischen Literatur ist der Leviathan – wie im Vorangehenden ausgeführt – zum Teufel geworden, genauer: zu der Macht, die gegen Christus gerichtet ist, zum Anti-Christ. Damit verbunden ist das Bestreben, die antichristliche Macht mit bestimmten geschichtlichen Größen (Reiche, Institutionen, Personen) zu identifizieren, das heißt in ihnen Inkarnationen des Antichristen zu sehen. Wir wählen als Beispiel die Reformationszeit.

Gegenseitige Verteufelungen gehörten zum theologischen Sprachstil des Mittelalters, sowohl hochoffizieller Verlautbarungen als auch polemischer Flugschriften. Im Wormser Edikt (1521) wird Luther »nit ein mensch, sondern als der böß veinde in der gestalt eines menschen mit angenommener mönchskuten« bezeichnet. Johannes Chochläus stellte in seiner ersten Biographie Luthers (1529) den verhaßten Mönch in aller Öffentlichkeit als den siebenköpfigen Drachen, als Ausgeburt des Teufels dar. Luther seinerseits ließ auf Spottbildern den Papst als einen mit der Tiara geschmückten Drachen darstellen, der die Zeugen des Wortes Gottes zu verschlingen droht. Ein Jahr vor seinem Tod verfaßte er seine im Ton maßlose Kampfschrift »Wider das Papsttum zu Rom, vom Teufel gestiftet« (1545).

Luther bezeichnete den Papst in Rom auch als Leviathan, und für ihn waren Behemot und Leviathan »verblümte Wort und figurn oder Bilder, damit der Teufel angezeigt wird«. Das war nicht einfach ein peinliches Beispiel grobschlächtiger und maßloser Polemik, sondern das Ergebnis einer theologisch-kritischen Analyse des Papsttums (E. Wolf), ein »theologisches Urteil, das ernst gemeint war und darum auch ernst genommen werden muß« (W. Stählin). Dabei ging es Luther

Abb. 20 Die Babylonische Hure.
Holzschnitt von Lucas Cranach aus der Bibel von 1534.
Man hat Kaiser Karl V., Ferdinand I., Georg von Sachsen und Johann Tetzel unter den Anbetern zu erkennen gemeint.

nicht um den Papst persönlich – den bezeichnete er als klugen und rechtschaffenen Mann –, auch nicht um fragwürdige frühere Päpste, sondern um das Papsttum als Institution, und zwar in einem ganz bestimmten Sinne. Das wird deutlich, wenn man sich klarmacht, worin für Luther die Wesensbestimmung des Leviathan lag[19]. Er knüpfte an eine bestimmte Auslegung an, die auf Hieronymus (347–419) und Gregor den Großen (540–604) zurückgeht und über Johann von Staupitz auf ihn gekommen war. Diese Auslegung beruht auf der Gleichung von Leviathan und additamentum, das heißt »Anhang«, »Zusatz«, »verkehrte Auffassung«. »Des Teufels Zusatz« war für Luther das, was »in der schrifft nyrgent gefunden wirt«, das, was über das »sola scriptura« (allein die Schrift), »sola fide« (allein der Glaube) und »sola gratia« (allein die Gnade) hinausgeht und was dem Evangelium entgegensteht, nämlich »solche Werk einsetzen oder tun, daß man damit Vergebung der Sünde verdiene«. Der »Zusatz« besteht also in Werkerei, im Verdienstglauben, in einer Religion der cooperatio hominis, der Mitwirkung des Menschen: »Alle, die da menschen gesetz tzu gottis gesetzen thun, die seynd gewiß gottis feynd und des Leviathan Apostell, und wer sie auffnympt und hellt, des Leviathan schüler.«

Ausgehend von diesem besonderen Namen des Teufels, »auf Hebräisch Leviathan«, enthüllte sich Luther Schritt für Schritt der Antichrist-Charakter des Papsttums. Sein Kampf gegen das Papsttum war also nicht nur Kritik an Mißständen und Übergriffen oder an moralischen Urteilen, sondern Kampf gegen den Leviathan, der das Evangelium antichristlich verfälschte und die Freiheit des ausschließlich in Gottes Wort gebundenen Gewissens bedrohte.

Noch unter einem anderen Gesichtswinkel sah Luther im Papsttum seiner Zeit das apokalyptische Tier[20]. Er hat für das Papsttum im Unterschied zu den gewöhnlichen Tyrannen den Begriff des radikal Gesetzlosen (anomos) und des vom Dämon Besessenen (a daemone arreptus) eingeführt, weil dieses statt der vorgegebenen naturrechtlichen Unterscheidung von Gut und Böse seine eigene Willkür zur Norm des Handelns erkläre, die Grenzen zwischen beiden Reichen und Regimenten vermische, unerlaubte Macht an sich reiße und diabolische Verwirrung des Denkens stifte. Dieser »Universaltyrann« (J. Heckel) ist für Luther sein ganzes Leben hindurch Bezugspunkt seiner Kämpfe gewesen. Luther nannte ihn auch einen »Berwolf«, ein Untier und Mißgeschöpf, das halb Bär, halb Wolf war (arkolytos). Hatte der junge Luther noch jeden Aufstand, für welche rechte Sache auch immer, verworfen – auch gegen eine reformationsfeindliche Obrigkeit nur den Widerstand mit dem Wort und die Bereitschaft zum Leiden zugelassen –, so hielt der alte Luther für den Fall, daß der dämonische Tyrann von außen einbreche und die weltlichen Obrigkeiten (Kaiser, König) nicht eingriffen, weil sie Gehilfen des Papsttums seien, einen Volksaufstand für geboten. Hintergrund für diesen Wandel ist wahrscheinlich die Tatsache, daß der Papst 1537 ein allgemeines Konzil ausgeschrieben hatte, dessen erklärtes Hauptziel die Ausrottung der reformatorischen Häresie sein sollte. Die veränderte Haltung Luthers war also nicht das Ergebnis grundsätzlich neuer Einsichten, sondern die verschärfte Reaktion auf die sich zuspitzende Lage, in der es um den historischen Fortbestand der in ihrer Existenz bedrohten Reformationskirchen ging.

Ein Drittes macht die Einstellung Luthers verständlich: Er lebte in dem Bewußtsein, daß die Endzeit mit der verheerenden Entfesselung des Chaos bereits angebrochen sei und der Jüngste Tag mit der Wiederkunft Christi nahe bevorstehe[21]. Rom war für ihn die Einbruchsstelle des Teufels, um seinen letzten großen Kampf, den kosmischen Kampf gegen Christus um den Besitz von Kirche und Welt, zu führen. Daß der in der Endzeit erwartete Antichrist das Regiment in der Kirche übernommen hatte, daß der Teufel in Gestalt des Papsttums im Namen Christi gegen Christus auftrat, war für Luther der Gipfel satanischer Perversion und eine niederschmetternde Erkenntnis. Noch einmal: Es war nicht die moralische Zerrüttung, nicht das Laster und die Sittenlosigkeit im Zentrum der Kirche, die Luther im Papsttum den Antichristen erkennen ließ, sondern die widerchristliche Verkehrung des Evangeliums, die sich vor allem darin äußerte, daß die Gnade Gottes in Rom zum Verkauf stand (Ablaßhandel).

Luthers Geschichtsschau kam nicht nur aus dem phantasiegeladenen Zeitgeist, und seine Furcht vor dem Antichrist entsprang nicht allein mittelalterlichen apokalyptischen Fieberträumen, sondern der Geschichts- und Endzeitdeutung Augustins und Bernhards von Clairvaux. Die Entfesselung des Teufels, die Augustin noch in ferner Zukunft erwartete und die sich in Bernhards Tagen anzukündigen schien, war für Luther zu seiner Zeit Wirklichkeit geworden.

Luther hat immer wieder ausgesprochen, daß das Evangelium den Widersacher nicht zurückdränge, sondern ihn zu verstärkten Angriffen auf das Volk Gottes reize, zumal er wisse, daß seine Macht begrenzt und seine Zeit befristet sei. Luther war davon überzeugt, daß die »Wehen der Endzeit«, von denen Jesus gesprochen hatte, bereits begonnen hätten, daß nur Gebet und Buße dem Antichrist zu widerstehen vermöchten und daß nur Gott selber die Kirche schützen könne. Die wahre Kirche war für ihn die verfolgte, die sich der Anfechtung und Not nicht zu entziehen versucht, sondern am Leiden Christi teilhat und, wenn es sein muß, für ihren Glauben das Leben hingibt. Luther widerrief seine Schriften darum nicht, weil er damit »diese Tyrannei stärken« würde. Er war bereit, für die Wahrheit des Evangeliums mit dem Leben einzustehen.

Man mag gegensätzlicher Meinung darüber sein, ob das historische Urteil Luthers, daß die geschichtlich verfaßte Kirche seiner Zeit die Stätte antichristlicher Verfälschung des Evangeliums war, zutreffend ist oder nicht; aber darüber sollte über die Grenzen der Konfessionen hinweg Einmütigkeit bestehen, daß nach biblischer Weissagung der Antichrist nicht nur von außen her durch offenbare und öffentliche Bekämpfung des christlichen Glaubens mit Terror und Gewalt die Kirche bedroht, sondern auch von innen her durch Verfälschung der Wahrheit und Pseudochristlichkeit in der Kirche selbst. Denn wer »meint, daß die Kirche als Institution gegen solche tödliche Blutvergiftung gesichert sei und daß die Verheißung des Heiligen Geistes sie für immer immun mache gegen solche Infektion, der gerät in die bedenklichste Nähe jener Sicherheit, von der der Apostel im 1. Thessalonicher-Brief (5,3) schreibt«[22]. Darum bleibt es ständige Aufgabe der Christen, die Geister zu prüfen und zu unterscheiden. Darum müssen auch immer wieder konkrete Aussagen gewagt werden; und diese »werden sich oft sehr handfest und unpopulär gerade gegen die Größen wenden, die im hellen Sonnenschein der öffentlichen Gunst stehen«[23].

Leviathan – der Staat

Im Jahre 1651 erschien in London die endgültige und bedeutsamste Fassung der politischen Philosophie des britischen Staatsphilosophen Thomas Hobbes (1588–1679). Es ist die erste moderne und bürgerliche Staatsphilosophie, in der Prinzipien formuliert sind, auf denen die säkulare europäische Gesellschaft der Neuzeit beruht (G.-K. Kaltenbrunner)[24]. Ihr Titel lautet: »Leviathan oder Stoff, Form und Gewalt eines bürgerlichen und kirchlichen Staates«.

Was Hobbes unter »Leviathan« versteht, veranschaulicht das Titelblatt der ersten englischen Ausgabe seines Werkes. Es zeigt eine riesenhafte Gestalt, die sich schützend über einer weiten Landschaft mit Ortschaften und einer Stadt erhebt. Auf dem Haupt trägt sie eine Krone, in der Rechten ein Schwert, in der Linken einen Bischofsstab. Unter dem rechten

Abb. 21 Titelbild der englischen Erstausgabe von Thomas Hobbes »Leviathan« (1651).

Arm sind Macht- und Kampfmittel dargestellt: Burg, Krone, Kanone, Gewehre, Lanzen und Fahnen, Schlachten; unter dem linken Arm die geistlichen Macht- und Kampfmittel: Kirchengebäude, Bischofsmütze, Bannstrahlen, zugespitzte Distinktionen, Syllogismen und Dilemmen, Konzil. Die Gestalt selbst setzt sich aus zahllosen Menschen zusammen.

Diese Gestalt verkörpert, wie Hobbes in der Einleitung seines Werkes ausführt, das »Gemeinwesen« (civitas) oder den »Staat« (res publica), »der nichts anderes ist als ein künstlicher Mensch (animal artificale), wenn auch von größerer Gestalt und Stärke als der natürliche, zu dessen Schutz und Verteidigung er ersonnen wurde. Die Souveränität stellt darin eine künstliche Seele dar, die dem ganzen Körper Leben und Bewegung gibt; die Beamten und anderen Bediensteten der Jurisdiktion und Exekutive sind künstliche Gelenke; Belohnung und Strafe, die mit dem Sitz der Souveränität verknüpft sind und durch die jedes Gelenk und Glied zur Verrichtung seines Dienstes veranlaßt wird, sind die Nerven ...«[25] Wie kommt Hobbes zu dieser Vorstellung und wie kommt er dazu, diesen Staat als »Leviathan« zu bezeichnen?

Seine Staatsphilosophie ist eine Antwort auf die Erfahrung des mit religiösen Parolen und großer Grausamkeit geführten Bürgerkrieges, der Familien, Stände, Länder und Völker entzweite. In ihm offenbarte sich Hobbes das Wesen des Menschen: »Der Mensch ist des Menschen Wolf.« Er ist von Natur aus egoistisch und asozial, von einer unersättlichen Begierde und von großer Furcht vor dem gewaltsamen Tod. Aufgrund dieser illusionslosen, realistischen Einschätzung des Menschen sah er den einzigen Weg, den Kampf aller gegen alle zu verhüten, in der Errichtung einer »allgemeinen Gewalt, die in der Lage ist, die Menschen vor dem Angriff Fremder und vor gegenseitigen Übergriffen zu schützen und ihnen dadurch eine solche Sicherheit zu verschaffen, daß sie sich durch eigenen Fleiß und von den Früchten der Erde ernähren und zufrieden leben können«. Die Errichtung einer solchen Gewalt soll nach Hobbes dadurch geschehen, daß die einzelnen unabhängigen Menschen ihre Macht und Stärke durch einen Vertrag auf einen Menschen oder eine Versammlung von Menschen übertragen und damit ihren eigenen Willen und ihr eigenes Urteil seinem oder ihrem Willen und Urteil unterwerfen. Dies ist mehr als Zustimmung oder Übereinstimmung:

»Es ist eine wirkliche Einheit aller in ein und derselben Person, die durch Vertrag eines jeden mit jedem zustande kam, als hätte jeder zu jedem gesagt: Ich autorisiere diesen Menschen oder diese Versammlung von Menschen und übertrage ihnen mein Recht, mich zu regieren, unter der Bedingung, daß du ihnen ebenso dein Recht überträgst und alle ihre Handlungen autorisierst. Ist dies geschehen, so nennt man diese zu einer Person vereinte Menge Staat. Dies ist die Erzeugung jenes großen Leviathan oder besser, um es ehrerbietiger auszudrücken, jenes sterblichen Gottes, dem wir unter dem unsterblichen Gott unseren Frieden und Schutz verdanken. Denn durch diese ihm von jedem einzelnen im Staate verliehene Autorität steht ihm so viel Macht und Stärke zur Verfügung, die auf ihn übertragen worden sind, daß er durch den dadurch erzeugten Schrecken in die Lage versetzt wird, den Willen aller auf den innerstaatlichen Frieden und auf gegenseitige Hilfe gegen auswärtige Feinde hinzulenken. Hierin liegt das Wesen des Staates, der, um eine Definition zu geben, eine Person ist, bei der sich jeder einzelne einer großen Menge durch gegenseitigen Vertrag eines jeden mit jedem zum Autor ihrer Handlungen gemacht hat, zu dem Zweck, daß sie die Stärke und Hilfsmittel aller so, wie sie es für zweckmäßig hält, für den Frieden und die gemeinsame Verteidigung einsetzt.«[26]

Die Gestalt auf dem Titelblatt ist also der Souverän, der höchste Gewalt besitzt, oder der Staat als die »zu einer Person vereinte Menge«. Wie kommt Hobbes aber dazu, diese Person als Leviathan zu bezeichnen?

Über dem Titelblatt stehen die Worte: Non est potestas super terram quae comparetur ei (»Keine Macht auf Erden kann mit ihm verglichen werden«) aus Hiob 41,24 (nach der Zählung der Lutherbibel: Vers 25). Der Vergleichspunkt ist hier nur formaler Art: die große, unüberwindliche Macht. Am Ende des 28. Kapitels seines Buches zieht Hobbes für seinen Vergleich auch die Fortsetzung des Hiobzitates hinzu: »Er (Leviathan) ist gemacht, ohne Furcht zu sein. Er verachtet alles, was hoch ist, er ist ein König über alle Kinder des Stolzes.« Hier ist der Vergleichspunkt: König der Stolzen.

Dennoch ist er sterblich und dem Verfall preisgegeben wie alle Kreaturen und hat den zu fürchten, der im Himmel ist und dessen Gesetzen er zu gehorchen hat.

Zusammenfassend läßt sich sagen: Das mythische Bild des Leviathan ist bei Hobbes nicht primär und nicht ausschließlich aus der biblischen Vorstellung von dem Ur-Ungeheuer im Chaoswasser entwickelt worden. Es geht in erster Linie auf die platonische Vorstellung vom Gemeinwesen als einem »großen Menschen« zurück. (Die Begriffe *magnus Leviathan* und *magnus homo* werden von Hobbes neben- und durcheinander gebraucht.) Die Vorstellung vom »großen Menschen« verbindet sich mit drei anderen Vorstellungen: der des alttestamentlichen Ungeheuers, der »großen Maschine«, deren Mechanismus im Dienst der Sicherung des diesseitigen physischen Daseins steht, und der des »sterblichen Gottes«, dem die Menschen ebenso selbst-los wie gewissenlos dienen. Leviathan ist bei Hobbes eine »mythische Totalität von Gott, Mensch, Tier und Maschine« (C. Schmitt)[27]. Als »sterblicher Gott« flößt er Furcht und Schrecken ein, insofern er die Menschen zwingt, sich um ihrer Selbsterhaltung willen seiner Autorität zu unterwerfen, um nicht in einen anarchischen Naturzustand zurückzusinken. Dieser leviathanische Staat wird weder vergöttert noch verteufelt, und nichts wäre »falscher, als in ihm einen Vorläufer des modernen Totalitarismus rechter oder linker Prägung erblicken zu wollen« (G.-K. Kaltenbrunner). Wohl aber zeigt sich auch hier die Tendenz, daß alles Großartige leicht zum Bösartigen entartet, daß der leviathanische Staat, der allen Sicherheit gibt, zum totalitären Ungeheuer wird, das dem Individuum seine Freiheit raubt und es tyrannisiert. Insofern kann man sagen: Hobbes sei der »Prophet des Leviathan«, jenes Staatsorganismus, der zu einem Ungetüm entartet, das, ohne der Menschen zu achten, auf seinem Schatz, der weltlichen Macht, sitzt und auf Kosten der Menschen, denen er fremd bleibt, seinen Selbstzweck erfüllt und dessen Wohl »die Menschen lebendig geopfert werden, gerade so, wie in den alten Drachensagen erzählt wird« (F. Vonessen)[28].

Angemerkt sei noch, daß Hobbes auch das andere biblische Ungeheuer aus dem Hiobbuch als Buchtitel verwendet hat: »Behemoth« (1682). Es ist für ihn Symbol der Revolution, genauer: der durch religiösen Fanatismus und Sektierertum hervorgerufenen Anarchie, die während der puritanischen Revolution von 1640 bis 1660 das englische Gemeinwesen zerstörte. Leviathan, der Staat mit seiner den Frieden erzwingenden Ordnung, ist seiner Meinung nach das einzige Korrektiv zum Behemoth, der revolutionären anarchischen Kraft des Naturzustandes.

Obgleich Hobbes das Symbol des Leviathan (nach Meinung von C. Schmitt) »verfehlt« hat, ist es bis in unsere Zeit hauptsächlich ein Symbol für den Staat geblieben. In Anknüpfung an Hobbes erschien eine Reihe politischer Zeitschriften unter dem Titel »Leviathan«; zum Beispiel: »Levitán. Revista mensual de Hechos ideas«, eine der einflußreichsten spanischen Publikationen über Politik und Kultur der Zeit; »Leviathan«, eine in den USA erscheinende Zeitschrift der Neuen Linken; »le nouveau leviathan«, eine französische Zeitschrift mit Analysen der sowjetischen Gesellschaft; »Leviathan«, eine deutsche Zeitschrift für Sozialwissenschaft (1973ff.).

Unter deutlicher Anspielung auf Hobbes hat Friedrich Nietzsche das Bild des Ungeheuers für den Staat aufgegriffen und ins Negative gesteigert:

»Staat heißt das kälteste aller kalten Ungeheuer. Kalt lügt es auch; und diese Lüge kriecht aus seinem Munde: ›Ich, der Staat, bin das Volk.‹ –

Seht mir doch, wie er sie an sich lockt, die Viel-zu-Vielen! Wie er sie schlingt und kaut und wiederkäut!

›Auf der Erde ist nichts Größeres als ich: der ordnende Finger bin ich Gottes‹ – also brüllt das Untier. Und nicht nur Langgeohrte und Kurzgeäugte sinken auf die Knie!

Müde wurdet ihr im Kampfe, und nun dient eure Müdigkeit noch dem neuen Götzen!«[29]

Leviathan – das Abgründige in der Natur

Genau zweihundert Jahre nach Hobbes' »Leviathan« erschien ein Werk der Weltliteratur, in dem wiederum der Leviathan – wenn auch in einem ganz anderen Sinne – im Mittelpunkt steht: Hermann Melvilles Roman »Moby Dick oder der Wal« (1851), ein Epos vom Kampf des Menschen gegen den Leviathan[30].

Melville setzt Leviathan und Wal gleich, wie denn auch in manchen Bibelübersetzungen Leviathan mit Wal übersetzt ist. In den cetologischen Kapiteln (Cetologie = Naturgeschichte der Wale) seines Romans spricht er mit wissenschaftlicher Nüchternheit von der »Einteilung der Leviathane«, von ihren Kennzeichen, von ihrer Größe, ihrer Lebensweise usw. Sie sind die gewaltigsten aller Lebewesen der Erde, »Wunder und Schrecken« zugleich. Moby Dick aber, der weiße Pottwal, ist »das grauenhafteste Untier unter der Sonne«, ein »unbesiegliches Ungeheuer«, das »Böse leibhaftig«. Ihn bekämpfen und töten zu wollen gilt als Frevel und Gotteslästerung.

Die Bezeichnung »Leviathan« drückt die mythische Dimension des Wals aus, und Moby Dick ist Urbild und Inbegriff des Ungeheuren, Monströsen. In ihm begegnet dem Menschen das Abgründige der Natur, der Schrecken der Tiefe, das Numinose, das ihn erzittern macht und zugleich unwiderstehlich anzieht. Nicht zufällig wird Moby Dick mit mythischen Bildern beschrieben: als die »alte Riesenschlange«, als »schweifender Dämon«, der von Legionen gefallener Engel besessen ist. Sein Riesenhaupt wird dem rätselvollen Haupt der Sphinx in der Wüste verglichen, dem Medusenhaupt, das den Götterschrekken verbreitete. Einerseits erscheint er wie ein Gott, allgegenwärtig, allgewaltig und unsterblich, andererseits ist er der Inbegriff des Teuflisch-Dämonischen und des »tödlichen Unheils«.

Für Kapitän Ahab, der nicht nur körperlich, sondern auch seelisch von dem weißen Wal verwundet worden war und ihn »tollkühn und unerbittlich versessen« über alle Weltmeere hinweg verfolgte, um sich an ihm zu rächen, ist er der »Todfeind«, »Inbegriff all der Quälereien des Leibes und der Seele, die er zu erdulden hatte«, Verkörperung »aller Schlechtigkeit auf Erden«. Ahab häuft in der Maßlosigkeit seines kranken Gemüts »den ganzen Groll und Haß des Menschengeschlechts von Adam her« auf den weißen Buckel des Wals.

Aber sein Kampf gegen den weißen Wal ist keineswegs nur durch persönliche Rachegefühle motiviert – sonst hätte sein Steuermann Starbuck recht, wenn er ihm vorhält, daß Rache an einem unvernünftigen Tier Wahnsinn und Unverstand sei. Für Ahab ist Moby Dick »nur der Schein«, hinter dem sich ein geheimnisvolles Sein verbirgt, nur die »Larve«, durch die hindurch der »Schatten des Unbekannten« erscheint, nur eine »Mauer«, die ihn von der Wahrheit trennt. Das »nirgends Greifbare« hat in ihm Gestalt angenommen. Aber Ahab ist nicht bereit, sich an dieser Grenze zu bescheiden. Anstatt davor niederzuknien und anzubeten wie die andern, will er – und zwar im wortwörtlichen Sinne – »dem Unerhörten in den Rachen greifen«. Das Unfaßbare ist ihm verhaßt. Er will den Schein durchdringen, die Larve zerschlagen, die Mauer niederreißen, um dahinter die Wahrheit zu erkennen. Nicht von ungefähr taucht in diesem Zusammenhang der Gedanke an den Jüngling zu Saïs auf, der den Schleier der furchtbaren Gottheit lüftete, aber ihren Anblick nicht ertragen konnte und vor ihr verging. Der Wahrheit ins Auge zu blicken ist eben keine Sache von sentimentalen Spießbürgern, sondern von Giganten!

Mit seiner wahnsinnigen Jagd auf den weißen Wal fordert Ahab – wie Hiob – die Antwort des Schöpfers, das Gottesurteil, heraus. Sein Kampf mit dem Leviathan ist die »Chiffre für das große und frevelhafte Verlangen des Menschen, sich mit dem Unfaßbaren, Unendlichen zu messen oder, wie im Buche Hiob der tragisch lästerliche Anspruch des Menschen umschrieben wird, dem Leviathan eine Angel in die Nase zu legen«[31].

Dieser Kampf Ahabs hat die Dimensionen des Faustischen, Titanischen, Prometheischen: »Zuschanden mach ich ihn, ihn, der mir das antat, und wer hier weissagt und wer erfüllt, wird ein und derselbe sein! So weit habt ihr's nie gebracht, ihr großen Götter. Ich lache über euch! – Ihr habt mich zu Boden geschlagen, hier stehe ich wieder! Ihr aber habt euch davongemacht und euch versteckt. So kommt doch hervor! – Her mit euch! Kommt und seht, ob ihr mich umwerfen könnt. Ihr könnt's nicht, wenn ihr nicht selber straucheln wollt. Da ist es, wo ihr sterblich seid. Mich aus dem Geleise werfen? Meine Seele hat das Maß der Schienen, die mir gelegt sind, und so rase ich dahin, mitten durchs Herz der Berge, über die Abgründe hinweg, unter Strombetten hindurch, unbeirrt bis an das Ziel, das ich mir vorgesetzt, und nichts, keine Schranke, kein Hindernis kann mich aufhalten auf meiner eisernen Bahn!«[32]

Ahabs Kampf gegen den weißen Wal hat die Konturen des

Tragischen. Er steht unter einem schicksalhaften Zwang. Unentrinnbar folgt er dem ihm bestimmten Weg, als wäre er ihm von Uranfang vorgezeichnet: »Alles ist vorherbestimmt, das ganze Drama, Wort für Wort.« Es steht nicht mehr in seiner Macht, davon abzulassen. Der selbständig gewordene Vorsatz, den weißen Wal zu töten, treibt ihn. Sein Dämon zwingt ihn gegen alle Gesetze der Menschlichkeit zu dieser Tat, die ihn samt seiner Mannschaft ins Verderben lockt. Oder ist es am Ende Gott selbst, der ihn treibt? »Bin ich's, o Gott, der diesen Arm hebt, oder wer ist's? Selbst du, große Sonne, läufst nur als Magd der Himmlischen deine Bahn und nicht aus freiem Willen. Und dieses winzige Herz sollte schlagen, dieses winzige Hirn einen Gedanken denken aus sich selbst? Nein, Gott führt den Schlag, Gott denkt den Gedanken, Gott lebt mein Leben, nicht ich.« Der Monolog Ahabs gipfelt in dem Satz: »Wer sollte ihn (den Mörder) denn verdammen, wenn der Richter selbst vor die Schranken muß?«[33]

Aber Ahab wäre keine tragische Gestalt, wenn er aus solchen Gedanken die Rechtfertigung für sein Tun nähme. So gewiß er um sein schicksalhaftes Getriebensein weiß, so gewiß weiß er auch, daß es seine eigene Entscheidung ist und daß er Verantwortung trägt für das, was er tut. In dieser Spannung erleidet er »den Konflikt dessen, der infolge einer übernatürlichen Verwundung in jene exzentrische Sphäre geraten ist, wo der Mensch den Mächtigen unmittelbar gegenübersteht und keine Möglichkeit mehr sieht, sich im Natürlich-Menschlichen zu bescheiden, ohne seine tragische Königswürde preiszugeben«[34].

Als der Kampf mit dem weißen Wal beginnt und ernste Vorzeichen Unheil künden, tritt der fromme, getreue Steuermann dem rasenden Kapitän entgegen und beschwört ihn, im Namen Jesu und aller guten Engel den Kampf abzubrechen: »Sollen wir denn dies mörderische Ungeheuer jagen, bis es den letzten Mann ersäuft, sollen wir uns mitreißen lassen von ihm auf den Meeresgrund hinab? – O Gott, das ist Frevel, Gotteslästerung ist das!« Ahab aber schiebt ihn beiseite, als wäre er ein Nichts: »Ich steh hier und erfülle das Schicksal, du Tor, auf Befehl handle ich, und meinem Befehl hast du zu gehorchen.«

Ahabs Scheitern ist ein heroisch verschuldeter Untergang,

ein Untergang von wahrhaft tragischer Größe, der ihn über sich selbst hinauswachsen läßt. Kurz vor dem Ende ruft er dem Wal zu: »Du magst mich vernichten, wie du alles zerstörst – überwinden wirst du mich nie! Bis ans Ende ring ich mit dir, aus der tiefsten Hölle noch stoß ich nach dir, mit dem letzten Atemzug spei ich dir meinen Haß ins Gesicht!« Dann stößt er ihm seine Harpune in den massigen Leib. Der getroffene Wal taucht in die Tiefe, aber die Leine der Harpune schlingt sich um Ahab, und so reißt der verwundete Wal ihn mit sich in die Tiefe. Durch die magische Walfischleine bleibt er auch im Tode noch schicksalhaft an ihn gebunden.

Das Schiff Ahabs geht, vom weißen Wal am Bug gerammt, mit seiner ganzen Mannschaft unter: »Die Fahrt des Schiffes, welches die Welt ist, findet kein Ziel und keine Vollendung im Hiesigen.«[35] Nur Ismael bleibt übrig, daß er von der ozeanischen Tragödie künde (der Anklang an das Hiobbuch ist unverkennbar).

Der Literaturhistoriker Hermann Pongs sieht in Melvilles »Moby Dick« den Beginn einer neuen, heute noch fortwirkenden Ära der Literaturgeschichte, die er unter der Überschrift »Kampf mit dem Leviathan« bespricht. Im Kampf mit der ungeheuren Natur (Meer, Urwald, Wüste) gewann der Mensch »die Wucht antiken Schicksals und antiker Menschenwürde« zurück[36].

Leviathan – das Abgründige in der Natur des Menschen

Kurz vor Abschluß seines zweiten Romans notierte Julien Green (geb. 1900), einer der großen französischen Romanciers unseres Jahrhunderts, in sein eben begonnenes Tagebuch: »Ich habe endlich einen Titel für mein Buch gefunden. Er heißt Leviathan.«[37] Das biblische Ungeheuer steht hier weder als Symbol für den Staat noch für das Abgründige in der Natur, sondern für das Abgründige in der menschlichen Natur selbst, »Symbol für das Böse, das die Menschen in die Verlorenheit treibt«[38].

Im Mittelpunkt der Romanhandlung steht Monsieur Guéret, der in Paris lebt. An einem Novemberabend, als er zögernd durch die dunklen Gassen ging, hörte er, wie sich nicht weit von ihm entfernt das ruhelose Brausen der Stadt erhob.

Er dachte unwillkürlich an ein »riesiges, plumpes Tier, das ihm im Dunkeln brüllend auf den Fersen wäre«. In jener Stunde hatte er das »Gefühl eines ungleichen Kampfes zwischen ihm und einer geheimnisvollen Macht«, das Gefühl, immerzu ankämpfen zu müssen gegen einen unsichtbaren Feind, dessen Gegenwart er überall zu spüren meinte.

Als er es in Paris nicht mehr aushielt, zog er in eine Kleinstadt und nahm die Stelle eines Hauslehrers für ein verhaltensgestörtes Kind reicher Eltern an. Aber er erkannte, daß das Ungeheuer, von dem er sich bedroht fühlte, in seiner eigenen abgründigen Tiefe lauerte. Wie ein völlig verstörter Mensch warf er sich gegen die Mauern, die ihn in sein unglückliches, freudloses und ödes Dasein einschlossen. Er sehnte sich nach ein wenig Glück und Liebe und hoffte sie bei Angèle, einer jungen Frau, die in einer Wäscherei arbeitete, zu finden. Als er jedoch erfuhr, daß sie sich an andere verkaufte, schlug er sie in einem Rausch aus Wut und Leiden brutal nieder, zerstörte grausam ihr schönes Gesicht und tötete auf der Flucht vor seiner Tat einen alten Mann, von dem er sich gestellt glaubte. Er beging Handlungen, die er nie für möglich gehalten hatte. Vergeblich bemühte er sich, in seinem Bewußtsein einen wirklichen Zusammenhang zwischen dem Gewalttäter und sich selbst herzustellen. Es klaffte ein Riß zwischen seinem Handeln und seinem Willen. »Am Ende dienen wir zuweilen Kräften, die wir nicht kennen und die, eine Verwirrung nutzend, in die ein Wutanfall uns gestürzt hat, sich an unsere Stelle setzen und unsere Taten bestimmen.«

Zwei weitere Personen werden in dem Roman mit dem Leben von Monsieur Guéret und Angèle verknüpft: Madame Londe, Inhaberin eines Restaurants, das sie für ihre männlichen Kunden dadurch attraktiv macht, daß sie Angèle dazu anstiftet, sich ihnen anzubieten; und Madame Grosgeorge, die sich in den Hauslehrer ihres Kindes verliebt, ihn aber seinem Schicksal überläßt, als sie erfährt, daß er Angèle liebt.

Schuld- und schicksalhaft sind diese vier Leben miteinander verwoben. Am Ende stirbt Angèle, Madame Grosgeorge macht einen Selbstmordversuch, Guéret wird verhaftet, und Madame Londe ist geschäftlich und gesellschaftlich ruiniert. Es ist eine »grausame Regie«, die das Geschehen auf der Bühne dieser Welt lenkt. Es gibt keinen Zufall, es gibt nur die

»Bosheit des Schicksals« und seine von langer Hand vorbereitete Hinterhältigkeit, die für uns nur deshalb einen Anschein von Willkür hat, weil wir die Hintergründe nicht kennen.

Green schreibt von diesem Roman: »Ich bin alle Personen darin – das ist die Wahrheit über dieses Buch.«[39] Ihnen allen gemeinsam ist dieselbe Grundhaltung, die er mit dem französischen Wort »ennui« bezeichnet, das im Deutschen nur durch eine Reihe von Worten wiedergegeben werden kann: Monotonie, Einsamkeit, Freudlosigkeit, Trostlosigkeit, Langeweile, Unlust, innere Leere, Resignation, Schwermut, Unerfülltheit, Ungeliebtsein, Nutzlosigkeit, Haltlosigkeit, Hoffnungslosigkeit, Angst, Ekel, Verdruß. Aus dieser Grundstimmung heraus sehnen sich die Personen dieses Romans nach Liebe, Glück und Frieden, aber sie hat ihr Dasein schon so vergiftet, daß die Liebe zu Gier und Leidenschaft entartet oder in Haß, Eifersucht und Grausamkeit umschlägt. Sie werden zu rasenden Ungeheuern, die das eigene und das Leben anderer zerstören. Als vom Schicksal Mißhandelte rächen sie sich aneinander.

Der Titel von Greens Roman ist symptomatisch: »Der in Paris geborene Amerikaner Julien Green, dem Nihilismus des Westens verfallen in der Nachfolge Gides, deckt die Kloaken des Herzens musterhaft auf und faßt das Gemisch von Sadismus, Wollust, Verzweiflung, von vorweggenommenem Sartreschen Ekel an der Welt zusammen im Titel ›Leviathan‹; Verherrlichung Leviathans als Dämon des unbesieglich dunklen Lebenstriebs.«[40] H. Pongs behält in seiner Chronik des Romanschaffens das Symbolwort »Leviathan« auch für eine spätere Epoche der deutschen Romanliteratur (von Hans Fallada bis Wolfgang Borchert) bei, die er »Kampf gegen den Leviathan des Nihilismus im deutschen Alltag« überschreibt. Hier nimmt der Kampf gegen den Leviathan, so Pongs, die »Form eines unbarmherzigen Lebenskampfes mit den Einrichtungen des Kapitalismus, mit einer rücksichtslosen Staatsbürokratie, einer kalten allgemeinen Gleichgültigkeit des Großstadt-Alltags« an[41].

Greens »Leviathan«, der »Modellfall eines schwarzen Romans«, ist ein Beispiel für das, was Erich Neumann den »Einbruch der Dunkelseite in das abendländische Bewußtsein« genannt hat. Neumann beobachtete eine fundamentale seelische Gewichtsverschiebung nach unten, zur Erde hin, wie sie die christlich-abendländische Welt bis dahin noch nicht gekannt hat. Die Entdeckung der menschlichen Primitivnatur, des »häßlichsten Menschen«, des Unglücklichen, Entarteten, Irren und Bösen nimmt im Kulturleben einen immer größeren Raum ein. Der moderne Mensch ist der unheimlichen und gefährlichen Faszination dieser dunklen Weltseite weitgehend erlegen. Darin sieht Neumann nicht nur eine Gefahr, sondern auch eine Chance der künftigen abendländischen Entwicklung: »Indem das Ich seine Zusammengehörigkeit mit dem bösen und häßlichsten Menschen, dem Raubtiermenschen und dem im Urwald sich fürchtenden Menschenaffen verwirklicht, wächst ihm etwas Entscheidendes zu, dessen Fehlen den modernen Menschen in die Katastrophe seiner Zerspaltung und Ich-Isolierung hatte geraten lassen, nämlich die Verbindung mit der Natur und mit der Erde.«[42]

Wenn der Mensch sich nicht nur mit seinen bewußten guten Absichten identifiziert und das, was diesen widerspricht, aus seinem Bewußtsein verdrängt und unbewußt auf andere projiziert, wenn er sich seine dunkle Schattenseite bewußt gemacht und sie als zu ihm gehörigen Teil seiner Persönlichkeit angenommen hat, dann wird er einer »neuen Ethik« folgen, die allein die gegenwärtige Menschheitskrise überwinden kann. Die Begegnung mit dem »Schatten«, der eigenen negativen Seite, ist sowohl für den einzelnen als auch für die abendländische Menschheit insgesamt die erste Stufe auf dem Wege zur Selbst- und Ganzwerdung (Individuation). Indem der Mensch seine eigene Schattenseite annimmt, nimmt er zugleich die Schattenseite der Menschheit an. Das macht ihn fähig zu einer wirklich toleranten Haltung gegenüber anderen Menschen, anderen Menschengruppen und anderen seelischen Kulturformen und Kulturschichten.

Leviathan – die Zusammenfassung aller materiellen Kräfte

Der Philosoph Franz Vonessen wendet sich in seinem Werk »Die Herrschaft des Leviathan« (1978) gegen die Vorliebe heutiger Menschen für die Thesen der Psychologie, derzufolge Mythen Projektionen seelischer Kräfte und Zustände auf den Welthorizont sind. Diese Deutung trifft seiner Ansicht nach nicht den Inhalt der Mythen: »Die Seele spiegelt nur den Aufbau der Welt. Kräfte, die auf Vernichtung gerichtet sind, finden sich in der ganzen Natur, und nur weil die Seele selbst die ›Natur‹ der Natur hat, gleichen sich Innen und Außen.« »Im Kosmos«, so führt Vonessen aus, »und zwar ihm gehörig, aus ihm hervorgegangen, liegen Kräfte, die – nicht der Natur, aber der Natur des Lebens feindlich und fremd sind. Ebensolche Kräfte schlummern auch im Mikrokosmos, im Menschen; und falls er sie nicht beherrscht, sondern erstarken und überhand nehmen läßt, tun sie, was in ihrer Natur liegt; sie verbinden sich unverzüglich mit den verwandten Kräften im Kosmos. Man könnte sagen, Entfremdung vermähle sich mit Entfremdung, das Chaos im Herzen des Menschen mit dem Chaos in den Tiefen der Welt, das vielköpfige Untier mit den typhonischen Mächten.«[43]

Der Ausdruck »typhonische Mächte« ist von »Typhon«, dem klassischen Ungeheuer der Griechen, abgeleitet, das die Kräfte verkörpert, die auf Vernichtung gerichtet sind. Von diesem Untier mit den zahlreichen Köpfen sind Bild und Wesen des Leviathan bei Vonessen geprägt: »Die Kräfte der Zerstörung in der Welt und im Menschen vermählen sich, und geboren wird der Leviathan.«

Vonessen will keine fertige Lehre vom Leviathan bieten, sondern lediglich ein paar Details von seiner Zoologie: Der Leviathan begegnet uns an vielen Orten und hat viele Erscheinungsformen, die so verschlungen sind, daß man ihre Einheit, falls überhaupt, erst am Ende auffassen kann. Es wäre allzu vermessen, sich einzubilden, dieses Phänomen von Weltgröße systematisch darstellen zu können.

Vonessen gibt dem Leviathan neben der Deutung durch die Bibel und der durch Hobbes eine dritte Bedeutung, und zwar in der Überzeugung, damit verschiedene Anschauungen auf einen gemeinsamen Nenner zu bringen: »Ich nenne Leviathan jenes Wesen, das allem Bösen zugrundeliegt: die unteren Kräfte des Menschen, seine tierische Natur, mit der er nicht nur, wie Hobbes voraussah, den modernen Staat und seine Gebieter, sondern alles, was nicht der Wahrheit dienen will, nur dem Eigennutz, formt.«[44] Leviathan ist die Zusammenfassung aller ausschließlich aufs Materielle gerichteten Triebe des Menschen (Besitz-, Macht-, Geltungstrieb usw.), die vor allem in Technik, Industrie und Wirtschaft institutionalisiert und verselbständigt sind.

Vonessen stellt dem von Hobbes als Leviathan bezeichneten Staat, dem die Menschen als »sterblichem Gott« ebenso selbst-los wie gewissenlos dienen (und dessen Wohl die Menschen lebendig geopfert werden), den »neuen Leviathan« gegenüber, der Menschen frißt, die er des Glaubens gemacht hat, sie könnten in ihm zu ihrem verlorenen Selbst kommen. Das gilt nach Vonessen nicht nur für den totalitären Staat, sondern auch für den »besten Staat, den es je gab«. »Der moderne Staat ist der Horizont für das Thema des Leviathan. Er ist das stärkste Böse; und wie alles Böse aus der Entfremdung, dem Nichtwissen stammt, so erst recht dieses. Die heutige Form der Entfremdung heißt Demokratie.« Und zwar deshalb, weil es dem Volk an Erkenntnis dessen mangelt, was gut für es ist, also an Selbsterkenntnis. Politik aber ist das Vermögen des Menschen, aufgrund von Selbsterkenntnis selbst für das Gute zu sorgen. Das aber ist nicht möglich, wenn Wohlleben und Leben verwechselt werden.

Der Leviathan ist »das Herz aller Dinge, die in seinem Reiche geschehen, das aber selbst, als Herz, im Verborgenen bleibt«. Seine ganze Umwelt wird von den Äußerungen seines Lebens erfüllt und in den Dienst seiner unersättlichen Bedürfnisse und Triebe gestellt. Die menschlichen Diener des Leviathan leiden unter allen Zeichen harter und schwerer Verantwortung und verrichten doch immerzu Werke, die niemand verantworten kann. Wegen seiner brillanten Formulierungen sei hier Vonessen wörtlich zitiert: »Der irdische Gott, dem wir dienen, dieses Tier, welches kein Wesen von Fleisch und Blut ist, von dem aber sicher gesagt werden kann, daß es von Fleisch und Blut lebt, und das insofern mit Recht unter die Gegenstände einer Umweltwissenschaft, einer höheren Biologie zählt, dieses Wesen will, unbekümmert um solche, die ihm das Leben absprechen, unentwegt wachsen.«[45] Der Appetit dieses Molochs wächst in dem Maße, wie sein Hunger gestillt wird. Hunger infolge von Fressen gehört nach Vonessen zum allerersten Kapitel der Biologie eines Leviathans: »Je mehr er anwächst, um so mehr Futter braucht er; denn ein Drache ist, was man immer gewußt hat, ein widernatürliches Tier. Wenn man ihm Nahrung verweigert, dann tobt er so entsetzenerregend, wie ein Mensch, der sein Leben mit den relativ sanften Skandalen, die ihm das Fernsehen liefert, verbringt, sich gar nicht auszudenken vermag. Ein tödlicher Blitz kann ›heller als tausend Sonnen‹ aus dem Auge des Untiers hervorbrechen. Aber was weiß ein Mensch, der Drachen nur in der Märchenwelt umherkriechend denkt, von den Gefahren unseres Lebens! Die Abgeordneten in Bonn dagegen wissen sehr viel von den Problemen des Wirtschaftswachstums; viel mehr, als sie zugeben. – Aber sie sind hilflos. Keiner von ihnen hat das Drachentöten gelernt, überhaupt sind so gefährliche Tätigkeiten in ihrer Diät nicht begriffen. So sehen sie, ehe der große Unmutsausbruch des Leviathan über mangelndes Futter, einem Weltende ähnlich, über uns kommt, keinen anderen Rat als diesen: ihn vorerst weiter zu füttern.«[46]

Vonessen wird sehr konkret: »Ich glaube, daß eine Politik, die sich, ohne die Folgen zu kennen (ohne sie kennen zu können), für Energiewachstum stark macht, in Wahrheit nicht für Energie, sondern für den Leviathan sorgt, ihn füttert und großwerden läßt; und daß überhaupt jedes Wachstum, welches nicht das der Vernunft ist, Lockspeise oder, wie Hamann es einmal ausdrückt, ›Caviar des Leviathan‹ ist.«[47]

»Die Politiker fürchten selbst heute noch den Kot des Leviathan, der fürchterlich ist, eine Verpestung des Lebens, nicht entfernt so sehr wie seine Pranken, sein losgelassenes Toben. Und wer will das tadeln, wenn er selbst nicht weiß, wie ein Drache zu töten ist – und wenn niemand es wissen kann, weil uns die Biologie des Leviathan, die noch recht in den Anfängen ist, über seine verwundbaren Stellen nichts sagt. Freilich behauptet die Bibel, bislang unwiderlegt, stärker als der Leviathan sei überhaupt nur der Weltschöpfer.«[48]

Leviathan – das mythisch-böse Weltprinzip

Eines der ersten Bücher der deutschen Literatur nach dem Zweiten Weltkrieg ist ein schmaler Prosaband von Arno Schmidt (geb. 1910) mit dem Titel »Leviathan« (1949). Für diese seine erste Veröffentlichung erhielt er (als erster nach dem Krieg) den deutschen Literaturpreis sowie Döblins Mainzer Akademie-Preis.

Der Titel des Bandes ist einer der in ihm enthaltenen drei

Prosastudien entlehnt: »Leviathan oder Die Beste der Welten«[49]. Die Handlung dieses in Ich-Form erzählten tagebuchartigen Berichtes spielt im brennenden Berlin zur Zeit der letzten Kämpfe, genau: vom 14. bis 16. Februar 1945. Ein bunt zusammengewürfelter Haufen von Menschen findet sich in einem Waggon zusammen, den eine flottgemachte Lok aus der umkämpften Reichshauptstadt herausbringen soll: der Ich-Erzähler (ein Unteroffizier mit Marschbefehl nach Ratzeburg), seine frühere Freundin und deren Mutter, ein siebzigjähriger Postbeamter, zwei Soldaten und eine Nutte, ein Pfarrer mit Frau und sieben Kindern, eine Greisin vom Lande und zwei stoppelbärtige Alte, zwei Hitlerjungen in Uniform und zwei halbwüchsige Schulmädchen. Nach immer erneuten Aufenthalten geht es schließlich voran, aber dann gerät der Zug in eine Situation, die symbolhaft die ganze Ausweglosigkeit deutlich macht: Mitten auf einem Viadukt bleibt der Waggon ruckartig stehen. Vor dem Zug fehlt ein Stück der Brückenwölbung – sie ist eingestürzt. Die Lok hängt schräg über dem Abgrund. Feuer bricht aus dem geborstenen Kessel. Hinter dem Zug hat der Schwellenreißer des Spezialwagens, den sie vergeblich abzukoppeln versucht hatten, die Bahnschwellen aufgerissen. Es gibt weder ein Vor noch ein Zurück. Tief unter ihnen liegt der Fluß, aus dem eisiger Nebel aufsteigt. Über ihnen: Tiefflieger. Um sie herum: Artillerieeinschläge, MG-Salven, Flakfeuer, Panzer- und Infanteriekämpfe. Die im Waggon zusammengepferchten Menschen frieren in der eisigen Nacht, und es gelingt ihnen nicht mehr, Hunger und Durst wegzudenken. Eines der Pfarrerskinder liegt im Sterben. Der Pfarrer betet. Die Alten fluchen. Die Soldaten zoten und amüsieren sich mit der Nutte. Die Hitlerjungen, die immer noch an den Sieg des Führers glauben, singen Kampflieder und hantieren mit ihren Panzerfäusten.

Inmitten dieser dramatischen Situation führen der Ich-Erzähler und der alte Postbeamte ein tiefgründiges Gespräch über Sinn und Sinnlosigkeit des Lebens in dieser angeblich »Besten der Welten« (Leibniz). Dabei ist der Ich-Erzähler der Meister, der belehrt und aufklärt, der andere staunender Hörer und Frager. Das Gespräch beginnt angesichts des gestirnten Himmels über ihnen. Der Postbeamte sieht darin ein tröstliches Symbol der Unendlichkeit, der Ich-Erzähler dagegen ein mathematisch-physikalisches Symbol für einen zwar unbegrenzten, aber nicht unendlichen Raum. Zum Beweis der Endlichkeit des Universums zieht er denkende Dreiecke und fundamentale Sätze heran. Er doziert: »Unser Gehirn entwirft vereinfachend (biologisch ausreichend!) einen 3-dimensionalen Raum; in Wahrheit aber ist dieser in sich zurück und in einen 4-dimensionalen hineingekrümmt.« Es ist gespenstisch, fast möchte man sagen pervers, wie hier Menschen inmitten des Kriegsgrauens, angesichts von Leiden und Sterben, mit wissenschaftlicher Akribie die Endlichkeit des Universums zu erklären und zu verstehen suchen. Ist das eine neue Form des heroischen Stoizismus? Oder Flucht vor der religiösen Frage (Leid, Schuld, Tod) in die abstrakte Welt der Mathematik? Rückzug auf die mathematisch-naturwissenschaftlich erfaßbare Wirklichkeit? Gehirn-Gläubigkeit an Stelle von Herzens-Gläubigkeit?

In einem zweiten Gesprächsgang geht es um das Pulsieren des endlichen Raumes und um die Gravitation als dem »Willen zur Vereinigung aller Atome«. Wenn sich, so der Ich-Erzähler, alle Materie zu einer homogenen, gravitationslosen »Endkugel« vereinigt haben wird, so werden damit für den Menschen mit seiner jetzigen Hirnleistung der geschrumpfte dreidimensionale Raum und die Zeit verschwinden. Der Postbeamte, der mit Schopenhauers Philosophie von der Welt als Wille und Vorstellung vertraut ist, scheint das zu begreifen. Aber der Ich-Erzähler belehrt ihn, er müsse einen Schritt über Schopenhauer hinaus tun: Am Ende wird die Welt, die Wille und Vorstellung ist, »in einem Wesen furchtbarer Macht und Intelligenz vereinigt sein«. Als der Pfarrer den personifizierten Weltwillen mit Gott identifiziert, antwortet der Ich-Erzähler, ohne ihn anzublicken (denn er disputiert nicht mit Frommen): Nein, dieses Wesen ist ein Dämon: Leviathan. Bald konzentriert er seine Bosheit, bald west er – analog dem pulsierenden Raum – in universaler Zerteilung, wie zur Zeit. Er hat aber in allem den Befehl zur Rückkehr hinterlassen. Im Körperlichen beweist das die Gravitation, im Geistigen die gleiche Raum- und Zeitvorstellung aller Lebewesen, die Unfreiheit des Willens im Handeln und die Auflösung des Einzelwesens im Tode, das Vergehen des Individuums im »Allwillen«. »Die Akkumulierung der Intelligenz zu immer größeren Portionen spricht für diese Rekonstituierung des Dämons auch in geistiger Hinsicht.« Jeder Mensch ist ein Teil von ihm: »Was muß also Er erst für ein Satan sein?!« Nein, diese Welt ist nicht die Beste der Welten: »Diese Welt ist etwas, das besser nicht wäre; wer anders sagt, der lügt!«

Der schwer leidende Postbeamte fragt nach den historischen Quellen, aus denen sein Gesprächspartner seine Weltanschauung geschöpft hat. Dieser nennt aus erstarrender Müdigkeit stichwortartig eine Reihe philosophischer Begriffe, Richtungen und Namen: Emanation, Gnostiker, Kabbalisten, Pseudo-Dionysius, Scotus Erigena, Almericus, David de Dinanto; ferner: Giordano Bruno, Spinoza, Goethe, Schelling, Poe, Trismegistos, die neuen Mathematiker und Astronomen. Der Alte lächelt erfreut und ist sichtlich erleichtert, so viele Autoritäten mit sich zu wissen (Wissen tritt an die Stelle von Gewißheit!).

Aber der Meister hat noch einen weiteren »Trost« für den Sterbenden bereit. Seine mathematisch-physikalische Erkenntnis vom Ende des Raumes und der Zeit auf die Vorstellung vom Leviathan übertragend, verkündet er (über Nietzsche hinausgehend): Die Macht des Leviathan ist riesig, aber begrenzt. Ist er geworden, so muß er auch vergehen. Er ist sterblich. Und er preist den ehrwürdigen Buddhismus und Schopenhauer: »Buddha: Lehrt eine Methodik des Entkommens. Schopenhauer: Verneinung des Willens. Beide behaupten also die Möglichkeit, den Individualwillen gegen den ungeheuren Gesamtwillen des Leviathan zu setzen.« Wenn das auch zur Zeit völlig unmöglich erscheine, so löse sich doch vielleicht die Bestie einmal in immer kleinere Einheiten auf, »bis endlich ›Buddhismus‹ möglich wird und so das ganze Gebilde zur Aufhebung kommt«.

Mit diesem Trost stirbt der Postbeamte. »Er flüsterte: ›Gut‹ – Der hohe Kopf knickte ab, nach vorn; ganz beruhigt, lang, hörten wir: ›Gut . . .‹ –«

Der Solipsist Arno Schmidt versucht, das auf Mathematik und Physik beruhende neuzeitliche Weltbild literarisch aufzuarbeiten, und vertritt dabei einen konsequent atheistischen und antichristlichen Standpunkt[50]. Leviathan ist bei ihm eine dem mathematisch-physikalischen Weltbild analoge »poetische Großchiffre« für das mythisch-böse Weltprinzip, das er in der Zerstörungsorgie des Zweiten Weltkrieges am Werke sah[51]. Dieser »Leviathanismus« – eine Verschmelzung von Relativitätstheorie und Schopenhauers Willensmetaphysik – bildet als »negative Theodizee« den Hintergrund des Frühwerks von Arno Schmidt und taucht auch in seinem Spätwerk immer wieder auf. »Bestialität ist das universal herrschende Weltgesetz.«

Anmerkungen

1 O. Kaiser, Die mythische Bedeutung des Meeres in Ägypten, Ugarit und Israel (Beihefte z. Zeitschr. f. d. Atl. Wissensch. 78), Berlin 1959
2 W. Foerster, in: Theologisches Wörterbuch zum Neuen Testament Bd. III, Stuttgart 1935, S. 284ff.
3 H. Gunkel, Schöpfung und Chaos in Urzeit und Endzeit. Eine religionsgeschichtliche Untersuchung über Gen 1 und Ap Joh 12, Göttingen 1895
4 R. Schärf, Die Gestalt des Satans im Alten Testament, in: C. G. Jung, Symbolik des Geistes. Studien über psychische Phänomenologie, Zürich 1953, S. 153ff.
5 Chr. Meves, Die Bibel antwortet uns in Bildern. Tiefenpsychologische Textdeutungen im Hinblick auf Lebensfragen heute (Herderbücherei 461), Freiburg i. Br. 1973, S. 25ff.
6 P. Claudel, Das Buch Job, in: Gesammelte Werke Bd. VI, Heidelberg/Einsiedeln/Zürich/Köln 1962, S. 437ff.
7 O. Keel, Die Welt der altorientalischen Bildsymbolik und das Alte Testament. Am Beispiel der Psalmen, Zürich/Einsiedeln/Köln/Neukirchen 1972
8 A. Weiser, Die Psalmen (Das Alte Testament Deutsch 14/15), Göttingen 1955, S. 354
9 in: Gedichte aus der neuen Welt. Amerikanische Lyrik seit 1910 (piperbücherei 98), München 1956, S. 33f.
10 St. Andres, Mythos und Dichtung, in: Die Wirklichkeit des Mythos. Eingeleitet u. hrsg. von K. Hoffmann (Knaur 91), München/Zürich 1965, S. 11ff.
11 H. Gunkel, a.a.O. (Anm. 3), S. 59ff.
12 V. Maag, Hiob. Wandlung und Verarbeitung des Problems in Novelle, Dialogdichtung und Spätfassungen, Göttingen 1982, S. 100ff.
13 G. von Rad, Weisheit in Israel, Neukirchen-Vluyn 1970, S. 290
14 E. Bloch, Atheismus im Christentum. Zur Religion des Exodus und des Reichs (stw 254), Frankfurt/M. 1968, S. 148ff.
15 C. G. Jung, Antwort auf Hiob (Rascher-Paperback), Zürich/Stuttgart 1967[4]
16 Carl Amery, Das Ende der Vorsehung. Die gnadenlosen Folgen des Christentums (rororo-Sachbuch 6874), Hamburg 1972, S. 31ff.
17 O. Keel, Jahwes Entgegnung an Ijob. Eine Deutung von Ijob 38–41 vor dem Hintergrund der zeitgenössischen Bildkunst, Göttingen 1978, S. 143
18 Ebd., S. 157

19 E. Wolf, Leviathan. Eine patristische Notiz zu Luthers Kritik des Papsttums; in: Peregrinatio. Studien zur reformatorischen Theologie und zum Kirchenproblem Bd. I, München 1954, S. 135ff.
20 K. D. Erdmann, Luther über Obrigkeit, Gehorsam und Widerstand; in: Luther und die Folgen. Beiträge zur sozialgeschichtlichen Bedeutung der lutherischen Reformation. Hrsg. v. H. Löwe und C.-J. Roepke, München 1983, S. 28ff.
21 H. A. Obermann, Luther, Mensch zwischen Gott und Teufel, Berlin 1981
22 W. Stählin, Die Gestalt des Antichristen und das Katechon; in: Symbolon. Vom gleichnishaften Denken, Stuttgart 1958, S. 112
23 Ebd.
24 G.-K. Kaltenbrunner, Ist der Mensch wirklich des anderen Menschen Wolf? Hobbes und die Zerbrechlichkeit der sozialen Ordnung; in: Geistige Welt v. 1. Dez. 1979; R. Augstein, Hobbes und wir; in: Der Spiegel. 37. Jg. (1983), Nr. 2, S. 136ff.
25 Th. Hobbes, Leviathan oder Stoff, Form und Gewalt eines bürgerlichen und kirchlichen Staates. Hrsg. u. eingel. von Iring Fetscher, Neuwied/Berlin 1966, S. 5
26 Ebd., S. 134f.
27 C. Schmitt, Der Leviathan in der Staatslehre des Thomas Hobbes. Sinn und Fehlschlag eines politischen Symbols, Hamburg 1938, S. 31
28 F. Vonessen, Die Herrschaft des Leviathan, Stuttgart 1978, S. 118
29 F. Nietzsche, Also sprach Zarathustra. Ein Buch für Alle und Keinen, Stuttgart 1950, S. 44f.
30 H. Melville, Moby Dick, übers. v. Th. Mutzenbecher unter Mitw. v. E. Schnabel (Rowohlts Klassiker 37/38), Hamburg 1958
31 H. Flügel, Konturen des Tragischen. Exemplarische Gestalten der Weltliteratur, Stuttgart 1965, S. 153
32 H. Melville, Moby Dick, a.a.O. (Anm. 30), S. 126
33 Ebd., S. 379
34 H. Flügel, a.a.O. (Anm. 31), S. 155
35 Ebd., S. 163
36 H. Pongs, Romanschaffen im Umbruch der Zeit. Eine Chronik von 1952 bis 1962, Tübingen 1963[4], S. 150ff.
37 J. Green, Leviathan. Roman, Köln/Olten 1963, Klappentext
38 W. Nigg, Was bleiben soll. Zehn biographische Meditationen, Olten/Freiburg i. Br. 1978[4], S. 136
39 J. Green, Tagebücher 1928–1945, Wien 1952, S. 11
40 H. Pongs, a.a.O. (Anm. 36), S. 163
41 Ebd., S. 221
42 E. Neumann, Tiefenpsychologie und Neue Ethik, Zürich 1949, S. 71
43 F. Vonessen, Die Herrschaft des Leviathan, Stuttgart 1978, S. 117
44 Ebd., S. 153
45 Ebd., S. 156
46 Ebd., S. 157
47 Ebd., S. 120
48 Ebd., S. 158
49 Arno Schmidt, Leviathan, Hamburg 1963, S. 43ff.
50 J. Drews/H.-M. Bock, Der Solipsist in der Heide. Materialien zum Werk Arno Schmidts (Edition Text + Kritik), München 1974
51 J. Drews, a.a.O. (Anm. 50), S. 167

Der Drachenkampf im Märchen

Der Kampf mit dem Drachen,
ein Lieblingsmotiv des europäischen Märchens,
erinnert zunächst an den Kampf
des Menschen mit wirklichen Untieren,
ein Geschehen,
das die Phantasie früherer Zeiten
mit großer Gewalt beschäftigt haben muß.
Gerade deshalb wird der Kampf mit dem Untier
zum Symbol für den Kampf des Menschen überhaupt,
den Kampf mit der feindlichen Umwelt,
mit dem Bösen außer uns und in uns,
des Willens mit den Trieben,
der Form mit dem Chaos,
des Menschen mit dem Jenseitigen
oder mit dem Schicksal.
Der Drache ist ebenso Bild
für die ungestaltete und gefährliche Natur
wie für das eigene Unbewußte.

Max Lüthi

Märchendeutungen

Der Kampf mit dem Drachen ist nach Aussage des Schweizer Märchenforschers Max Lüthi »ein Lieblingsmotiv des europäischen Märchens«[1]. Zwar ist von einem ausgesprochenen Drachenkampf in den siebenundsechzig von ihm herausgegebenen europäischen Volksmärchen nur dreimal und in den zweihundert von den Brüdern Grimm herausgegebenen Kinder- und Hausmärchen nur einmal die Rede; dennoch besteht die Aussage Lüthis zu Recht, wenn man »Drachenkampf« im weitesten Sinne des Wortes versteht.

An die Stelle des mehrköpfigen Drachen kann ein mehrköpfiger Meertroll treten (wie in dem schwedischen Märchen »Silberweiß und Lillwacker«), oder ein wilder Auerochse (wie in dem Grimmschen Märchen »Die Kristallkugel«), oder ein neunköpfiger Hund (wie in dem litauischen Märchen »Von drei Königstöchtern, die zu Schwänen verwandelt werden«), oder ein Riese (wie in dem spanischen Märchen »Die verzauberte Prinzessin«), oder ein alter Berggeist (wie in dem deutschen Märchen »Die verwünschte Prinzessin«), oder der Mann ohne Herz (wie im deutschen Märchen »Vom Mann ohne Herz«), oder der »Ohneseele« (wie in dem französischen Märchen »Der Mann in allen Farben«), oder ein Dämon (wie in dem russischen Märchen »Der unsterbliche Koschtschej«), oder der Teufel (wie in vielen christlich beeinflußten Märchen).

Auch der Kampf mit dem Drachen kann sehr verschiedene Formen annehmen, zum Beispiel die der Lösung einer unlösbaren Aufgabe oder die der Lösung eines unlösbaren Rätsels. Immer aber erkennt man darin eine Variante des Drachenkampfmotivs.

Da ein einzelnes Märchenmotiv je nach dem Zusammenhang, in dem es steht, unterschiedliche, ja gegensätzliche Bedeutung haben kann, soll im folgenden das Drachenkampfmotiv nicht isoliert, sondern im Zusammenhang eines ganzen Märchenablaufes betrachtet werden. Als Beispiel wählen wir das deutsche Märchen »Die zwei Brüder«, das längste der »Kinder- und Hausmärchen« der Gebrüder Jacob und Wilhelm Grimm (Nr. 60). Dieses Märchen gehört zu dem über ganz Europa und darüber hinaus verbreiteten Typ des Drachentötermärchens, von dem es allein in Irland 527 und in Finnland

168 Varianten gibt[2]. Das Grimmsche Märchen hat nicht nur im Drachenkampfmotiv, sondern über weite Strecken des Handlungsablaufes auffallende Parallelen zu den Märchen der verschiedensten Länder, vor allem zu dem schwedischen Märchen »Silberweiß und Lillwacker« und dem griechischen Märchen »Die Zwillingsbrüder«. Außerdem gibt es Varianten aller Einzelepisoden und -motive in anderen Märchen. Wir werden sie – entsprechend der Jungschen Methode der »Amplifikation« (= Vermehrung, Häufung) – an den betreffenden Stellen zur Deutung heranziehen.

Drei Männer haben in unserem Jahrhundert wesentlich zu einem tieferen Verständnis der Märchen beigetragen: Rudolf Steiner, Sigmund Freud und Carl Gustav Jung.

Rudolf Steiner (1861–1925) deutete Märchen mit den Methoden seiner anthroposophischen Geistesforschung[3]. Er selber schildert sie als »Methoden des Eindringens in die spirituellen Welten«, als ein »Hineinschauen« in das Unergründliche der geistigen Zusammenhänge zwischen Menschenseele und Kosmos. Märchen sind für ihn der hellsichtige Ausdruck allgemein menschlicher Erlebnisse und Prozesse, die sich in der untergründigen und unterbewußten Tiefe der Seele abspielen. Sie tauchen zwar manchmal – für das Bewußtsein gerade noch faßbar – in Traumerlebnissen auf, bleiben aber meistens unbewußt, »weil das Tagesbewußtsein gegenüber dem Traumbewußtsein das Stärkere ist«.

Ein solcher Seelenkonflikt spielt sich beispielsweise beim Aufwachen ab, wenn die Seele aus der Welt heraustritt, in der sie unbewußt während des Schlafes weilt, und sich wieder verbinden muß mit den Kräften und Substanzen des natürlichen Leibes, um sich seiner Sinne wieder zu bedienen. Dieser Vorgang wird auf dem Grunde der Seele als ein Kampf erlebt, als ein »Kampf der in sich geschlossenen, sich in sich erlebenden, einsamen und ihre Geisteswege suchenden Seele mit den gigantischen Kräften des Naturdaseins, denen wir im äußeren Leben gegenüberstehen«. Dieser Kampf der Menschenseele mit den riesenhaften Naturkräften stellt sich im Märchen als Kampf des Menschen mit Riesen oder wilden Tieren dar. Drachen sind nach Steiner »Wesen, die auf der Stufe der rohen Kräfte stehengeblieben sind«, Verkörperungen des

Schlechten, das überwunden werden muß. Sie sind nichts anderes als »groteske, seither in der geistigen Welt umgewandelte Formen dessen, was der Mensch umwandeln und aus sich heraussetzen mußte«[4].

Unter Anwendung der Methoden der Geistesforschung hat Rudolf Meyer das große Brüdermärchen aus der Grimmschen Sammlung als »Michaelsgeheimnis im Märchengewande« gedeutet; denn der Kampf Michaels mit dem Drachen ist für ihn das »Urbild aller jener Kämpfe, die für das Ewige im Menschen ausgefochten werden« und das Menschentum den Mächten der Vergänglichkeit entreißen[5]. Der Kampf des Perseus gegen das Ungeheuer, aus dessen Gewalt er Andromeda befreit, der Kampf des Apoll gegen den Python-Drachen, der Kampf Sankt Georgs gegen den Drachen, dem die Jungfrau geopfert werden soll, sind ebenso wie der Drachenkampf des einen der »zwei Brüder« im Grimmschen Märchen »Nachbilder der überirdischen Michaelstat«.

Dieser Deutung liegt der Dualismus von Seele und Leib, von Geist und Natur (Materie) zugrunde: »Der Mensch hat mit seiner Erdenverkörperung einen Kräftebereich betreten, demgegenüber er sich nur schwer in seinem wahren Wesen behaupten kann.« Der Erzengel Michael verkörpert die Geistesmacht, die die jungfräuliche Seele aus der Umklammerung durch die Begierdennatur freizukämpfen vermag, ihr Leucht- und Schwungkraft verleiht und das ganze Menschenwesen durchdringt, so daß es als Sieger aus der großen Finsternis hervorgehen kann.

Die anthroposophischen Märchendeutungen entspringen »einem an sich richtigen Gefühl für die Bedeutungstiefe des Märchens« (H. von Beit)[6], aber sie sind methodisch zu wenig differenziert (Aussagen auf ganz verschiedenen Ebenen werden miteinander vermengt) und zu sehr durch die anthroposophische Weltanschauung und Lebenshaltung Steiners festgelegt.

Sigmund Freud (1856–1939) war der erste, der die Erscheinungen des Unbewußten wissenschaftlich erforschte und die grundsätzliche Wesensverwandtschaft von Träumen und Mythen erkannte. Er zog zum Beispiel eine Parallele zwischen individualpsychologischen Erscheinungen und der Sage von König Ödipus und entdeckte so den »Ödipus-Komplex«[7]. Nach

Freud sind Symbole Ausdruck eines innerseelischen Konflikts, der sich aus den individuellen Geschicken und Triebschicksalen des einzelnen ergibt. Sie repräsentieren verdrängte Triebregungen des Unbewußten (vorwiegend sexueller Natur), die durch die symbolische Stellvertretung bewußtseinsfähig werden. Die Symbolbildung wird analog zur Entstehung neurotischer Symptome verstanden und negativ gewertet. Sie muß beseitigt und der Mensch zu einem direkten Umgang mit der Wirklichkeit erzogen werden. Das Symbol selbst ist in rationale Eindeutigkeit zu überführen.

Der Psychoanalytiker Otto Rank hat unter Anwendung psychoanalytischer Grundsätze das Grimmsche Märchen »Die zwei Brüder« gedeutet und dazu eine Fülle vergleichenden Materials aus Mythen und Märchen herangezogen[8]. Er sieht im Märchen ein »urzeitlich-infantiles Produkt«, das ein »Negativ der Kulturentwicklung« widerspiegelt, und hält die affektive Stauung unterdrückter Wunschbefriedigungen für die Triebkraft der Mythen- und Märchenbildung (Ersatzbefriedigung in der Phantasie).

Rank deutet die im Mittelpunkt der Märchenhandlung stehende Befreiung und Heirat einer zum Opfer für einen Drachen bestimmten Jungfrau durch einen kühnen Jüngling folgendermaßen: Das Geschehen ist die symbolische Einkleidung des inneren Erlebnisses einer Frau, »die sich in jungfräulicher Scheu vor ihrem künftigen Gatten ängstigt und in ihm, in Erwartung der bevorstehenden geheimnisvollen Ereignisse, nur ein Untier sieht, das es auf ihre Vernichtung abgesehen hat«. Die bevorstehende Hochzeit wird von der unberührten Jungfrau in neurotischer Weise als Auslieferung an den abscheulichen Drachen, das heißt an die gefürchtete und verabscheute tierische Seite des künftigen Gatten verstanden (virginale Angst vor dem Vollzug des Sexualverkehrs).

Den Zusammenhang des Drachenkampfmotivs mit dem Zwei-Brüder-Motiv deutet Rank in folgender Weise: Die beiden Brüder waren ursprünglich (wie in zahlreichen Mythen und Märchen der Welt) feindliche Brüder. Der erfolgreiche Bruder sieht in dem anderen seinen Nebenbuhler, der ihn seines Lebens und seiner Braut berauben will. Der feindliche Bruder, die gehaßte Seite des »getreuen« Bruders, erscheint dreimal hintereinander in immer deutlicherer Darstellung als

Drache, als böser Marschall und schließlich als Bruder. Der Kampf gegen den feindlichen Bruder stellt sich dementsprechend als Kampf gegen den Drachen, als Überführung des ungetreuen Marschalls und als eifersüchtige Tötung des Bruders dar.

Die feindseligen und eifersüchtigen Regungen gegen den Bruder gelten nach Rank ursprünglich dem Vater. Darum repräsentieren der Drache, der Anspruch auf die Prinzessin erhebt, und der alte König, der sie nicht hergeben will, letztlich den Vater, so wie die umworbene Frau und die Hexe, die den Drachenbesieger versteinert, die Mutter in ihrem positiven und negativen Aspekt repräsentieren. Die erbitterte Rivalität der Brüder ist somit symbolischer (verkleideter) Ausdruck für die Neigung zu dem gemeinsamen inzestuösen Liebesobjekt, das Kopfabschlagen symbolischer Ausdruck der entsprechenden Strafe für die verbotene Realisierung dieser Neigung: die Entmannung (Kopf abschlagen als eine »nach oben verlegte« Kastration). Rank findet hier also den Ödipus-Komplex dargestellt. Die Wiederbelebung nach der Tötung entspricht der Wiedergeburt aus der eigenen Mutter und damit der Überwindung des Todes (inzestuöse Wiedergeburt).

»So führt also«, resümiert Rank, »das Märchen in letzter Linie auf den primitiven Familienkonflikt mit dem übermächtigen Vater zurück und stellt für den benachteiligten Sohn oder Jüngsten in verhüllter Einkleidung eine Wunschkorrektur der unlustvollen Realitätsanpassung dar.«

Carl Gustav Jung (1875–1961) faßte die Märchen als »Selbstdarstellungen von Vorgängen im Unbewußten« auf, als »Aussagen der unbewußten Psyche über sich selbst«, als »Drama der menschlichen Seele jenseits unseres Bewußtseins«[9]. In der Bilderfolge des Märchens drückt sich (wie in den Bildern eines Traumes oder einer Traumserie) die archetypische Grundstruktur der menschlichen Seele aus. Die archetypischen Bilder sind aber nicht Ausdruck verdrängter Befriedigungswünsche oder infantiler Strebungen pathologischer Natur, sondern sie sind allgemein-menschliche archaische Denkformen, die im Kindesalter klarer hervortreten, aber ebenso im Phantasiedenken erwachsener Menschen spontan zum Ausdruck kommen können. (Das Symbolverständnis Jungs im Unterschied zu Freud ist an anderem Ort näher dargelegt worden[10].) Aus der archetypischen Grundstruktur ergibt sich die Sinneinheit des Märchens, und aus der Sinneinheit des ganzen Handlungsablaufes ergibt sich der Sinn der einzelnen Märchenmotive.

Von der Analytischen Psychologie C. G. Jungs ausgehend, hat vor allem Hedwig von Beit in ihrem grundlegenden Werk die Symbolik des Märchens gedeutet[11]. Das allgemein-menschliche (kollektive) Unbewußte erscheint demnach im Märchen als »magisches Reich«. Seine verschiedenen Aspekte stellen sich in symbolischen Orten dar: Wasser, Mond, Insel, Wald, Berg usw. oder als Totenreich, Geister- und Ahnenwelt. Die einzelnen Figuren des Märchens stellen Funktionen der seelischen Ganzheit dar. Das kommt beispielsweise darin zum Ausdruck, daß die Ausgangssituation des Märchens häufig durch eine Gruppe von vier Personen (z. B. der alte König und seine drei Söhne, von denen der jüngste der Held der Märchenhandlung ist) bestimmt wird. Die Vierheit (Quaternität) ist ein Archetyp, der eine nicht weiter ergänzbare Totalität bezeichnet. Das Geschehen zwischen diesen vier Personen spiegelt die natürliche Bewegung in der menschlichen Seele wider: Der alte König verkörpert die erstarrte Bewußtseinseinstellung, der jüngste Sohn die als minderwertig angesehene vierte Funktion, die durch ihre besondere Beziehung zum Unbewußten gekennzeichnet ist.

Der Held ist das Symbol des Selbst, das sowohl das Ichbewußtsein als auch die übergeordnete innere Persönlichkeit umfaßt. In Märchen, die einer primitiven psychischen Stufe entspringen, sind die einzelnen Komponenten des Helden – seine Schattenseite, seine Tumbheit, seine beschränkte Ich-Seite und seine das Ich überragende göttliche Seite – in einer Gestalt verkörpert. In differenzierten Märchen sind sie in Einzelfiguren aufgespalten, beispielsweise in den Helden und seinen schattenhaften Begleiter usw.

Der Weg des Helden, seine abenteuerliche Suchwanderung nach der schwer erreichbaren Kostbarkeit, ist symbolischer Ausdruck für den archetypischen Prozeß der Selbstwerdung (Individuation). Ist der Held männlich, ist das Märchen vorwiegend symbolischer Ausdruck von Problemen der männlichen Seele. Steht eine weibliche Figur im Mittelpunkt des Geschehens (z. B. »Aschenputtel«, »Schneewittchen«, »Dornröschen«), so ist das Märchen vorwiegend symbolischer

Ausdruck von Problemen der weiblichen Seele. Denn obwohl die wesentlichen archetypischen Bilder seelisches Allgemeingut beider Geschlechter sind, zeigt sich das Selbst sowohl unter männlichem als auch unter weiblichem Aspekt. Die archetypischen Bilder haben also eine unterschiedliche Bedeutung, je nachdem, ob sie aus der Psyche des Mannes oder der Frau gestaltet worden sind. So verläuft der Weg der Heldin gemäß der anderen Art der weiblichen Seele bei gleicher Grundstruktur in anderer Weise als der des Helden: »mehr getrieben und mehr leidend als handelnd, weniger kämpferisch und abenteuerlustig«.

Der Held, das menschliche Ich/Selbst, muß sich auf seinem Weg mit bestimmten archetypischen Gestalten, den Funktionen der seelischen Ganzheit, auseinandersetzen. Es handelt sich dabei um eine geringe Anzahl immer wiederkehrender Figuren, in denen sich typisch menschliche Erfahrungen verdichtet haben. Sie können in abgewandelten Erscheinungsformen, positiv oder negativ, auftreten. Diese sind: der Vater (als alter Mann, König, Ahne, Weiser, Herr des Waldes und der Tiere oder als Riese, Zauberer, böser Berggeist, Drache usw.) und die Mutter (als Großmutter, Amme, Patin, Ahnfrau oder als Hexe, böse Fee, Drache usw.). Beide zusammen stellen als Ureltern die Archetypen von Geist und Materie dar. Zu den archetypischen Hauptfiguren gehören ferner: der schattenhafte Begleiter des Helden und die Jungfrau. Beide können in menschlicher und tierischer, göttlicher oder dämonischer Gestalt in Erscheinung treten. Sie verkörpern die Archetypen, die C. G. Jung als »Schatten« und als »Anima« (das ist das Seelenbild des Mannes) oder als »Animus« (das ist das Seelenbild der Frau) bezeichnet hat. Die archetypischen Figuren sind auf vielfältige Weise miteinander verbunden und gehen ineinander über.

Das Märchen von den zwei Brüdern

Im folgenden wird das Grimmsche Märchen »Die zwei Brüder«[12] auf der Grundlage der Analytischen Psychologie C. G. Jungs, wie sie von Hedwig von Beit für die Märchendeutung fruchtbar gemacht worden ist, einer ausführlichen Betrachtung unterzogen.

Die Ausgangssituation

»Es waren einmal zwei Brüder, ein reicher und ein armer. Der reiche war ein Goldschmied und bös von Herzen: der arme nährte sich davon, daß er Besen band, und war gut und redlich. Der arme hatte zwei Kinder, das waren Zwillingsbrüder und sich so ähnlich wie ein Tropfen Wasser dem andern.«

Es ist kein Zufall, daß der Held, der später den Drachen tötet, der jüngere der beiden Brüder ist. Es gibt eine weitverbreitete Gruppe von Märchen, in denen die Hauptfigur in zwei Personen aufgespalten ist, die entweder gegensätzlich oder relativ ähnlich sind. Man nennt diesen Typus Zwei-Brüder-Märchen. Zu ihm gehört auch unser Märchen. In ihm finden sich beide Formen nebeneinander. Die Vätergeneration bildet ein gegensätzliches Brüderpaar: Der eine ist Goldschmied (reich, profan, böse), der andere Besenbinder (arm, dem magischen Reich/Wald gegenüber offen, gut). Während der Gegensatz zwischen ihnen schroff und unversöhnlich ist, entsteht in der nächsten Generation (aber nur der Besenbinder hat Kinder) ein Brüderpaar, das sich ähnlich ist und sich gegenseitig ergänzt. Es handelt sich – hier berührt sich das Zwei-Brüder-Märchen mit dem Mythos von den göttlichen Zwillingen – um eineiige Zwillinge, wie aus dem Wortlaut eindeutig hervorgeht. Zunächst verläuft auch ihr Lebensweg in ihrer Armut gleich: Sie gehen ab und zu in des Reichen Haus, wo sie manchmal von dem Abfall etwas zu essen erhalten.

Eines Tages sah der arme Mann beim Reisigholen im Wald einen Vogel, »der ganz golden war und so schön, wie ihm noch niemals einer vor Augen gekommen war«. Er warf mit einem Steinchen nach ihm und traf ihn, so daß eine goldene Feder von ihm herabfiel. Er brachte sie seinem Bruder, der gab ihm viel Geld dafür. Am andern Tag fand der Besenbinder das Nest des goldenen Vogels, in dem ein goldenes Ei lag. Er brachte auch dieses seinem Bruder und bekam wiederum viel Geld dafür. Da sein Bruder den Vogel selbst begehrte, warf der Arme ihn mit einem Stein vom Baum herab, brachte ihn seinem Bruder und erhielt einen großen Haufen Gold dafür, so daß er fürs erste ausgesorgt hatte.

Der kluge und listige Goldschmied aber wußte, was das für ein Vogel war: Wer Herz und Leber von ihm aß, würde jeden

Morgen ein Goldstück unter seinem Kopfkissen finden. So ließ er sich den Zaubervogel von seiner Frau braten. Als diese ihn zurechtgemacht hatte und andere Arbeit im Hause verrichtete, kamen die zwei Kinder des Besenbinders in die Küche, sahen den Vogel am Feuer stehen und drehten den Spieß, auf den er gesteckt war, ein paarmal herum. Da fielen zwei Stücklein, Herz und Leber, heraus, und sie aßen sie auf, weil sie so hungrig waren und meinten, es würde niemand merken.

Als der Besenbinder jeden Morgen ein Goldstück unter dem Kopfkissen seiner Söhne fand, erzählte er die seltsame Geschichte seinem Bruder. Der wußte wohl, wie das zuging, und weil er neidisch war und sich rächen wollte, riet er seinem Bruder, seine Söhne zu verstoßen, denn sie seien mit dem Bösen im Bunde. Der Besenbinder fürchtete sich vor dem Bösen, führte seine Söhne hinaus in den Wald und überließ sie – so schwer es ihn auch ankam – ihrem Schicksal.

Das Märchenmotiv vom Gold- oder Zaubervogel ist in Europa, Afrika und Asien in vielen Varianten verbreitet[13]. Es hat in der ersten Auflage der Grimmschen Sammlung dem Märchen von den zwei Brüdern den Titel gegeben: »Das Goldei«. Ein Grundzug dieses Märchentyps ist: Wer einen bestimmten Teil des Vogels verzehrt, verleibt sich damit seine Zauberkraft ein. Er gewinnt die Fähigkeit, Gold hervorzubringen, wird Herrscher (Kaiser, König, Zar oder Papst) oder erhält Kenntnis von allen Dingen (Allwissenheit). In der ersten Auflage der »Kinder- und Hausmärchen« von 1812 verkündet der Vogel selbst: »Wer ißt mein Herzelein, der wird bald König sein, wer ißt mein Leberlein, findt alle Morgen unterm Kissen ein Goldbeutelein.« Dementsprechend verläuft in vielen Märchen dieses Typs der weitere Weg der beiden Brüder: Der, der den Kopf (oder die Leber) des Vogels gegessen hat, wird ein Herrscher. Der, der das Herz gegessen hat, gewinnt großen Reichtum. Diese Durchführung des Themas verliert sich im Grimmschen Märchen, weil Wilhelm Grimm die alten orientalischen Fassungen des Märchens nicht kannte und ihm ein entsprechendes deutsches Märchen erst 1828 zuging[14].

Die Konstellation am Anfang des Märchens läßt sich tiefenpsychologisch folgendermaßen deuten: Wenn eine Figur in der Zweiheit auftritt, so drückt dies aus, daß zwei Aspekte von ihr sichtbar werden (Aufsplitterung des Heldenarchetyps). Die Zweiheit ist das Stadium zwischen der Vielheit, in die das Ich aufgesplittert sein kann (unbewußte Identität mit der Vielheit der Gruppe), und der Einheit der eigenen Persönlichkeit. Das Zwei-Brüder-Märchen ist also »eine noch relativ undifferenzierte und lapidare Gestaltung des Gegensatzproblemes im Menschen«[15].

Die beiden Brüder der Vätergeneration stellen nicht nur den Gegensatz bewußt – unbewußt, böse – gut, aktiv – passiv dar, sondern auch die der Außenwelt angepaßte Haltung (Extraversion) und die der Innenwelt angepaßte Haltung (Introversion). Der Goldschmied ist weltoffen, aber steht den inneren Gegebenheiten fremd gegenüber. Der Besenbinder ist weltfremd, aber steht den inneren Gegebenheiten offen gegenüber. Der Zwei-Helden-Gegensatz »spiegelt den psychischen Urgegensatz, der im Urbild des Menschen latent vorgebildet ist, und der sich in den Einzelgegensätzen verwirklicht und offenbart«[16].

Die Zwillingsbrüder des Besenbinders, die sich so ähnlich sind wie ein Tropfen dem andern, sind bis zu ihrer Trennung am Kreuzweg Gegensätze in ihrer Ureinheit. Sie beginnen auseinanderzutreten beim Auftauchen des goldenen Vogels, dem Symbol der ersten, ahnungsweise faßbaren, noch flüchtigen Manifestation des Selbst. Gold bedeutet immer höchsten Wert und erscheint daher verbunden mit den Symbolen des Selbst und der Anima (der Goldvogel ist oft eine flüchtige Vorahnung der Anima). Gold steht zudem in Beziehung zur Sonne und zum Licht als den Symbolen der Erleuchtung und Bewußtwerdung.

Die Söhne des Besenbinders sind es, die durch das Essen von Herz und Leber des Goldvogels reich werden. Die Goldstücke, die während des Schlafes unter ihrem Kopfkissen erscheinen, symbolisieren Traumweisheit, die sie in den Tag hinüberretten, Schätze aus dem Unbewußten. Aber dieses Motiv spielt dann im weiteren Verlauf des Märchens keine Rolle mehr.

Die beiden ausgesetzten Brüder irren im Wald umher. Der eigenen Entwicklung »ausgesetzt«, verlieren sie die bewußte Orientierung. Der Wald ist Symbol des Unbewußten. Doch dann begegnen sie einem Jäger, der sie bei sich aufnimmt: »Ich will euer Vater sein und euch großziehen.« An die Stelle des menschlich-wirklichen Vaters tritt nun der archetypische Geist-Vater als Erzieher: Der Jäger (in anderen Märchen der Alte) »symbolisiert die höhere, die zukunftbestimmende unbewußte Macht, welche als Impuls die Helden in ihr Schicksal treibt«[17].

Als die Brüder herangewachsen sind und die »Jägerei« erlernt haben, bitten sie ihren Pflegevater, sie in die weite Welt fortziehen zu lassen. Der »Alte« gewährt ihnen ihre Bitte gern, schenkt jedem eine gute Büchse, einen Hund und beiden zusammen ein blankes Messer. Das sollen sie, wenn sie sich trennen, am Scheideweg in einen Baum stoßen: »Daran kann einer, wenn er zurückkommt, sehen, wie es seinem abwesenden Bruder ergangen ist, denn die Seite, nach welcher dieser ausgezogen ist, rostet, wann er stirbt; solange er aber lebt, bleibt sie blank.« Dadurch ist die Schicksalsverbundenheit der zwei Brüder ausgedrückt.

Erst ziehen sie beide eine Zeitlang gemeinsam umher. Da sie aber keinen Dienst finden, wo sie zusammenbleiben können, trennen sie sich. Sie versprechen sich »brüderliche Liebe bis in den Tod«, stoßen das Messer am Scheideweg in einen Baum, dann geht der eine nach Osten und der andere nach Westen. Der Kreuzweg, an dem sich ihrer beider Wege trennen, ist symbolisch bedeutsam. Er ist häufig durch Inschriften gekennzeichnet, wie zum Beispiel in einer iranischen Variante des Grimmschen Brüdermärchens: »Menschenkinder, wisset, daß, wenn zwei Menschen gemeinsam von hier aus weiter wandern, so werden sie beide umkommen. Darum sollten sie, jeder nach seiner Seite, gehen. Der, welcher den Weg zur Linken einschlägt, wird nach vielen Widerwärtigkeiten mit seiner Geliebten vereint werden, und der, welcher den Weg zur Rechten wählt, wird die Würden eines Königs erhalten.«[18] Die Trennung am Scheideweg stellt das Aufgeben der Ureinheit, das Akzeptieren der Gegensatznatur und den Eintritt in die Welt des Konkreten dar (Beginn des Individuationsweges). Der ältere Bruder geht nach Osten, in Richtung Sonnenaufgang, der jüngere nach Westen, in Richtung Sonnenuntergang – womit sein Weg als »leidvoller Untergangsprozeß« (Verlust der Rückverbundenheit mit der Ganzheit), als »Nachtmeerfahrt« gekennzeichnet ist.

Das vom Drachen beherrschte Land

Der jüngere Bruder kam eines Tages »in eine Stadt, die war ganz mit schwarzem Flor überzogen. Er ging in ein Wirtshaus und fragte den Wirt, ... warum die Stadt so mit Trauerflor ausgehängt wäre. Sprach der Wirt: ›Weil morgen unseres Königs einzige Tochter sterben wird.‹ ›Wie geht das zu?‹ fragte der Jäger. ›Draußen vor der Stadt ist ein hoher Berg, darauf wohnt ein Drache, der muß alle Jahr eine reine Jungfrau haben, sonst verwüstet er das ganze Land. Nun sind schon alle Jungfrauen hingegeben, und ist niemand mehr übrig als die Königstochter, dennoch ist keine Gnade, sie muß ihm überliefert werden; und das soll morgen geschehen.‹ Sprach der Jäger: ›Warum wird der Drache nicht getötet?‹ ›Ach‹, antwortete der Wirt, ›so viele Ritter habens versucht, aber allesamt ihr Leben eingebüßt; der König hat dem, der den Drachen besiegt, seine Tochter zur Frau versprochen, und er soll auch nach seinem Tode das Reich erben.‹«

Diese Schilderung kann entweder die Widerspiegelung einer äußeren Situation in der menschlichen Seele sein oder Ausdruck einer innerseelischen Situation.

Die äußere Situation, die ein Land bedroht und »Opfer fordert«, kann eine Naturkatastrophe (Dürre oder Überschwemmung), eine totalitäre Herrschaft, ein Krieg, eine Hungersnot, eine Seuche oder eine Umweltgefährdung sein. Dafür drei Beispiele:

In einer chinesischen Erzählung ist von einem Flußdrachen (Chiao) die Rede, der jedes Jahr große Überschwemmungen verursachte und dadurch das Leben der Bewohner des ganzen Bezirks bedrohte. Ihn galt es – wenn nicht zu töten, so doch zu besänftigen. Das wurde auf mancherlei Weise versucht, unter anderem dadurch, daß man ihm alljährlich ein Menschenopfer darbrachte. Der Markgraf Wen von Wei (424–387) schaffte einen solchen Brauch ab, bei dem jährlich ein Mädchen in seinem Bett auf dem Fluß ausgesetzt wurde. Das Versinken von Bett und Mädchen im Wasser galt als Verheiratung mit dem Flußdrachen[19]. Der Brauch, Mädchen oder Frauen den als Schlangen oder Drachen vorgestellten Wassergeistern als Gattinnen zu opfern, ist als reales Geschehen vielfältig bezeugt[20].

Der russische Schriftsteller Jewgenij Schwarz († 1958) hat in seiner gegen Ende des Zweiten Weltkrieges geschriebenen Märchenkomödie »Der Drache« unter dem Bild des vom Drachen beherrschten Landes ein totalitäres Regime geschildert[21]. Ursprünglich hatte er dabei den Nationalsozialismus in Deutschland und den Stalinismus im eigenen Land im Blick, aber die Zeitlosigkeit des Märchens meint jedwede Diktatur, Unterdrückung und Gewalt überhaupt. – Das Volk hat sich schnell an die Herrschaft des Drachen gewöhnt, nennt ihn »guter, alter Drache« und zahlt ihm willig den geforderten Tribut. Die Menschen sind bereit, ihm blind zu folgen und ihr Leben für ihn hinzugeben. Der Drache hat ihre Seelen verstümmelt, ihr Blut vergiftet und ihren Gesichtssinn getrübt. Als Lanzelot, ein Nachkomme des berühmten fahrenden Ritters und ein entfernter Verwandter des Heiligen Georg, auftaucht, um den Drachen zum Kampf zu fordern, kommen die Besten der Stadt und flehen ihn an, von seinem Vorhaben abzulassen und außer Landes zu gehen: »Wenn Sie ein humaner und kultivierter Mensch sind, dann fügen Sie sich dem Willen des Volkes.« Als er aber darauf besteht, den Drachen zu töten, hetzen sie die Hunde auf ihn ...

Der Philosoph Franz Vonessen hat die Gefährdung der Umwelt durch Wirtschaftswachstum mit der Bildersprache der Mythologie geschildert, »weil der Begriff der Umwelt ohne den eines Wesens, dem sie ›gehört‹, vollständig tot und abstrakt ist«. Indem er die ganze Menschenwelt als Umwelt des Leviathan begreift, bedient er sich des mythischen Bildes vom Drachen, der über das Land herrscht und seine Opfer fordert: »Ein Drache vernichtet das Land. – Wenn man ihm die Nahrung verweigert, dann tobt er entsetzenerregend. Die Menschen sind hilflos. Keiner von ihnen hat das Drachentöten gelernt. So sehen sie keinen anderen Rat als diesen: ihn vorerst weiter zu füttern. – Saubermänner gehen hinter ihm her und räumen den Kot fort, der das Leben verpestet. Sie glauben, auf diese Weise ›mit dem Untier leben‹ zu können. – Und wer will das tadeln, wenn er selbst nicht weiß, wie ein Drache zu töten ist ...«[22]

Betrachtet man das vom Drachen beherrschte Land unter tiefenpsychologischem Gesichtspunkt als Ausdruck einer innerseelischen Situation, so kommt man zu folgender Deutung: Die mit schwarzem Trauerflor verhängte Stadt ist symbolischer Ausdruck für eine seelische Erstarrung und Verhärtung, die eine innere Weiterentwicklung verhindert und von der Teilnahme am Leben ausschließt[23]. Schwarz ist die Symbolfarbe für Hemmung, Schwermut und Depression[24]. Der Drache, der das Land beherrscht, ist Symbol für die archaischen Triebkräfte, die die Bewußtseinswelt überschwemmen, die das, was im Menschen der Zivilisation und dem kulturellen Fortschritt dient, bedrohen und das, was das Bewußtsein erarbeitet und aufgebaut hat, wieder einreißen und zerstören.

Der Drache und die Jungfrau

Der Drache wohnt auf einem »hohen Berg«. Er beherrscht das ganze Land. Viele haben versucht, ihn zu töten, doch allesamt haben sie ihr Leben eingebüßt – der Drache ist unbesiegbar. Er hat sieben Köpfe, aus denen sein Feueratem hervorgeht, einen mächtigen Schweif und Flügel, denn er kommt »mit großem Gebraus« dahergefahren, erhebt sich in die Luft und stürzt sich von oben auf den Jäger herab.

Der vielköpfige Drache (in anderen Märchen sind es drei, sechs, neun oder zwölf Köpfe) symbolisiert die Vielheit in der Einheit, die »bewußt-unbewußte Totalität der Psyche«. Der Vielköpfigkeit des Drachen entspricht die Vorstellung, daß er seine Seele an vielen verschiedenen Orten und in verschiedenen Gegenständen verborgen hat – das macht ihn so gut wie unsterblich. Sein Feueratem betont den »verzehrenden«, »fressenden« Aspekt des Drachen, der eine Verkörperung der verschlingenden Mutter, des negativen Aspekts des Unbewußten ist. Tritt man dem Drachen von vorn entgegen, so droht sein Feueratem einen zu versengen, naht man sich ihm von hinten, so droht sein gefährlicher Schweif einen zu töten (er ist bisweilen giftig). Der Drache versinnbildlicht das zu überwindende Hindernis, das der Bewußtwerdung und dem inneren Fortschreiten im Wege steht, das Unbewußte, das das erstarkende Ich in seinen mütterlichen Schoß zurückschlingen will und es mit Auslöschung bedroht. Insofern ist der Drache ein Sinnbild des Bösen.

Die Tiefenpsychologie unterscheidet zwischen dem Relativ-Bösen und dem Absolut-Bösen[25]. Das Relativ- oder Individuell-Böse ist die dunkle Schattenseite der bewußten Persönlichkeit. Relativ ist es, weil es zwar die Absichten des Bewußtseins durchkreuzt, aber es letztlich zu einem Ganzen ergänzt. Individuell ist es, weil es das Komplement zur subjektiven Einstellung des Individuums ist, das Gegenteil des Gewollten. Die Auseinandersetzung mit diesem Relativ- oder Individuell-Bösen kann nicht darauf hinauslaufen, es zu bekämpfen, sondern es anzunehmen und die menschliche Persönlichkeit durch Vervollständigung zur Ganzheit zu führen. Es tritt in den Märchen meist in der Gestalt eines häßlichen, Abscheu erregenden Tieres auf, das durch Annahme (Heirat) erlöst werden muß. Es kann auch die Gestalt eines Drachen annehmen, der ursprünglich ein gutes Wesen war, aber durch einen Zauber oder Fluch gezwungen ist, böse zu sein und die Menschen zu belästigen. Zum Beispiel ist in dem Grimmschen Märchen »Das singende springende Löweneckerchen« der Lindwurm eine verzauberte Königstochter, die durch einen Schlag mit der elften Rute vom rechten Ufer des Roten Meeres in ihre menschliche Gestalt zurückverwandelt wird. In dem georgischen Märchen »Drei Schwestern« wird ein riesiger Drache, der seinen Schwanz im Rachen hält, durch die jüngste der drei Schwestern, die bereit ist, ihn zu heiraten, von seiner Drachengestalt erlöst: Er wirft seine Haut ab und tritt ihr als ein Mann entgegen, wie es keinen besseren geben kann[26].

Meistens aber ist der Drache eine Verkörperung des Absolut-Bösen. Das Absolut- oder das Archetypisch-Böse ist die allgemeinmenschliche dunkle Schattenseite des Menschen (kollektiver Schatten), »jene verhüllte, verdrängte, meist minderwertige und schuldhafte Persönlichkeit, welche mit ihren letzten Ausläufern bis ins Reich der tierischen Ahnen hinaufreicht«[27]. Es repräsentiert die wilde und ungezähmte Triebnatur, die allen Menschen gemeinsam ist, und wird als autonome Macht erlebt, die dem menschlichen Willen schlechthin überlegen ist. Es tritt in den Märchen unter anderem im Bilde des furchtbaren, unbesiegbaren, unsterblichen Drachen auf. Die Angst vor ihm ist Herausforderung und Aufgabe für den heroischen Menschen, denn nur das Wagnis kann von Angst befreien. Die kämpferische Auseinandersetzung des heroischen Menschen mit dem Archetypisch-Bösen schildert das Märchen als Drachenkampf. Er steht am Anfang der Heldenlaufbahn, das heißt der Selbstwerdung (Individuation), denn es gibt keine Selbstwerdung ohne die Begegnung mit dem Bösen.

Nun geschieht aber der Kampf mit dem Drachen nicht um seiner selbst willen, sondern um die Jungfrau zu erlösen und die Stadt oder das ganze Land von seiner tyrannischen Herrschaft zu befreien. Dies ist »ein archetypisches Motiv von weiter Verbreitung«[28]. Tiefenpsychologisch gedeutet: Die furchtbare, verschlingende Mutter, das archetypische Bild für den negativen Aspekt des Unbewußten, muß überwunden und die Anima, das positive weibliche Seelenbild des Mannes, aus ihrer Umklammerung befreit werden. Die Überwindung der Mutter (manchmal in vielerlei Gestalt) ist eines der wichtigsten und schwierigsten Probleme der Persönlichkeitsentwicklung des Mannes. Sie ist die Bedingung für die Heirat der Jungfrau. Die Begegnung mit der Anima ist nach der Begegnung mit der dunklen Schattenseite die zweite Etappe des Individuationsprozesses. »Die Anima bestimmt die Beziehung des Mannes zur Frau, und in der Begegnung mit der Frau erfährt und erkennt er das Wesen seiner eigenen Seele.«[29]

In einigen Märchen, so auch im Zwei-Brüder-Märchen, kommt der Held gerade dazu, wie die letzte Jungfrau des Landes, des Königs einzige Tochter, dem Drachen geopfert werden soll, das heißt, mit ihr würde das zukünftige Leben geopfert werden. Die Jungfrau ist des Helden eigene Seele oder ihr positiver Kern, das »Blühende in der Tiefe des Unbewußten« (v. Beit), das von den negativen Triebkräften verschlungen zu werden droht. Der Versuch, den Drachen dadurch zu beruhigen, daß ihm als Gabe eine schöne Jungfrau dargebracht wird, bedeutet, »daß des Mannes Seele, seine Anima, die weibliche Komponente, der erste Wert ist, der von den geweckten Kräften des Unbewußten verschlungen wird. Das ist besonders verhängnisvoll, weil die Anima die Funktion ist, die die Verbindung zwischen ihm und dem Unbewußten herstellen sollte. Wird seine Anima überwältigt, so ist er den ungezähmten Kräften der Tiefe gegenüber hilflos.« In der weiblichen Psychologie ist es entsprechend der Animus, die männliche Komponente, die verschlungen wird oder in unannehmbarer Gestalt (Froschkönig) im Unbewußten verborgen ist.

C. G. Jung sieht in dem Opfer an den Drachen – mildere Formen sind: das Opfer der Erstgeburt und das Opfer wertvoller Haustiere – noch etwas anderes angedeutet: »Mit diesen Opfern, deren Gegenstände begehrte und geschätzte Besitzobjekte darstellen, wird eben dieses triebhafte Begehren, die Libido, aufgegeben, um sie in erneuerter Gestalt wiederzugewinnen. Im Opfer kauft man sich von der Todesangst los und versöhnt sich den opferheischenden Hades.«[30] Die Gewinnung der Jungfrau versinnbildlicht neues fruchtbares Leben und seelischen Reichtum. An ihre Stelle können auch andere Symbole treten, die sich teilweise miteinander verbinden.

In einem Märchen der Kabylen (Nordafrika), das dem Märchen von den zwei Brüdern verwandt ist, »Der Drachenkampf«, ist von einer riesigen Schlange die Rede, die nahe einer Stadt in einer Quelle lebt und das Quellwasser zurückhält: »Diese Schlange gewährte den Einwohnern der Stadt nur das allernotwendigste Wasser und auch dies nur unter der Bedingung, daß ihr jeden Tag ein junges Mädchen eine große Schale mit Kuskus mit einem Stück Fleisch darauf brachte. Wenn nun der Kuskus und das Fleisch der Schlange nicht genügten, so pflegte die Schlange das überbringende Mädchen mit zu verschlingen.«[31] – Die aus der mütterlichen Erde hervorsprudelnde Quelle ist Sinnbild des strömenden Lebens und der schöpferischen Lebensenergie: Symbol »für das Lebendige des seelischen Wesens« (C. G. Jung), für »die ständig aus dem Unbewußten sich erneuernde Lebenskraft« (H. v. Beit), für den »aufsteigend durchbrechenden Charakter des Geborenwerdens« (E. Neumann). Wird die Quelle durch eine Schlange zurückgehalten, so bedeutet das – analog der Jungfrau, die dem Drachen geopfert wird –, daß der Lebensfluß stockt und Erneuerung und Wiedergeburt unmöglich sind. Der positive Aspekt des Unbewußten (Quelle) wird vom negativen (Schlange) beherrscht.

An die Stelle der in der Gewalt des Drachen befindlichen Jungfrau kann auch der von einem Drachen bewachte Lebensbaum mit dem Apfel der Unsterblichkeit in einem paradiesischen Garten treten. In dem georgischen Märchen »Der Tschongurispieler« verspricht ein Herrscher, demjenigen Freier seine einzige Tochter zur Frau zu geben, der ihm den Apfel der Unsterblichkeit bringt. Auf der Suchwanderung tut sich dem singenden Tschongurispieler eine steile Felsenmauer auf und gibt einen mit Blumen bewachsenen Weg frei, der in einen Garten führt. »In diesem Garten aber stand der Baum mit dem Apfel der Unsterblichkeit, den ein Drache bewachte. Wer sich in die Nähe des Gartens wagte, den verschlang er bei lebendigem Leibe.«[32]

In einem anderen georgischen Märchen ist es die Tochter eines Großkaufmanns, die sich auf den Weg macht, um den Apfel vom Baum eines im Osten liegenden Gartens zu holen. Dieser hat »einen Zaun aus Schlangen und als Hüter Drachen mit weit aufgerissenen Rachen«[33]. Während die Drachen schlafen, gelingt es ihr, einen Apfel zu pflücken, doch da erwachen die Schlangen, und die Drachen stürzen zischend und brüllend hinter ihr her. Um ihr Leben zu retten, wirft sie ihren Verfolgern den geraubten Apfel wieder hin und bricht ohnmächtig zusammen. – Der Drache, der den Lebensbaum bewacht, ist die gefährliche Seite des Unbewußten, das zurückschlingen will. Die Frucht des Lebensbaumes ist die schwer erreichbare Kostbarkeit, die der Held dem Unbewußten entreißt oder die die Heldin nicht heimbringen kann: Symbol des Selbst, der seelischen Ganzheit. Wie die Quelle ein Sinnbild strömenden Lebens und schöpferischer Lebenskraft ist, so der Lebensbaum ein Sinnbild inneren Wachstums und innerer Erkenntnis. Quelle und Baum sind die wichtigsten Elementarsymbole und naturhafte Vorformen der Animafigur.

An Stelle der Quelle und des Lebensbaumes kann auch von dem Schatz die Rede sein, den der Drache hütet. Zuweilen liegt er »in der Quelle« oder »unter dem Baum«. Der Drache, der auf dem Schatz hockt, ist das »Symbol der Unfruchtbarkeit und der verkörperte Haß auf die Zukunft. Alles Sich-Berufen auf herrschende Lehre, auf Vorrechte, auf bestehende Zustände, hat etwas von dieser Art.«[34] Der Schatz selber aber, den der Held aus der dunklen Höhle herausholt, ist das Leben, ist er selber, neugeboren aus der dunklen Mutterleibshöhle des Unbewußten, in welches die Introversion oder die Regression ihn versetzt hatte[35]. Immer aber ist erst der Drache, die negative Seite des Unbewußten, zu überwinden, ehe der Held oder die Heldin den Apfel der Unsterblichkeit oder den Schatz – das Selbst, das im Unbewußten gefangen oder verborgen ist – gewinnt.

Hilfreiche Tiere und Zauberschwert

Als die beiden Brüder noch gemeinsam gezogen waren, hatte es sich begeben, daß sie nacheinander fünf Tieren begegneten: einem Hasen, einem Fuchs, einem Wolf, einem Bären und einem Löwen. Jedesmal, wenn sie auf eines der Tiere schießen wollten, denn sie litten Hunger, bat dieses, sie möchten es am Leben lassen, es würde auch jedem von ihnen ein Junges zum Lohn geben. Die Brüder gingen darauf ein, und so folgten fortan einem jeden von ihnen die Tiere und dienten ihnen.

Es handelt sich hier um das Motiv der »hilfreichen Tiere«, das sich häufig in Märchen findet. Sie helfen dem Helden, die unlösbare Aufgabe zu bewältigen. Im Märchen von den zwei Brüdern helfen sie dem jüngeren, den Drachen zu besiegen, indem sie das vom Feueratem des Tieres entzündete trockene Gras, das den Jäger zu verbrennen droht, austreten und das Ungeheuer, nachdem der Jäger es tödlich verwundet hat, in Stücke zerreißen. Das ist bei allen unterschiedlichen und gegensätzlichen Aussagen der Märchen die einzige Regel ohne Ausnahme: »Wer sich den Dank und die Hilfe der Tiere erwirbt, siegt immer.«[36]

Tiefenpsychologisch gedeutet, besagt das, »daß im Kampf des Guten mit dem Bösen das ausschlaggebende Moment der animalische Instinkt oder, vielleicht besser: die Tierseele ist; wer sie auf seiner Seite hat, siegt. Gutes, das instinktwidrig ist, kann nicht dauern, aber auch Böses, das in seiner einseitigen Dämonie instinktwidrig ist, kann nicht bestehen.«[37]

Das Tier symbolisiert die ungezähmte Triebnatur, und zwar ein nichterzogenes, nichtdifferenziertes und nicht vermenschlichtes Stück seelischer Energie, »welches noch zwangsartigen Triebcharakter besitzt, also nicht durch Domestikation gezähmt ist«[38], gewissermaßen ein Relikt der Funktionen der tierischen Ahnenreihe des Menschen. In der Tat treten die hilfreichen Tiere im Märchen zuweilen durch Vermittlung der Ahnen in Erscheinung (z. B. in dem Eskimo-Märchen »Der seltsame Knabe«), oder sie treten an ihre Stelle (Vater/Animus). Wenn sich das Bewußtsein dem Unbewußten zuwendet, verliert dieses seinen bedrohlichen Aspekt und wird lebensfördernd. Die zu Freunden gewordenen Tiere stellen also einen

Zuwachs an seelischer Energie dar, ohne den die unlösbare Aufgabe, wie zum Beispiel die Besiegung des Drachen, nicht bewältigt werden kann.

Dazu kommt noch eine weitere Voraussetzung für die Besiegung des Drachen: die Gewinnung einer Zauberwaffe. In dem Märchen »Die zwei Brüder« heißt es: »Am andern Morgen nahm er (der Jäger) seine Tiere und stieg mit ihnen auf den Drachenberg. Da stand oben eine kleine Kirche, und auf dem Altar standen drei gefüllte Becher, und dabei war die Schrift: ›Wer die Becher austrinkt, wird der stärkste Mann auf Erden, und wird das Schwert führen, das vor der Türschwelle vergraben liegt.‹ Der Jäger trank da nicht, ging hinaus und suchte das Schwert in der Erde, vermochte aber nicht, es von der Stelle zu bewegen. Da ging er hin und trank die Becher aus und war nun stark genug, das Schwert aufzunehmen, und seine Hand konnte es ganz leicht führen.«

Auf dem Berg, Symbol eines durch Anstrengung erreichten höheren Zustandes, in unmittelbarer Nähe des Drachen, befindet sich eine Kirche: »Wo aber Gefahr ist, wächst das Rettende auch« (Hölderlin). Kirche, Altar, Becher – das deutet auf positive, geistige, »obere« Kräfte. Drei Becher muß der Held leeren: »Die Drei ist Symbol für Aktivität, Zielstrebigkeit und bedeutet daher Verwirklichung im Leben.«[39] Durch den Trank wird er der »stärkste Mann auf Erden«, der allein das vor der Türschwelle vergrabene Schwert heben kann.

Das Motiv der Schwertfindung begegnet uns häufig in altgermanischen Heldensagen. Der Held findet in der Behausung des Ungeheuers selbst oder an einem besonderen Ort ein sieghaftes Schwert, ein Exorzismusschwert. Es war bei den Germanen Sitte, Siegesschwerter, die mythischen Ahnen oder berühmten Helden mit ins Grab gegeben waren, wieder heraufzuholen, wenn Kampf und Krieg die Ordnung und den Frieden bedrohten; denn in einem solchen Schwert war die Kraft und das Heil derer lebendig, die es geführt hatten. Insbesondere die Königsschwerter bargen »die gesammelte Kraft der Ahnen aus Amt und Blut« in sich[40]. Oft haben die Schwerter, als seien sie lebendige Wesen, Namen: zum Beispiel »Sköfnungr«, das Schwert, das Skeggi dem Königshügel Hrólfr krakis entnahm, »Ortnits«, das geheimnisvolle Zauberschwert, das Dietrich von Bern fand, »Nägling«, das Schwert

Beowulfs, »Gram«, das Siegesschwert Odins, das Siegmund gewann, »Balmung«, das Schwert, mit dem Siegfried den Drachen tötete, und »Askalon«, das von Zyklopen geschmiedete Schwert, mit dem der Heilige Georg den Drachen erschlug.

Das Schwert versinnbildlicht die seelische Energie speziell männlicher Art und mit vorwiegend geistigem Aspekt. Es ist ein Symbol des Logos, des »scharfen« unterscheidenden Verstandes, durch den der Mensch Herr zu werden vermag über einen Teil der Natur. Manchmal ist es die Jungfrau (Anima), die dem Helden das »Zauberschwert wissenden Erkennens« in die Hand spielt[41].

Im Grimmschen Märchen »Die zwei Brüder« sind nun alle Voraussetzungen für einen siegreichen Kampf mit dem Drachen erfüllt: Der Held war beim Jäger in der Lehre, kennt sich also im Wald aus, er hat die hilfreichen Tiere (untere Kräfte) gewonnen und hat durch das Leeren der drei Becher in der Kirche die Kraft bekommen, das Zauberschwert zu führen (obere Kräfte).

Abb. 22 Der Held Siegfried besiegt den Drachen.

Der siegreiche Drachenkampf

»Gar nicht lange, so kam mit großem Gebraus der siebenköpfige Drache dahergefahren. Als er den Jäger erblickte, verwunderte er sich und sprach: ›Was hast du hier auf dem Berge zu schaffen?‹ Der Jäger antwortete: ›Ich will mit dir kämpfen.‹ Sprach der Drache: ›So mancher Rittersmann hat hier sein Leben gelassen, mit dir will ich auch fertig werden‹, und atmete Feuer aus sieben Rachen. Das Feuer sollte das trockene Gras anzünden, und der Jäger sollte in der Glut und dem Dampf ersticken, aber die Tiere kamen herbeigelaufen und traten das Feuer aus. Da fuhr der Drache gegen den Jäger, aber er schwang sein Schwert, daß es in der Luft sang, und schlug ihm drei Köpfe ab. Da ward der Drache erst recht wütend, erhob sich in die Luft, spie die Feuerflammen über den Jäger aus und wollte sich auf ihn stürzen, aber der Jäger zückte nochmals sein Schwert und hieb ihm wieder drei Köpfe ab. Das Untier ward matt und sank nieder und wollte doch wieder auf den Jäger los, aber er schlug ihm mit der letzten Kraft den Schweif ab, und weil er nicht mehr kämpfen konnte, rief er seine Tiere herbei, die zerrissen es in Stücke.«

In diesem Märchen hat die Auseinandersetzung mit der die Jungfrau beherrschenden Macht die Form des direkten Kampfes. Der Held schlägt dem Drachen beim ersten Zusammenprall mit seinem Schwert drei Köpfe ab und beim nächstenmal drei weitere. Mit letzter Kraft trennt er ihm den Schweif vom Rumpf, den Rest besorgen die hilfreichen Tiere. In vielen Märchen kommt die zunehmende Schwere des Kampfes zum Ausdruck. In der schwedischen Parallelfassung unseres Märchens kämpfen erst die Hunde des Helden und die des Trolls gegeneinander. Erst nachdem die Hunde des Helden die Hunde des Trolls vertrieben haben, kommt es zum Kampf zwischen dem Helden und dem Troll selbst. Hat der Held den Troll besiegt, muß er gegen einen dreiköpfigen Troll kämpfen, hat er auch diesen besiegt, gegen einen sechsköpfigen. In dem russischen Märchen »Sturmheld Ivan Kuhsohn« muß der Held nacheinander einen sechsköpfigen, einen neunköpfigen und einen zwölfköpfigen Drachen besiegen. Die Vermehrung der Köpfe zeigt nicht nur eine größere Gefährdung, sondern auch eine größere Differenzierung der Auseinandersetzung mit dem

Unbewußten an. Das kann auch dadurch ausgedrückt werden, daß an der Stelle des abgehauenen Drachenhauptes zwei oder mehrere neue wachsen, das heißt, ein überwundenes seelisches Problem läßt weitere Probleme entstehen. Das Zerteilen des Drachen mit schneidenden Waffen (Schwert, Messer) ist symbolischer Ausdruck für verstandesmäßiges Zergliedern.

In dem georgischen Märchen »Der Kupferwolf« tötet der Held den Drachen mit einem Pfeilschuß, der ihn in der Mitte zerreißt. Durchbohrende Waffen (Pfeil, Speer, Lanze), die aus der Ferne abgeschossen oder geworfen werden, sind »Symbole des intuitiven, über weite Zwischenräume wirkenden Erkennens«, das eine zielbewußte geistige Einstellung erfordert[42]. Es geht darum, den entscheidenden zentralen Punkt zu »treffen« und das ins Auge gefaßte Ziel nicht zu verfehlen.

In dem Balkan-Märchen »Die zwölf Brocken« überwindet der Zarensohn, nachdem sich seine sämtlichen Waffen als unwirksam erwiesen haben, den Drachen, indem er seine Flöte zu spielen beginnt, die alles zum Tanzen bringt. Da zischt der Drache, zittert und wird allmählich immer kleiner, so klein, daß ihn der Held am Ende mit dem linken Fuß zertreten kann. Dazu von Beit: »Nicht die Waffen des Bewußtseins, nicht der Verstand, wird mit dem Ungetüm fertig, sondern die innere Lebendigkeit des Gefühls und die aus ihr quellende Unerschrockenheit lassen das verschlingende Unbewußte plötzlich harmlos und leicht überwindlich werden.«[43]

Eine andere Form des Drachenkampfes ist die Überwindung des Drachen von innen her. In dem irischen Märchen »Der große Narr aus Cuasan« läßt sich der Held von dem Drachen, dem die Jungfrau geopfert werden soll, verschlingen und einsaugen. Ganz durch ihn hindurchgehend, zerschneidet er ihn mit dem Schwert in zwei Hälften. Dieses Motiv findet sich wiederholt in Märchen. In den von L. Frobenius gesammelten »Walfischdrachenmythen« läßt sich der Sonnenheld von dem Nachtmeerungeheuer verschlingen, entzündet im Bauch des Ungeheuers ein Feuer, schneidet ihm das Herz ab und befreit sich selbst und die vor ihm Verschlungenen aus dem Leib des Ungeheuers. – Während die Tötung von außen Ausdruck der notwendigen Willensstärke des Ich-Bewußtseins gegenüber dem verschlingenden Unbewußten ist, stellt die

Tötung von innen her die ebenso notwendige Willensaufgabe dar, in der sich das Ich-Bewußtsein von der dämonischen Macht, die aus der seelischen Sphäre hervorbricht, einsaugen läßt: »Diese völlige und bedingungslose Hingabe ermöglicht ihm (dem Helden als Kern des menschlichen Bewußtseins) die Erkenntnis (mittels des Schwertes als des schneidenden oder zergliedernden Erkenntnisvermögens) von der Doppelseitigkeit oder Paradoxie jener bedrohenden psychischen Macht (zwei Hälften des Drachen), so daß er dann als jenseits der Gegensätze stehender, frei entscheidender Überwinder aus der Kampfsituation hervorgeht.«[44]

Oft werden im Märchen der Drache, die Hexe, der Riese oder der Teufel nicht durch Gewalt, sondern durch List, nicht durch Heldenhaftigkeit, sondern durch pfiffige Bauernschläue überwunden (»Das tapfere Schneiderlein«, »Der Bauer und der Teufel«). Es handelt sich hier um das archetypische Motiv der Wette als eines Messens der Kräfte oder um das Motiv des geprellten Teufels[45]. Der Held sieht die Absichten des Bösen voraus, er durchschaut sie. Das setzt eine gewisse Vertrautheit mit dem Bösen voraus, ein Über-den-Affekten-Stehen, eine »Phantasie für das Böse«, welche eine »Form des Akzeptierens des Bösen« ist. Wer das Böse verdrängt, kann es nicht durchschauen. Nur wer es als Teil seiner selbst akzeptiert, wer den eigenen Schatten annimmt, gewinnt die Fähigkeit, das Böse zu überlisten und ihm den Schatz, die erleuchtende, wertvolle Erkenntnis abzulisten (»Der Teufel mit den drei goldenen Haaren«). Psychologisch heißt das: »Man muß Einsicht in die eigenen Schattenseiten gewonnen haben, in das eigene Böse – so daß man das Böse nicht mehr einfach nur in der Projektion erlebt, erkennt und bekämpft.«[46]

Eine Form der Überlistung des Drachen besteht darin, daß der Held herausfindet, wo das Ungeheuer seine Seele verborgen hat und worin seine Kraft liegt – so zum Beispiel in dem georgischen Märchen »Das zwölfköpfige Ungeheuer«[47]. Meist ist es eine Frauengestalt (Mutter, Schwester, Braut), mit der der Held im Bunde steht und die dem Ungeheuer das Geheimnis entlockt. In dem georgischen Märchen ist es eine von dem zwölfköpfigen Ungeheuer entführte Königin, und der Held ist ihr jüngster Sohn, der aufgebrochen ist, das Ungeheuer zu töten und seine Mutter zu befreien oder selbst sein

Leben zu opfern. Nach zweimaliger Irreführung nennt das Ungeheuer den wahren Ort, wo seine Seele verborgen ist. Sie befindet sich in zwei Tauben, genauer: in den ungelegten Eiern der beiden Tauben. Diese kommen auf den Turm geflogen, in dem die Königin von dem zwölfköpfigen Ungeheuer gefangen gehalten wird. Der Turm steht im Meer und reicht mit der Spitze bis an den Himmel; er ist also für Menschen unerreichbar. Die Gesundheit und die Kraft des Untiers aber stecken in einem wilden Meereseber, der häufig aus dem Meer hervorkommt, die Stadt verwüstet und unter ihren Bewohnern wütet. Keine Waffe kann ihn verwunden oder gar töten, außer einem Schwert, das in dem Schweiß des Ungeheuers gehärtet ist. Mit Hilfe seiner Mutter verschafft sich der Sohn ein solches Schwert, haut den Eber damit mittendurch. Als die Tauben angeflogen kommen, haut er auch sie mittendurch und entnimmt ihnen die Eier. Damit hat er buchstäblich die Seele des Ungeheuers in der Hand. Er befiehlt ihm, seine Mutter und ihn zu ihrem Schloß zurückzubringen. Dann werden die Eier zerschlagen, und das Ungeheuer wird den Felsen hinabgestürzt.

Es handelt sich hier um eine volkstümliche Vorstellung, die häufig im Märchen vorkommt: Das Ungeheuer hat seine »Seele« oder »Lebenskraft«, sein »Herz« oder seinen »Tod« außerhalb seines Leibes. Sie sind abgelöst vom dämonischen Gegner des Helden, aufgeteilt und verschachtelt an verschiedenen magischen Orten, verborgen in Gegenständen und Tieren. Die »Seele außerhalb« macht den Dämon unüberwindbar und unsterblich. Komplizierte Verschachtelungen zeigen folgendes Grundschema: Der Dämon hat seine Seele oder magische Kraft an unzugänglichen Orten (Turm, Insel, verschlossene Kirche, Glasberg), dann in flüchtigen Tieren (Hasen, Vögel), die die Unfaßbarkeit des seelischen Zentrums ausdrükken, und schließlich in runden Symbolen (Ei, Stein, Kristallkugel), die den psychischen festen Kern, das heißt die zugrundeliegende Energie, symbolisieren.

Psychologisch gedeutet: Der im Helden verkörperten freien, zielgerichteten Energie der Seele gelingt es, alle Schichtungen bis zum verborgenen Lebenszentrum des Dämongegners zu durchdringen und durch Konzentration aufzulösen. »Der ›Sohn‹ als das entstehende höhere Bewußtsein vermag nach

Abb. 23 Der Drache entführt eine Jungfrau.

dramatischen Konflikten, die auf den ersten Blick verwirrende, jedoch zentrierte Vielfalt der Erscheinungsformen des ›Vaters‹ (der Drache ist hier der Negativaspekt des Königs) ablösend in seiner Person zusammenzufassen, weil es ihm gelingt, den geheimen zentrierenden Kern zu erreichen, dessen Übergang an den ›Sohn‹ den eigentlichen Moment der Ablösung darstellt.«[48]

In anderen Märchen wirft der Held dem Dämon das Ei oder die Kristallkugel an die Stirn, worauf dieser tot umfällt und die Prinzessin erlöst ist. Psychologisch gedeutet: Die Überwindung des Dämon erfordert »richtiges Zielen«, das heißt, der Erfolg der Auseinandersetzung mit dem negativen Aspekt des Unbewußten hängt von der Fähigkeit ab, das Entscheidende zu »treffen«[49]. Wenn es getroffen wird, verändert sich die Situation schlagartig. Das Ei oder der Stein stellt den positiven Aspekt des Selbst als Seelenkern dar, der Dämon den dämonischen Aspekt des Selbst, der vernichtet wird. Der Vorgang ist also tötend und heilend zugleich.

Befreiung und Verlust der Jungfrau

Dem Sieg über den Drachen folgt im Märchen die Befreiung der Jungfrau:

»Als der Kampf zu Ende war, schloß der Jäger die Kirche auf und fand die Königstochter auf der Erde liegen, weil ihr die Sinne vor Angst und Schrecken während des Streites vergangen waren. Er trug sie heraus, und als sie wieder zu sich selbst kam und die Augen aufschlug, zeigte er ihr den zerrissenen Drachen und sagte ihr, daß sie nun erlöst wäre. Sie freute sich und sprach: ›Nun wirst du mein liebster Gemahl werden, denn mein Vater hat mich demjenigen versprochen, der den Drachen tötet.‹«

In den meisten Märchenfassungen ist die erste Befreiungstat noch keine Garantie dafür, daß der Held die befreite Jungfrau bekommt. Die Besiegung des Drachen und die Befreiung der Jungfrau sind nur eine erste Stufe der Entwicklung, auf die ein neuer Anschlag der Dunkelwelt folgt.

»Als das geschehen war, weil er von dem Feuer und dem Kampf so matt und müde war, sprach er zur Jungfrau: ›Wir sind beide so matt und müde, wir wollen ein wenig schlafen.‹ Da sagte sie ja, und sie ließen sich auf die Erde nieder, und der Jäger sprach zu dem Löwen: ›Du sollst wachen, damit uns niemand im Schlaf überfällt‹, und beide schliefen ein. Der Löwe legte sich neben sie, um zu wachen, aber er war vom Kampf auch müde, daß er den Bären rief und sprach: ›Lege dich neben mich, ich muß ein wenig schlafen, und wenn was kommt, so wecke mich auf.‹ Da legte sich der Bär neben ihn, aber er war auch müde und rief den Wolf und sprach: ›Lege dich neben mich, ich muß ein wenig schlafen, und wenn was kommt, so wecke mich auf.‹ Da legte sich der Wolf neben ihn, aber er war auch müde und rief den Fuchs und sprach: ›Lege dich neben mich, ich muß ein wenig schlafen, und wenn was kommt, so wecke mich auf.‹ Da legte sich der Fuchs neben ihn, aber er war auch müde, rief den Hasen und sprach: ›Lege dich neben mich, ich muß ein wenig schlafen, und wenn was kommt, so wecke mich auf.‹ Da setzte sich der Hase neben ihn, aber der arme Hase war auch müde, und hatte niemand, den er zur Wache herbeirufen konnte, und schlief ein. Da schlief nun die Königstochter, der Jäger, der Löwe, der Bär, der

Wolf, der Fuchs und der Hase, und schliefen alle einen festen Schlaf.«

Das Hinabsinken in den Schlaf ist durch die Aneinanderreihung gleichlautender Sätze sprachlich meisterhaft wiedergegeben. Psychologisch ist mit dem stereotypen Motiv des Heldenschlafes vor und nach dem Kampf folgendes ausgedrückt: Der Schlaf vor dem Kampf – der Held legt seinen Kopf in den Schoß der Jungfrau und wird beim Herannahen des Drachen nur gewaltsam von ihr geweckt – wirkt erneuernd: Die regenerierende Kraft, die den Kampf ermöglicht, kommt aus dem Unbewußten; aber dieses Kraftschöpfen bedroht fast das zu vollbringende Werk. Der Schlaf nach dem Kampf ist gefährlich: Der Kampf gegen das Unbewußte ist eine ungeheure Anstrengung gewesen, nun droht das Ich-Bewußtsein samt den mobilisierten Hilfskräften wieder ins Unbewußte zurückzusinken. Es verfällt wieder der Gewalt des Schattens, gegen dessen Anfechtungen nur ein ständiges »Wachsein« helfen kann. Mit anderen Worten: Der Held hat nicht die Kraft, die eben gewonnene Jungfrau heimzuführen, die Anima, den wesentlichen Inhalt des Unbewußten ins Bewußtsein aufzunehmen. Er gleitet, an der Schwelle angelangt, wieder ins Unbewußte zurück, weil das Bewußtsein noch nicht aufnahmebereit dafür ist.

So betritt ein anderer die Szene und gibt sich fälschlich als Sieger über den Drachen aus:

»Der Marschall aber, der von weitem hatte zuschauen sollen, als er den Drachen nicht mit der Jungfrau fortfliegen sah und alles auf dem Berg ruhig ward, nahm sich ein Herz und stieg hinauf. Da lag der Drache zerstückt und zerrissen auf der Erde, und nicht weit davon die Königstochter und ein Jäger mit seinen Tieren, die waren alle in tiefen Schlaf versunken.« Was tat er da? Er schlug dem Jäger den Kopf ab, entführte die Jungfrau und zwang sie unter Androhung des Todes zu bezeugen, daß er es gewesen war, der den Drachen getötet hatte. Er brachte sie dem überglücklichen König zurück und forderte sie – wie dieser es dem Drachenbezwinger zugesagt hatte – zur Gemahlin. Der König entsprach seiner Forderung, doch die Königstochter bat sich aus, daß die Hochzeit erst über Jahr und Tag gefeiert werden solle, »denn sie dachte in der Zeit etwas von ihrem lieben Jäger zu hören«.

Der Marschall steht im Dienst des Königs. Der König stellt im Märchen allgemein die kollektiv vorherrschende Bewußtseinseinstellung dar. Der Marschall – in anderen Märchen: die neidischen Brüder oder andere Personen – bringt den Helden, während dieser schläft, um den Gewinn seines Heldenkampfes, um die Jungfrau (in anderen Märchen um das Wasser des Lebens oder den gewonnenen Schatz); ja mehr noch: Er bringt ihn »ums Leben«. Der Held verliert nicht nur den mühsam errungenen höchsten Wert, sondern er »verliert den Kopf«, womit ein »Zustand von Panik und Auflösung angesichts des Unbewußten und seiner Inhalte« bezeichnet ist[50], ein Zustand der Selbst-Entfremdung. Das Bewußtsein verfällt in Todesstarre. Der Tod des Helden entspricht dem häufigen Motiv des Todesschlafes (Schneewittchen) oder der Zerstückelung.

Wiederbelebung des Helden und Wiedergewinnung der Jungfrau

Es sind die hilfreichen Tiere, die den Helden durch eine Lebenswurzel wieder zum Leben erwecken: »Wer die im Mund hat, der wird von aller Krankheit und allen Wunden geheilt.« Der Hase bringt sie innerhalb von vierundzwanzig Stunden von dem zweihundert Stunden entfernt liegenden Berg herbei. Der Hase ist ein »weitbekanntes Symbol in Verbindung mit dem Mond, der Erdmutter, der Fruchtbarkeit und zeugenden Wiedergeburt der Natur«[51]. (Auch in dem chinesischen Märchen »Die Mondfee« ist es ein Hase, der zur Bereitung des Lebenselixiers das Lebenskraut im Mörser zerstößt.) Der Löwe setzt dem Jäger den Kopf wieder an, und der Hase steckt ihm die Wurzel in den Mund. Alsbald fügt sich alles wieder zusammen, das Herz beginnt zu schlagen, und das Leben kehrt zurück.

Die Lebenswurzel, manchmal die Wurzel des Lebensbaumes, die die Wurzelkraft alles Seienden enthält, ist ein verbreitetes Motiv. Im Märchen vom »Gevatter Tod« ist es der Tod selbst, der das Lebenskraut verleiht. Oft besitzt der Urahn (Totenreich = Ahnenwelt) das Lebenskraut oder das Lebenswasser. Darum ist er, das Symbol des Selbst, oft das Ziel der abenteuerlichen Suchwanderung. So geht zum Beispiel Gilgamesch zu Utnapischtim, um das Lebenskraut zu holen. (»Wenn dies Gewächs deine Hände erlangen, wirst das Leben du finden!«) – In diesen Zusammenhang gehört auch das geheimnisvolle seelenheilende Kraut Moly, dessen Wurzel schwarz und dessen Blüte weiß ist[52]. Hermes, der Seelenführer, bringt es Odysseus vom Himmel als Gegenmittel gegen die dunkellockenden Kräfte der chthonischen Kirke. Die Christen deuteten diesen Mythos um: An die Stelle des Hermes trat Christus als Seelenführer. Er bringt vom Himmel die seelenrettende Gabe: das Moly der evangelischen Botschaft, das »Heilmittel der Unsterblichkeit« (pharmakon athanasias).

Aber der Löwe hatte in der großen Eile seinem Herrn den Kopf verkehrt aufgesetzt, so daß ihm der Kopf nach dem Rücken stand. Da mußte der Löwe ihm den Kopf wieder abreißen, ihn herumdrehen, und der Hase heilte ihn mit der Wurzel fest. – Dieses Motiv kommt auch in anderen Märchen vor, zum Beispiel in dem isländischen Märchen »Von dem Burschen, der sich vor nichts fürchtete«, in dem es heißt, daß der Bursche, dem der Kopf verkehrt aufgesetzt worden war, »sein Hinterteil sah« und dabei »wie wahnsinnig vor Grauen« wurde. Das Erschrecken vor der eigenen, sonst nicht wahrnehmbaren Rückseite ist bildhafter Ausdruck für das Erschrekken vor der »anderen Seite« unserer Persönlichkeit, die nicht bewußt ins Auge gefaßt werden kann und daher unheimlich bleibt. Ihrer ansichtig zu werden löst Qual und Verwirrung aus. Sie ist die dunkle Schattenseite, die dämonische, unbewußte Komponente der Persönlichkeit; sie ist auch die Todesseite. Aber: »Wer das unbekannte und Furcht erregende ›Andere‹ hat annehmen können, ist dafür unverwundbar geworden und hat übermenschliche Unabhängigkeit erreicht.«[53]

Das zeigt sich in der darauffolgenden Szene des Märchens von den zwei Brüdern: Nachdem der Jäger ein Jahr mit seinen Tieren in der Welt umhergezogen war, kam er wieder in die Stadt, wo er die Königstochter vom Drachen erlöst hatte. Doch diesmal war die Stadt nicht »mit schwarzem Flor zur Trauer«, sondern »mit rotem Scharlach zur Freude« ausgehängt. Auf seine Frage an den Wirt erfuhr er, daß am nächsten Tag die Hochzeit des Marschalls mit der Königstochter stattfinden solle.

Darauf wird ausführlich erzählt, wie der Jäger mit dem Wirt darum wettet, daß er bei ihm Brot, Braten, Zugemüs, Zuckerwerk und Wein von des Königs Tisch essen und trinken werde. Nacheinander schickt er den Hasen, den Fuchs, den Wolf, den Bären und den Löwen zur Königstochter ins Schloß. Sie erkennt sie an ihrem Korallenband, das sie als Lohn für ihre Hilfe bei der Besiegung des Drachen unter sie verteilt hatte, und schickt sie mit dem Gewünschten zu ihrem Herrn zurück. Dieser ersieht daraus, daß sie ihn noch liebt, und wettet daraufhin noch einmal mit dem Wirt, daß er an des Königs Hof gehen und die Königstochter heiraten werde. In demselben Augenblick kommt ein Diener des Königs und lädt ihn aufs Schloß. Nachdem er königliche Kleider, einen Wagen mit sechs Pferden und Dienern bekommen hat, nimmt er das Tuch, das die Königstochter ihm geschenkt hatte und in dem er die herausgeschnittenen Drachenzungen bewahrt, und fährt zum König.

Der König weist ihm den Platz neben sich und seiner Tochter an. Ihm gegenüber sitzt der Marschall, der ihn aber nicht erkennt. Als die sieben Häupter des Drachen zur Schau gestellt werden und der König erklärt, daß er dem Marschall als dem Besieger des Drachen seine Tochter zur Gemahlin geben will, steht der Jäger auf, öffnet die sieben Rachen und fragt, wo denn die sieben Zungen des Drachen seien. Der Marschall wird bleich und sagt in seiner Angst: »Drachen haben keine Zungen.« Darauf der Jäger: »Die Lügner sollten keine haben, aber die Drachenzungen sind das Wahrzeichen des Siegers.« (Das Herausschneiden der Zunge eines erlegten Tieres ist alter Jägerbrauch.) Er weist die Drachenzungen vor, und die Königstochter erkennt das Tuch, in das er sie eingewickelt hatte, als das ihre. So überführt der Jäger den falschen Drachentöter. Darauf wird der Marschall gerichtet, der Jäger aber erhält die Königstochter zur Gemahlin und wird vom König zu seinem Statthalter im ganzen Reich ernannt. Ihre Hochzeit wird mit großen Freuden gefeiert . . .

Dieser ganze Handlungsablauf – Entlarvung und Bestrafung des falschen Bräutigams, Hochzeit des Helden mit der Jungfrau, Einsetzung des Helden zum Statthalter des Königs im ganzen Reich – kehrt in vielen Märchen stereotyp wieder. Der falsche Bräutigam ist – wie die falsche Braut (in »Aschenputtel«) – ein »Symbol der dem Wesentlichen fremden Einstellung«, der niedrige Aspekt des Schattens[54]. Die Befreiung der Jungfrau von dem falschen Bräutigam stellt symbolisch die durch bewußte Bemühung erreichte Befreiung der Anima aus ihrer Verhaftung an die Schattenfigur und ihren Anschluß an den Persönlichkeitskern dar. Die Hochzeit des Helden mit der Königstochter symbolisiert die Vereinigung der positiven Seelenkomponenten, des Ich-Bewußtseins mit dem lebendigen Wesen des Seelischen. Beide zusammen bilden die höhere Persönlichkeit, das Selbst.

Der verlorene Drachenkampf

Mit der Hochzeit ist das Märchen keineswegs zu Ende; denn es ist damit kein bleibender Zustand erreicht. Hinter dem königlichen Weltleben taucht allmählich wieder der negative Aspekt des unbewußten Teils dieser Welt der Erscheinungen in Gestalt einer frierenden Hexe auf. Das Märchen fährt fort:

Eines Tages jagte der junge König mit seinen Tieren einer weißen Hirschkuh nach, kam dabei immer tiefer in den Zauberwald und verirrte sich. Die Nacht brach herein, und er machte ein Feuer, um dort zu übernachten. »Als er bei dem Feuer saß, und seine Tiere sich auch neben ihn gelegt hatten, deuchte ihn, als hörte er eine menschliche Stimme: Er schaute umher, konnte aber nichts bemerken. Bald darauf hörte er wieder ein Ächzen wie von oben her, da blickte er in die Höhe und sah ein altes Weib auf dem Baum sitzen, das jammerte in einem fort: ›Hu, hu, hu, was mich friert!‹ Sprach er: ›Steig herab und wärme dich, wenn dich friert.‹ Sie aber sagte: ›Nein, deine Tiere beißen mich.‹ Antwortete er: ›Sie tun dir nichts, altes Mütterchen, komm nur herunter.‹ Sie war aber eine Hexe und sprach: ›Ich will dir eine Rute von dem Baum herabwerfen, wenn du sie damit auf den Rücken schlägst, tun sie mir nichts.‹ Da warf sie ihm ein Rütlein herab, und er schlug sie damit, alsbald lagen sie still und waren in Stein verwandelt. Und als die Hexe vor den Tieren sicher war, sprang sie herunter und rührte auch ihn mit einer Rute an und verwandelte ihn in Stein. Darauf lachte sie und schleppte ihn und die Tiere in einen Graben, wo schon mehr solcher Steine lagen.«

Der neue Anschlag der Dunkelwelt auf den Helden ist

unschwer als eine Variante des ersten zu erkennen: Drache und Hexe sind verschiedene archetypische Bilder der furchtbaren, verschlingenden Großen Mutter. Nur handelt es sich nicht um einen offenen Kampf mit der eindeutigen Drachengestalt des Bösen, sondern um eine undurchschaubare Konfrontation mit der zweideutigen Hexengestalt des Bösen. Die Verwandtschaft des zweiten Feindes (Hexe) mit dem ersten (Drache) kommt in einigen Märchen dadurch zum Ausdruck, daß beide verwandt sind. In der schwedischen Parallelfassung unseres Märchens erscheint dem Helden nach seiner Hochzeit ein Troll, der ihn mit folgenden Worten zum Kampf herausfordert: »Silberweiß, du hast meine drei Brüder (den einköpfigen, dreiköpfigen und sechsköpfigen Meertroll) getötet, und ich bin gekommen, um sie zu rächen.«[55] Nachdem Silberweißens Hunde die Trollhunde vertrieben haben, kommt es zu einem »gewaltigen Kampf« zwischen Silberweiß und dem Troll. Als dieser merkt, daß er unterliegen müsse, läuft er weg, klettert auf einen »hohen Baum« und erklärt sich bereit, Sühnegeld für seine Brüder zu nehmen. Die weitere Szene spielt sich dann ähnlich wie im Märchen von den zwei Brüdern ab, nur daß es drei Haare vom Kopf des Trolls sind, die die Hunde von Silberweiß bannen und daß der Troll darauf den Kampf mit Silberweiß erneut anfängt und ihm die Todeswunde beibringt. Sein Pflegebruder Lillwacker macht ihn, nachdem er den Troll überlistet hat, mit Hilfe des Lebenswassers wieder lebendig und bannt damit den Troll. – In der entsprechenden Episode des russischen Märchens »Die beiden Soldatensöhne Iwan« ist das schöne Mädchen, das sich zu einem fürchterlichen Löwen aufbläst, die »Schwester der drei Drachen«, die Iwan, der Soldatensohn, erschlagen hatte.

Außer in den genannten Märchen kommt die Episode mit der Hexe noch in folgenden Märchen vor: in dem griechischen Märchen »Die Zwillingsbrüder«, in dem Zigeunermärchen »Die frierende alte Zauberin«, in dem lettischen Märchen »Die Hexe auf der Espe«, in dem kaukasischen Märchen »Der kahlköpfige Gänsehirt« und in dem Grimmschen Märchen »Die Goldkinder«. Die Hexe erscheint in diesen Märchen als »alte Frau«, als »alte Zauberin«, als dreiköpfiges »böses Weib«, als schönes Mädchen, das sich zu einer fürchterlichen Löwin aufbläst, und als »großer und grimmiger Troll« oder Riese.

Daß der Held die frierende Hexe vom Baum herab – sie ist für ihn »zu hoch« – an sein Feuer ruft, verrät eine zu arglose, gutmütige und barmherzige Einstellung gegenüber dem Bösen. Dem Zum-Wärmen-ans-Feuer-Rufen entspricht in anderen Märchen ein Zum-Essen-an-den-Tisch-Rufen oder Almosen-Geben. Die mitleidige Gutmütigkeit beschwört den Sieg der bösen Mächte herauf. In solchem Verhalten drückt sich aus, »daß eine Seite des Innenlebens zu kurz gekommen ist, daß wirklich vom Helden ein Tribut an die ›andere Seite‹ gezahlt werden sollte, aber nicht in so instinktloser Weise, denn damit, daß der Mensch sein Verhalten unvermittelt in ein Gegenteiliges umkehrt und seinem Schatten blindlings Wirkungsmöglichkeit gibt, ist der seelische Konflikt nicht behoben, in so einfacher Art gelingt es nicht, sich von der Lösung dieses Problems loszukaufen. Darum bewirkt die Schwäche gegenüber der Dunkelwelt die Lähmung des Helden«[56] – in »Die beiden Soldatensöhne Iwan« sogar das unwiderrufliche Ende.

Die Versteinerung – sie entspricht dem Motiv des Verschlungenseins im Walfischbauch und des Eingeschlossenseins im Eisenofen, im Glasberg oder im Glassarg – ist ein Bild des vom Leben abgekehrten oder abgeschnittenen, dämonisch gebannten Wesens, ein Bild für jene seelische Erstarrung, die durch ungelöste Konflikte entsteht und sich in pathologischen Fällen infolge der Unfähigkeit, sich innerlich zu wandeln, bis zur tatsächlichen völligen Verhärtung, ja »Versteinerung« entwickelt. In unserem Märchen – wie auch in anderen – werden zunächst die Tiere des Helden versteinert und dann der Held selbst. Tiefenpsychologisch gedeutet: »Es tritt eine Lähmung des Instinktes ein, die eine Lähmung der bewußten Persönlichkeit zur Folge hat. Zu dieser Lähmung der Tiere kann es kommen, weil der Held sie nicht in Schutz nimmt und zwar, weil er naiverweise den Worten oder Verlockungen des listigen Feindes traut. Diese Arglosigkeit am falschen Ort ist darauf zurückzuführen, daß der Heldenbruder den Kontakt mit seiner eigenen dunkleren Gegenseite verloren hat, denn der Arglist der Welt und der Arglist der Dämonen des Unbewußten ist nur derjenige gewachsen, der seine eigene Dunkelheit kennt und im Auge behält. Das Wissen um die eigene Einseitigkeit bewirkt eine Haltung, welche so wenig die Möglichkeit des eigenen Irrtums und der Instinktentfremdung wie die Möglichkeit der Wandlung der Gegebenheiten von Gutem in Schlechtes und umgekehrt je außer acht läßt. Der Heldenbruder dieses Märchens hingegen stellt eine Bewußtseinseinstellung dar, die naiv gradlinig durchs Leben stürmt und daher notwendigerweise in Erstarrung enden muß. Die siegreiche List der unbewußten Natur wirkt sich jedoch nicht nur rein negativ aus, wie es bei einseitiger Betrachtung der Fall zu sein scheint, sondern sie bedeutet auch eine neue Möglichkeit. Diese besteht darin, daß die geheime Verbundenheit der Zwillingsbrüder aktiviert wird und die Getrennten sich wiederfinden.«[57] Der in die Welt hineingegangene Held, so war von Anfang an klar, ist ja nur ein »Teil der Urganzheit«.

Die Erlösung durch den Bruder

»Nun trug sich zu«, so erzählt das Märchen weiter, »daß gerade in dieser Zeit der andere Bruder, der bei der Trennung gen Osten gewandelt war, in das Königreich kam ... Da fiel ihm ein, er wollte einmal nach dem Messer sehen, das sie bei ihrer Trennung in einen Baumstamm gestoßen hatten, um zu erfahren, wie es seinem Bruder ginge. Wie er dahin kam, war seines Bruders Seite halb verrostet und halb war sie noch blank. Da erschrak er und dachte: ›Meinem Bruder muß ein großes Unglück zugestoßen sein, doch kann ich ihn vielleicht noch retten, denn die Hälfte des Messers ist noch blank.‹« – So ging er mit seinen Tieren nach Westen, kam in die Stadt und forschte nach seinem Bruder. Darauf ritt er in den Zauberwald, um seinen Bruder zu suchen. Es erging ihm wie seinem Bruder: Er jagte der weißen Hirschkuh nach, kam immer tiefer in den Zauberwald hinein und verirrte sich. Als es Nacht wurde, zündete er ein Feuer an und lagerte sich mit seinen Tieren darum. Da forderte die frierende Hexe auf dem Baum in derselben Weise wie gegenüber seinem Bruder sein Mitleid heraus. Doch er traute der Alten nicht und war nicht gewillt, seine Tiere zu schlagen. Er drohte ihr, daß er sie vom Baum herunterschießen werde, versuchte es auch, doch sie war gegen alle Bleikugeln gefeit.

»Der Jäger wußte Bescheid, riß sich drei silberne Knöpfe vom Rock und lud sie in die Büchse, denn dagegen war ihre

Kunst umsonst, und als er losdrückte, stürzte sie gleich mit Geschrei herab. Da stellte er den Fuß auf sie und sprach: ›Alte Hexe, wenn du nicht gleich gestehst, wo mein Bruder ist, so pack ich dich auf mit beiden Händen und werfe dich ins Feuer.‹ Sie war in großer Angst, bat um Gnade und sagte: ›Er liegt mit seinen Tieren versteinert in einem Graben.‹ Da zwang er sie, mit hinzugehen, drohte ihr und sprach: ›Alte Meerkatze, jetzt machst du meinen Bruder und alle Geschöpfe, die hier liegen, lebendig, oder du kommst ins Feuer.‹ Sie nahm eine Rute und rührte die Steine an, da wurde sein Bruder mit den Tieren lebendig, und viele andere, Kaufleute, Handwerker, Hirten, standen auf, dankten für ihre Befreiung und zogen heim. Die Zwillingsbrüder aber, als sie sich wiedersahen, küßten sich und freuten sich von Herzen. Dann griffen sie die Hexe, banden sie und legten sie ins Feuer, und als sie verbrannt war, da tat sich der Wald von selbst auf, und war licht und hell, und man konnte das königliche Schloß auf drei Stunden Wegs sehen.«

An dem kritischen Punkt der Entwicklung des Helden taucht unerwartet der bisher unbeachtete ältere Bruder als Retter des erfolgreichen Heldenbruders auf und erweist sich somit als der Mächtigere der beiden. Tiefenpsychologisch gedeutet: »Im Augenblick der äußersten Bedrohung durch die archetypische Welt in ihrem todbringenden Aspekt kann der Mensch nicht standhalten, wenn er seinen ›Schatten‹, seine ›andere Seite‹, welche dem Dunkel näher steht und sich ihm leicht angleicht, nicht assimiliert hat.«[58] Beide Brüder zusammen stellen die innere Ganzheit in ihrer latenten Gegensatznatur dar. Der jüngere Bruder ist den abenteuerlichen Heldenweg in die Welt gegangen, hat die Königstochter gewonnen und eine herrschende Stellung eingenommen. Der ältere Bruder ist dagegen unscheinbar und von einfacherer Natur, er ist einsam geblieben und auf nicht erwähnenswerten Pfaden gewandelt. In anderen Brüdermärchen ist er still zu Hause, das heißt länger im mütterlichen Schoß geblieben. Nach Auffassung der Naturvölker hat der Mensch einen älteren Bruder im Jenseits, im archetypischen Bereich, mit dem der Zusammenhang gewahrt werden muß. Er ist immer der, der den von der Ureinheit aus gesehen jüngeren, der, wie alles auf Erden Erschienene, untergeht, aus der Gewalt dämonischer Mächte befreit. Der ältere Bruder verkörpert im Gegensatz zu seinem aktiven Heldenbruder »jene innere Seite, der bisher noch nicht nachgelebt worden ist (sei es innen oder außen), diejenige Seite, welche, scheinbar benachteiligt, gerade infolge ihrer Unentwickeltheit stärkere Urkräfte behalten hat«[59]. Nur der archaische Urmensch kann in seiner geistigen Urkraft die Wiederbelebung herbeiführen. Seine innere Festigkeit zeigt sich darin, daß er ein innigeres Verhältnis zu seinen Tieren, das heißt zu den natürlichen Triebkräften, besitzt, infolgedessen die List der Dunkelwelt durchschaut und sich nicht so leicht an sie verliert. Weil er gegenüber der Hexe eine unerbittlich harte Haltung einnimmt, kann er seinen Bruder vor dem völligen Abgleiten in die Sphäre des Unbewußten bewahren und sein Bewußtsein wieder mit der überpersönlichen Totalität verbinden.

Das Motiv von dem unansehnlichen Bruder, der den großen Helden retten muß, »enthält Wahrheiten, die psychologisch als ein sich im einzelnen Menschen abspielendes Geschehen zwischen dem bewußten Teil der Persönlichkeit und dem Schatten gedeutet werden können, und zugleich – umfassender mythologisch – als die wiederholte und gänzliche Hinwendung jenseitiger Macht zum Menschen«[60].

Daran, daß der ältere Bruder nicht nur seinen Heldenbruder samt dessen Tieren, sondern noch »viele andere« wieder lebendig macht, wird noch einmal die Parallelität zum Drachenkampfmotiv deutlich; denn oft heißt es im Märchen, daß der Held, der den Drachen besiegt hat, alle, die ihm verfallen waren, aus seiner Gewalt errettet oder daß er alle, die im Walfischbauch verschlungen waren, daraus befreit: seine Eltern, seine Stammesgenossen, seine Ahnen, die ganze Menschheit. In tiefenpsychologischer Sicht bedeutet das: »Wo immer ein Mensch dadurch zu höherer Bewußtheit gelangt, daß er einen Konflikt zu Ende durchgekämpft hat, wirkt seine Tat wie die Befreiung neuen Lebens rings um ihn herum; er entgiftet die belastete Atmosphäre und wirkt dadurch im ganzen Umkreis erlösend.«[61]

Entzweiung und Versöhnung der Brüder

Mit der Erlösung aus der Versteinerung durch den älteren Bruder ist immer noch nicht das glückliche Ende des Märchens erreicht. Dadurch, daß der bisher unbekannte Bruder auf den Plan tritt, kommt es zu einem Konflikt zwischen beiden. Anlaß ist die Beziehung zu der jungen Königin.

Auf dem Weg nach Hause erzählten die beiden Brüder einander ihre Schicksale. Als der ältere dem jüngeren Bruder berichtete, daß er in der Stadt für ihn angesehen worden sei und daß er – da auch die junge Königin ihn für ihren Gemahl gehalten habe – an ihrer Seite hatte essen und schlafen müssen, wurde der jüngere Bruder »so eifersüchtig und zornig, daß er sein Schwert zog und seinem Bruder den Kopf abschlug«.

Wie Kain gegen seinen Bruder Abel, so erhebt sich der jüngere gegen seinen älteren Bruder und erschlägt ihn im ersten Zorn, weil er meint – zu Unrecht, wie sich später herausstellt –, dieser habe ihn mit seiner Gattin betrogen. Tiefenpsychologisch gedeutet: »Die irrige Annahme des Bruders, die zum Morde führt, beruht auf Eifersucht um der Animagestalt willen, welche die seelische Lebendigkeit verkörpert. Der Bruder fürchtet einen Verlust an seelischer Kraft durch das Auftauchen des anderen. Dies schildert eine psychologisch weitreichende und fast gesetzmäßig auftretende Problematik: wenn eine neue Tendenz der Lebenshaltung, ein bisher Ungelebtes, aus dem Unbewußten auftaucht, fühlt sich die bisherige Persönlichkeit schwer bedroht, sogar wenn sie ahnt oder sogar wenn sie, wie hier, schon erlebt hat, daß sie selber unzulänglich und das Andere ein Rettendes ist.«[62]

Als nun der ältere Bruder tot dalag und der jüngere sein rotes Blut fließen sah, »reute es ihn gewaltig: ›Mein Bruder hat mich erlöst‹, rief er aus, ›und ich habe ihn dafür getötet!‹ und jammerte laut. Da kam sein Hase und erbot sich, von der Lebenswurzel zu holen, sprang fort und brachte sie noch zu rechter Zeit: und der Tote ward wieder ins Leben gebracht und merkte gar nichts von der Wunde.« – Darauf zogen sie weiter und sorgten, als jeder von ihnen mit seinen Tieren zu dem entgegengesetzten Tor in die Stadt hineinging, für große Verwirrung. Die Königstochter aber erkannte ihren Gemahl daran, daß ihm der Löwe nachfolgte, dem sie das goldene

Schlößchen von ihrem Halsband gegeben hatte: »›Der ist mein rechter Gemahl.‹ Da lachte der junge König und sagte: ›Ja, das ist der rechte‹, und sie setzten sich zusammen zu Tisch, aßen und tranken, und waren fröhlich. Abends, als der junge König zu Bett ging, sprach seine Frau: ›Warum hast du die vorigen Nächte immer ein zweischneidiges Schwert in unser Bett gelegt, ich habe geglaubt, du wolltest mich totschlagen.‹ Da erkannte er, wie treu sein Bruder gewesen war.«

Der ältere Bruder hat ein enges Verhältnis zur Instinktwelt (Tiere), doch er hält sich seinem weltabgewandten Charakter gemäß von der menschlichen Form der Anima streng geschieden. Das Schwert, das er zwischen sich und die Gattin des Bruders legt, ist nicht nur ein Zeichen seiner ritterlichen Ehrenhaftigkeit, sondern »Symbol der klaren Entscheidung«[63]. Er »hält an der strengen Scheidung des *seelischen* Bereiches, dem sich sein Bruder hingab, von seiner eigenen Welt fest, verzichtet auf das Hohe und Schöne, das sein Bruder in der Welt erreichte, und behält dafür eine treuere Verbundenheit zum chtonischen *Instinkt*bereich. Hätte er beides begehrt, so wäre ein tragisches Ende beider Brüder (wie in dem russischen Märchen »Die beiden Soldatensöhne Iwan«) wohl unvermeidlich geworden.«[64] Indem er sich aber seinem Bruder gegenüber als »treu« erweist, werden am Ende beide gerettet.

War der Konflikt zwischen den beiden Brüdern durch die Animagestalt entstanden, so wird er auch durch sie wieder beigelegt: Sie bekennt sich zu dem Bruder, der sie vom Drachen befreit und gewonnen hat. »Als Symbol der Seele umfaßt die Frauengestalt beide Wesensarten und kann zwischen dem für das irdische Bewußtsein eintretenden Helden und dem dämonischen, überlegenen Bruder vermitteln.«[65]

Das Böse im Märchen

Die Auseinandersetzung zwischen Gut und Böse steht im Zentrum der meisten Märchenhandlungen. Das Märchen spricht davon in Schwarzweißmanier, indem es Gut und Böse auf verschiedene Gestalten verteilt, wobei psychologisch gesprochen die verschiedenen Gestalten verschiedene Kräfte innerhalb der Gesamtpersönlichkeit darstellen. Es geht hier um das sublimste Problem der Psychologie des Bösen: Wie muß man mit dem numinosen und gefährlichen Widersacher in der Psyche umgehen, daß man nicht von ihm zerstört wird[66]?

Gibt es Richtlinien eines Ethos des Unbewußten? Eines Ethos, das bereits in der unbewußten und vorbewußten, naturgegebenen seelischen Struktur des Menschen vorhanden ist? Die Antwort ist eine doppelte. Einerseits enthalten die meisten Märchen »tatsächlich so etwas wie eine Naturmoral, die sich im Verlauf der Handlung verdeutlicht – ein Ethos des ›richtigen‹ Verhaltens, das zu einem glücklichen Ende leitet, im Gegensatz zu einem unrichtigen Verhalten, das ins Unheil führt«. Andererseits läßt sich die Naturmoral der Märchen nur in subtilen Paradoxien formulieren, so daß sich daraus keine allgemein verbindlichen Verhaltensregeln ableiten lassen. Grundsätzlich gibt es keine Gewähr dafür, daß man das Wagnis der Auseinandersetzung mit dem Bösen besteht, und auch keine objektiven Kriterien dafür, was in der jeweiligen Situation das Richtige ist. »Bald hilft Mut, bald Flucht, bald Ehrlichkeit, bald List, bald Güte, bald Härte, bald frommer Ernst, bald Leichtsinn.«[67]

Wie die Bilder des Traumes erst aus dem jeweiligen Zusammenhang ihre Deutung erfahren, so auch die Symbole des Märchens. Das Böse kann – wie wir gesehen haben – auf sehr verschiedene Weise Gestalt annehmen, und der Held oder die Heldin kann auf sehr verschiedene Weise darauf reagieren, je nach der Entwicklungsphase, in der sich der Mensch befindet.

Das im Drachen verkörperte Böse kann ein durch einen Fluch verzaubertes Gutes sein, das durch liebendes Annehmen von seinem Bösesein erlöst werden muß. Es kann – um das entgegengesetzte Extrem zu nennen – auch das absolute Böse symbolisieren, das als völlige Herzlosigkeit, als rohe Gewalt und als Mord- und Zerstörungslust in Erscheinung tritt und nicht integriert werden kann, sondern bekämpft werden muß. Flucht vor ihm ist geboten, wenn der Held sich seiner Übermacht nicht gewachsen fühlt. Kampf ist geboten, wenn der Held sich dazu stark und gerüstet fühlt. Überlistung ist geboten, wenn der Held genug Einsicht in das Wesen des Bösen gewonnen hat und sich zutraut, es zu unterlaufen. Das Verhalten hängt von der psychischen Situation des einzelnen ab, genauer: von der erreichten Stufe auf dem Weg der

Selbstwerdung (Individuation). Das Böse ist kein Naturereignis, das den Menschen wie eine Lawine überrollt, es ist eine Herausforderung zu ethischem Handeln.

Das Märchen weiß um den tödlichen Ernst dieser Auseinandersetzung, weiß, daß man der Drachenmacht des Bösen tragisch erliegen, aber auch daß man sie im Bunde mit hilfreichen Mächten besiegen kann. Darum fordert die Auseinandersetzung mit dem Bösen zur höchsten Anstrengung des Ich-Bewußtseins heraus.

Anmerkungen

1 M. Lüthi, Europäische Volksmärchen, Zürich 1951, S. 564
2 H. Egli, Das Schlangensymbol. Geschichte – Märchen – Mythos, Olten/Freiburg i. Br. 1982, S. 221 ff.
3 R. Steiner, Märchendichtungen im Lichte der Geistesforschung. Märchendeutungen. Einzelausgabe, 1979[4]
4 Ebd., S. 57
5 R. Meyer, Die Weisheit der deutschen Volksmärchen (Perspektiven der Anthroposophie), Frankfurt/M. 1981, S. 158
6 H. von Beit, Symbolik des Märchens. Versuch einer Deutung, Bern/München, 1967[3], S. 12
7 S. Freud, Die Traumdeutung (Bücher des Wissens 6344), Frankfurt/M. 1980, S. 222 ff. und 329 f.
8 O. Rank, Das Brüdermärchen; in: Psychoanalytische Beiträge zur Mythenforschung (Internationale Psychoanalytische Bibliothek Nr. 4), Leipzig/Wien/Zürich 1922[2], S. 119 ff.
9 C. G. Jung/K. Kerenyi, Einführung in das Wesen der Mythologie, Zürich 1951[4], S. 112
10 U. Steffen, Jona und der Fisch. Der Mythos von Tod und Wiedergeburt. Symbole, Stuttgart/Berlin 1982, S. 93 ff.
11 H. von Beit, Symbolik des Märchens. Versuch einer Deutung, Bern/München, 1967[3]; Gegensatz und Erneuerung im Märchen, Bern/München 1965[2]
12 Kinder- und Hausmärchen, gesammelt durch die Brüder Grimm, München 1963, S. 338 ff.
13 A. Aarne, Vergleichende Märchenforschungen. Akadem. Abhandlung, Helsingfors 1907, S. 143 ff.
14 A. Wesselski, Versuch einer Theorie des Märchens (Prager Deutsche Studien, Bd. 45), Hildesheim 1974, S. 106 f.
15 H. v. Beit, Gegensatz, a.a.O. (Anm. 11), S. 340
16 Ebd., S. 334
17 Ebd., S. 336
18 Ebd., S. 379
19 M. Burkolter-Trachsel, Der Drache. Das Symbol und der Mensch (Dissertation), Bern 1981, S. 103 f.

20 J. G. Frazer, Der goldene Zweig. Das Geheimnis von Glauben und Sitten der Völker, Leipzig 1928, S. 212f.
21 J. Schwarz, Der Drache. Märchenkomödie (collection theater, Texte 7), Köln/Berlin 1962; vgl. W. Biermann, Der Dra-Dra. Die große Drachentöterschau in acht Akten mit Musik (Quarthefte 45/46), Berlin 1970
22 F. Vonessen, Die Herrschaft des Leviathan, Stuttgart 1978, S. 180, 157, 180, 158
23 V. Kast, in: Das Böse im Märchen, Stuttgart 1978, S. 77f.
24 I. Riedel, Farben. In Religion, Gesellschaft, Kunst und Psychotherapie. Symbole, Stuttgart/Berlin 1983, S. 156ff.
25 C. G. Jung, Welt der Psyche. Eine Auswahl zur Einführung, Stuttgart 1954, S. 85
26 Georgische Märchen, hrsg. von H. Fähnrich, Wiesbaden 1980, S. 41f.
27 C. G. Jung, Aion, Zürich 1951, S. 379
28 H. von Beit, Symbolik (Anm. 11), S. 366
29 C. Brunner, Die Anima als Schicksalsproblem des Mannes (Studien aus dem C. G. Jung-Institut Zürich XIV), Zürich/Stuttgart 1963, S. 16
30 C. G. Jung, Symbole der Wandlung. Analyse des Vorspiels zu einer Schizophrenie, Ges. Werke Bd. V, Olten/Freiburg i. Br. 1977^2, S. 545
31 Märchen der Welt, Bd. 5 Afrika und Ozeanien (dtv weltliteratur 2041), München 1980, S. 119f.
32 Georgische Märchen (Anm. 26), S. 30
33 Ebd., S. 32
34 F. Vonessen, a.a.O. (Anm. 22), S. 217
35 C. G. Jung, Symbole der Wandlung, a.a.O. (Anm. 30), S. 477
36 M.-L. von Franz, Das Problem des Bösen im Märchen; in: Das Böse (Studien aus dem C. G. Jung-Institut Zürich XIII), Zürich/Stuttgart 1961, S. 108
37 Ebd.
38 H. von Beit, Symbolik, a.a.O. (Anm. 11), S. 198
39 Ebd., S. 696
40 P. Paulsen, Drachenkämpfer, Löwenritter und die Heinrichsage. Eine Studie über die Kirchentür von Vaithjofsstad, Köln/Graz 1966, S. 126
41 H. von Beit, Symbolik, a.a.O. (Anm. 11), S. 511
42 H. von Beit, Gegensatz, a.a.O. (Anm. 11), S. 629
43 H. von Beit, Symbolik, a.a.O. (Anm. 11), S. 562
44 Ebd., S. 565
45 A. Wünsche, Der Sagenkreis vom geprellten Teufel, 1905
46 V. Kast, Zum Umgang der Märchen mit dem Bösen; in: Das Böse im Märchen, a.a.O. (Anm. 34), S. 40
47 Georgische Märchen, a.a.O. (Anm. 26), S. 253ff.
48 H. von Beit, Gegensatz, a.a.O. (Anm. 11), S. 620
49 Ebd., S. 627ff.
50 Ebd., S. 324
51 A. Eliot, Mythen der Welt, Luzern/Frankfurt a. M. 1976, S. 150
52 H. Rahner, Griechische Mythen in christlicher Deutung, Zürich 1957, S. 229ff.
53 H. von Beit, Gegensatz a.a.O. (Anm. 11), S. 530f.
54 Ebd., S. 30

55 Europäische Volksmärchen, ausgewählt und hrsg. von Max Lüthi, Zürich 1951, S. 63
56 H. von Beit, Gegensatz, a.a.O. (Anm. 11), S. 349
57 Ebd., S. 372
58 Ebd., S. 376
59 Ebd., S. 351
60 L. Frey-Rohn, Das Böse in psychologischer Sicht; in: Das Böse, a.a.O. (Anm. 36), S. 161ff.
61 M.-L. von Franz, Das Problem, a.a.O. (Anm. 36), S. 98
62 H. von Beit, Gegensatz, a.a.O. (Anm. 11), S. 353
63 Ebd., S. 378
64 Ebd., S. 350
65 Ebd., S. 406
66 V. Kast, Zum Umgang der Märchen mit dem Bösen; in: Das Böse im Märchen, a.a.O. (Anm. 36), S. 24ff.
67 M.-L. von Franz, a.a.O. (Anm. 36), S. 98

Der Drachenkampf in Sage und Legende

Der Drachenkampf –
ein Archetypus urmenschlicher Geschichtsdeutung.
Das menschlich-historische Geschehen
wird ins Mythische und Übermenschliche überhöht,
indem man es als eine Wiederholung, eine Re-Präsentierung
mythischer und zugleich archetypischer Ur-Ereignisse
versteht und gestaltet.

Otto Höfler

Die mythische Biographie

Während das Märchen die archetypischen Gesetzmäßigkeiten der Seele, losgelöst von dem numinosen Erlebnis, darstellt, das den Einbruch des Archetypischen hervorruft, erfassen Sage und Legende beides: die menschliche Gesamtsituation und den dadurch provozierten Archetyp und damit die »spannungsreiche Beziehung eines Diesseits zu einem Jenseits oder eines Bewußtseins zu einem Unbewußten«[1].

Der Philosoph Leopold Ziegler (1881–1958) hat herausgearbeitet, daß die Lebensgeschichte der orientalischen Hochgestalten, einschließlich der biblischen Erzväter, Richter, Könige, Gesetzgeber und Künder, nach einem strengen, in allen Einzelheiten von vornherein festgelegten Schema verläuft, nämlich in den »vorgezeichneten Geleisen derselben mythischen und typischen Biographik«[2]. Durch diesen Kunstgriff wird die profane Geschichte zur heiligen Geschichte. Ziegler nennt sieben immer wiederkehrende Merkmale dieser »stereotypen Biographie«:

1. das vorweltliche Sein des Heilsbringers (Prä-Existenz)
2. die unbefleckte Empfängnis im Schoß der jungfräulichen Mutter
3. die Vaterlosigkeit des Sohnes
4. die feierliche Ankündigung der irdischen Geburt des Retters
5. die Aussetzung des vaterlosen Kindes
6. der Sieg über den alten Chaosdrachen (die bestandene Versuchung, die Neuordnung der Dinge nach dem Plan des Sohnes und der Anbruch des wahren Reiches)
7. der Schicksalsumschwung auf der Höhe des Lebens: die Auslieferung an die Widersacher, Folterung und »Bohrung« ans Marterholz mit dem Vollzug des stellvertretenden Selbstopfers, Toten- und Höllenfahrt, Umgeburt und Auferstehung, Antritt der Weltherrschaft.

Indem die Lebensgeschichte der historischen Hochgestalten nach dem überzeitlichen Schema der heiligen Geschichte gestaltet wird, erscheinen sie als »Verleibung des Einen und Einzigen, des Ewigen Menschen oder des Sohnes«. Der historisch-biographische Einzelfall wird so über den Umweg des

Mythos zur »Geschichtswichtigkeit« erhoben. »Je dichter der gleichsam aus Metall gehämmerte Faltenwurf des mythisch-hieratischen Krönungsmantels einen ›historischen Kern‹ einhüllt, desto nachhaltiger hat dieser Kern, hat also eine menschliche Persönlichkeit einmal das Bewußtsein ihrer Zeitgenossen beschäftigt.«[3]

Der amerikanische Orientalist und Psychologe Joseph Campbell nennt folgende drei, kaum variierende Hauptstadien des Heldenweges, die den Stadien der Übergangsriten entsprechen:

- Trennung oder Aufbruch
- Prüfungen und Siege der Initiation
- Rückkehr und Wiedervereinigung mit der Gesellschaft[4].

Dem zweiten Stadium ist das Motiv des Drachenkampfes zugeordnet, und zwar nicht nur in der Einzahl, sondern in der Mehrzahl: »Wieder, wieder und wieder sind nun Drachen zu besiegen und unvermutete Schranken zu überwinden ...« Die Drachen begegnen dem Menschen an der Schwelle, die es zu überschreiten gilt, sowohl an der Schwelle vom profanen zum magischen Reich als auch an der Schwelle vom magischen zum profanen Reich. Der Drache, den es zu töten gilt, »ist nichts anderes als das Ungetüm des status quo: Haltefest, der die Vergangenheit festhält«[5].

Wenn Campbell im Drachen weniger die verschlingende Mutter als vielmehr den festhaltenden Aspekt des Vaters sieht, so ist das kein Widerspruch zu dem bisher Gesagten; denn der Held (das Ich) muß sich sowohl von dem umklammernden Unbewußten (Große Mutter) als auch von seinem Über-Ich (Vater) befreien: »Die Aufgabe des Heros ist, den festhaltenden, verstockten Aspekt des Vaters – den Drachen, Wächter oder Ogerkönig – zu beseitigen und die Lebensenergien, die die Welt nähren sollen, aus seiner Umklammerung zu lösen und freizusetzen.«[6] In der Sprache des Mythos wird das als Muttertötung und Vatertötung dargestellt[7].

Es ist immer wieder versucht worden, die historische und die legendäre Biographik des Helden zu entflechten, aber beides läßt sich so wenig voneinander trennen wie das Individuelle vom Typischen: »Das Leben ist tatsächlich eine Mischung von formelhaften und individuellen Elementen, ein Ineinander, bei dem das Individuelle gleichsam nur über das

Formelhaft-Unpersönliche hinausragt. Vieles Außerpersönliche, viel unbewußte Identifikation, viel Konventionell-Schematisches ist bestimmend für das Erleben – nicht nur des Künstlers, sondern des Menschen überhaupt.« Unser aller Leben ist »gelebter Mythus«, denn das vermeintlich ganz Individuelle lebt im Schema des Mythus, »nicht ahnend in dem naiven Dünkel seiner Erst- und Einmaligkeit, wie sehr sein Leben Formel und Wiederholung, ein Wandel in tief ausgetretenen Spuren ist«[8].

Unter welchen Voraussetzungen wird eine geschichtliche Persönlichkeit zur Sagengestalt? – Jan de Vries kommt in einer Untersuchung dieser Frage zu folgendem Ergebnis:

»Aus einem geschichtlichen Ereignis entsteht erst dann eine Heldensage, wenn in seinem Träger ein Archetypus wiedererkannt worden ist. Deshalb sind die großen Heldentypen aller Völker durchgängig Bekämpfer von Drachen oder sonstigen vorweltlichen Ungeheuern; sie tun dasselbe, was einmal in der Urzeit der Schöpfergott getan hat, als er das Chaos in der Gestalt des Drachen überwand. Der Gott hat sich gewissermaßen in dem Helden manifestiert, und es nimmt nicht wunder, daß Heroen manchmal tatsächlich kultische Verehrung genossen haben.«[9]

Es kann sein, daß die geschichtliche Persönlichkeit eines Helden oder eines Heiligen so sehr von der archetypischen Biographie überlagert ist, daß sie historisch nicht mehr faßbar ist. Aber durch solche mythische Typisierung treten Sinn und Sendung ihres Daseins um so deutlicher hervor, denn nicht die historischen Umstände ihres Auftretens sind bedeutungsvoll, sondern der Nachweis, daß ihr Auftreten dem archetypischen Bild des Helden entspricht.

»Das menschlich-historische Geschehen wird ins Mythische und Übermenschliche erhöht, indem man es als eine Wiederholung, als eine Re-Präsentierung mythischer und zugleich archetypischer Ur-Ereignisse versteht und gestaltet. Das bedeutet . . . eine Erhöhung des historisch wirklichen Geschehens durch Sinnbindung an das Mythische und Sinndeutung aus dem Mythischen« (O. Höfler) Der Drachenkampf ist ein »Archetypus urmenschlicher Geschichtsdeutung«, er repräsentiert jenes heroische Ur-Geschehen, bei dem ein Gott das Chaos bezwang und den Kosmos erschuf.

Ein Beispiel für die völlige Überlagerung einer frühen historischen Gestalt vom Mythos ist der griechische König Perseus, Begründer der Dynastie der Persiden und Gründer von Mykene. Er galt als Sohn des Zeus und der Danaë, Tochter des Königs von Argos.

Als Perseus, so erzählt die Sage, im Auftrag der Göttin Athene der Tochter des Gorgon, Medusa, das Haupt abgeschlagen hatte, flog er – dank der geflügelten Schuhe, die der Gott Merkur ihm geliehen hatte – nach Argos zurück. Da sah er bei Joppe (der Ort wurde auch nach Äthiopien verlegt) eine Jungfrau an die Klippen des Meeres gekettet. Es war Andromeda, die Tochter des Königs von Joppe, Kepheus, und seiner Gemahlin Kassiopeia. Einem Orakelspruch zufolge sollte Andromeda dem Meerungeheuer Ketos geopfert werden, um den Zorn des Meergottes Poseidon und seiner Töchter, der Nereiden, zu besänftigen (der Meerdrache ist schon in Homerischer Zeit die Verkörperung des verschlingenden Meeres). Perseus kämpft gegen das Ungeheuer und tötet es. Er befreit die Prinzessin, heiratet sie und kehrt mit ihr nach Argos zurück[10].

Die Götter aber, die vom Olymp aus dieses Drama mit Spannung verfolgt hatten, versetzten alle Gestalten dieser Geschichte (Perseus, Andromeda, Kepheus, Kassiopeia und Ketos) als Sternbilder an den Himmel, damit sie den Menschen für immer vor Augen seien[11]. Perseus wurde zur Idealgestalt des Fürsten, der Andromeda, die Verkörperung der Religion, des Staates oder der Stadt, von dem Drachen religiöser oder politischer Zwietracht befreit. Darum wurde die Sage von Perseus und Andromeda (verwandt ist die Sage von Herakles und Hesione) eines der beliebtesten Motive fürstlicher Huldigungen.

Nähert sich eine Sagengestalt dem Idealbild eines Helden, so kann sie wiederum auf verschiedene geschichtliche Persönlichkeiten unterschiedlicher Zeiten übertragen werden, wenn sie diesem Ideal entsprechen. So wird zum Beispiel mit guten Gründen angenommen, daß unter dem Heldenbild Siegfrieds Armin der Cherusker und unter dem Bild des Drachenkampfes auf der Gnitaheide (bei Herford) sein Sieg über das römische Heer des Varus im Teutoburger Wald verherrlicht worden sei (O. Höfler); denn im Symboldenken der Frühzeit wurde der Sieg über einen geschichtlichen Feind als Sieg über den Drachen versinnbildlicht. Eine solche symbolische, offenbar allgemein verständliche Gleichsetzung des Kriegsgegners mit dem mythischen Drachen war noch wirksam, als der schwedische Nationalheld Sten Sture nach seinem Sieg über die Dänen bei Brunkeberg 1489 den Kampf St. Georgs gegen den Drachen als Siegesdenkmal (und zugleich als sein eigenes Grabmal) darstellen und in der Stockholmer Großkirche aufstellen ließ. Er hatte vor der Schlacht dem Heiligen Georg gegenüber ein entsprechendes Gelübde abgelegt. So entstand das bedeutendste Werk Bernt Notkes, das die Krönung der Lübischen Bildhauerkunst ist[12].

Was die Übertragung der mythischen Biographie auf eine geschichtliche Persönlichkeit bedeutet, wird noch deutlicher, wenn wir den Heldenmythos unter tiefenpsychologischem Aspekt betrachten.

E. Neumann sieht im Heldenmythos – nach der Natur- und Schöpfungsmythologie (s. Seite 36ff.) – das zweite mythologische Stadium der Bewußtseinsentwicklung[13]. In ihm überwiegt nicht mehr die kosmische Dimension, sondern der Ort, an dem der Mensch steht, wird zur Mitte der Welt. Was sich im Stadium der Trennung der Welteltern noch welthaft kosmisch darstellte, tritt im Heldenmythos in die Phase der Bildung der menschlichen Gestalt und Persönlichkeit ein. Nicht nur das Ich und das Bewußtsein gelangen zur Selbständigkeit, sondern die Persönlichkeit des Menschen in ihrer Abgehobenheit von der Natur, sei sie Welt oder Unbewußtes, kommt in Sicht.

Neumann unterscheidet drei Phasen des Heldenmythos:
– Die Geburt des Helden – der Held repräsentiert das Ich und das Bewußtsein.
– Die Muttertötung – die Mutter repräsentiert das Unbewußte.
– Die Vatertötung – der Vater repräsentiert die jeweils herrschende Kultur.

Sowohl die Muttertötung als auch die Vatertötung werden mythologisch als Drachenkampf dargestellt. Der Held tötet die furchtbare Seite des Weiblichen in der Gestalt des Drachen und befreit die fruchtbare und segenspendende Seite des Weiblichen in der Gestalt der Jungfrau, die sich in der Gewalt des Drachen befindet. Die Überwindung der Mutter geschieht häufig in der Form des Eingehens in sie (Inzest), als Verschlucktwerden vom mütterlichen Unbewußten (Nachtmeer-Ungeheuer) und bewirkt Neugeburt und eine Persönlichkeitsverwandlung, die den Helden erst zum Helden macht. Ödipus ist der »Typ des Helden, dem der Drachenkampf nur teilweise geglückt ist. Sein tragisches Schicksal ist der Ausdruck dieses Mißglückens und ist nur von dem transpersonalen Hintergrund aus verständlich.«[14]

Der Held tötet zugleich die negative Seite des Väterlichen, das übermächtige Geist-System (das alte Gesetz, die alte Religionsform, die alte Moral, die alte Tradition und Konvention, die alte Gesellschaft), das den Sohn festhält und dadurch Neues, Zukünftiges verhindert. »Für den Helden, der das neue Bewußtsein vertritt, ist der feindliche Drache das Alte, das psychisch überwundene Stadium, das ihn zurückschlucken will.«[15]

Auf den Heldenmythos folgt nach Neumann der Wandlungsmythos, der mythologisch das Ziel des Drachenkampfes darstellt: die Erreichung der schwer erreichbaren Kostbarkeit, die Gewinnung des Schatzes oder die Befreiung der gefangenen Jungfrau. Psychologisch heißt das: die Herauslösung des Bildes der Weiblichkeit aus dem der furchtbaren Mutter, genauer: die Herauslösung der Anima aus dem Mutter-Archetyp. »In der Gefangenen tritt das Weibliche nicht mehr als überlegener transpersonaler Archetyp auf, als überwältigende Fülle und Macht des Unbewußten, sondern als Menschliches, als Partner, mit dem das Männliche sich persönlich verbinden kann.«[16] Mit anderen Worten: Aus der Übermacht des Transpersonalen entsteht das Personale.

Heide Göttner-Abendroth hat die großen Epen des europäischen Mittelalters nicht nur ideen- und symbolgeschichtlich analysiert, sondern unter dem Gesichtspunkt der Auseinandersetzung von matriarchalen und patriarchalen Gesellschaftsformen und deren Ideologiebildung erforscht[17]. Sie erklärt die Gattungsunterschiede zwischen Mythen, Märchen und Epen durch soziale Prozesse des »Abstiegs«: Weil der namentlich erzählte matriarchale Mythos in patriarchalen Gesellschaften mit ihren dogmatischen Großreligionen als »feindlich« oder »heidnisch« galt und sich deshalb für Uneingeweihte nicht zu erkennen geben durfte, wurde er in den sozialen Unterschichten und den geographischen Randgruppen »verschleiert weitergegeben«. Das Märchen als »verkappter Mythos« löste sich dann unter anderem in Richtung Epik auf, und zwar immer dann, wenn die ursprünglich weiblichen Figuren durch männliche ersetzt wurden und nahezu ausschließlich die Taten des männlichen Helden im Mittelpunkt standen – wie in der Epik des indoeuropäischen Raumes. Stets geht die kosmische Desintegration mit derjenigen auf sozialer und psychischer Ebene einher.

Die verschiedenen Stufen der Transformation der matriarchalen Mythologie sind nach Göttner-Abendroth in der Epik mit vier kultur-historischen Epochen verknüpft, die zum europäischen Mittelalter hinführen:

- mit der vor-indoeuropäischen kultischen Schicht
- mit der keltisch-kultischen Schicht
- mit der Schicht der Anlagerungen von Mythologie an historisch bekannte Personen aus der Völkerwanderungszeit, die zugleich eine Patriarchalisierung mit sich bringt, und
- mit der Schicht der mittelalterlichen Umformungen als (a) epische Zusammenfügung, (b) Christianisierung der Gehalte (Moralisierung) und (c) Höfisierung der Lebensformen (Rationalisierung und Psychologisierung sowie Anpassung an den höfischen Geschmack).

In unserem Zusammenhang ist die letzte Stufe von Interesse. Göttner-Abendroth kennzeichnet sie als »Ende der mythisch-kultischen Denkweise«. Nun werden die Heroen konfrontiert mit den harten Kriegerkönigen der Völkerwanderungszeit, in der indoeuropäische patriarchale Kriegerstämme Europa eroberten. Damit vollzieht sich die »patriarchale Revolution«, die grundlegende gesellschaftliche Veränderungen mit sich bringt. Die Göttin-Königin der alten Kulte wird zur Ehefrau des einzigen Königs, ihr Heros-König dem einzigen König als Vasall untergeordnet. Die Gewalttaten der neuen Könige werden durch einen mythischen Nimbus verschleiert. Der Prozeß der Ideologisierung von Mythologie beginnt.

Man mag die These Göttner-Abendroths zur Erklärung der Gattungsunterschiede von Mythen, Märchen und Epen oder zur Transformation der matriarchalen Mythologie kritisch beurteilen, fest steht, daß die Verschmelzung des mythischen Musters mit historischen Gestalten im indoeuropäischen Raum in dieser Epoche geschah.

Heldensagen

In der Epik des europäischen Mittelalters wird vor allem folgenden Helden gehuldigt: *Artus,* dem sagenhaften König der Briten und Heerführer gegen die eindringenden Sachsen (um 500), *Tristan,* einer keltischen, und *Beowulf,* einer ursprünglich schwedischen Sagengestalt, sowie *Sigmund* und *Siegfried* (nordisch: Sigurd), die historisch kaum noch faßbar sind.

In allen diesen Dichtungen kommt das Motiv des Drachenkampfes im Zusammenhang mit der Gewinnung einer Jungfrau vor. In den Artus-Sagen ist der berühmteste Ritter der Tafelrunde des Königs: *Lancelot.* Er erschlägt in der Stadt Corbin einen Drachen und heiratet die Königstochter, die schöne Elaine.

Tristan gelangt in einem Boot ohne Ruder, also durch Vorsehung, auf eine Insel jenseits des Meeres (Irland), wo die goldhaarige Prinzessin Isolt wohnt. Ehe er mit ihr die »Heilige Hochzeit« vollzieht, muß er zwei Initiationskämpfe bestehen: gegen den mythischen Drachen und gegen Morholt, einen Drachen in Menschengestalt, der Menschentribut fordert. Isolt heilt auf wunderbare Weise den im Kampf verwundeten Helden beziehungsweise erweckt den Todwunden nach dem Kampf (Tod und Wiederkehr).

Die *Beowulf*-Sage, die um 500 im westlichen Gautland (Westgötland) entstand, im 6. Jahrhundert zu den Dänen wanderte und von dort zu den Angelsachsen, läßt die Umwandlungen deutlich erkennen: Die gautische Kämpensaga ist noch weitgehend von dem verbreiteten Bärensohnmärchen geprägt. In Dänemark verband sie sich mit der glanzvollen Geschichte des Skjöldingenhofes zu Hleidra, dem dänischen Königssitz auf Seeland. In England wurde die gautische Kämpensaga von Beowulf mit einer anderen Saga verknüpft, die von dem gautischen Königsgeschlecht der Hredelingen handelt. So wurde aus dem einstigen Bärensohn der Enkel eines Sagenkönigs und schließlich der Sohn des geschichtlichen Königs Eggtheows. Diese Saga legte ein anglikanischer Geistlicher seinem im 8. oder 9. Jahrhundert verfaßten Epos »Beowulf« zugrunde. Darin sind drei von dessen Taten dichterisch gestaltet: der Kampf gegen das Menschen mordende Ungeheuer Grendel, der Kampf mit der Riesin und der Drachenkampf[18].

Beowulf kämpfte mit dem Drachen, um das Land vor Schaden zu bewahren (der Flammenwurm verbrannte in Gluten das Auenland) und um zum Nutzen seines Volkes den Drachenhort zu gewinnen. Doch sein Schwert zersprang an dem Schuppenpanzer des Drachen, und er selbst empfing eine tödliche Wunde. Zwar gelang es ihm noch, den Drachen zu töten, doch auch er selber starb an seinen Wunden. Beowulf ist ein Beispiel für die in der nordischen Welt nicht seltene Version des Drachenkampfes, bei dem der Held sein Leben verliert.

Im Beowulf-Epos ist am Rande auch von einem Heldenlied die Rede, das die Fahrten, die Riesen- und Drachenkämpfe Sigmunds, des Wälsung, besingt: »Der Heldensproß wagte allein die gewaltige Tat unter grauem Fels.«

Die zahlreichen Sagen von *Siegfried,* dem Sohne Sigmunds, bauen ebenfalls auf Wandermotiven auf, die sich in den Sagen und Märchen der verschiedensten Völker finden. Dazu gehört auch das Drachenkampfmotiv. Es begegnet uns in drei Versionen:

Abb. 24 Die Sigurd-Sage,
dargestellt auf einem Stein von Ramsundsberget (Schweden) um 1000 n. Chr.

– Siegfried wird in einen Wald geschickt, in dem ein Drache haust. Er erschlägt und verbrennt ihn, bestreicht sich mit der geschmolzenen Hornhaut oder badet im Drachenblut und wird unverwundbar, bis auf eine Stelle zwischen den Schultern.
– Er erschlägt einen anderen Drachen, brät dessen Herz, verbrennt sich dabei den Finger, führt ihn zum Munde und versteht die Sprache der Vögel. Durch sie erfährt er, daß sein Erzieher ihm nach dem Leben trachtet, erschlägt ihn und gewinnt so den Drachenhort.
– Siegfried erschlägt einen Flugdrachen, der auf einem Berg eine geraubte Jungfrau bewacht, und vermählt sich mit ihr (Erlösungssage) oder erweckt eine Walküre aus einem Zauberschlaf, in den Odin sie zur Strafe für ihren Ungehorsam versenkt hat (Erweckungssage), verlobt sich mit ihr, vergißt sie aber später.

»Die eddische Form der Drachenkampfsage führt uns weit in die Urzeit und in die Welt der Götter und Riesen zurück.«[19] Das Heros-Muster mit seinen drei Stadien ist ganz deutlich: Initiation = Siegfrieds Kampf mit dem Drachen, Heilige Hochzeit = Erweckung der Jungfrau auf dem Hindinfelsen (Brunhild in der Waberlohe), Tod (ohne Wiederkehr) = Ermordung Siegfrieds auf der Jagd. Im Hintergrund steht möglicherweise das Motiv der »Hirschspiele«, bei denen nach dem Liebesspiel zwischen »Hirsch« und »Hindin« (Heilige Hochzeit) der »Hirsch« am Winteranfang vom wilden, grauen Jäger (Winterkönig) auf einer Hirschjagd rituell getötet wird.

Göttner-Abendroth sieht in der Transformation der Siegfriedsagen bis zum Nibelungenlied (um 1200) ihre These bestätigt.

Dreifach sind die Siegfried-Sagen mit der Geschichte verknüpft worden: mit dem historischen Arminius (Höfler), mit dem Merowinger-Königshaus (Kuhn) und mit dem Untergang der Burgunder in Ungarn.

Neben dem Drachenkampf im Zusammenhang mit der Gewinnung einer Jungfrau und dem tragisch endenden Drachenkampf zur Befreiung des Landes und zur Gewinnung des Drachenhortes gibt es in der nordischen Sage noch einen dritten Drachenkampf-Typ: den Löwen-Ritter-Drachenkampf, wie er zum Beispiel auf der Kirchentür von Valthjofstad auf Island dargestellt ist[20]. Die Sage erzählt: Ein Löwe und ein Drache kämpfen miteinander. In dem Augenblick, in dem der Drache dem erschöpften Löwen seinen tödlich wirkenden Schweif um den Leib schlingt, um ihn ins Drachennest fortzutragen, erscheint ein Heldenritter. Er ergreift für den Löwen Partei und tötet den Drachen. Daraufhin folgt der dankbare Löwe dem Ritter treu wie ein Hund und stirbt schließlich seinem Herrn auf dessen Grab nach.

Der Löwe ist als antikes Königs- und Herrschertier Symbol der Macht und des Mutes. Er kämpft gegen den Chaos-Drachen, der sich aus seinen Fesseln gelöst hat und die Weltordnung bedroht. Daß der Held dem Löwen beisteht, geschieht teilweise unter ausdrücklicher Bezugnahme auf die Tapferkeit, die ihn und den Löwen miteinander verbindet. Das Löwen-Ritter-Drachenkampf-Motiv ist immer wieder auf andere Helden übertragen worden; so zum Beispiel auf Dietrich von Bern, in dem der Ostgotenkönig Theoderich der Große im Mittelalter fortlebte, und auf den Herzog von Sachsen und Bayern, Heinrich den Löwen.

Das Christentum nahm das Motiv vom Kampf des Menschen gegen den Drachen auf als zentrales Symbol für den Kampf des Guten gegen das Böse, für den Kampf des Glaubens gegen die Sünde. In diesem Sinne ist auf mittelalterlichen Taufsteinen und Kapitellen häufig der Kampf des Menschen gegen den Drachen oder andere wilde Tiere dargestellt.

Heiligenlegenden

Das Drachenkampfmotiv ist nicht nur auf geschichtliche Könige und Helden, sondern auch auf geschichtliche Märtyrer und Heilige übertragen worden. Von jenen berichten die Sagen, von diesen die Legenden. Etwa 60 Drachenheilige sind dem Namen nach bekannt, darunter: Hilarius, Ignatius von Loyola, Leo IV., Mauritius, Nicolaus, Olaf, Pirmin, Silvester[21]. Aus der Fülle der heiligen Drachenkämpfer greifen wir drei heraus, deren Legenden wir näher betrachten wollen: Sankt Georg, die heilige Martha und Jesus, der Christus.

Sankt Georg

Das am weitesten verbreitete und nachhaltigste Beispiel eines heiligen Drachenkämpfers ist St. Georg (niederdeutsch: St. Jürgen). Er ist das irdisch-menschliche Gegenbild des Erzengels Michael. Seine historische Gestalt ist unter der üppig wuchernden Legende gerade eben noch faßbar. Er ist ein aus der römischen Provinz Kappadokien stammender römischer Soldat im Offiziersrang, der – weil er Gerechtigkeit für die verfolgten Christen forderte und sich selber als Christ bekannte – um 303 unter dem römischen Kaiser Diokletian den Märtyrertod erlitt.

Die ältesten, aus dem griechischen Sprachbereich stammenden Texte seiner Legende aus dem späten 5. Jahrhundert berichten ausschließlich von seinem Martyrium und den Wundern, die sich während seiner zahlreichen Foltern und nach seinem Tode ereigneten. Dreizehn solcher Wunder haben sich in der Blütezeit der griechischen Hagiographie (8.–11. Jahrhundert) herausgebildet. Sie wurden im 11. Jahrhundert literarisch fixiert. Die älteste Form der Legende erzählt auch, daß Georg die Frau seines Richters und Henkers zum christlichen Glauben bekehrte und sie in ihrem Leiden und Sterben stärkte, ehe er selber enthauptet wurde[22].

Die Legende von der Glaubensstärke Georgs im Martyrium verbreitete sich in kürzester Zeit in den italienischen, nordafrikanischen und vorderasiatischen, den griechisch-byzantinischen und nordosteuropäisch-slawischen Gebieten des Römischen Reiches. Sie wurde durch örtliche Sagen- und Märchenmotive ausgeschmückt und erweitert, so daß die Kirche schon früh (325) gegen die wildwuchernde Legendenbildung um St. Georg einschreiten mußte.

Erst seit dem 10. Jahrhundert finden wir die Darstellung des berittenen Drachenkämpfers St. Georg, die im Laufe der Zeit sowohl in der Kunst des Westens als auch in der des Ostens zur vorherrschenden, ja zur einzigen der Georgslegende wurde (Tafel III). Das Motiv des Drachenkämpfers St. Georg ist vermutlich in Konstantinopel entstanden: »Dort in der Metropole des oströmischen Reiches, in der aus allen angrenzenden Völkern und Kulturen religiöse Vorstellungen und Bilder zusammenströmten, hat man das symbolbeladene, in Schriftüberlieferung und Kunst der vorchristlichen Welt wohlbekannte Bild des berittenen Drachenkämpfers vor allem im Herrscherbild tradiert.«[23] Konstantin der Große, der erste christliche Kaiser, hatte – wie wir durch seinen Biographen Eusebius wissen – sich selbst in seinem Palast als Drachenkämpfer darstellen lassen: Der Kaiser als Vertreter Gottes auf Erden besiegt im Namen Christi den Erzfeind der Menschheit, das Böse.

Außerdem waren die beiden vor Georg berühmtesten byzantinischen Soldatenheiligen, Theodor Tiro und Theodor Stratilates, ebenfalls Drachenkämpfer. (Möglicherweise waren sie ursprünglich identisch, doch sind sie in der Literatur und Kunst zwei verschiedene Heilige.) Die Theodor-Legende enthielt seit dem 9. Jahrhundert den Kern der Drachenkampf-Episode, war im 11. Jahrhundert schon ziemlich weit ausgebildet und barg noch entwicklungsfähige Momente in sich. Da sie bis in die literarische Einkleidung Ähnlichkeiten mit der Georgs-Legende aufweist, diente sie vielleicht als Vorbild für diese.

Überhaupt wimmelte es im ganzen Mittelmeerraum von Drachenkämpfern, nichtchristlichen und christlichen, so daß sich die Herleitung des Drachenkampfmotivs in der St. Georg-Legende von bestimmten Vorbildern, etwa von der griechischen Perseus-Andromeda-Sage (Gutschmidt) oder von dem ägyptischen Horus-Mythos (Clermont-Ganneau), erübrigt. Dem Bild vom Drachenkampf liegt der allgemein menschliche Gedanke vom Kampf des Guten gegen das Böse zugrunde, hier in der speziellen Ausprägung des Kampfes des christlichen Glaubens gegen den heidnischen Unglauben, des Christentums gegen das Heidentum.

Die Legenda aurea (»Goldene Legende«), eine von Jacobus de Voragine zwischen 1245 und 1273 verfaßte Sammlung von Heiligenlegenden, ist »Summe und Frucht einer tausendjährigen Entwicklung der christlichen Mythologie«. Sie bildet auch hinsichtlich der St. Georgs-Legende eine »Zusammenfassung aller Überlieferungsströme«, »eine Art endgültigen Abschluß in der literarischen Fixierung der Lebens- und Wunderberichte« der christlichen Heiligen[24]. In dieser Sammlung ist der Drachenkampf St. Georgs dem alten Märtyrerbericht in gesonderter Erzählung vorangestellt:

In einem See nahe der Stadt Silena im Lande Lybia wohnte ein giftiger Drache, der alles mit seinem Gifthauch verpestete, so daß viele starben. Die Bürger der Stadt waren schon oft gegen ihn zu Felde gezogen, doch immer wieder waren sie in die Flucht getrieben worden. Sie gaben dem Drachen täglich zwei Schafe, um seinen Grimm zu besänftigen, und als die Schafe weniger wurden, ein Schaf und einen Menschen. Bald waren fast alle Söhne und Töchter der Stadt geopfert, da fiel das Los auf die Tochter des Königs. Der wollte seine Schätze und die Hälfte seines Königreiches geben, um seine Tochter zu bewahren. Aber das Volk zürnte ihm: »Wir mußten alle unsere Kinder verlieren, und du willst deine Tochter behalten? Warum verdirbst du dein Land um deiner Tochter willen? Denn wir müssen alle von dem Anhauch des Drachen sterben.« Acht Tage klagte der König um seine Tohcter, dann erteilte er ihr unter Tränen seinen Segen und gab sie unter dem Drängen des Volkes dahin. Sie aber machte sich auf zu dem See, in dem der Drache wohnte. Da kam Sankt Georg dahergeritten und fragte sie, warum sie weine; und sie erzählte es ihm.

»Da sie noch sprachen, siehe, so hob der Drache sein Haupt aus dem See. Die Jungfrau zitterte vor Schrecken und rief: ›Flieh, guter Herr, flieh so schnell du magst.‹ Aber Georg sprang auf sein Roß, machte das Kreuz vor sich und ritt gegen den Drachen, der wider ihn kam; er schwang die Lanze mit großer Macht, befahl sich Gott, und traf den Drachen also schwer, daß er zu Boden stürzte. Dann sprach er zu der Jungfrau: ›Nimm deinen Gürtel und wirf ihn dem Wurm um den Hals, und fürchte nichts.‹ Sie tat es, und der Drache folgte ihr nach wie ein zahm Hündlein. Als sie ihn nun in die Stadt führte, erschrak das Volk und floh auf die Berge und in die Höhlen und sprach: ›Weh uns, nun sind wir alle verloren.‹ Da winkte ihnen Sankt Georg und rief: ›Fürchtet euch nicht, denn Gott der Herr hat mich zu euch gesandt, daß ich euch erlöse von diesem Drachen. Darum glaubet an Christum und empfanget die Taufe allesamt, so will ich diesen Drachen erschlagen.‹ Da ließ der König sich taufen und alles Volk mit ihm, und Sankt Georg zog sein Schwert und erschlug den Drachen.«

An jenem Tage ließen sich 20000 Menschen taufen. Der

König ließ zu Ehren der Jungfrau Maria und Sankt Georgs eine schöne Kirche erbauen, und auf dem Altar entsprang eine lebendige Quelle, die alle Kranken, die daraus tranken, gesund machte. Sankt Georg wurden vom König unermeßliche Schätze angeboten, doch der wollte sie nicht nehmen, sondern ließ sie unter die Armen verteilen. Danach gab er dem König gute Lehre und ermahnte ihn, vier Dinge zu halten: »daß er die Kirche in seine Hut nehme, die Priester ehre, fleißig Messe höre und der Armen sei eingedenk.« Dann küßte er den König und ritt davon[25].

Die älteste Erzählung von Georgs Drachenkampf gruppiert sich um den Grundgedanken der christlichen Legende: das Bekenntnis der heidnischen Jungfrau zum Christentum, die Befreiung des ganzen Landes vom Götzendienst und die Bekehrung des Volkes zum wahren Glauben. In die Ausführung dieses Hauptmotivs sind verschiedene Szenen eingewoben, die in den Heiligenlegenden stereotyp wiederkehren: Bekenntnisfrage, Stimme vom Himmel, Taufe der Gläubigen, Bau einer Kirche, Quellwunder.

In welcher Verbindung steht die Drachenkampf-Legende mit dem historischen Leben Georgs? Ist der Drachenkampf ein Geschehen, das sich zeitlich vor seinem Martyrium ereignet hat, oder nach seinem Martyrium wie in manchen slawischen Versionen, oder ist er die symbolische Darstellung seines siegreichen Glaubenskampfes?

Die Legende des Volksbuches gibt uns selbst einen Hinweis, wenn sie den König, der Georg verhört und martern läßt, mit dem Höllendrachen identifiziert, wie auch in den Martyrien sehr häufig der Kaiser Dadianos oder Diokletian als »Drachen aus der Tiefe« (buthios drakon) bezeichnet wird. Dieser »grausame Henker und Wüterich« ist es, der mit seinem »Gifthauch« das Land verpestet und die Christen als Opfer fordert – die Legende spricht von 17 000 Märtyrern. Als Georg, so heißt es in der Märtyrerlegende, sah, daß viele Christen untreu wurden und den Götzen opferten, nahm er den Kampf mit dem »Drachen« auf. Es war kein Kampf mit irdischen Waffen, sondern ein Glaubenskampf; wie es denn ausdrücklich heißt: Er »legte sein ritterlich Kleid hin, gab alles, was er hatte, den Armen und zog Christengewand an«. Im Leiden erwies er die Glaubensstärke, die in den Armen und Schwachen mächtig ist, die ihn über sich selbst hinauswachsen ließ und zu Taten befähigte, die anderen als Wunder erschienen. Im Bilde des Drachenkampfes ist das dadurch ausgedrückt, daß die Waffe, mit der er gegen den Drachen kämpft, eine in einem Kreuz endende Lanze ist.

Ein anderer Zug der Legende ist noch bemerkenswert. Es heißt: Als der Richter und Henker sah, daß Georg mit Drohen und Martern nicht zu überwinden war, »wollte er ihn mit Freundlichkeit überwinden«. Wir kennen diesen Zug aus dem Drachenkampf-Märchen: Auf den siegreich bestandenen Kampf mit dem Drachen folgt oft ein zweiter verkappter Drachenkampf, den der Held meist verliert, weil er das Böse in der Verkleidung der Gutmütigkeit nicht erkennt und ihm darum verfällt. Georg aber durchschaut das Böse auch in seiner freundlichen Gestalt und lacht seiner.

Auch die Befreiung der Prinzessin aus der Gewalt des Drachen – in der ältesten Erzählung von Georgs Drachenkampf steht das Bekenntnis der heidnischen Jungfrau zum Christentum im Zentrum der ganzen Legende – findet ihre Konkretisierung in der Märtyrerlegende: Georg entreißt durch sein Glaubenszeugnis die Frau des Königs, Alexandria, der Gewalt des heidnischen Königs und gewinnt sie für den christlichen Glauben. Sie bekennt sich offen gegenüber ihrem Herrn und Gebieter als Christin und wird deswegen ebenfalls grausam gefoltert. Als sie um ihr ewiges Heil bangt, weil sie noch nicht wiedergeboren ist durch das Wasser der Taufe, befreit Georg sie von ihren Zweifeln: »Sei unverzagt, liebe Tochter, die Ausgießung deines Blutes wird deine Taufe sein und deine Krone.« Da betet sie zum Herrn und gibt ihren Geist auf. Am Tage darauf erleidet auch Georg den Märtyrertod. So siegten sie im Kampf des Glaubens gegen das Böse, indem sie getreu waren bis an den Tod. Und Gott gab ihnen die Krone des Lebens[26].

Für diese Verbindung der Drachenkampf- und der Märtyrer-Legende spricht die Tatsache, daß in Spielen und auf Fresken, auf denen die Personen bezeichnet wurden, der Name der Gemahlin Diokletians, der Kaiserin Alexandra (allmählich zu »Aya« verkürzt), auf die befreite Prinzessin überging. Mit der Zeit wurden ihr auch noch andere Namen zugelegt, zum Beispiel Elya, Kleodolin(ds)a (so in England und Bayern) und zuletzt Margarete. Letztgenannter Name »kann in der Zeit entstanden sein, in der man die Prinzessin als Hinweis auf Maria verstand. Denn gerade zu jener Zeit war die griechische Bezeichnung ›Margarita‹ für ›Perle‹ besonders beliebt und wurde für enzyklopädische Werke, die als ›Margarita Philosophica‹ Weisheit und Wissen der Zeit zusammenfaßten, oft gebraucht. Und die Muschel mit der Perle galt als Sinnbild Mariens, die in ihrem Schoß Christus trug.«[27] Seit der 2. Hälfte des 13. Jahrhunderts steht Georg immer im Dienst Marias, »Marias Ritter«, wie es in einer englischen Schriftquelle heißt, der Hüter ihrer Reinheit, wie es die ritterliche Marienminne zum Ausdruck bringt. Das Lamm, das der Legende zufolge mit der Jungfrau zusammen geopfert werden sollte, wird als Hinweis auf Christus, das »Lamm Gottes«, verstanden. St. Georgs Drachenkampf wird in Entsprechung zu der Erlösertat Christi gesehen, durch die er – nach der Glaubensvorstellung der damaligen Zeit – Maria vor dem von der Schlange heraufbeschworenen Verderben, der Erbsünde, bewahrte.

Ganz allgemein findet sich die Entsprechung: Wie St. Georg das irdisch-menschliche Gegenbild zum drachentötenden Erzengel St. Michael ist, so die Königstochter das irdisch-menschliche Gegenbild zu dem vom Drachen bedrängten apokalyptischen Weib, das im Mittelalter auf Maria, die Himmelskönigin, gedeutet wurde.

In spätmittelalterlichen Allegorisierungen wird dann die Königstochter zum Symbol der einzelnen Menschenseele und deren Befreiung aus der Gewalt des (materiellen) Bösen zum Hauptmotiv der Georgslegende.

Zum Ende der Drachenkampf-Legende sei noch folgendes angemerkt: Georg spricht, nachdem er den Drachen zu Boden gestreckt hat, zu der »Jungfrau«: »Nimm deinen Gürtel und wirf ihn dem Wurm um den Hals.« Sie tut es, und der Drache folgt ihr nach »wie ein zahm Hündlein« (dasselbe wird auch von der heiligen Martha in ihrem Kampf mit dem Drachen berichtet). Im Sinne der Legende ist der Gürtel zweifellos ein Symbol der Keuschheit, durch die die Jungfrau das Böse zähmt und in ihre Gewalt bringt (in einer anderen Version führt sie den Drachen an einem ihrer Haare). – W. Teichert hat dagegen in einer neuen Interpretation der Legende vom heili-

Tafel III: Der Heilige Georg
Ikone. Nowgorod, 15. Jahrhundert

gen Georg jede »sinnfeindliche Deutung« zurückgewiesen und betont, daß die »Kraft der Sinnlichkeit« selbst den stärksten Drachen zum zahmen Hündlein werden lasse, die wachstumsbesessenen destruktiven Kräfte bremse und Freiheit von der lebensvernichtenden Macht gewinne[28].

Für das christliche Verständnis der Legende ist es charakteristisch, daß Georg die befreite Königstochter nicht heiratet und weder die ihm angebotenen Schätze annimmt noch selber König wird. An die Stelle der Heiligen Hochzeit von Held und Jungfrau tritt die Taufe. Die Legenda aurea spricht von 20 000 Getauften, »die Weiber und Kinder nicht gerechnet«. Eine lateinische Version der Legende berichtet, St. Georg habe mit dem Bischof Alexander in 15 Tagen 40 000 Menschen getauft, einschließlich des Königs, des Adels des Reiches und anderer Männer. Andere Erzählungen steigern die Zahl der Getauften auf 45 000, auf 140 000, ja auf 240 000 – worin deutlich wird, daß dies als der Zielpunkt der Legende empfunden wurde. In der Taufe vermählen sich gleichsam die Seelen mit Gott.

St. Georg lehnt alle ihm vom König angebotenen Schätze ab, weil es ihm nicht um irdischen Reichtum geht, sondern darum, reich zu sein in Gott. In dem Georgsgedicht von Reinbot von Durne schlägt der Heilige alle Ehren aus im Anblick einer Vision der Gottesmutter und der Wonnen des Paradieses.

Daß nach dem Sieg über den Drachen die Quelle, die dieser am Fließen gehindert hatte, zu sprudeln beginnt, ist – wie wir gesehen hatten – ein häufig mit dem Drachenkampf verbundenes Motiv. In der Georgslegende heißt es, daß in der Kirche, die der König »der Jungfrau Maria zu Ehren und Sankt Georg« hatte errichten lassen, auf dem Altar eine lebendige Quelle entsprang, die alle Kranken, die daraus tranken, gesund machte. Diese »Quelle des Lebens« ist im Sinne der Worte Jesu zu verstehen: »Wen dürstet, der komme zu mir und trinke! Wer an mich glaubt, aus dessen Innerstem werden Ströme lebendigen Wassers fließen, wie die Schrift sagt. Damit meinte er den Geist, den alle empfangen sollten, die an ihn glaubten« (Johannes 7,37 ff.).

Mit Recht ist gesagt worden, daß der Grundgedanke der Legende vom Drachenkampf St. Georgs – die Befreiung eines Landes vom Götzendienst und seine Bekehrung zum Christentum durch einen gottgesandten Ritter – in vorzüglicher Weise dem christlichen Ritterideal der Kreuzfahrer zur Zeit ihres edelsten Wollens entspricht (Aufhauser). St. Georg befreit ja nicht nur die Jungfrau, sondern erlöst auch das Volk aus der Gewalt des Drachen. In der Legenda aurea spricht er zu dem von Furcht vor dem Drachen befallenen Volk: »Fürchtet euch nicht, denn Gott der Herr hat mich zu euch gesandt, daß ich euch erlöse von diesem Drachen. Darum glaubet an Christum ...« In einer lateinischen Version der St. Georgs-Legende aus dem 12. Jahrhundert (Cod. Monacensis) betet der Ritter vor dem Kampf, der im Angesicht des Volkes stattfindet: »Herr Jesus Christus, verleihe mir Deine Kraft, daß ich heute den Kopf dieses Drachen zertrete und alle erkennen, daß Du mit mir bist, und Deinen in Ewigkeit gepriesenen Namen loben!« In einer anderen Überlieferung lautet sein Gebet: »Unterwirf mir dies Tier zum Gehorsam des Glaubens dieses ungläubigen Volkes.«

Von daher wird eine weitere Erzählung von St. Georg verständlich, die die Legenda aurea berichtet: Als (1099) die Kreuzritter vor Jerusalem lagen und nicht wagten, auf Leitern die Stadt zu erstürmen (denn die Sarazenen widerstanden ihnen mit Macht), »siehe, da erschien ihnen Sankt Georg in weißer Rüstung, mit einem roten Kreuze geziert, und winkte ihnen, daß sie ihm kühnlich sollten nachfolgen und die Stadt gewinnen. Also faßten sie einen Mut und nahmen die Stadt und erschlugen die Sarazenen.«[29]

Hier ist St. Georg, »der Christen Herzog«, Symbol für den Kampf gegen die Heiden, nicht im Sinne eines geistlichen, sondern eines weltlichen Kampfes. Entsprechend wird nun der Heilige in voller Kriegsrüstung dargestellt. Er war als Anführer des himmlischen Heeres den visionär und prophetisch erregbaren Kreuzrittern schon vor der Eroberung Antiochias (1098) und vor der Eroberung Melitenes (1099) als Schlachtenhelfer erschienen.

St. Georg wurde zum Schutzpatron der Kreuzritter, sein rotes Balkenkreuz zum Kennzeichen aller Kreuzfahrer (von da an bis ins 16. Jahrhundert zum Kennzeichen jedes für England kämpfenden Soldaten), »Sanct Georg« zum Schlachtruf des christlichen Heeres, besonders des deutschen und des englischen (noch das Heer Karls V. zog im 16. Jahrhundert mit dem Ruf »Sanct Jorge!« in die Schlacht von Wittenberg gegen die protestantischen Fürsten). Als Schlachtenhelfer wurde er in zahlreichen Liedern besungen. Sein Bild schmückte die Fahnen, die den Soldaten in die Schlacht voranzogen. In Deutschland wurde das St. Georg-Panier nur geführt, wenn die Kaiser gegen die Feinde des Reiches und des christlichen Glaubens zu Felde zogen, wie der Benediktiner Magnoald Ziegelbaur in seiner »Historischen Nachricht von der St. Georgen-Fahne« von 1735 berichtet: »St. Georgen-Pannier soll nicht aufgeworffen werden, es sey dann ein Drach, das ist, ein Glaubens- oder Reichs-Feind zu erlegen.« Es kam vor, daß innerhalb Europas zwei feindliche Heere gegeneinander zogen, jedes in der Gewißheit, unter dem Schutz St. Georgs, des Bannerträgers Christi, den Sieg zu erringen.

Die Kreuzritter waren es, die Reliquien des Heiligen in ihre Heimat brachten (wobei diese, wie zahlreiche Legenden berichten, manch Wunder bewirkten) und für die rasche Verbreitung der Verehrung des Drachenkämpfers sorgten. Sigrid Braunfels-Esche urteilt: »Die Drachenkampf-Legende und die Art ihrer Verbindung mit der Geschichte des großen Patrons und Schlachtenhelfers der Ritter konnte nur im religiösen Milieu der ersten Kreuzfahrergeneration aus all den vorgefundenen Traditionsströmen jene endgültige Neuprägung finden, die nicht nur die Ikonographie aller Georgdarstellungen von nun an bestimmte, sondern im Westen auch einen außerkirchlichen Georgskult ermöglichte.«[30]

Die Wirkungsgeschichte der St. Georgs-Gestalt war ähnlich weitreichend und nachhaltig wie die des Drachenkämpfers St. Michael, und zwar im kirchlichen wie im weltlichen Bereich, auch unter den Mohammedanern (St. Georg erschien ihnen als Schlachtenhelfer gegen die Mongolen).

Die Reliquien des Heiligen Georg, die die Kreuzritter aus dem Heiligen Land in ihre Heimat mitbrachten, gaben Anlaß zum Bau, zur Vergrößerung und Verschönerung von Kirchen, zur Anfertigung kostbarer Reliquienbehältnisse, zur Ausstattung von Altären mit Bildern und Statuen des Heiligen und zur Gründung zahlreicher Georgsbruderschaften, die die Mittel für diese Kunstwerke aufbrachten. Georg wurde Landespatron von Georgien (und angrenzender Völker), Griechenland, Ungarn, Portugal, Schweden und England.

Nach dem erfolgreichen dritten Kreuzzug (1189–93), den der junge König Richard Löwenherz nach dem Tode Kaiser Friedrich Barbarossas und dem Ausscheiden des französischen Königs Philippe Auguste hauptsächlich mit der englischen Streitmacht unter dem Schutz und mit der Hilfe St. Georgs geführt hatte, verbreitete sich die Verehrung des Drachenkämpfers schnell in ganz England. 1222 wurde der Tag St. Georgs, der 23. April, auf einer Synode in Oxford den großen Feiertagen gleichgestellt, 1347 St. Georg zum Landespatron erklärt. Er ist es bis zum Beginn unseres Jahrhunderts geblieben. Sein Bild finden wir auf englischen Amtssiegeln und Münzen (Sovereign, Crown). Sein Kreuz, rot auf weißem Grund, bildet zusammen mit dem weißen Kreuz des St. Andreas von Schottland und dem roten Kreuz des St. Patrick von Irland das dreifache Kreuz der britischen Nationalfahne.

Nach dem Fall Konstantinopels (1453) wurde Moskau die Nachfolgerin und Erbin der »Herrlichkeit am Bosporus«. Mit dem Anspruch auf den byzantinischen Kaisertitel ging auch der byzantinische Doppeladler – Wappen der letzten byzantinischen Dynastie, der Palaiologen (1261–1453) – auf Rußland über. Der russische Doppeladler trägt auf seiner Brust das historische Wappen von Moskau: St. Georg, den Drachentöter, der zugleich Schutzpatron des russischen Reiches war.

Abb. 25
Historisches Wappen Moskaus

St. Georg wurde auch zum Schutzpatron der schwedischen Hauptstadt Stockholm. Das St. Georg-Lied ist das älteste Kampflied der Schweden, im Befreiungskampf gegen die Dänen besonders beliebt.

St. Georg ist der Schutzpatron bedeutender Seestädte geworden, denen vom Meer her Gefahr drohte (der Chaosdrache bedroht die geordnete Welt), so von Konstantinopel, das im Mittelalter »Arm des Heiligen Georg« genannt wurde, von Venedig mit seiner gegenüber der Meerfront des Dogenpalastes gelegenen geistlichen Festung Georgs, dem Kloster S. Giorgo Maggiore, von Genua, das zum Zeichen seiner Unterstellung unter das Patronat des Drachenkämpfers das Bild St. Georgs in sein Stadtbanner aufnahm, welches schließlich zur offiziellen Fahne der Republik wurde, von Barcelona, das ihn zum Schutzpatron gegen die islamische Flotte und die sarazenischen Seeräuber erwählte, von Ferrara und von mehr als hundert italienischen Städten mit sehr altem Georgskult.

In all den Ländern, Städten und Bistümern, in denen St. Georg Hauptpatron war, prägte man Münzen mit seinem Bild. »Es gab päpstliche, englische, schwedische, russische, ungarische, leuchtenbergische, friedbergische, mansfeldische, fuggersche, genuesische, mantuanische, lüttichsche Silbermünzen mit Georgs Bild und wahrscheinlich noch etliche mehr.«[31]

St. Georg war persönlicher Patron vieler Herrscher (z. B. Karls des Kühnen), Patron vieler kirchlicher und weltlicher Orden, Rittergesellschaften, Bruderschaften, Gilden und Zünfte (z. B. des Deutschherrenordens und des ersten rein weltlichen Adelsordens, des »Hosenbandordens«, des »hochedlen Ordens des Heiligen Georg«.

Die volkstümliche Verehrung des Heiligen hat sich bis in unsere Zeit hinein in Umzügen und Reiterspielen der Schützengilden sowie in Aufführungen von St. Georgs-Spielen an seinem Festtag erhalten.

Die heilige Martha

Das Drachenkampfmotiv ist in der christlichen Legende nicht nur auf heilige Männer, sondern auch auf heilige Frauen übertragen worden, zum Beispiel auf Juliana, Maria Magdalena, Margareta, Marina, Perpetua und Martha.

Die Legende vom Drachenkampf der heiligen Martha wird im 12. Jahrhundert entstanden sein, kurz bevor ihre angeblichen Reliquien in Tarascon 1187 entdeckt und kultisch verehrt wurden. Die Legenda aurea des Dominikanerbischofs Jacobus de Voragine erzählt, daß die heilige Martha von den Bewohnern der Landschaft zwischen Arles und Avignon um Hilfe gegen einen menschenfressenden Drachen gebeten wurde. Dieser lag in der Rhone verborgen und tötete alle, die vorüberkamen. Leviathan hatte ihn mit Onachus, einem Tier, welches das Land Galatien hervorbringt, gezeugt. Er war »halb Tier, halb Fisch, dicker als ein Rind und länger als ein Pferd, mit Zähnen wie Schwerter und spitz wie Hörner«. Doch die Heilige ließ sich davon nicht abschrecken: »Wider den Drachen zog Sancta Martha, denn das Volk bat sie. Sie fand ihn im Wald, wie er einen Menschen aß. Alsbald goß sie geweihtes Wasser über ihn und hielt ihm ein Kreuz vor, da war er besiegt und stund wie ein zahmes Lamm. Martha band ihn mit ihrem Gürtel. Danach kam das Volk und schlug ihn mit Steinen und Speeren tot.«[32]

Die feministische Theologie unserer Tage versteht die St. Martha-Legende nicht als Parallele zur St. Georgs-Legende, sondern als alternatives Gegenbild zu ihr[33]: Die Frau tritt an die Stelle des männlichen Helden, das gerettete Opfer wird selbst zum Besieger des Drachen.

St. Georg reitet in voller Rüstung auf einem Roß, stößt dem Drachen seine Lanze in den Rachen und erschlägt ihn mit seinem Schwert. St. Martha dagegen naht dem Drachen auf bloßen, verletzbaren Füßen in wallendem Kleid (so auf zahlreichen Darstellungen seit dem 14. Jahrhundert) und zähmt ihn mit Weihwasser oder Kreuz. Dort: Kampf mit irdischen Waffen, hier: Kampf mit geistlichen Waffen. Dort: Sieg durch Vernichtung, hier: Sieg durch Bändigung des Drachen. An ihrem Gürtel, dem Zeichen der Keuschheit und Reinheit, leitet Martha ihn und führt fortan ein asketisches Leben mit Fasten und Beten.

In der Martha-Legende zeigt sich eine andere Einschätzung des Drachen: Das patriarchale Bewußtsein sieht im Drachen die zu tötende Triebstruktur, dem matriarchalen Bewußtsein gilt er als zu bändigende Triebkraft. Hier deutet sich zeichenhaft ein anderer Umgang mit dem Bösen an: nicht seine Vernichtung, sondern seine Erlösung, die »Wandlung des Unteren« (E. Neumann). Aus der mythischen »Herrin der Tiere«, dem Symbol dafür, daß in der Natur des Menschen triebüberlegene weibliche Kräfte wirksam sind, wird die christ-

Abb. 26 Martha als Drachenbesiegerin.
Martha-Altar in der St. Lorenz-Kirche zu Nürnberg, 1517.

liche Heilige, die die menschliche Drachennatur durch weibliche Macht und Spiritualität bändigt. »Im Symbol-Bild des weiblichen Drachensiegs werden lange von der Kirche abgewehrte Vorstellungen von der Versöhnung von Geist und Leib, von der Versöhnung mit der Schlange wieder lebendig und bekommen Aussagekraft für den heutigen Umgang mit Natur, Psyche, Irrationalem« (Moltmann-Wendel)[34].

Im Abendland hat sich das patriarchale Symbol des Drachentöters St. Georg durchgesetzt, das Ausdruck von Herrschaft über eine zu besiegende und zu erobernde Welt, über die Natur und sich selbst ist. Heute, wo diese Haltung die Menschheit in eine tiefe Krise gestürzt hat, wo weibliche Verhaltensweisen und alternative Lebensstile wieder im Vorrücken sind, kommt dem Martha-Symbol besondere Bedeutung zu.

An diesem Punkt berühren sich die Äußerungen von Moltmann-Wendel mit den Ausführungen von Göttner-Abendroth. Auch sie stellt die unterschiedliche Wertung des Drachenkampfes in der matriarchalen und der patriarchalen Konstellation heraus. In der matriarchalen Geisteshaltung besiegt der Heros »den finsteren Aspekt der Göttin, den Tod«, und sie erscheint ihm im lichten Aspekt der Liebesgöttin, mit der er die Heilige Hochzeit begeht. In der patriarchalen Geisteshaltung »besiegt der Held im Drachen das Weibliche überhaupt, und das ist eine große Tat, denn das Weibliche wird unterschiedslos gleichgesetzt mit dem Lüsternen, Bösen, Finsteren, Chaotischen«[35]. Für die patriarchale Geisteshaltung ist das Denken in Gegensätzen typisch, für die matriarchale Geisteshaltung dagegen die Integration des männlichen Prinzips in ein weibliches Universum.

Es geht Göttner-Abendroth, wie sie selber betont, nicht um die Wiedererrichtung des archaischen Matriarchats – weder in uns noch außer uns –, sondern um die Wiederentdeckung der Ganzheit unserer Person, des männlichen und des weiblichen Prinzips in uns – ohne die patriarchalen Verzerrungen.

Das Problem des Verhältnisses von Männlichem und Weiblichem in der menschlichen Seele und in der menschlichen Gesellschaft und damit zusammenhängend das Problem des Umgangs mit dem Bösen sind als dringliche Probleme unserer Zeit erkannt – wir kommen im letzten Kapitel dieses Buches darauf zurück. Aber es ist unsachgemäß, diese Problematik in die alten Legenden hineinzutragen, indem man den Drachenkampf der heiligen Martha dem des heiligen Georg alternativ entgegensetzt. Erstens war – wie wir gesehen haben – auch St. Georg ursprünglich ein geistlicher Drachenkämpfer; die Einwände treffen also nur eine spätere Verzerrung. Zum anderen stürzt auch St. Georg den Drachen zunächst nur zu Boden und heißt die Jungfrau, das Untier an ihrem Gürtel in die Stadt zu führen. Sie tut es, und es folgt ihr »wie ein zahm Hündlein«. Erst nachdem Georg das Volk zum Glauben an Christus ermahnt hat und der König samt allem Volk sich taufen ließ, erschlägt Georg den Drachen mit seinem Schwert. Und schließlich: Auch in der Martha-Legende wird der Drache, den sie »wie ein zahmes Lamm« an ihrem Gürtel führt, vom Volk mit Steinen und Speeren getötet, ohne daß sie – wie der heilige Franziskus in der Legende vom Wolf von Gubbio – das Volk davon zurückhält.

Jesus, der Christus

Auch der Weg Jesu von Nazareth, der im Neuen Testament und in der Kirche als Christus (= Messias) verkündigt wird, entspricht der Grundstruktur des mythischen Heldenweges: Er verläßt das Reich seines Vaters und geht in die Welt ein. Er kämpft gegen die Drachenmacht der Sünde und des Todes und überwindet sie. Er kehrt als Sieger und Erlöser der Menschheit in das Reich seines Vaters zurück.

Auf ihn, der als »wahrer Mensch und wahrer Gott« bekannt wird, werden sowohl die Aussagen von dem drachentötenden Gott als auch die Aussagen von dem drachentötenden König, Helden und Heiligen übertragen: die Aussagen von dem Schöpfergott, der den Chaosdrachen überwindet, der Behemot, Leviathan und Rahab bändigt, und die Aussagen von dem Weibessamen, der der Schlange den Kopf zertritt, sowie von dem Gläubigen, der unter Gottes Schutz »über Löwen und Ottern schreitet und Jungleuen und Schlangen zertritt« (Psalm 91,13).

Hinter diesem Psalmzitat steht »die im alten Orient verbreitete, im Kultmythos überlieferte Vorstellung des drachentötenden Gottes, der zum Zeichen des Sieges über das Ungeheuer

Abb. 27 Christus, auf Schlange und Löwe stehend. Miniatur zu Psalm 91 aus dem Stuttgarter Psalter, 10. Jh.

ihm den Fuß auf den Nacken setzt«[36]. Der Psalm wurde schon früh messianisch gedeutet, das heißt als Aussage über den kommenden Messias verstanden. Seit frühchristlicher Zeit ist der triumphierende Christus darum häufig auf Schlange und Löwe stehend dargestellt worden, wie zum Beispiel auf den Mosaiken von Ravenna. Und als der, der über Ottern und Schlangen hinwegschritt, hat er auch seinen Jüngern Vollmacht gegeben, »auf Schlangen und Skorpione zu treten und alle Macht des Feindes (gemeint ist der Satan) zu überwinden« (Lukas 10,19).

Das Drachenkampfmotiv wird zur Deutung des Heilswerkes Jesu für drei Stationen seines Weges herangezogen: Taufe, Versuchung und Tod beziehungsweise Höllenfahrt.

Die *Taufe Jesu im Jordan* ist vom symbolischen Denken her schon früh als Abstieg in die Gewässer des Todes (Höllenfahrt) verstanden worden. Es war eine Heiden, Juden und Christen geläufige Vorstellung, daß die natürlichen Gewässer von Dämonen, Schlangen und Drachen bewohnt sind, die, wie Tertullian sagt, »die Eigenschaft des Hinabziehens« besitzen. Jesus nun stieg in den Jordan hinab, um mit den Drachen zu kämpfen und damit die für die »Einweihung« typische Prüfung abzulegen. Diese Verbindung von Taufe und Drachenkampf wurde durch die Verknüpfung der Taufgeschichte mit verschiedenen anderen Schriftstellen hergestellt und belegt.

Cyrill von Jerusalem († 386) schreibt: »Hiobs Aussage zufolge befand sich der Drache Behemoth in den Gewässern; den Jordan ließ er sich in die Kehle strömen. Als es nun die Häupter dieses Drachen zu zerbrechen galt, da hat der in die Gewässer herabgestiegene Jesus den Starken gebunden, damit auch wir die Macht erlangen, über Skorpione und Schlangen zu schreiten.«[37] Dieser Aussage liegen folgende Bibelstellen zugrunde: Hiob 40,15–24; Matthäus 12,29; Lukas 10,19.

In der ostkirchlichen Liturgie am Tage der »heiligen Theophanie unsers Herrn, Gottes und Heilandes Jesu Christi« heißt es: »Du beugtest dein Haupt dem Vorläufer, du zermalmtest die Häupter der Drachen, du tratest in die Gewässer, du erleuchtetest das All, damit es preise dich, Erlöser, den Erleuchter unserer Seelen.«[38] Diesen Worten liegt Psalm 74,13f. zugrunde, wo es heißt: »Du hast zertrennt das Meer durch deine Kraft und die Köpfe der Drachen im Wasser zerschmettert. Du hast Leviathans Häupter zermalmt.«

Auf byzantinischen Ikonen findet sich neben Psalm 74,13f. der Hinweis auf Psalm 114,5: »Was ist dir, Meer, daß du fliehst, und dir, Jordan, daß du dich zurückwendest!«; denn häufig ist auf ihnen dargestellt, wie bei der Taufe Jesu der Jordan-Hades mit allen Anzeichen des Entsetzens entweicht.

Zahlreiche bildliche Darstellungen der Taufe Jesu werden erst auf dem Hintergrund solcher Vorstellungen verständlich: Christus tritt im Jordan das Unterwelts-Wasser-Gezücht zu Boden (Fresko in der Kirche des Athosklosters Xenophontos). Er steht, während er getauft wird, auf einem drachenartigen Tier, das sich wütend gegen ihn aufbäumt (Holztür von St. Maria im Kapitol, Köln). Im Jordan, in dem er getauft wird, sind die von ihm überwundenen und zerrissenen Drachen dargestellt (Chludov-Psalter).

Über dem aus dem Jordan heraufsteigenden Jesus öffnet sich der Himmel, und Gott bekennt sich zu ihm mit den Worten: »Du bist mein Sohn, mein geliebter, dich habe ich erwählt« (Markus 1,10f.). Als »Sohn Gottes« ist Jesus der Messiaskönig (Psalm 2,7) und göttliche Vollender der Endzeit an Gottes Statt. Der Ausdruck, der in der Taufgeschichte für das Heraufsteigen Jesu aus dem Jordan steht (griechisch: anabeinein), ist spezieller Begriff für den Aufstieg des Erlösers von der Erde zum Himmel und umschreibt zusammen mit seinem Abstieg vom Himmel zur Erde (katabeinein) das ganze Heilswerk.

Dem Verständnis der Taufe Jesu als Drachenkampf entspricht es, daß auch die Taufe des Christen als Abstieg in das Totenreich und Kampf mit den satanischen Mächten verstanden wurde. Der Gedanke, daß der Täufling mit dem Teufel zu kämpfen hat, kommt in der Taufliturgie der alten Kirche an drei Stellen zum Ausdruck: beim Exorzismus (Austreibung böser Geister) des Täuflings, bei der Salbung vor der Taufe und beim Exorzismus des Taufwassers.

Der Exorzismus des Täuflings schließt oft mit einem Satz, der die Bewahrung des ins Wasser Steigenden zum Inhalt hat: »Die Anrufung der Gnade, die deine Seele versiegelt«, sagt Cyrill in seiner dritten Katechese, »läßt fürderhin nicht zu, daß du von dem fürchterlichen Drachen verschlungen wirst.«[39]

Die Salbung des Täuflings am ganzen Körper knüpft an die Salbung des Athleten an, der sich vor dem Kampf in der Arena Brust und Oberarme salben ließ. Die Salbung war eng mit der Absage an den Teufel verbunden.

Beim Exorzismus des Taufwassers haucht nach der Taufordnung Jakobs von Edessa (Ende des 7. Jahrhunderts) der Priester dreimal kreuzweise übers Wasser und spricht: »Der Kopf der Schlange, die die Menschenkinder tötet, werde zertreten.« Nach einem maronitischen Taufexorzismus spricht er dabei: »Zerschmettert werde, o Herr, das Haupt des geistigen, menschenmordenden Drachen unter dem Zeichen und Bilde deines Kreuzes. Und fliehen und weichen sollen die unsichtbaren und luftigen Schatten von diesen Wassern, und nicht verberge sich in ihnen ein finsterer Dämon! Und nicht steige hinab in dieses Wasser mit dem, der in ihnen getauft wird – wir bitten dich, Herr Gott –, ein böser und finsterer Geist mit schlechten Gedanken und Verwirrungen der Seele. Kehre dich, o Herr, zu den Wassern, die in diesem kleinen Becken vor dich gesetzt sind!«[40] Das Gebet der griechischen Taufwasserweihe lautet: »Du hast die Jordanfluten geheiligt, indem du deinen Heiligen Geist von oben her sandtest, und du hast der Schlange den Kopf zertreten, die darin verborgen war.«[41]

Gleich nach der Taufe wird Jesus vom Geist in die Wüste hinausgeführt. Die Wüste ist nicht nur die Stätte der Einsamkeit und des Gebetes, sondern auch der Ort der Öde und Leere: die Wohnstätte des Teufels. Dort weilt Jesus (wie Mose und Elia) vierzig Tage und Nächte, um sich fastend auf sein öffentliches Wirken vorzubereiten, und wird vom Satan, vom Teufel oder Versucher auf die Probe gestellt. (Der Teufel wird nur benannt, aber nicht geschildert.)

Die *Versuchung durch den Teufel* ist eine vergeistigte Form des Drachenkampfes, die in der mythischen Biographie von Helden und Heiligen ihren festen Platz hat; so zum Beispiel bei Marduk und Osiris, bei Zarathustra und Buddha. In der Bemerkung, daß Jesus »unter wilden Tieren« in der Wüste lebte, klingt möglicherweise die Vorstellung eines mythischen Götterkampfes nach.

Die besondere Versuchung Jesu erwächst ihm nicht aus seiner Gottesebenbildlichkeit (wie die Versuchung Adams), sondern aus seiner Gottessohnschaft, wie denn der Versucher ihn ausdrücklich darauf anspricht: »Bist du Gottes Sohn, so . . .« Die Versuchung ist dreifach und geschieht an drei verschiedenen Orten. In der Wüste wird er am Fleisch versucht: Sprich, daß diese Steine Brot werden! In der heiligen Stadt wird er in seinem Glauben versucht: Wirf dich im Vertrauen auf den Schutz Gottes von der Zinne des Tempels hinab! Auf einem sehr hohen Berg wird er in seiner Königsherrschaft versucht: Alle Reiche der Welt und ihre Herrlichkeit will ich dir geben, wenn du mir kniefällig huldigst! Jesus durchschaut den Versucher auch da, wo er das Wort Gottes im Munde führt, und überwindet das Böse, indem er Gott gehorsam bleibt. Er erweist sich damit als der, der »alle Gerechtigkeit erfüllt« (Matthäus 3,15). Da muß sich der Teufel besiegt geben und von ihm ablassen.

Schließlich wird der Sieg, den Christus durch sein gehorsames *Leiden und Sterben am Kreuz* über die Mächte der Sünde und des Todes errungen hat, als siegreicher Drachenkampf gedeutet und dargestellt. In der mittelalterlichen Kunst verbindet sich das Drachenkampfmotiv sowohl mit der Kreuzigung als auch mit der Auferstehung Christi. Zum Beispiel windet sich am Fuß des Kreuzes die überwundene Schlange oder der vom Kreuz durchbohrte Drache[42]. Viele Auferste-

Abb. 28 Das Kreuz Christi überwindet den Drachen.
Buchmalerei unter Abt Conrad von Scheyern, 1206–1225.

hungsbilder zeigen den Auferstandenen als Sieger über Tod und Teufel.

Das wichtigste Lehrbild zu Luthers Rechtfertigungslehre, das Lucas Cranach d. Ä. in Zusammenarbeit mit Luther und anderen Wittenberger Theologen geschaffen hat, zeigt neben dem gekreuzigten den auferstandenen Christus, der die als Totengerippe und Teufelsdrachen dargestellten Mächte Tod und Teufel mit der Kreuzeslanze, an der die Osterfahne befestigt ist, überwindet und unter seine Füße tritt[43]. Das so dargestellte Geschehen deutet Luther in einer Predigt von 1532 als ein inneres Geschehen: »Nun schlägt und erwürgt Christus dieselben Feinde in uns ohne Unterlaß.« In einem Osterlied von Nikolaus Hermann aus dem Jahr 1560 heißt es:

»Die alte Schlange, Sünd und Tod, die Höll', all Jammer, Angst und Not hat überwunden Jesus Christ, der heut vom Tod erstanden ist. Halleluja« (EKG 80,2).

Abb. 29 Ausschnitt aus einem Holzschnitt von Lucas Cranach, in dem er das Bildschema: Sündenfall und Erlösung, Gesetz und Evangelium, festlegte; 1529.

Auch im Zusammenhang mit der Darstellung der Hadesfahrt Christi, dem Osterbild der Ostkirche, finden wir die Vorstellung vom Kampf Christi gegen die Drachenmacht von Tod und Teufel. Schon in den altchristlichen Höllenfahrtsüberlieferungen wird der Kampf Christi mit den Unterweltsmächten als dreitägiges Ringen geschildert (Firmicus Maternus). Diese Vorstellung lebt im Mittelalter fort und gewinnt durch Luther neue Bedeutung. In der Armenbibel steht die Darstellung der Höllenfahrt Christi zwischen denen vom Kampf Davids mit Goliath und vom Kampf Simsons mit dem Löwen.

Eine eigenwillige Darstellung von Tod und Auferstehung Christi knüpft an Hiob 40,25ff. an und verbindet sich mit der Vorstellung von dem Helden, der sich vom Drachen verschlingen läßt, um ihn von innen her zu überwinden. Gott fragt Hiob: »Ziehst du den Leviathan an der Angel herauf, hältst mit der Schnur seine Zunge fest? Legst du einen Haken in sein Maul, durchbohrst mit dem Ring seine Wange?« Nein, Hiob vermag das nicht, allein Gott kann es. Diese Stelle ist schon früh allegorisch gedeutet worden. Von Gregor von Nyssa (331–394) bis in unsere Zeit läßt sich diese Deutung verfolgen. Sie besagt in ihrem Kern: Gott hat den Teufel überlistet, indem er ihm einen unverdaulichen Köder hinwarf: den fleischgewordenen Christus, in dessen Fleisch seine Gottheit verborgen ist. Mit dem Köder des Fleisches schluckt der Teufel auch den Angelhaken der Gottheit hinab. So wird der Betrüger betrogen. An der Gottheit Christi geht er zugrunde[44].

Diese Auslegung wurde im Mittelalter vielfältig variiert. In der Legenda aurea heißt es in dem Kapitel »Von der Passion des Herrn«: »Wer ist, der den Leviathan möge fahen mit einer Angel? (Job 40,20). Das ist Christus gewesen, der die Angel göttlicher Gewalt hatte verborgen unter dem Köder menschlicher Natur: da nun der Teufel wollte verschlingen die Speise menschlicher Natur, da ward er gefangen mit der Angel der allmächtigen Gottheit.«[45]

Nach Ruprecht von Deutz (12. Jahrhundert) besteht die Angelschnur, die Christus ins Meer wirft, um Leviathan, den Teufel, zu fangen, aus lauter Christuskreuzen. Im Hortus deliciarum der Äbtissin Herrade von Landsberg (12. Jahrhundert) ist die Angelschnur mit den Bildnissen vieler Repräsentanten der Geschlechter von Adam bis Christus geschmückt.

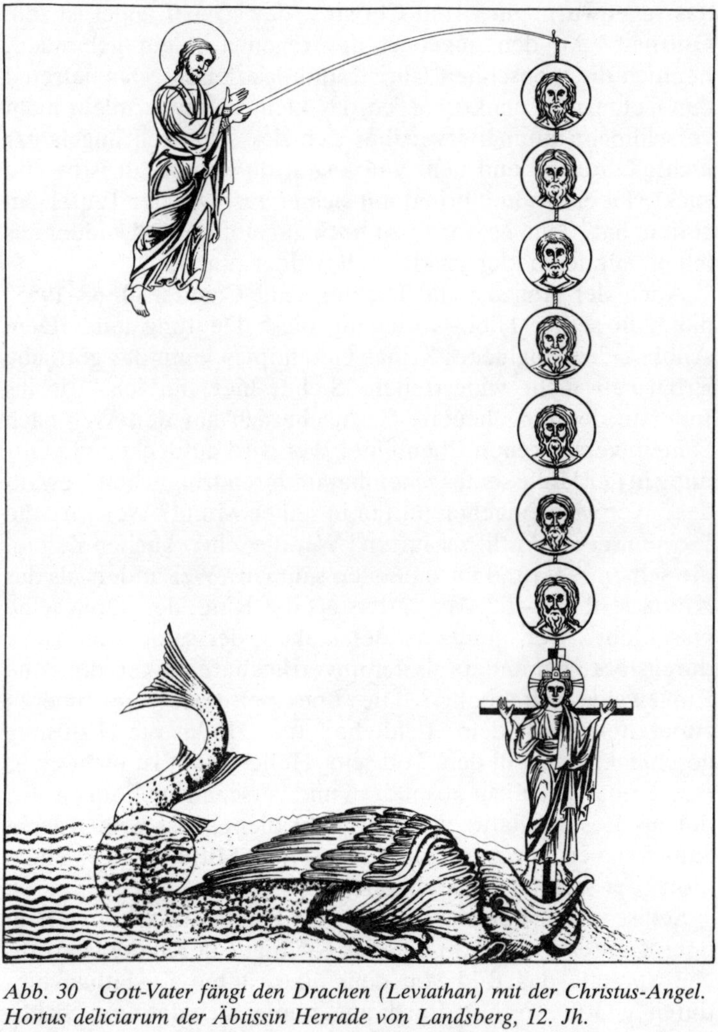

Abb. 30 Gott-Vater fängt den Drachen (Leviathan) mit der Christus-Angel. Hortus deliciarum der Äbtissin Herrade von Landsberg, 12. Jh.

Der Angelhaken, einem Anker ähnlich, ist das Kreuz, Christus der Köder, mit dem Gottvater Leviathan fängt.

Luther, der gern in anschaulichen Bildern redete, schildert dieses Geschehen so: »Gott nam einen scharffen angel und hängte ein regenwurmlein dran und würff den angel ynns meer:

das regenwurmlein ist nu Christus, der scharff angel ist sein Gottheit. An den angel ist das regenwurmlein gebunden, nemlich die menschheit Christi und das fleisch. Das betreugt den Teufel, Er denkt: sol ich das klein regenwurmlein nicht verschlingen kunnen? versihet sich des scharffen angels gar nicht, fehret zu und bellt ynn angel, da kompt Christus und ruckt yhn er aus und bringt mit sich er aus, was der Teufel yhn gethan hat, denn es war ya zu hoch angeloffen, tod widder das leben, sünde widder gnade, hell widder himel.«[46]

Auch der französische Dichter Paul Claudel (1868–1955) nahm in seiner Hiob-Auslegung diese Deutung auf: »Dem Anblick des Unglückes Seines Geschöpfes kann das göttliche Erbarmen nicht widerstehen. Siehe, hier bin ich. Bis ins Innerste des Ungeheuers. Er macht sich auf den Weg nach Seinem versunkenen Ebenbilde! Wer wird aufdecken die Öffnung in der Hülle seines scheinbar undurchdringlichen Gewandes? Wer wird eingehen mitten in seinen Mund? Wer wird die Pforten seines Antlitzes auftun? Wer die schrecklichen Zähne, die seinen Abgrund im Innersten säumen? Wer anders als das Kreuz Jesu Christi? Wer anders als der Ring, der durch seine Nase geht? Wer anders als der Haken, der seine Kinnbacke durchstößt, wer anders als der unverrückbare Anker, der seine Eingeweide durchbohrt? Die Lockspeise war im Inneren zubereitet. Mit dem Leid hat die Hölle die Erlösung geschluckt. Ich will dein Tod sein, Hölle. Satan ist nicht mehr frei. Er hat sich nicht absondern und verschanzen können. Er, der als Losung hatte: Ich will nicht dienen! ist vom Knecht zum Sklaven herabgesunken! In seiner Mitte trägt er einen Gott, der sein Herz durchbohrt!«[47]

Selbst in Karl Barths Kirchlicher Dogmatik schimmert in dem Kapitel über »Gott und das Nichtige« durch die begriffliche Sprache das Bild von dem überlisteten Leviathan hindurch[48]. Gott, so führt Barth aus, nimmt sich des vom Nichtigen bedrohten und ihm verfallenen Geschöpfes an. Er tut es, indem er sich in seinem Sohne dahingibt, selbst Geschöpf wird und als Geschöpf die Sünde und auch die Strafe und Not des Geschöpfes zu seiner eigenen macht. Das Nichtige aber war Gott, der Geschöpf wurde und sich seiner Macht aus- und entgegensetzte, nicht gewachsen. Es konnte mit seinem Opfer nicht fertig werden. »Es stieß hier auf eine Beute, an der es sich übernehmen, an der es, indem es auch sie verschlingen wollte, zugrundegehen mußte.« In der Begegnung mit Gott selbst erfüllt sich die Bestimmung des Nichtigen, keinen Bestand zu haben.

Als weiteres Beispiel für die Verbindung von Tod und Auferstehung Christi mit dem Drachenkampfmotiv sei noch einmal auf das 12. Kapitel der Johannesapokalypse hingewiesen. Dort erscheint als himmlisches Gegenbild des Kampfes und Sieges, den Christus auf Erden am Kreuz gekämpft und errungen hat, der Kampf Michaels mit dem Drachen und sein Sieg über ihn. Es wurde von daher verständlich, wenn zuweilen das Bild Christi und das Bild des Drachenkämpfers Michael ineinander übergehen. Er, der am Kreuz den Sieg über die Drachenmacht des Teufels und des Todes errungen hat, wird am Ende der Tage wiederkommen und als Reiter auf weißem Pferd an der Spitze der himmlischen Heerscharen den großen Drachen endgültig besiegen.

Es ist deutlich geworden, wie das zentrale Ereignis der Heilsgeschichte, nämlich Tod und Auferstehung Christi, als Drachenkampf in allen seinen Dimensionen gedeutet worden ist. Christus überwindet die Chaosmacht der Sünde und erneuert die Schöpfung. Er ist der im Anfang verheißene Weibessame, der der Schlange den Kopf zertritt und von ihr in die Ferse gestochen wird. Er fährt in das Totenreich hinab, kämpft mit den Unterweltsmächten Teufel und Tod und besiegt sie. Er läßt sich als gehorsames Werkzeug Gottes vom Leviathan verschlingen, um ihn von innen her zu überwinden. Er erringt den endzeitlichen, das heißt den endgültigen Sieg über den großen Drachen, die alte Schlange, die da heißt Teufel und Satan, der die ganze Welt verführt (Tafel IV).

In Tod und Auferstehung Christi wiederholt sich das Geschehen der Urzeit, und das Geschehen der Endzeit wird darin vorweggenommen. Tod und Auferstehung Christi werden so als Mitte und Erfüllung aller Geschichte verstanden und verkündigt.

Anmerkungen

1 H. von Beit, Symbolik des Märchens. Versuch einer Deutung, Bern 1967[3], S. 17
2 L. Ziegler, Überlieferung, München 1949, S. 337ff.
3 Ebd., S. 340
4 J. Campbell, Der Heros in tausend Gestalten, Frankfurt a. M. 1949, S. 34ff.
5 Ebd., S. 308
6 Ebd., S. 322
7 E. Neumann, Ursprungsgeschichte des Bewußtseins, 1949
8 Th. Mann, Freud und die Zukunft. Vortrag, geh. in Wien am 8. Mai 1936 z. Feier von S. Freuds 80. Geb.; in: S. Freud, Abriß der Psychoanalyse. Das Unbehagen in der Kultur (Fischer-Bücherei 47), Frankfurt a. M./ Hamburg 1953, S. 193ff.
9 Zit. bei P. Paulsen, Drachenkämpfer, Löwenritter und die Heinrichsage. Eine Studie über die Kirchentür von Valthjofsstad auf Island, Köln/Graz 1966, S. 194
10 H. Egli, Das Schlangensymbol. Geschichte – Märchen – Mythos, Olten/ Freiburg i. Br. 1982, S. 218f.
11 H. Haber, Unser Sternenhimmel. Sagen, Märchen, Deutungen, München 1981, S. 147ff.
12 P. Paulsen, Drachenkämpfer, a.a.O. (Anm. 9), S. 131
13 E. Neumann, Ursprungsgeschichte des Bewußtseins, Zürich 1949, S. 147ff.
14 Ebd., S. 179
15 Ebd., S. 202
16 Ebd., S. 221
17 H. Göttner-Abendroth, Die Göttin und ihr Heros. Die matriarchalen Religionen in Mythos, Märchen und Dichtung, München 1980
18 F. Genzmer, Einleitung; in: Beowulf und das Finnsburg-Bruchstück (Reclam-Universal-Bibliothek Nr. 430), Stuttgart 1953
19 F. Genzmer, in: Heldenlieder der Edda. Auswahl (Reclam-Universal-Bibliothek 7746), Stuttgart 1966, S. 34
20 P. Paulsen, s. Anm. 9
21 J. B. Aufhauser, Das Drachenwunder des Heiligen Georg in der griechischen und lateinischen Überlieferung; in: Byzantinisches Archiv, Heft 5, Leipzig 1911, S. 239
22 Ebd.
23 S. Braunfels-Esche, Sankt Georg. Legende – Verehrung – Symbol, München 1976, S. 75
24 Ebd., S. 35
25 Die Legenda aurea des Jacobus de Voragine. Aus dem Lateinischen übers. von R. Benz (Sammlung Weltliteratur), Heidelberg 1979, S. 301ff.
26 Ebd., S. 303ff.
27 S. Braunfels-Esche, s. Anm. 17, S. 219
28 K. Reblin/W. Teichert, Gottescourage. Geschichte vom ganz anderen Leben der Heiligen, Stuttgart 1981, S. 185
29 Die Legenda aurea, s. Anm. 19, S. 306

30 S. Braunfels-Esche, s. Anm. 17, S. 25
31 Ebd., S. 95
32 Die Legenda aurea, s. Anm. 19, S. 514f.
33 E. Moltmann-Wendel, Die domestizierte Martha. Beobachtungen zu einer vergessenen mittelalterlichen Frauentradition; in: Ev. Theologie, 42. Jg. 1982, S. 26ff. Dies., Ein eigener Mensch werden. Frauen um Jesus (Siebenstern 1006), Gütersloh 1982^{3}, S. 23ff.
34 E. Moltmann-Wendel, Die dom. Martha, a.a.O. (Anm. 33), S. 37
35 H. Göttner-Abendroth, s. Anm. 17, S. 160
36 A. Weiser, Die Psalmen (ATD 14/15), Göttingen 1955^{4}, S. 418
37 Zit. bei M. Eliade, Ewige Bilder und Sinnbilder. Vom unvergänglichen menschlichen Seelenraum, Olten/Freiburg i. Br. 1958, S. 194
38 Menologion der Orthodox-Katholischen Kirche des Morgenlandes, Teil I, dt. u. slav. v. A. v. Meltzew, 1900, S. 723
39 Cyrill von Jerusalem, Einweihung in die Mysterien des Christentums, aus d. Griech. übertr. u. eingel. v. L. A. Winterswyl, 1954^{2}, S. 17
40 F. J. Dölger, Der Exorzismus im altchristlichen Taufritual. Eine religionsgeschichtliche Studie, 1909, S. 167
41 Zit. bei J. Danielou, Die Symbolik des Taufritus, in: Laacher Hefte 3, 1949, S. 59
42 H. Schrade, Ikonographie der christlichen Kunst. Die Sinngehalte und Gestaltungsformen, Bd. I. Die Auferstehung Christi, 1932, S. 294ff.; W. Molsdorf, Christliche Symbolik der mittelalterlichen Kunst, 1926, S. 63
43 Oskar Thulin, Cranach-Altäre der Reformation, Ost-Berlin 1955, S. 126ff.
44 R. Seeberg, Lehrbuch der Dogmengeschichte Bd. 2, S. 345
45 Die Legenda aurea, s. Anm. 19, S. 266
46 Zit. bei E. Wolf, Leviathan. Eine patristische Notiz zu Luthers Kritik am Papsttum; in: Peregrinatio. Studien zur reformatorischen Theologie und zum Kirchenproblem, Bd. I, München 1954, S. 138
47 P. Claudel, Gesammelte Werke Bd. VI (Religion), Heidelberg/Einsiedeln/Zürich/Köln 1962, S. 466
48 K. Barth, Die Kirchliche Dogmatik Bd. III/3, Zollikon-Zürich 1950, S. 327ff.

Der Drachenkampf im Christentum

Das ist die crux aller Ethik,
oder sollte es wenigstens sein,
daß sie den in den Kampf gegen das Böse schickt,
der es selbst verursacht.

Walter Mostert

In der Apokalypse des Johannes ist der Kampf Michaels gegen den Drachen – wie ausgeführt wurde – das himmlische Gegenbild des Kampfes, den Christus auf Erden gegen die Macht der Sünde und des Todes durchgefochten hat. Es handelt sich um einen geistlichen Kampf: Christus hat die Macht des Bösen durch die Macht der Liebe Gottes überwunden. Der Kampf ist Symbol für sein Leiden, der Sieg für seinen Kreuzestod (»Es ist vollbracht!«). Der Triumph Christi über die Mächte und Gewalten (Kolosser 2,15) ist der entscheidende Sieg (der Satan ist aus dem Himmel ausgeworfen), der Kampf der Christen gegen sie ist nur Nachhutgefecht.

Die Christen wissen, daß der Kampf, der ihnen »verordnet« ist (Hebräer 12,1), ein geistlicher Kampf ist: »Wir haben nicht gegen Menschen aus Fleisch und Blut zu kämpfen, sondern gegen Mächte und Gewalten, gegen die Beherrscher dieser finsteren Welt, gegen die bösen Geister des himmlischen Bereichs« (Epheser 6,12). Wo im Neuen Testament von »Kampf« die Rede ist (meist liegt die Vorstellung vom Wettkampf in der Arena zugrunde), ist der Glaubens- und Leidenskampf gemeint, dessen Vollendung das Martyrium ist. Es ist ein Kampf im Zeichen des Kreuzes, das heißt Teilhabe am Leiden Christi. Dem geistlichen Charakter des Kampfes entsprechen die geistlichen Waffen: der Gürtel der Wahrheit, der Panzer der Gerechtigkeit, die Schuhe der Bereitschaft, Frieden zu verkünden, der Schild des Glaubens, der Helm des Heils, das Schwert des Geistes, welches ist das Wort Gottes – und nicht zuletzt das Gebet (Epheser 6,13ff.).

Die Vermischung dieses geistlichen Kampfes gegen Mächte und Gewalten mit dem weltlichen Kampf gegen irdische Feinde ist eine der Ursünden des Christentums. Wenn der erste christliche Kaiser, Konstantin der Große, seinen Sieg über den Caesar (Unterkaiser) Maxentius unter dem Bilde des Drachenkampfes darstellen ließ (siehe Seite 63f.) und die

Tafel IV: Christus besiegt Teufel und Tod.
Ausschnitt aus dem Mittelbild des Altars der Stadtkirche in Weimar von Lucas Cranach d. Ä. und d. J. (1555).
»Das beste Malwerk aus dem 16. Jahrhundert in Deutschland nach Dürer, das großartigste seiner Zeit, Abschluß einer denkwürdigen Epoche deutscher Kunst", urteilt Ludwig Justi.

Kirche diesen Sieg als Sieg des Christengottes über das Heidentum verherrlichte, so war das nicht nur eine Verfälschung der historischen Tatsachen, sondern auch ein Rückfall in den heidnischen Mythos. Eine Verfälschung der historischen Tatsachen war es, weil Konstantin gegen Maxentius kämpfte, um seine Macht auch über Rom auszudehnen und das System der Tetrarchie (Vierkaisertum) zu sprengen, und weil Maxentius selbst durch Einstellung der Christenverfolgung, durch Rückgabe des Kircheneigentums, Gestattung von Priesterwahlen, Eröffnung neuer Begräbnisstätten und durch den Bau einer Basilika den Christen – natürlich auch aus politischen Gründen – entgegengekommen war. Ein Rückfall in den heidnischen Mythos war es, weil Konstantin sich selbst mit dem Lichtgott und seinen politischen Gegner mit dem Chaosdrachen identifizierte. Psychologisch besagt das: Bestimmte, in Idealgestalten (Helden, Heilige, Weise) verkörperte ethische Werte werden verabsolutiert und die ihnen widersprechenden Persönlichkeitsanteile unterdrückt und ausgemerzt. Da jedoch das, was zu den absolut gesetzten Werten im Widerspruch steht, nicht als negativer Teil der eigenen Persönlichkeit erkannt und anerkannt werden kann, wird es als Feindbild nach außen projiziert und als »Fremdes draußen« bekämpft, bestraft und ausgerottet. Im politischen Gegner wird der eigene verdrängte Machtanspruch bekriegt, im nationalen Feind werden die verdrängten Aspekte des einseitigen nationalen Standpunktes, im Andersgläubigen die eigenen religiösen Zweifel bekämpft.

Diese Haltung und Verfahrensweise hat sich als unfähig erwiesen, die zerstörerischen Kräfte im Menschen zu bändigen[1]. Sie setzt nur unter anderem Vorzeichen die bekämpfte Haltung fort. Um im Bilde zu bleiben: Der Sieger über den Drachen, der das Land beherrschte, verwandelt sich selber in einen Drachen, der fortan das Land bedrückt. – Eusebius, Kirchenhistoriker und Hoftheologe Kaiser Konstantins, preist diesen zwar als Idealtyp des christlichen Regenten, als Liebling und Abbild Gottes, aber in Wahrheit übte der Kaiser unter christlichem Vorzeichen seine Herrschaft nicht anders aus als seine Vorgänger: Er ließ eine ganze Reihe von unliebsam gewordenen Verwandten umbringen, er verfolgte das Heidentum in derselben Weise, wie dieses vorher das Christentum verfolgt hatte, er ließ heidnische Tempel schließen oder niederreißen und konfiszierte die Tempelländereien und kostbare Kunstschätze. Den Krieg gegen seinen Mitkaiser Licinius, der ihm auf dem Weg zur Alleinherrschaft entgegenstand, führte er von Anfang an als einen Religionskrieg. Das Labarum, das Feldzeichen mit den Initialen Christi auf der Fahnenspitze, leuchtete den Soldaten voran. »Wie man bisher die Götter zu Schlachtenhelfern machte, so bekriegte man nun unter Anrufung des christlichen Gottes alles, was einem nicht ins politische oder kirchliche Konzept paßte.«[2] Christus und die Heiligen übernahmen die Funktion der heidnischen Soldatengötter. Wir hatten gesehen, wie aus St. Georg, der im Glaubenskampf durch sein Martyrium das Böse besiegte, zur Zeit der Kreuzzüge der Schlachtenhelfer wurde, der die Kreuzritter ermutigte, Jerusalem zu erobern und die Sarazenen zu erschlagen. Und der Erzengel St. Michael wurde in den mittelalterlichen Kämpfen zum Schlachtenhelfer der christlichen Völker gegen die mohammedanischen oder heidnischen Völker. »Im Zeichen des Kreuzes« wurden nun weltliche Kriege gegen irdische Feinde geführt. Hier zeigt sich die »crux aller Ethik: daß sie den in den Kampf gegen das Böse schickt, der es selbst verursacht«[3].

Hatte Jesus es Petrus nicht verwehrt, mit dem Schwert für ihn zu kämpfen (Matthäus 26,51 ff.)? Hatte er nicht dem römischen Statthalter gesagt, daß sein Reich nicht von dieser Welt sei; wenn es von dieser Welt wäre, würden seine Gefolgsleute für ihn kämpfen (Johannes 18,36)? Gilt nicht für die Durchsetzung der Herrschaft Gottes auf Erden: »Es soll nicht durch Heer oder Gewalt, sondern durch meinen Geist geschehen« (Sacharja 4,6)? Hat Christus nicht durch seinen Kreuzestod »die Feindschaft getötet« (Epheser 2,16) – sowohl die Feindschaft der Menschen gegen Gott als auch die Feindschaft der Menschen gegeneinander? Hat er nicht die Grenze zwischen dem auserwählten Volk Gottes und den Heiden wie eine Grenzmauer zwischen feindlichen Völkern niedergerissen (Epheser 2,14f.)? Hat er den Seinen nicht geboten, daß sie ihre Feinde lieben sollen (Matthäus 5,43 ff.)? Hat er nicht selbst noch für die gebetet, die ihn ans Kreuz schlugen (Lukas 23,34)? – Weil Christus für alle Menschen gestorben ist, darum ist keinem Christen und keinem christlichen Volk das Recht gegeben, Gott für sich gegen andere in Anspruch zu nehmen und den Kampf gegen seine Feinde religiös zu motivieren oder zu verklären.

Mit der Anerkennung Konstantins als christlichen Kaiser, der nicht nur den Staat, sondern auch die Kirche regierte, nahm das Christentum eine völlig andere Gestalt an: »Indem er dem Evangelium, das seinem ganzen Gehalt nach eine Trennung der politischen von den religiösen Werten bedeutet, gesetzlichen Charakter verlieh, hat er eine Kultur eingeleitet, die eine völlige Entstellung der geistigen Haltung des Urchristentums bedeutet« (Buonaiuti)[4]. Das zeigt sich beispielsweise an der veränderten Haltung gegenüber dem Kriegsdienst, dem Notwehrrecht und der Todesstrafe.

»Ohne Zweifel,« so urteilt der katholische Theologe Eugen Drewermann, »ist das Christentum, kaum an die Macht gelangt, in der abendländischen Geschichte vor keiner Gewaltanwendung zurückgescheut, wenn es galt, die eigene Lehre gegen die Ungläubigen durchzusetzen. Gewiß, man muß all die bedauerlichen Ereignisse: die Mission mit Feuer und Schwert, die Kreuzzüge, die Inquisition, die Ketzerverbrennungen, aus dem Geist der damaligen Zeit heraus verstehen und darf nicht spätere Vorstellungen von Humanität, Toleranz, Freiheit und Individualität unhistorisch als Wertmaßstab zur Beurteilung des Vergangenen verwenden; aber die Geschichte des Christentums ist insgesamt zu blutig, als daß sie nicht schon durch sich selbst den Glauben an eine besondere Friedfertigkeit des Christentums Lügen strafen müßte. – Tatsächlich sind in keinem Teil der Erde blutigere Kriege geführt worden und von keinem Teil der Erde verheerendere Kriege ausgegangen als im und vom christlichen Abendland.«[5]

Daß das Christentum im Widerspruch zur eigenen Lehre und gegen seinen erklärten Willen den Krieg ebenso in seinen Zielen wie in der Wahl der Mittel geistig toleriert und faktisch totalisiert hat – darin zeigt sich die Unfähigkeit des Christentums zum Frieden.

Einer der Hauptgründe für diese Unfähigkeit zum Frieden ist die Vermischung von Glaube und Politik, von geistlichem und weltlichem Kampf. Martin Luthers Zwei-Reiche-Lehre zielte darauf ab, Glaube und Politik klar zu unterscheiden. Er wandte sich gegen jeden Versuch, politisches Handeln christlich zu motivieren und Eigeninteressen im Namen Gottes durchzusetzen. Kriege, die um des Evangeliums willen geführt werden, waren für ihn ein Werk des Teufels. »Am Beispiel von Kirchenstaat und bischöflichem Fürstentum wurde ihm die teuflische Grundstrategie offenbar, die Macht des Glaubens zu unterwandern und die Welt mit Glaubensmacht zu beherrschen.«[6] Luthers Widerstand gegen die Vermischung von Politik und Religion entsprang der umwälzenden Entdeckung: »Erst wenn lähmende Heilsangst und fanatischer Heilsegoismus im Glauben überwunden sind, kommt das Wohl der Welt in den Blick.«[7] Erst wenn der Mensch durch den Glauben von äußeren und inneren Zwängen befreit ist, wird er frei, mit Vernunft und Augenmaß die Welt zu gestalten und zu erhalten. Politik zur Erhaltung der Welt bis zum Jüngsten Tage hat Luther bis zu seinem Tod propagiert und, wo es ihm zukam, auch getrieben.

Ein weiterer Hauptgrund für die Ohnmacht des Christentums in den Bemühungen um Befriedung der Menschheit liegt – wie Drewermann herausgestellt hat[8] – in der gewaltsamen Unterdrückung der äußeren und inneren Natur des Menschen: Die Zentrierung der Welt auf den Menschen als den vernunftbegabten Teil der Kreatur kann auch im Menschen selbst nur die rationalen Kräfte, Verstand und Willen, gelten lassen, wohingegen die Welt der Triebe (vor allem Aggression und Sexualität), der Instinkte (nicht individuell erworbene Formen des Handelns), des Unbewußten (mit seinen mythenbildenden Kräften und archetypischen Bildern) und das Weibliche im Menschen (Phantasie, Traum, Innerlichkeit, Wärme, Poesie, Empfinden) als etwas Unvernünftiges, Minderwertiges oder gar Tierisches bekämpft und niedergehalten werden muß.

Wir hatten gesehen, daß sowohl der Kampf gegen die äußere Natur als auch der Kampf gegen die innere Natur des Menschen als Drachenkampf dargestellt worden sind. Der Drache ist die Macht, die das Leben hemmt, lähmt, bannt. Der Kampf gegen den Drachen muß geführt werden, um das Leben (die Quelle, den Schatz, die Jungfrau) aus seiner Gewalt zu befreien. Der siegreiche Held vereinigt sich mit der befreiten Jungfrau. Psychologisch gedeutet: Der männliche Teil der Psyche (Ich-Bewußtsein) vereint sich mit dem aus der Dunkelmacht des Unbewußten befreiten weiblichen Teil (Anima) zu einer höheren Einheit (Selbst)[9].

Theologisch gedeutet: Es geht um die Befreiung des Menschen von der Herrschaft der »Mächte und Gewalten«. Jesus ist nicht auf die Vernichtung der von ihnen besessenen Menschen aus. Er kämpft gegen die Dämonen und befreit den Menschen aus ihrer Gewalt, indem er die zerstörte Beziehung zu Gott wiederherstellt und ihn in das Reich Gottes eingliedert.

Martin Luther King hat diese Unterscheidung in seinem Kampf für Freiheit und Gleichberechtigung der Farbigen in Amerika konsequent durchgehalten. Es ging ihm nicht um die Vernichtung der Weißen, die den Farbigen ihre Menschenrechte vorenthielten, sondern vielmehr um die Befreiung der Weißen von ihrem Rassenwahn: »Wir befreien uns nie von einem Feind, wenn wir Haß mit Haß vergelten. Wir entledigen uns seiner nur, wenn wir uns von der Feindschaft freimachen. – Während wir die Rassenschranken bekämpfen, müssen wir ihre Verteidiger lieben. Das ist der einzige Weg, auf dem wir die ersehnte Gemeinschaft (der Farbigen *und* der Weißen) erreichen können.«[10]

Theologisch ist noch eine andere Unterscheidung wichtig: die zwischen dem relativen Bösen und dem absoluten Bösen. Die dunklen Triebe im Menschen, die den Menschen beherrschen können, sind nur das relative Böse. Es geht nicht darum, sie zu bekämpfen und abzutöten, sondern sie zu heiligen und sie einzubeziehen in das von Gottes Geist bestimmte Leben. Es setzt sich heute immer mehr die Einsicht durch, daß dieses relative Böse nicht dadurch überwunden werden kann, daß man es erschlägt oder aus dem Dasein, aus der Seele, stößt; denn die Erfahrung lehrt, daß es hintergründig wirksam bleibt und erst dann aufhört, zerstörerisch zu wirken, wenn es angenommen wird. »Nur was wir annehmen, können wir verwandeln« (C. G. Jung). Die Annahme des Bösen in uns selbst ist die Voraussetzung für die Annahme des Bösen im anderen Menschen. Der Feind, den Jesus zu lieben gebietet, ist niemand anders als »jener Teil von uns selbst, den wir auf den anderen Menschen geworfen haben, jener dunkle Drang, den wir in uns selbst nicht bestehen, den wir nicht in uns haben wollen und den wir gerne bekämpfen möchten«[11].

Mit anderen Worten: Der Drache, dessen Bild wir nach außen auf andere Menschen projizieren, steckt in uns selbst.

Er muß in uns selbst erkannt, angenommen und gebändigt werden, ehe wir fähig werden zu Versöhnung und Frieden.

Aber es gibt neben diesem relativen Bösen, das sich durch Annahme verwandeln läßt, ein absolutes Böse, das weder angenommen noch verwandelt werden kann. Es kommt erst von der Erkenntnis Jesu Christi her in den Blick als der gegen Gott, den Grund, den Sinn und das Ziel alles Seins gerichtete Wille, der nicht erlöst werden will und sich der Wiedereingliederung in die Schöpfung Gottes widersetzt. Es ist der Feind, mit dem kein Kompromiß geschlossen werden und mit dem es keinen Frieden geben darf. Angesichts dieses Bösen, das weder durch Liebe verwandelt noch durch Gewalt aus der Welt geschafft werden kann, gilt: »Hier bewähren sich Standhaftigkeit und Glaubenstreue der Heiligen!« (Offenbarung 13,10).

Anmerkungen

1 E. Neumann, Tiefenpsychologie und neue Ethik, Zürich 1949

2 Kh. Deschner, Abermals krähte der Hahn. Eine Demaskierung des Christentums von den Evangelisten bis zu den Faschisten (rororo Sachbuch Nr. 6788), Reinbek/Hamburg 1972, S. 507

3 W. Mostert, Gott und das Böse. Bemerkungen zu einer vielschichtigen Frage; in: Zeitschr. f. Theol. u. Kirche, 77. Jg. 1980, S. 468

4 E. Buonaiuti, Geschichte des Christentums Bd. I, S. 251

5 E. Drewermann, Der Krieg und das Christentum. Von der Ohnmacht und Notwendigkeit des Religiösen, Regensburg 1982, S. 178f.

6 H. E. Obermann, Luther. Mensch zwischen Gott und Teufel, Berlin 1982, S. 219

7 Ebd., S. 219

8 E. Drewermann, Der Krieg .., a.a.O. (Anm. 5), S. 195ff.

9 E. Neumann, Zur Psychologie des Weiblichen, Zürich 1953, S. 129ff.

10 M. L. King, Kraft zum Lieben, Konstanzer Taschenbuch Nr. 50, Konstanz 1968, S. 61ff.

11 J. Zink, Lichter und Geheimnisse. Gedanken zur Menschwerdung Gottes, Stuttgart 1976, S. 128

Bildnachweis

Farbtafeln

Tafel I Foto: Gerold Walser, Bern
Tafel II: Nationalbibliothek Madrid
Tafel III: Abdruck mit freundlicher Genehmigung des Berghaus Verlages W. Bader, Kirchdorf/Inn
Tafel IV Foto: Klaus G. Beyer, Weimar

Abbildungen im Text

Abb. 1 aus: W. Bölsche, Drachen. Sage und Naturwissenschaft, Stuttgart 1929, S. 29
Abb. 2 aus: Irene Sänger-Bredt, Die kosmischen Gesetze. Ungelöste Rätsel der Schöpfung, Frankfurt 1974, S. 72
Abb. 3 aus: W. Bölsche, Drachen, S. 37
Abb. 4 aus: H. v. Doderer, Die alten Drachen leben! in: Der neue Pflug 3, 1928, S. 35ff.
Abb. 7 aus: H. Egli, Das Schlangensymbol. Geschichte, Märchen, Mythos, Olten 1982, S. 195
Abb. 8 aus: O. Keel, Die Welt der altorientalischen Bildsymbolik und das Alte Testament, Zürich, Neukirchen 1972, S. 45
Abb. 9 aus: J. Campbell, Der Heros in tausend Gestalten, Frankfurt 1953, S. 305
Abb. 10 aus: O. Keel, Die Welt..., S. 44
Abb. 11 aus: O. Keel, Die Welt..., S. 47
Abb. 12: Lindenmuseum Stuttgart, Inventur-Nummer OA 21.520 L, Aufnahme: U. Didoni – Lindenmuseum
Abb. 13 aus: O. Keel, Die Welt..., S. 96
Abb. 14 aus: O. Keel, Jahwes Entgegnung an Ijob, Göttingen 1978, Abb. 93
Abb. 15 aus: P. Paulsen, Drachenkämpfer, Löwenritter und die Heinrichsage, Köln, Graz 1966, Abb. 27
Abb. 17 aus: Das Neue Testament Deutsch von D. Martin Luther, Stuttgart 1982, S. 453
Abb. 19: Aus der Regula Benedicti Stuttgart, Cod. hist. fol. 415, S. 87, nach: P. Paulsen, Drachenkämpfer..., Abb. 28
Abb. 20 aus: Das Neue Testament Deutsch, S. 461
Abb. 21: Mansell Collection, London
Abb. 22 und 23 aus: Die Deutschen Volksbücher, wiedererzählt von Gustav Schwab
Abb. 24 aus: D. Lindholm / W. Roggenkamp, Stabkirchen in Norwegen, Stuttgart 1968, S. 53
Abb. 26: Stadt Nürnberg, Bildstelle u. Denkmalsarchiv
Abb. 27: Foto: Jörg Zink
Abb. 28: München, Staatsbibliothek Cod. lat. 17401
Abb. 29 aus: O. Thulin, Cranach-Altäre der Reformation, Berlin 1955, S. 131

Uwe Steffen
Jona und der Fisch
Der Mythos von Tod und Wiedergeburt
Buchreihe »Symbole«

192 Seiten mit vier Farbtafeln und mehreren Schwarzweißgrafiken, kartoniert

Die biblische Jona-Geschichte schildert in symbolischer Sprache das Grundmuster eines Konfliktes zwischen Ich, Welt und Gott. Gerade im 20. Jahrhundert übt das Jona-Motiv eine große Anziehungskraft aus, weil der einzelne sich kollektiven Bedrohungen wie Krieg und Diktatur nicht gewachsen fühlt und vor ihnen wie Jona flüchtet. Der Mythos von Jona und dem Fisch vermittelt aber auch die Hoffnung, daß der verschlingende Abgrund Schoß einer Wiedergeburt sein kann. Jesus hat sich mit Jona verglichen, dessen Mythos aber gleichsam überboten.

Heidemarie Langer / Herta Leistner / Elisabeth Moltmann-Wendel / Annemarie Schönherr
Wir Frauen in Ninive

125 Seiten, kartoniert

Die Bibelarbeit über das Buch Jona, die beim Frauenforum des Deutschen Evangelischen Kirchentages in Hannover 1983 gehalten wurde, steht im Mittelpunkt. Die Prozesse, die sich im Zusammenhang damit unter den vier Frauen und in ihnen abspielten, sind Thema der ergänzenden Kapitel: Reflexionen über das Gottesbild Jonas, über die Ähnlichkeit Ninives mit der Gegenwart und meditative Texte von Heidemarie Langer, welche die Tiefendimensionen der Begegnung zwischen Jona und Ninive ausloten.